江西财经大学出版资助
江西财经大学人文学院"丹井文丛"资助

当代中国文论话语主体建构与身份认同

李旭 著

中国社会科学出版社

图书在版编目（CIP）数据

当代中国文论话语：主体建构与身份认同／李旭著 . —北京：中国
社会科学出版社，2018.1
ISBN 978-7-5161-9765-3

Ⅰ.①当… Ⅱ.①李… Ⅲ.①中国文学-当代文学-文学理论-研究
Ⅳ.①I206.7

中国版本图书馆 CIP 数据核字（2018）第 015728 号

出 版 人　赵剑英
责任编辑　曲弘梅
责任校对　王　龙
责任印制　戴　宽

出　　　版　中国社会科学出版社
社　　　址　北京鼓楼西大街甲 158 号
邮　　　编　100720
网　　　址　http：//www.csspw.cn
发 行 部　010-84083685
门 市 部　010-84029450
经　　　销　新华书店及其他书店

印刷装订　北京君升印刷有限公司
版　　　次　2018 年 1 月第 1 版
印　　　次　2018 年 1 月第 1 次印刷

开　　　本　710×1000　1/16
印　　　张　19.25
插　　　页　2
字　　　数　301 千字
定　　　价　86.00 元

目　录

理　论　篇

第一章　身份认同及其相关概念阐释 ……………………………（3）

一　身份认同的概念梳理 ……………………………………（3）

二　主体性及其建构 …………………………………………（6）

三　"自我"与"他者" ……………………………………（22）

四　身份认同中的同一性与差异性 ………………………（25）

五　身份认同与现代性 ……………………………………（30）

第二章　中西知识分子的身份认同考量 …………………………（41）

一　知识分子释义 …………………………………………（41）

二　中国知识分子的身份认同考量 ………………………（45）

三　西方知识分子的身份认同考量 ………………………（62）

现　象　篇

第三章　政治语境下当代文论言说者的身份认同 ……………（77）

一　文学与政治的关系 ……………………………………（77）

二　学术话语权的回归与言说者的主体身份建构 ………（88）

三　"新启蒙"文论话语的兴起与衰退 …………………（104）

四　超越启蒙心态，重建启蒙主体 ………………………（113）

第四章　主体衰落：媒介新变与当代中国文论话语转型 ············（120）

　　一　大众媒介变迁与当代文论嬗变 ·············（120）

　　二　影视媒介与电视知识分子的身份认同 ·············（135）

　　三　网络媒介时代文学理论的新变 ·············（146）

　　四　网络媒介时代的公共领域与文艺理论家的身份选择 ·········（167）

综 合 篇

第五章　裂变与危机：消费文化与当代中国文论话语重构 ·········（193）

　　一　后现代主义与消费文化 ·············（193）

　　二　消费文化语境下西方文论话语的转变 ·············（205）

　　三　消费文化语境下的当代文论话语重构 ·············（214）

　　四　文化话语权变迁与主体身份转变 ·············（230）

第六章　自我与他者：全球化语境下当代中国文论话语的文化

　　　　认同 ·············（238）

　　一　全球化语境下的中华文化认同 ·············（238）

　　二　全球化语境下当代中国文论话语危机的表征 ·············（253）

　　三　全球化语境下重建当代中国文论话语的文化认同 ·········（272）

参考文献 ·············（285）

后记 ·············（303）

理论篇

第一章　身份认同及其相关概念阐释

身份认同是一个极其复杂的概念，晚近以来逐渐成为人文社会研究中的关键词，哲学、社会学、心理学、文化学、文学等都对身份认同问题情有独钟，并纷纷从各种学科的角度进行了研习和阐发，总体来说，身份认同是伴随着现代社会的发展而兴起的，它与主体性、现代性、他者等一系列现代社会的重要理论问题息息相关。

一　身份认同的概念梳理

要想对一个事物有比较全面的了解，最好的办法是先去追寻其根源，伽达默尔认为："任何理解和解释都依赖于理解这和解释这的前理解（Vorverständnis），这是海德格尔在其《存在与时间》一书中就指出过的，他在那里写道：'把某某东西作为某某东西加以解释，这在本质上是通过先有、先见和先把握来起作用的。解释从来就不是对某个先行给定的东西所作的无前提的把握。如果像准确的经典释文那样特殊的具体的解释喜欢援引"有典可稽"的东西，那么最先的"有典可稽"的东西无非只是解释者的不言自明的无可争议的先入之见。任何解释一开始就必须有这种先入之见，它作为随同解释就已经"被设定了"的东西是先行给定了的，也就是说，是在先有、先见、先把握中先行给定了的。'"① 同样，对一个复杂的概念进行阐释，首先需要追踪其最根本的词源学上的意义和

---

① ［德］伽达默尔：《真理与方法——哲学诠释学的基本特征》上卷，洪汉鼎译，上海译文出版社 1992 年版，第 7 页。

内涵。

1. identity 释义

身份认同，又作身份、认同、同一性，在英文里是同一个词语，即 i-dentity。从词源上看，英语的 identity 源于晚期拉丁语的 identitas 和古法语的 identite，其含义受到晚期拉丁词语 essentitas（即 essence，本质、实体）的影响，今天的 identity 一词的词根是 idem（即 same，同一），由此看来，identity 的基本含义是指物质、实体在存在上的同一性质或状态，这也是在哲学上的基本含义。较早对"identity"进行探讨的著名哲学家可以追溯到黑格尔，黑格尔哲学中的"同一性"概念，在英文翻译中就使用 i-dentity（有时也可使用 sameness 或 oneness），它被用来说明思维与存在之间具有"同一性"。哲学上的 identity 指的是"同一性"概念，"同一性"中既包含同一，也包含差异，二者之间存在着一种辩证的关系。"身份"和"认同"在英文中虽然是同一个词"identity"，但是在汉语中却有一点不同，"身份"是名词，突出自我区别于他者的特征，强调差异性，"认同"是动词，侧重自我对群体的归属感，强调同一性。身份认同其实是"认异"，因为只有在与他者的差异对照中，才能认识自我，没有"他者"这面镜子就无法认识自我，同时身份认同成为问题也是由于差异引起的，尤其是文化认同，只有在与不同文化的相遇中才会产生身份认同的困惑。根据自我与他者的关系，可以把身份认同划分为三个层面，即自我身份认同、社会身份认同和文化身份认同，自我身份认同突出主体自我，社会身份认同强调人的社会性及其在复杂社会网络中的身份定位，文化身份认同则与族群、国家等深层文化积淀息息相关，是最稳定的影响，也是最长久的身份认同。

2. 身份认同的多维阐释

从哲学的角度讲，对"同一性"的认识与自我意识或主体意识的形成有关，从笛卡尔到康德，再到黑格尔，他们的主体都是普遍有效和抽象不变的超验主体。心理学上的 identity 侧重个体自我认同的研究，埃里克森通过对青少年同一性危机的研究比较完整地提出了自我同一性观点，他认为自我同一性是自我整合的一种形式，可以使人形成自我同一感，即个人在过去经验中所形成的内在的一致性和连续性，从而使人感受到鼓舞人心的信念："最令人满意的同一感被体验为一种心理社会的安宁之感。它最明显的伴随情况是一种个人身体上的自在之感，一种自知何去何从之感，以及一种预期能获得有价值的人们承认的内在保证。"① 社会心理学家米德在其最重要的著作《心灵、自我与社会》中，通过对心灵、自我和社会的依次研究论述，论证了个体进化生成社会性个体，以及社会把个体塑造成为社会性个体的双向动态过程。心理学对身份认同的阐释已经逐渐抛开了先验不变的自我主体观念，揭示出一种新的、变化的、非中心化的主体观。社会学家对身份认同的阐释侧重社会对身份认同的形塑过程和作用。社会学家简金斯认为"认同事实上只能理解为过程，理解为'成为'或'变成'"②。英国社会学家安东尼·吉登斯十分强调通过社会关系网来定位身份："一种社会定位需要在某个社会关系网中制定一个人的确切'身份'。不管怎样，这一身份成了某种'类别'，伴有一系列特定的规范约束……某种社会身份，它同时蕴含一系列特定的（无论其范围多么广泛）特权与责任，被赋予该身份的行动者（或该任务的'在任者'）会充分利用或执行这些东西；他们构成了与此位置相连的角色规定。"③ 对文化身份和文化认同的阐释通常有两种思考路径，一种可以称为本质主义，一种为建构主义，英国学者乔治·拉伦认为，至少有两种理解文化身份的可能方式：一种是本质论的，狭隘、闭塞；另一种是历史的，包容、开放。前者将文化身份视为已经完成的事实，构造好了的本质。后者将文化身份视为某种正被制造的东西，总是处在形成过程之中，从未完全结束。④ 英国文化研究学者斯图亚特·霍尔在对身份认同问题进行研究时，就特别突出文化身份的开放性和可塑性："我们先不要把身份

① ［美］埃里克·H. 埃里克森：《同一性：青少年与危机》，孙名之译，浙江教育出版社1998 年版，第166 页。

② Richard Jenkins, *Social Identity*, London：Routledge, 1996, p.4.

③ ［英］安东尼·吉登斯：《现代性与自我认同》，赵旭东、方文译，生活·读书·新知三联书店1998 年版，第161—162 页。

④ ［英］乔治·拉伦：《意识形态与文化身份：现代性和第三世界的在场》，戴从容译，上海教育出版社2005 年版，第215 页。

看作已经完成的、然后由新的文化实践加以再现的事实，而应该把身份视作一种'生产'，它永不完结，永远处于过程之中，而且总是在内部而非在外部构成的再现。"① 霍尔认为，如果我们想要真正搞清楚个人身份认同或集体身份认同表示什么含义，就必须寻找它们的根，但不是在那些被给定的"历史"或"文化"中寻找，而是在当代散漫的社会结构中寻找，这些结构使自我和社会的概念慢慢解体并变得具有可塑性。②

二 主体性及其建构

要探析身份认同，首先绕不过的是主体，因为身份认同问题归根结底就是主体问题，也就是关于人类如何认识自我的问题，加拿大哲学家查尔斯·泰勒在其巨作《自我的根源——现代认同的形成》的序言中就直截了当地表明了自己的写作目的："我想标示出整个系列的关于什么是人类的主体性的理解：这就是内在感、自由、个性和被嵌入本性的存在，在现代西方，它们就是在家的感觉。"③ 从戴勒菲斯的神谕"认识你自己"到笛卡尔的"我思故我在"，从尼采的"上帝之死"到福柯的"人之死"，人类一直没有停止对自己的认识和反思，"我是谁?""我从哪里来，我往哪里去?"这是人类永恒探索的谜。人，作为地球上存在的最高级动物，具有改造自然和创造文化的能力，在人与万物的关系中，人是作为主体而存在的，但是人的主体性的确立并非不证自明的，它有一个历史发展的过程。

1. "主体"词源学释义

从词源学的角度看，"主体"一词来自拉丁文"subjectum"，它是对希腊词 hypokeimenon 的翻译，意指载体和根据。指"在前面的东西"，在

———

① [英] 斯图亚特·霍尔:《文化身份与族裔散居》，陈永国译，载罗刚、刘象愚主编《文化研究读本》，中国社会科学出版社 2000 年版，第 208 页。

② Reviewed Work（s）: *Questions of Cultural Identity* by Stuart Hall；Paul Du Gay, by Jessica Jacobson, *The British Journal of Sociology*, Vol. 48, No. 1. Mar 1997, p. 153.

③ [加拿大] 查尔斯·泰勒:《自我的根源——现代认同的形成》，韩震等译，译林出版社 2001 年版，序言第 1 页。

古希腊，"主体"并不是专属于人，而是一种同"属性"或"偶性"相对应的东西，一种对应于谓语的可用作句子主语的东西。亚里士多德在《范畴篇》中对"主体"就持此看法，他在论述语言形式时，把事物分为四种类型，即可以用来述说一个主体里面的东西；存在于一个主体之中的东西；既可以用来述说一个主体，又存在于一个主体之中的东西；既不可以用来述说一个主体又不存在于一个主体之中的东西。另外，当一件东西被用来述说另一件东西的时候，则凡可以用来述说宾词的也可以用来述说主体。① 可见，亚里士多德笔下的主体近似于主语，它不仅指人，也指其他的事物。一直到笛卡尔，提出"我思故我在"原则，才把主体自我作为人所独有的范畴。

"主体"，一词的德文是 Subjekt，英文是"Subject"，"主体性"一词的德文是"Subjektivität"，英文是"Subjectivity"，过去我们通常都把这两个词翻译成带有贬义色彩的"主观"和"主观性"，这很容易引起人们的误解，认为主体性带有主观片面、独断专行的意思，其实，哲学上的"主体"与"客体"相对，指的是具有对客体具有认识和实践能力的人，康德、费希特、谢林、黑格尔等德国古典唯心主义哲学家一般都爱用"自我决定"一词，"主体"可以说就是"自我"，"自我"的特点就是自己作出决定，不受别人或外在的东西支配，也就是说，我的决定是完全出自我的意志。② 所以，"主体性"就是指人在实践过程中表现出来的独立自由，不受外物所束缚、完全由自己来决定的自主、主动、能动、自由、有目的的活动的地位和特性。

2. 前现代社会对主体的认识

在前现代社会，人类对自然的科学认识相对落后，生产力水平也比较低下，作为本原和基础的个体主体性尚未出现，人作为主体的地位以及人的主体性都没有得到充分的展现，哲学家们更关心的是世界的本原、本质或本体问题。例如，在中国古代哲学中占有重要地位的"气一元论"，认

---

① ［古希腊］亚里士多德：《范畴篇　解释篇》，方书春译，商务印书馆 1959 年版，第 14 页。

② 张世英：《康德的〈纯粹理性批判〉》，北京大学出版社 1987 年版，第 2 页。

为"气"是宇宙万物的本原，而老子认为万物的本原是"道"，所谓"道生一，一生二，二生三，三生万物"。在西方，从米利都学派开始，古希腊哲学家就致力于探索组成万有的最基本元素——"本原"（希腊文arche，旧译为"始基"），赫拉克利特说："一样东西，万物都是由它构成的，都是首先从它产生、最后又化为它的（实体始终不变，只是变换它的形态），那就是万物的元素、万物的本原了。"巴门尼德提出了唯一不变的本原"存在"，柏拉图认为世界的本原是"理念"，亚里士多德认为哲学研究的主要对象是实体，而实体或本体的问题是关于本质、共相和个体事物的问题，也就是寻找丰富多样、变幻多姿的"多"背后那个永恒不变的"一"。进入漫长的中世纪，一切都处于宗教和神权的统治之下，"中世纪只知道一种意识形态，即宗教和神学"①。正如布克哈特在《意大利文艺复兴时期的文化》中所言："在中世纪，人类意识的两个方面——内心自省和外界观察都一样——一直是在一层共同的纱幕之下，处于睡眠或者半醒状态。这层纱幕是由信仰、幻想和幼稚的偏见织成的，透过它向外看，世界和历史都罩上了一层奇怪的色彩。人类知识作为一个种族、民族、党派或社团的一员——只是通过某些一般的范畴，而意识到自己。"② 在基督教哲学中，古希腊哲学家们苦苦探寻的万物本原被上帝所代替，人的自我意识被神所遮蔽，人匍匐在神的权威之下无法站起。

当然，在西方古典哲学史上，也并非完全没有对人的主体性认识的萌芽，古希腊智者派代表人物普罗泰戈拉曾经指出："人是万物的尺度（权衡者），是存在者如何存在的尺度，也是非存在者如何非存在的尺度。"③黑格尔称之为"伟大的命题"。④在古希腊阿波罗神庙前殿的墙上刻有"认识你自己"的箴言，苏格拉底曾对这句箴言进行过双重阐释，一种阐释与关于他的一桩轶事有关，苏格拉底在七十岁时被控"慢神"和"蛊惑青年"，在雅典法庭作"申辩"，其中提及朋友海勒丰，说海勒丰曾去戴

---

① ［德］马克思、恩格斯：《马克思恩格斯选集》第4卷，人民出版社1995年版，第235页。

② ［瑞士］雅各布·布克哈特：《意大利文艺复兴时期的文化》，何新译，商务印书馆1979年版，第86页。

③ 汪子嵩等：《希腊哲学史》第2卷，人民出版社1993年版，第254页。

④ ［德］黑格尔：《哲学史讲演录》第2卷，商务印书馆1960年版，第27页。

勒菲斯的阿波罗神庙求谶，问神，是否有人智过于苏格拉底。神谶答曰"无也"。苏格拉底闻之不信，四处探访，想找到比他更有智慧的人。但无论是他遇到的政治家，还是诗人，或是手工业人，虽然他们都知之甚多，苏格拉底却都没有发现比他更智慧的，苏格拉底的结论是："神的谶语（即认识你自己）是说，人的智慧渺小，不算什么；并不是说苏格拉底最有智慧，不过藉我的名字，以我为例，提醒世人，仿佛是说：'世人阿，你们之中，惟有苏格拉底这样的人最有智慧，因他自知其知实在不算什么'。"由此而引出苏格拉底的千古名言："我知道，我一无所知。"①

苏格拉底对"认识你自己"神谕的另一种阐述是警告世人不要过高估计单个人的个体可能性。"认识自己"在这里被理解为认识自己的能力："认识自己的人，知道什么事对自己合适，并且能够分辨，自己能做什么，而且由于做自己所值得的事就得到了自己所需要的东西，从而繁荣昌盛，不做自己所不懂的事就不至于犯错误，从而避免祸患。而且由于有这种自知之明，他们还能够鉴别别人，通过和别人交往，获得幸福，避免祸患。"在苏格拉底对"认识你自己"之神谕的双重解释中，我们首先可以发现一种尚未获得结果的取向：对自身心灵之确然性的追求。这种追求虽然没有达到肯定性的确然性，但至少达到一种否定性的确然性，即确定自己不能确定什么。此外，我们在这里同时还可以发现苏格拉底的这样一个基本观点：人先有自知之明，而后能进一步鉴别其他的事情和其他的人。②

中世纪思想家奥古斯丁对自我意识的深究虽然最终目的是推崇上帝的至高无上性，但是在诠释过程中，他提出了一个重要的观点，即灵魂的自身确然性是所有经验中最为可靠的东西。他认为，即使怀疑论者否认感知内容的外部实在，或将其置而不论，但他们仍然不能怀疑感觉本身的内部存在。在我怀疑的同时，我作为怀疑者不能怀疑我自己的存在。因此，意识或意识进行者的自身确然性恰恰是从怀疑本身之中得出的。③ 从这里我们分明看到了笛卡尔"我思故我在"的影子。

---

① 倪梁康：《自识与反思》，商务印书馆 2002 年版，第 23 页。
② 同上书，第 24 页。
③ 同上书，第 36 页。

总体而言，古代哲学是本体论哲学，无论是中国的"道""气"，还是西方的"本原""基质"，追问的都是万物的"本体"，并且在认识本体时，主体与客体没有分离。"自身""自我"以及"自识"并不是一个明见的论题，虽然近代意义上的个体自我意识已经呼之欲出，但在笛卡尔之前尚处在没有苏醒的朦胧状态，真正现代意义上的主体性原则的起始是由笛卡尔"我思故我在"哲学命题开始的。

3. 笛卡尔对主体性原则的开创

主体性原则的开创者是笛卡尔，主体诞生于现代认识论，而笛卡尔是现代认识论的鼻祖。主体性原则的起点是"我思故我在"哲学命题的提出，笛卡尔从绝对的怀疑出发："我愿意假定，一切真理的源泉不是仁慈的上帝，而是一个同样狡猾、同样有法力的恶魔，施尽全身的解数，要将我引上歧途。我愿假定，天空、空气、土地、形状、色彩、声音和一切外在事物都不过是那欺人的梦境的呈现，而那个恶魔就是要利用这些来换取我的轻信。我要这样来观察自己：好像我既没有双手，也没有双眼，也没有肉体，也没有血液，也没有一切的器官，而仅仅是糊涂地相信这些的存在。"虽然我们可以怀疑一切事物的真实性，但是，"我们却不能同样假设我们是不存在的，因为要想象一种有思想的东西是不存在的，那是一种矛盾。因此，我思故我在的这种知识，乃是一个有条有理进行推理的人所体会到的首先的、最确定的知识"[①]。而且，即便你自己在胡思乱想时，"那个在想的我就必然应当是个东西"，笛卡尔通过反证的方式，证明了"我思故我在"的合理性，所以，他坚定地申明："怀疑派的任何一条最狂妄的假定都不能使它发生动摇，所以我毫不犹豫地予以采纳，作为我所寻求的那种哲学的第一条原理。"[②]

在这里，我们特别需要注意的是笛卡尔把"我思故我在"作为哲学第一条原理而不是第二条原理或重要原理，正是从"我思故我在"出发，笛卡尔才开始构建他的认识论哲学，"我们从此就发现出心和身体的区别

---

① ［法］笛卡尔：《哲学原理》，关文运译，商务印书馆1958年版，第2—3页。
② ［法］笛卡尔：《谈谈方法》，王太庆译，商务印书馆2000年版，第64—65页。

来，或能思的事物和物质的事物的分别来"①。黑格尔对此高度评价道："自笛卡尔起，我们踏进了一种独立的哲学。这种哲学明白：它自己是独立地从理性而来的，自身意识是真理的主要环节。在这里，我们可以说是到了自己的家，可以像一个在惊涛骇浪中长期漂泊之后的船夫一样，高呼'陆地'。"② 外在的一切通过"我思"得到证明，"我"是笛卡尔认识论哲学中的决定性主体。

不过，笛卡尔提出的"主体"还是"认知主体"或者"思维主体"，是不具有先验性的"经验主体"，在知识论上，它作为一种基质或载体构成确定性知识的支撑者和承担者；但在存在论上，这个主体还离不开上帝。就笛卡尔为知识提供确定性根基的"主体"来说，按梅洛-庞蒂的看法，"我思"有三种含义：一是指当下的、作为心理事实记录的"我思"；二是指把个人存在和所思之物都作为事实记录下来的"我思"；三是激进地怀疑一切在经验中出现的东西，却唯独不怀疑自身的"我思"。③

按照笛卡尔的理解，当一个人在思想的时候，他知道自己在思想，人们可以怀疑一切，可以设想我们的一切知识都是不确实的，但当他这样做的时候，作为"思者"的"我"以及"我"的"思"则是不能够作丝毫的怀疑和否认的，因此，"我"具有一种自明性，可见，笛卡尔的"自我"主体，应该是上述梅洛-庞蒂所说的第三种"我思"。从逻辑上推论，这种"我思"作为一种内在意识，应该具有超越片段性和瞬间性的连续性，可以充当知识确定性的基础。但是在笛卡尔的自我学说中存在着一种无法克服的矛盾：如果要为笛卡尔所说的知识确立一种确然性根基，这种知识又是一种超越个人己见的、具有普遍性的东西，那么，能为知识提供确然性根基的主体必然是一种具有普遍性的自足自立者，而不是因个人而异的东西，但是笛卡尔"我思故我在"中的自我却永远是一个"在怀疑、理解、理会、肯定、否定、愿意、不愿意、想象和感觉的东西"，一个不断开展诸多心理活动的主体，并不具有普遍性，所以，笛卡尔所谈的

---

① ［法］笛卡尔：《哲学原理》，关文运译，商务印书馆 1958 年版，第 3 页。

② ［德］黑格尔：《哲学史讲演录》卷四，贺麟译，商务印书馆 1978 年版，第 63 页。

③ ［法］梅洛-庞蒂：《知觉的首要地位及其哲学结论》，王东亮译，生活·读书·新知三联书店 2002 年版，第 24—25 页。

"思"尚不是"思之为思",而只是"我思之思",笛卡尔所谈的作为真理标准的"明证性"还只是一种"经验自我的明证性",那么从这样的经验自我和经验自我的明证性中何以能够演绎出世界存在和世界万物的真理性的认识呢？何以能够保证我们的认识具有普遍性、必然性或客观性呢？①

所以，在笛卡尔这里，我思"主体"并不完满，因为其中具有非理性的涌动。没有怀疑、纯粹是理性认识的那个主体应该是上帝。"人心后来在复核其具有的各种观念时，它就发现了一个极其主要的观念——一个全知全能、全善的神明观念。它看到，在这个观念中，不止含有可能的偶然的存在（如它在它所明白知觉到的其他一切事物的观念中那样），而且含有绝对必然的、永恒的存在。例如，因为在三角形的观念中，必然含有'三角等于两直角'这个观念，因此，人心就坚决相信，三角形的三角是等于两直角的；同样，它既然看到，在至极完美的神明观念中，含有必然的、永恒的存在，因此，它也当显然断言，这个至极完美的神明就存在着。"② 可见，笛卡尔还没有确立具有普遍性的先验主体，上帝的存在无疑动摇了人的主体地位，将具有自识、自明的人作为现代主体确立起来，还需要后来哲学家的努力。

4. 主体性原则的确立及完善

康德是主体性原则的真正确立者，康德能够完成西方哲学史上"哥白尼式的革命"和文艺复兴的大背景有关。文艺复兴是西方思想史和文化史上具有重要意义的事件，是自我觉醒的时代，是个性解放的时代。它有两个突出的发现，即人的发现和自然的发现。在中世纪，一切都在神权的统治之下，人隶属于神，自然由神创造，文艺复兴使人和自然挣脱了神权的枷锁，人的发现意味着"主体"的发现，自然的发现意味着"客体"的发现，从整个西方哲学史来看，文艺复兴标志着人类认识的发展开始进

---

① 段德智：《主体生成论——对"主体死亡论"之超越》，人民出版社 2009 年版，第 121 页。

② ［法］笛卡尔：《哲学原理》，关文运译，商务印书馆 1958 年版，第 6 页。

入了自我意识的阶段。① 康德认为，文艺复兴以来发现了人，可是人怎么会有独立自主性，人怎么会有自我意识？文艺复兴时期的人文主义者，甚至后来经验主义和唯理主义的哲学家都没有对这些问题用哲学的理论加以说明，所以从这个意义上说，他们所了解的"主体"还在不同程度上带有朴素的性质。康德在西方哲学史上，第一次从哲学理论上系统地说明人的发现，说明人的自我意识的哲学基础。② 所以说康德是主体性原则的真正确立者。

康德从两个方面来论证人的主体性，即人作为实践主体和人作为认识主体，这两个意义的主体乃是同一个自我，作为实践的主体要高于作为认识的主体。康德首先对认识主体进行批评考察，在康德之前，哲学认为唯理论者无条件地相信纯逻辑的概念思维与现实的存在及其规律间的一致性，经验论者则无条件地相信经验思维，即通过经验获得的概念与现实的存在及其规律之间的一致性，这看似矛盾的两种观点实际上都是事先预设了一个前提，即康德所说的："迄今为止大家总以为我们的一切知识都必须依照对象，但是在这个假定之下，凡是想通过概念先天地建立某种关于对象的东西以扩展我们知识的尝试，都统统失败了。"③

他认为，现在应该转变一个思考方向，主张在知识与对象的关系上不是知识依照对象，而是颠倒过来：对象依照知识。康德把他在知识与对象的关系问题上提出的这个假设自豪地称为"哥白尼式的革命"，它就是康德进行理性批判时所遵循的根本指导思想或根本原理。康德说："我们不妨尝试一下，就是假定对象必须依照我们的知识，看看这样是否会把哲学的任务完成得比较好些。"④

"对象依照知识"这个说法的提出对主体性原则的真正确立具有极其重要的意义。首先，它强调了人作为具有主观能动性的自由主体的价值和能力，即"人为自然立法"。在提出这个命题之前，康德既信奉莱布尼茨—沃尔夫派的形而上学，又对牛顿的自然哲学兴趣日增，而这两者之间

---

① 张世英：《康德的〈纯粹理性批判〉》，北京大学出版社 1987 年版，第 11 页。
② 同上书，第 15—16 页。
③ ［德］康德：《纯粹理性批判》，韦卓民译，华中师范大学出版社 2000 年版，第 17 页。
④ 同上。

有着不可调和的矛盾，前者建立在理性主义的认识论和无条件地相信纯逻辑的概念思维与现实的存在及其规律间的一致性的独断论之上，而后者则是建立在经验主义的认识论和无条件地相信经验思维，即通过经验获得的概念与现实的存在及其规律之间的一致性的独断论之上的。① 如何在这两条路外走出一条新路，卢梭对人的自由价值的思考和肯定给康德以启迪，他说："卢梭纠正了我，我意想的优点消失了，我学会了来尊重人，认为自己远不如寻常劳动者有用，除非我相信我的哲学能替一切人恢复其为人的权利。"②

其次，"对象依照知识"依据的是人的理性，并且这种理性是"先天"的。所谓"先天的"，在康德这里不是指心理学上的特征，而是指认识论上的特征，不是指时间上在先，而是指逻辑上在先，即我们知识中独立于（或不依赖于）经验、不能为经验所证明的具有普遍性和必然性的要素，这些要素就其不会有丝毫经验的因素而言是纯粹的，它们因而只能是来自认识能力本身的知识形式，而不能是来自后天的知识内容方面的东西。③ 康德将人的认识能力区分为：作为低级认识能力的感性和作为高级认识的理性，理性之所以能够认识世界，一个非常重要的条件是因为人类的认识能力中早已潜藏着知识的形式，换言之，人类理性在认识过程中，用一定的先天的认识形式去接受和整理感性材料，把规律赋予这些感性材料，使这些本来只是无规律的、偶然的和主观心理上的材料（印象）结构成一个按照普遍必然规律而存在的经验对象，即自然界。这个对象不是指不可认识的物自体（或自在之物），而是指可能的知识对象、一切已认识和未认识（但可以认识）的自然现象的总和。④

由此可见，康德把"对象"看作是由主体的认识能力对给予材料进行加工改造所创造出来的现实的经验对象，而这个对象是体现着认识主体自身的原理或形式、结构的。于是，在康德那里，认识的对象就不能只从

① 杨祖陶、邓晓芒：《康德三大批判精粹》，人民出版社 2001 年版，导言第 20 页。
② 同上，导言第 21—22 页。
③ 同上，导言第 33 页。
④ 杨祖陶：《〈纯粹理性批判〉两版序文要义剖析》，爱思想网（http://www.aisixiang.com/data/21548.html）。

客体、直观方面去理解，而且也要从主体、主体的活动方面去理解。这证明理性只能理解和认识它自己创造出来的东西，也只有理性的创造才构成理性认识的对象，因而对象必然是依照知识的。康德认为，他以这一根本原理为指导对理性进行了批判的考察，就在哲学上实现了一个思维方式的重大革命。他认为只有这样，才能说明我们的知识为什么能够与对象一致，同时又能够具有科学的普遍必然性。这就是他非常自诩地把这一变革称为"哥白尼式革命"的原因。康德在科学思想和认识论中造成的这一历史性的转折的确是极其深刻的，特别是其中首次提出的人类认识活动的主体能动性和创造性的思想，为发展后来马克思所说的人的"能动的方面"开了一个头，对后世哲学思想的发展乃至马克思主义认识论的形成都产生了不可估量的影响。这是对笛卡尔"我思故我在"的深入和升华，实际上表明了人具有不受外物所束缚、完全由自己来决定的自主、主动、能动、自由、有目的地活动的地位和特性，其实就是把人提高到主体的地位。

　　但是人如何具有这种能力呢？康德把这个问题经典化为"先天综合判断何以可能"，具体地说，康德是这样论证的，首先他把所有对象区分为现象和物自体这两个方面。现象是呈现在直观和经验中的东西，而正因为它能出现在直观和经验中，它才是我们认识的对象，能为我们的先天认识能力所决定，我们对它才能先天地有所知，才能获得有关它的普遍必然的知识，即是说，它是可知的。物自体是指现象的基础，它是超感性、超经验的东西，根本不能出现在直观和经验中，因而不可能成为我们认识的对象，只是不可知而仅能思考的东西，例如形而上学的研究对象——上帝、不朽的灵魂、自由意志等就是这样的物自体。所以，康德的主体是不受现象世界限制的先验主体。

　　在论证人作为实践主体时，康德注重实践理性高于理论理性，强调道德律与自然律的区别，强调道德自律，即人的自由，并将在《纯粹理性批判》中驱逐出科学知识领地的自由意志、灵魂不朽和神的存在，并称为实践理性的公设。康德设立了四种对立：现象与本体、知性和理性、知识和信仰、必然与自由。前四种对立最后都可归结为必然与自由的对立，都是为了突出主体性，为了更好地说明主体是自由的。在康德看来，当必然与自由对立起来的时候，必然性只是现象界的东西，只是知性所把握的东西，换句话说，我们所得到的知识只是属于必然世界的东西。本体、整体是不受任何限制的，因而是自由的，它是理性所追求的、只能通过信仰把握的东西。这四种对立都贯穿于《纯粹理性批判》全书，以至于他的三个"批判"之中。这四种对立最终都是为了说明人的主体性、人的自由意志、人的独立自主性。在这四者之中，每一种对立的前一方面都是要加以限制的，都是为后一方面留地盘：限制现象的范围是为本体留地盘，限制知性的范围是为理性留地盘，限制知识的范围是为信仰留地盘，总括起来说，限制必然性的范围是为自由留地盘。我们常说，在康德那里，上述两方面是对立的，是割裂的。但这并不是说，康德根本不要前者。他明确地说过："我必须限制知识，以便给信仰留地盘。"①

虽然康德将笛卡尔的经验主体提升为先验主体和道德伦理主体，构建了道德形而上学，但是他把必然与自由割裂开来，在主客二分的二元论框架下处理主体，对主体性原则进行完善，将主体性提升为哲学的绝对原则的是后来的费希特和黑格尔。费希特第一次以最为简洁明确的方式昭示了主体性原则的"自我学"的本质，②他明确宣布："自我"乃是"人类一切知识的绝对第一的、无条件的前提"③，同时把自我的基本规律概括为三条原理，即"同一性原理""反射原理"和"根据原理"。④ 黑格尔把主体生成的机制归结为三部曲：（1）主体外化或异化自己的本质为对象，从而产生了主客对立；（2）主体改变自身使之与对象相符合，从而达到了主客的同一；（3）主体改变自身的同时也改变了对象，从而又产生了新的主客对立。黑格尔把这称为主体自身的或主体对自身实施的辩证运动。而主体如此周而复始的循环运动，就是主体的生成过程。⑤

---

① 张世英：《康德的〈纯粹理性批判〉》，北京大学出版社1987年版，第20—22页。
② 段德智：《主体生成论——对"主体死亡论"之超越》，人民出版社2009年版，第15页。
③ ［德］费希特：《全部知识学的基础》，王玖兴译，商务印书馆1986年版，第6页。
④ 同上书，第27页。
⑤ 段德智：《主体生成论——对"主体死亡论"之超越》，人民出版社2009年版，杨祖陶《序》。

5. 主体性哲学的衰落

自笛卡尔开创主体性原则以来，主体性哲学成为西方近现代哲学的核心范式，多尔迈在其著作《主体性的黄昏》中曾指出"自文艺复兴以来，主体性就一直是现代哲学的奠基石"①，但是，至 19 世纪末 20 世纪初，主体性哲学的主导地位便遭到了多方面的有力挑战，差不多当代西方哲学的所有流派，从现象学、分析哲学、语言哲学、存在主义、弗洛伊德主义，到结构主义、后结构主义、后现代主义、法兰克福学派等，都对近现代主体性哲学进行了否定性的批判，主体性哲学开始步入衰落期，在对主体性哲学进行批判的一连串长长的名单上，尼采、叔本华、弗洛伊德、萨特、海德格尔、维特根斯坦、列维-斯特劳斯、阿多诺、杰姆逊、利奥塔、福柯、鲍德里亚、哈贝马斯……都名列其中，由于人本主义和科学主义是西方当代哲学的两大主潮，而且对主体性哲学的批判主要集中在对理性和形而上学认识论的批判上，所以在对主体性哲学进行批判的众多学派和学者中，我们分别选取海德格尔、弗洛伊德、列维-斯特劳斯和福柯为代表来予以说明，前两者作为人本主义的代表，后两者作为科学主义的代表，当然福柯的主体思想也带有人本主义色彩。

海德格尔对主体性哲学的批判是通过否定主客二分的形而上学认识论来予以说明的，在他看来，所有形式的主体性哲学，包括康德、尼采、萨特、马克思等，都是"遗忘"了"存在"的"无根的存在论"或"无根的本体论"。② 他认为，不能离开"此在"来谈"存在"，海德格尔把人叫作"此在"（Dasein），也就是"存在者"，"这种存在者，就是我们自己向来所是的存在者，就是除了其它可能的存在方式以外还能够对存在发问的存在者。我们用此在这个术语称呼这种存在者"③。他还指出："此在是一种存在者，但并不仅仅是置于众存在者之中的一种存在者。从存在者

---

① ［美］弗莱德·R. 多尔迈：《主体性的黄昏》，万俊人、朱国钧、吴海针译，上海人民出版社 1992 年版，前言第 1 页。

② ［德］海德格尔：《存在与时间》，陈嘉映、王庆节译，生活·读书·新知三联书店 1987年版，第 28 页。

③ 同上书，第 9 页。

层次上来看，其与众不同之处在于：这个存在者在它的存在中与这个存在本身发生交涉。"① 也就是说，人这个存在者与世界本身发生密切关系，即"在世界之中存在"，众所周知，传统形而上学认识论认为主体是内在的理性的认识者，客体是外在的现存的被认识对象，二者是彼此分开的，但是，海德格尔却认为，人依寓于世界之中，世界因为人而呈现出意义，人由于世界而得以生存，人不是外在于世界，而是世界的一分子，正如他所言："'在之中'并不意味着在某个现成东西'之中'现成存在，在某种确定的处所关系的意义上同某种具有相同存在方式的东西共同存在，我们把这些存在论性质称为范畴性质。……而相反，'在之中'意指此在的一种存在建构，它是一种生存论性质。……就源始意义而论，'之中'也根本不意味着上述方式的空间关系。'之中'（IN）源自 innan，居住，habitare，逗留。An（于）意味着：我已经住下，我熟悉，我习惯，我照料；它具有 colo 的如下含义：habit（我居住）和 diligo（我照料）……我居住于世界，我把世界作为如此这般熟悉之所而依寓之，逗留之。"②

弗洛伊德对主体性哲学的冲击主要是来自对思维主体的理性的否定。众所周知，无论是笛卡尔还是康德抑或黑格尔，西方主体性哲学的根本努力就是强调人具有自我意识，是一种理性思维主体，这种理性思维主体或自我意识是认识世界的出发点和根本点，也是世界的本体和基础。但是，在弗洛伊德的精神分析学中，自我意识和理性却并非人的心理结构的核心，他认为人的心理包括三个部分，即意识、前意识和无意识，他把人的大脑比作大海里的冰山，处于表层的意识就像冰山露出海面之上的那一小部分；处于中层的前意识相当于处于海平面的那一部分；无意识则是沉入海水中的硕大无朋的主要部分。弗洛伊德认为，无意识才是人的心理结构的核心，是"真正的'精神实质'"，是"意识的'原始阶段'"③，意识是清醒的、理性的，但又是无力的；无意识是混乱的、盲目的、无理性

---

① ［德］海德格尔：《存在与时间》，陈嘉映、王庆节译，生活·读书·新知三联书店 1987年版，第 14 页。

② 同上书，第 63—64 页。

③ ［奥地利］弗洛伊德：《梦的解析》，赖其万、符传孝译，作家出版社 1986 年版，第493 页。

的，但却是深沉有力、起决定性作用的，是决定人的行为和愿望的根本动力，无意识主要是一种本能的性冲动，这对于把人的理性和自我意识置于主体地位的主体性哲学无疑是一种彻底的颠覆。

列维–斯特劳斯是结构主义的代表人物，通过对土族部落生活中的制度、惯例、习俗、信仰等方面进行实地考察，他认为在人类的心里存在着普遍有效的思维构成原则，"为了使实践成为活的思维，必须首先（在逻辑的而非历史的意义上）使思维存在，这就是说，它的初始条件必须在心理和大脑的客观结构的形式中被赋予，没有这种结构就既不会有实践也不会有思想"①。"如果认为整个人类都退避于其历史的或地理的诸生存方式中的一种方式里，而未看到人类的真理其实存在于由这些不同方式的差异性与共同性组成的系统中，那就过于自我中心和天真了。"可见，他认为思维主体或主体的思维是由"心理和大脑的客观结构"为"初始条件"并由之派生出来的。在其代表作《野性的思维》中，他对笛卡尔的"我思"和萨特的自我主体都进行了批判，在他看来，"想要为物理学奠定基础的笛卡尔把人与社会割裂开来。自言要为人类学奠定基础的萨特则把他自己的社会与其它社会割裂开来。希望做到纯净不染的'我思'陷入个人主义和经验主义，并消失在社会心理学的死胡同里。"②

列维–斯特劳斯认为结构没有客观属性，它乃是人的心理"无意识"，这一点与弗洛伊德类似，不过列维–斯特劳斯比他更进一步，弗洛伊德将人类的一切精神活动最终都归为"无意识"的产物，而列维–斯特劳斯则把人类一切社会活动规律的总根源说成是深植于这个"无意识"之中。他认为原始人的文化性生活都是"大脑心理机制"的产物，各地互异的社会文化结构的类似性就表现了人心固有成分的不同的组合。在他看来，社会结构和文化现象不过是心灵结构的具体例示而已。③

福柯对主体的看法贯穿在他对真理、知识、权力、话语的阐释之中，虽然在其一生中，对于"主体是什么"这个问题的看法一直不断变化，

---

① ［法］列维–斯特劳斯：《野性的思维》，李幼蒸译，商务印书馆 1987 年版，第 302 页。

② 同上书，第 284—285 页。

③ 李幼蒸：《结构与意义——人文科学跨学科认识论研究》，中国社会科学出版社 1996 年版，第 164 页。

但是有一点始终未变，即主体并非先验命定的，也并非意义的源泉，而是由知识、权力、制度等建构而成，"在主体问题上，福柯既批判现象学和存在主义，又并不认同结构主义和后现代主义。福柯毕生只关注一个问题：主体如何在科学知识、强制实践和主体化这三个层面进入真相游戏之中。"①

福柯认为在古希腊时代并没有主体，"没有一个希腊思想家进行过界定和追寻，我只想说那时根本没有主体。这并不意味着希腊人没有努力去界定经验发生的条件——不是主体的经验而是个体的经验，就个体想把自己构筑成自己的主人这一点而言。经典的古代社会缺少的是把自我构筑成主体的问题。"② 在1982年的法兰西学院演讲中，福柯专门探讨了"认识你自己"在西方历史上的变迁。在他看来，在古希腊"关心自己"（epimeleia heautou）是比"认识你自己"更重要的律令，"我以为这个'关心自己'一直是在整个希腊、希腊化和罗马文化中规定哲学态度的一个基本原则"。③ "关心自己"是一种关于自身、关于他人、关于世界的态度，同时也是通过一整套的技术和训练来达到完善自我的社会实践方式，"epimeleia"也总是指某些人自身训练的活动，人通过它们控制自己、改变自己、净化自己和改头换面。由此，就有了一系列的实践，大部分都是（在西方文化、哲学、道德和精神史上）有着特别漫长遭遇的训练。比如沉思的技术、记忆过去的技术、良心考验的技术、根据表象对精神的表现来检验表象的技术，等等。④ 但是，到了笛卡尔时期，"关心自己"这一原则被"认识你自己"所取代，这是为什么呢？福柯也提出疑问："究竟是什么使得'关心自己'在西方思想（哲学）重塑自己历史的方式中被忽视了呢？人们是怎样十分强调、推崇'认识你自己'，而把关心自己这一概念扔在一边，至少是打入冷宫？"⑤ 福柯认为，是由于"真相的问题和真相史的问题。这一理由在我看来是关心自己这一戒律遗忘的最重要的

---

① 莫伟民：《主体的真相——福柯与主体哲学》，《中国社会科学》2010年第3期。

② ［法］福柯：《权力的眼睛——福柯访谈录》，严锋译，上海人民出版社1997年版，第120页。

③ ［法］米歇尔·福柯：《主体解释学》，佘碧平译，上海人民出版社2005年版，第10页。

④ 同上书，第12—13页。

⑤ 同上书，第10页。

理由，也是这一原则在古代文化中的地位丢失了近千年的理由"①。笛卡尔通过"把主体自身存在的自明性作为通向存在的根据"，使得"认识你自己"成为通向真理的一条根本途径。② 也就是说，自从笛卡尔确立"我思故我在"为哲学第一原理并逐渐为世人所认同，人们开始认为只有通过理性才能够获得真理，是人类固有的理智使主体达到真理，但是，理性真的是达到真理的根本途径吗？人类主体真的是建立在理性主义基础上吗？福柯的回答是否定的，通过一种"知识考古学"的谱系学方法，他考察了"我们怎样构成行使或承受权力关系的主体，以及我们怎样构成我们行为的道德主体"与其他关注主体的哲学家不同，福柯将他的目光投向过去，投向历史，投向精神病人和犯人，"与20世纪中最糟的政治制度老调重弹什么新人的诺言相比，我宁愿选择20年来在有关我们的存在方式和思维方式、权力关系、两性关系以及我们观察精神病或疾病的方法等领域中所发生的那些十分确切的变化，我宁愿选择在历史分析和实践态度的互相关系中所发生的那些甚至只是部分的变化"③。在福柯看来，主体不是先天自在的，而是一种被赋予了形式的东西，主体被构建的过程就是"主体化"，"我把主体化称为一种程序，通过这种程序，我们获得了一个主体的构成，或者说主体性的构成，这当然只是一种自我意识的组织的既定的可能性之一"④。

在《疯癫与文明》《规训与惩罚》中，福柯着重考察了我们是怎样被构成运用和屈从权力关系的主体，在《临床医学的诞生》《词与物》《知识考古学》中，则考察了我们怎样被构成知识的主体，而在《性史》中则研究了我们如何被构成我们自己行为的道德主体，这样，通过对知识轴线、权力轴线和伦理轴线的考察，福柯彻底否定了主体的先在性，把主体置于社会历史实践中进行谱系学考察，福柯便"将主体的问题变成了一个社会历史的主体化实践的问题，将对主体的研究变成了对主体化进程的

① ［法］米歇尔·福柯：《主体解释学》，佘碧平译，上海人民出版社2005年版，第15页。
② 同上书，第16页。
③ 杜小真：《福柯集》，上海远东出版社2003年版，第542页。
④ 福柯：《权力的眼睛——福柯访谈录》，严峰译，上海人民出版社1997年版，第119页。

多样性进行谱系学考察的工作"①。因而福柯的主体观是历史的、具体的、建构性的。

三 "自我"与"他者"

身份认同问题实际上是如何处理"自我"与"他者"关系的问题，在"他者"的目光之下，我们完成了对自我的认识和承认，无论是个体自我的身份认同还是集体的社会和文化身份认同，都离不开"他者"这个参照物。

1. "自我"与"他者"的关系

身份认同问题也是如何认识"自我"与"他者"之间关系的问题，自我身份的建构依赖于他者的承认，无论是社会身份还是文化身份，都存在于他者的目光之下，"自我"与"他者"是不可分割、相互依存、相互映照的一对矛盾统一体，犹如一枚硬币的两面，没有"自我"就没有"他者"，没有"他者"也没有"自我"。但是在现代西方哲学史上，长期以来"自我"代表主体，"他者"代表客体，主体"自我"通过对"他者"的控制和否定来进行建构，"自我"是主体和中心，"他者"则意味着处于边缘、低级、附属的地位，遭到排挤和压迫。将"自我"与"他者"对立其实是二元对立思维方式的体现，这种二分思维方式在处理"自我"与"他者"关系时，或者抬高前者，贬低后者，并且用前者来压制、整合、同化后者，或者将二者视为水火不相容的对立物，显然，这种思维方式是对"自我"与"他者"关系的破坏甚至残害。其实，用中国传统的整体思维方式来处理"自我"与"他者"的关系，也许更有裨益。老子说："道生一，一生二、二生三、三生万物。万物负阴而抱阳，冲气以为和。"（《老子》四十二章）庄子认为："天地与我并生，而万物与我为一。"（《庄子·齐物论》）孔子强调"和而不同"，"君子和而不同，小人同而不合"（《论语·子路》）。"和"是尊重"他者"的个性、差

① 余虹：《艺术与归家——尼采、海德格尔、福柯》，中国人民大学出版社2005年版，第278页。

异、多样性，与他者平等对话，"同"则是否定矛盾，抹杀差异，求"和"带来"自我"与"他者"的良性关系，求"同"则必然走向对不同于"自我"的"他者"进行打击、压制和破坏。

2. "自我"与"他者"关系的哲学考量

在西方哲学史上，柏拉图最早从本体论角度考察"自我"与"他者"的关系，在《蒂迈欧篇》中，柏拉图描述了宇宙灵魂的创造过程："神取来三种元素：同一、他者、存在，把它们混合起来，做成一个模式。在此过程中，神用强力将他者之抵抗性的和不相黏合的本性压缩进同一。在混合了同一和他者、接着是存在而得到一个整体之后，神又将此整体尽其所宜分成许多份，每一份都是同一、他者和存在的混合体。"从这里可以看出，西方哲学最开始就将他者置于需要用强力改造的敌对面，是要被纳入同一的待改造物。柏拉图这一有些荒诞的描述，预示了他者以后从属、次要、受压制、被同一的命运。

对"自我"与"他者"这一哲学命题作出辩证阐释的是黑格尔，在《精神现象学》中，他以奴隶和奴隶主为例，论证了"自我"与"他者"之间既相互依存又相互矛盾的复杂关系。他认为，表面上看奴隶主对奴隶有着绝对的控制权，占有毋庸置疑的主体地位，但是奴隶主主体自我的存在却面临着无法克服的矛盾。首先，"自我意识是自在自为的，这由于，并且也就因为它是为另一个自在自为的自我意识而存在的"[1]，在主奴关系中，主人的存在是自在自为的，但是奴隶却不拥有独立的自我意识，而奴隶主要想获得独立的自我意识，必须要获得拥有独立自我意识的奴隶的承认，但这是不可能的；其次，奴隶表面上看没有自由，受奴隶主的压迫而劳动，实际上，奴隶主只是通过享受物来满足自己的欲望，而把"对物的独立性一面让给奴隶，让奴隶对物予以加工改造"[2]，所以，奴隶主是完全依赖于奴隶的劳动来满足自己的自然本能，既无法超越自我也无法改变世界，已经丧失了独立自主的自我意识。可见，奴隶与奴隶主之间谁主谁奴是有着复杂的辩证关系的，黑格尔的这个论述通常被称为"主奴

---

① ［德］黑格尔：《精神现象学》，贺麟、王玖兴译，商务印书馆 1997 年版，第 145 页。
② 同上书，第 151—152 页。

辩证法"（dialectics of master and slave）的寓言，它暗示了"自我"的存在离不开"他者"，离开他者，人类将无法认识自己。

萨特继承了黑格尔主奴辩证法的基本观念，同时引入了一个新的关键词"凝视"（法文 le regard，英文 gaze），认为自我与他人的关系是主客二分的，主客地位的划分取决于凝视的位置，凝视的发出者是主体，被凝视者是客体，而且这种凝视是带有暴力关系的不平等存在，自我在他者的"凝视"下，遭受到自身的异化，自我就变成了为他的存在，但自我却永远不能化归于他人，反之亦然。所以主体间相互平等的凝视是不可能出现的，人与人之间的冲突是永远存在的，要想冲破这一桎梏就必须打碎他者的权力凝视，这一理论后来也影响了法农的后殖民理论与批评。福柯也对他者的凝视问题进行了深度剖析，在《规训与惩罚》中，福柯用边沁的"全景式监狱"一词来比喻社会通过一整套规训体制全方位的"监视"个人，这种"监视"是被监视者"无法确知"的，因为被监督者在任何时候都不知道自己是否被窥视，在这里，"观看"成为权力关系的表现，因为在"全景式监狱"的边缘，人彻底被观看，但不能观看；在中心瞭望塔，人能观看一切，但不会被观看到。①

西方哲学从一开始就是主体哲学，由此生发出一系列二元对立关系，如自我/他者、主体/客体、现象/本质、理念/现实、真实/虚假、文明/野蛮、传统/现代、理性/非理性、东方/西方、言语/文字、自然/文化、西方/东方、先进/落后、男人/女人等，每一组关系中的后者都作为他者长期受到前者的压制和歧视，前者被看作是本质的、基础的、中心的、处于主导地位的，而后者则是附属的、次要的、非本质的。这种二元对立的思维方式实质上是西方传统本体论哲学的表现。本体论认为在一切的现象世界背后有一个统摄现象界的统一性和绝对性的终极存在，本体论哲学的目标就是追寻这个最高的绝对存在，本体具有包罗一切的特性，它可以把所有异在的、他性的东西纳入同一的操控之中，进行整合、消化、吸收，使之丧失全部的他异性和外在性，它将异在的"他者"置于"自我"的对立面并力图使之臣服于主体自我，最终归并他者、消灭他者，唯我独尊。

---

① ［法］米歇尔·福柯：《规训与惩罚：监狱的诞生》，刘北成、杨远樱译，生活·读书·新知三联书店 1999 年版，第 226 页。

现代以来，这种主客二分并暗含了价值不平等关系的思维模式遭到众多哲学家和思想家的批判。胡塞尔不满意哲学的主客二分法，倡导一种"典型哲学的思维态度和典型哲学的方法"①，这种思维态度认为意识本身已经包含了意识中的对象，主体意识与客体对象不可分，在看待事物时，需要将客体最后还原成"纯粹的先验意识"，在还原的过程中，需要将历史所给予的既有观念和思想予以"悬置"，将客体的独立自在性问题存而不论，后期胡塞尔特别关注主体之间的意识建构问题，自我对世界的认识总是与他人对世界的认识产生互动，这种关系被称为"主体间性"或"交互主体性"（intersub-jectivity），这一阐释对后来哈贝马斯的交往理性理论有着直接的影响。

胡塞尔之后，结构主义、解构主义、女权主义、后现代主义、后殖民主义等众多西方重要哲学思潮都对抬高绝对主体自我、贬低压制客体他者的二元对立的哲学思维模式进行了深入的批判和否定，例如拉康认为自我是被大写的他者即语言建构的，福柯认为主体自我是由微观权力操控的，德里达则从文字学出发，对西方传统哲学进行了解构。

四　身份认同中的同一性与差异性

Identity 在哲学上的基本含义就是同一，其实，同一性中包含有差异性，在前现代社会，无论是个体自我认同还是文化身份认同都比较容易保持同一性，因为那时人们普遍相信存在有永恒不变的世界本体，但是自现代社会以来，那种连续统一、完整不变的同一性逐渐瓦解，差异性日渐占据身份认同的主导。

1. 同一性与差异性的关系

辨别同一性与差异性的关系，首先要搞清楚同与异的关系，关于同与异，有两个著名的哲学定律，其一是莱布尼茨的相异律，他认为天地之间没有任何两个完全相同的事物，他有一句名言：世界上没有两片完全相同

---

① ［德］胡塞尔：《现象学的观念》，倪梁康译，上海译文出版社 1986 年版，第 24 页。

的叶子；其二是怀特海的相似律，他认为天地之间没有任何两个完全不同的事物，其实一种事物的存在总是以某种方式类似于其他事物又以某种方式区别于其他事物。所以同一与差异是存在的普遍特征，是存在的范畴，存在的形式。①

如同"自我"与"他者"一般，身份认同中的同一性与差异性也是相辅相成、缺一不可的，差异性是同一性得以存在的前提，反之亦然。身份认同与同一性在英文里是同一个词，即 identity，identity 一词的词根是 idem（即 same，同一），所以 identity 的基本含义是指物质、实体在存在上的同一性质或状态。身份认同虽然指向"同"，但是以"异"为前提，从辩证法的角度看，同一性自身包含着差异性，恩格斯在研究"同一"与"差异"这对范畴时，批判了形而上学的抽象同一性。

其实，对于身份认同中的同一性与差异性的认识有一个变迁的过程，大致来说在前现代社会或曰农业社会/传统社会，身份认同侧重的是同一性，进入现代社会，差异性开始凸显，但是同一性仍然占据主体，到后现代或后工业化社会，差异性取代同一性成为身份认同的表征。

2. 现代社会语境下的同一性与差异性

在农业社会/传统社会，无论是自我身份认同还是文化身份认同都具有稳定性、同一性和持续性。一方面，血缘和地缘关系是决定人们社会关系的主要形式，血缘关系是先天固定无法改变的，由于交通方式的落后，人们的地缘关系也是比较固定的，很多人可能一辈子都没有离开过自己的出生之地，所以社会关系形式相对简单和稳定，决定人们自我身份认同的出身、家族、宗族等也具有稳定性和同一性。另一方面，由于社会生产力发展缓慢，社会生产关系相对稳定统一，缺少飞跃和剧变，人们的物质生活模式和精神生活模式都相对安稳平静，文化认同也相对统一。例如在传统中国，文化认同不成为一个问题，因为传统中国的认同是天下、国家、文化三位一体统一的，古代中国人认为中国是世界的中心，中华文化具有放之四海而皆准的普世价值，所以将周边其他民族蔑称为"东夷、南蛮、

---

① 张华夏：《实在与过程：本体论哲学的探索与反思》，广东人民出版社 1997 年版，第78 页。

西戎、北狄",以儒家文化为核心的中华传统文化具有很强的包容性,虽然历经几次大的外来文化的冲击仍然保持了内核的稳定性和持续性,所以在传统几千年的封建社会,人们的文化身份认同始终是明确同一的,但是鸦片战争打破了华夏文化中心论的"神话",以工业文明为特征的西方强势文化对中国传统文化造成的冲击被称为"三千年未有之变局",文化认同的同一性开始分裂动摇。

近代以来,传统社会向现代社会变迁,原有的价值理念、信仰意义等发生转变。从哲学的角度来看,传统社会以神权、客体为中心的统一身份认同开始转变为以人为中心的身份观,现代性的一个主要哲学特征就是把人放在世界的中心,人成为万物的尺度,人成为"主体",成为一切知识的源泉、万事万物的主宰,发生的一切必须以人为参照系。现代哲学的身份观就建立在这样一个信念之上,即认为存在着一个自我或内核,像灵魂或本质一样一出生就存在,虽然最终会有不同的可能发展,但在人的一生中基本保持不变,由此生发出连续感和自我认知。①

从社会学的角度来看,现代社会充满了动荡、不安、风险和不确定性,上帝已经死了,寻求精神家园的现代人将目光投向人类自己,投向人类的理性,笛卡尔说"我思故我在",康德大声疾呼"要有勇气运用你自己的理智!这就是启蒙运动的口号"②。但是,启蒙理性的过度发展反而使人类迷失了前进的方向,陷入自我认同的困境中。在人与自然的关系上,过度的人类中心主义导致人对自然缺乏敬畏之心,对科学技术的过度迷信和物欲的过分膨胀使人类无休止地向自然攫取资源,台风、地震、泥石流等灾害性气候现象的频发、水土流失导致大片土地沙化、工业化带来的环境污染等使生态平衡遭到严重破坏,人本来是自然的一分子,但是现代人却想控制自然,一味地向自然索取,人类只有一个地球,自然本就是人的生命之源,是人类的母亲,自然的破坏意味着人类本体的危机,家园不再安宁,搞不清"我从何处来,我往何处去"正是迷失自我的现代人陷入认同危机的表现。在人与社会的关系上,工具理性的膨胀使人沦为技

---

① [英] Jorge Larrain:《意识形态与文化身份:现代性和第三世界的在场》,戴从容译,上海教育出版社 2005 年版,第 197 页。

② [德] 康德:《历史理性批判文集》,何兆武译,商务印书馆 1991 年版,第 22 页。

术、机器和制度的工具，就如韦伯所说的"理性铁笼"，同时，科学技术的发展产生了难以克服的悖论。一方面，现代科技使人类生活更快捷、方便、舒适；另一方面，科技又赋予人类可怕的力量，甚至可以摧毁自我和地球，例如核能和克隆技术，而且任何科学知识都无法解决科学技术这把"双刃剑"，人类社会的整体安全存在着难以克服的危机。在人与人的关系上，现代社会对个人主义和工具理性的过度强调导致了人与人之间关系的冷漠和疏离，由于以自我为目的和中心，导致他人即地狱，人与人之间的交往充满了精心的利益计算、工具般的利用，以互联网为代表的现代传播技术虽然使人与人之间的交往更加方便、快捷，但是也使人与人之间的交流更带有游戏性和欺骗性。在人与自我的关系上，由于传统社会推崇的神圣信仰已经被解构，普遍世俗化的社会形态导致人们缺少形而上的价值追求，物质越来越丰裕，内在精神世界越来越萎靡，现代人成为物质和金钱的奴隶，失去了自我。

为了弥合现代人四分五裂的精神世界，挽救现代人的身份认同危机，一些思想家开始反思主体和启蒙理性，并进而质疑那种统一、连续、完整的身份观，霍尔明确指出："大家已认可身份从未统一，且在当代逐渐支离破碎；身份从来不是单一的，而是建构在许多不同的且往往是交叉的、相反的论述、实践及地位上的多元组合。它们从属于一个激进的历史化过程，并持续不断地处于改变与转化的进程当中。"①

3. 后现代性对同一性的消解

从阿尔都塞到福柯，从阿多诺到德里达，众多对现代性进行质疑的西方学者通过对主体和本质主义思维方式的批判来否定同一性。阿多诺在《否定的辩证法》中，对从黑格尔到卢卡契的强调"总体性"和"同一性"的辩证法进行了批判，他认为现代资本主义社会强制地消除了人们的个体性与差别性，人从劳动到需要、享受乃至思维，都被现代工业文明用一种方式统一化、模式化、刻板化了，商品交换原则将丰富多彩的个体性和差异性规约为"总体性""整体性""同一性"，真正的创造性和自

---

① ［英］斯图亚特·霍尔、保罗·杜盖伊：《文化身份问题研究》，庞璃译，河南大学出版社 2010 年版。

由精神不复存在。

德里达从文字入手，认为西方自古希腊以来的形而上学哲学一直贬低文字、抬高言语，这种语音中心主义实际上是一种"逻各斯中心主义"，逻各斯就是指本质、本源、存在，所谓逻各斯中心主义就是认为有一种先于语言和文字之外的宇宙本源，它是决定自然和一切存在的终极所在，德里达对这种思想进行了彻底的批判。

身份认同从同一性走向差异性，是从现代社会走向晚期开始的，霍尔认为这与全球化和现代性有关，特别是与权力政治相关，他曾经区分了身份认同的三种概念，即启蒙主体、社会主体、后现代主体。"启蒙主体的身份认同概念建立在居于中心的、统一的个体基础之上，个体被赋予了理性、意识和行动的能力"，"自我的本质核心就是一个人的自我身份认同"。① 与启蒙主体的身份认同的内倾性不同，社会主体的身份认同构建更多的是受到外在社会因素如文化、政治、权力等因素的影响，"身份认同是由自我与社会之间的互动形成的。主体仍然有一个内核和本质即'真正的我'，但是这个'真我'是通过和外在文化世界的不断对话以及这个世界所提供的身份来形成和改变的"②。所以，社会身份认同是沟通自我和外在世界的桥梁，"事实是我们在计划把自己归属于这些文化身份的同时，也在内化它们的意义和价值，使其成为'我们中的一部分'，帮助调整我们在社会和文化世界中所占据的客观位置而产生的主观感受。因此社会身份认同将主体嵌缝到文化结构之中，它使主体和他们居住的文化世界变得稳固，也使二者更统一和具有可预测性"③。从霍尔的论述来看，显然他认为启蒙主体意义上的身份认同和社会学意义上的身份认同具有一定的统一性和稳定性，启蒙主体的身份认同其实与自我身份认同类似，外在的社会和文化世界影响内在的自我身份认同，通过不断的内化和嵌入过程，将自我归属于某种文化结构之中。但是在后现代社会，连续、稳定、统一的身份认同被打破，"主体先前经历的统一、稳固的身份认同正在变

---

① Stuart Hall, *The Question of Cultural Identity*, Edited by David Held, Don Hubert, Kenneth Thompson, *Modernity: An Introduction to Modern Societies*, Published by Blackwell, 1996, p. 597.

② Ibid.

③ Ibid., p. 598.

的破碎，不再是单一的而是多种的，有时是矛盾的、无法理清的身份认同"。后现代主体身份认同概念的出现是晚近以来的事情，与启蒙身份认同和社会身份认同相比，具有明显的不确定性、流动性、含混性和多元性。后现代主体的身份认同变成了一场"流动的盛宴"，因为它"不断的被形成和改变，而这又是通过我们居于其中的、具有代表性的文化系统的方式展现的，它从历史学角度而非生物学来界定"①。不仅如此，霍尔进一步认为连续统一的身份认同不过是"一个令人舒服的故事或者关于我们的'自我叙述'，完全统一、完整、安全、连贯的身份认同不过是一个幻影。与之相反，由于系统呈现出意义和文化的多元化，我们在可能具有的身份认同时，面临着一种令人困惑的、稍纵即逝的多样性，而这些身份中的任何一个我们至少暂时是认同的"②。总之，在充满差异、变动、含混、断裂的后现代社会，具有同一、完整、连续的身份认同已经不复存在。

五　身份认同与现代性

身份认同理论是随着对现代性理论的认识与反思的深入而凸显的，身份认同成为问题与现代性息息相关，因为在传统社会人们固守宁静的家园，遵循不变的生活模式，时间和空间的流动变化都缓慢有序，人们的身份认同相对稳定牢固，但是在变动不居、无限开放的现代社会，人们的身份认同却面临难以克服的危机。

1. 现代性释义

从词源学上来讲，"modern"一词源于公元4世纪出现的一个拉丁语单词"modernus"，后者又起源于拉丁词"modo"，意思就是"目前（the present）""现在（right now）""当前（recently）""今天（today）"。③可见，"modern"最开始只是表示一种时间状态。而"现代

① Stuart Hall, *The Question of Cultural Identity*, Edited by David Held, Don Hubert, Kenneth Thompson, *Modernity: An Introduction to Modern Societies*, Published by Blackwell, 1996, p. 598.
② Ibid.
③ 谢立中：《现代性及其相关概念词义辨析》，《北京大学学报》2001年第5期。

性"，即"modernity"一词一般认为是波德莱尔最早使用的，他认为："现代性就是短暂性、飞逝性、偶然性；它是艺术的一半，艺术的另一半则是永恒性和不变性。对于每一位过去的画家都存在过一种形式的现代性。"① 波德莱尔主要是从心理体验的角度来解读现代性，作为有深厚艺术素养又对生活特别敏感的艺术评论家，波德莱尔感到现代都市生活不同于传统生活的丰富多彩和千变万化，他肯定这种艺术中显示出来的"现代性"，支持先锋派的"追新逐异"，认为"这种过渡的、短暂的、其变化如此频繁的成分，你们没有权利蔑视和忽略"②。随着现代社会的迅猛发展，"现代性"一词的使用频率也越来越高，含义也日益复杂、多元，众多学者纷纷从社会学、美学和哲学等不同视角对"现代性"进行阐释。

社会学家吉登斯认为现代性首先是一种社会生活或组织模式，不过他也认为现代性是极其复杂的，现在给它下定论还为时过早："何为现代性，首先，我们不妨大致简要地说：现代性指社会生活或组织模式，大约十七世纪出现在欧洲，并且在后来的岁月里，程度不同地在世界范围内产生着影响，这将现代性与一个时间段和一个最初的地理位置联系起来，但是到目前为止，它的那些主要特性却还是仍然在黑箱之中藏而不露。"③

社会学家鲍曼则把现代性划分为三个阶段，第一个阶段是从16世纪初至18世纪末，在这个阶段中，人们刚刚开始体验现代生活；还不清楚自己受到了什么东西的撞击。他们竭力地却又是半盲目地探寻着恰当的词汇；对于能使他们共享自己的试验与希望的现代公众社会还没有什么感觉。第二个阶段始于18世纪90年代的大革命浪潮。法国大革命和它引起的各种回响使得一种伟大的现代公众突然地戏剧性地出现在生活之中。这种公众共享着生活在一个革命时代里的感受，在这个时代，个人、社会和政治生活的每一个层面都会产生爆炸性的巨变。与此同时，19世纪的公众也仍然记得在毫不现代的世界里物质生活和精神生活是个什么样子。从这种内在的两分、这种同时生活在两个世界中的感觉出发，出现并且展带

————————

① ［法］波德莱尔：《波德莱尔美学论文选》，郭宏安译，人民文学出版社1987年版，第485页。

② 同上。

③ ［英］安东尼·吉登斯：《现代性的后果》，田禾译，译林出版社2000年版，第1页。

了各种现代化和现代性的观念。在 20 世纪，亦即在第三个也是最后的阶段中，现代化的过程实质上扩展到了全世界，"发展中世界"的现代主义文化在艺术和思想领域中取得了惊人的胜利。另外，现代公众在扩展中破成了大量的碎片，说着各种没有共同尺度的私人语言；现代性这一观念一旦用许许多多碎裂的方式来构想，便丧失了它大部分的生动性、广度与深度，丧失了它组织人的生活的能力和赋予生活以意义的能力。①

由于现代性是一个多元、多义且内部充满矛盾的复杂概念，所以很多学者试图将现代性进行不同意义上的划分。卡林内斯库根据现代性的内在矛盾将其划分为两种类型，即"作为西方文明史一个阶段的现代性同作为美学概念的现代性"②。前者大体上延续了现代观念史早期阶段的那些接触传统。进步的学说、相信科学技术造福人类的可能性、对时间的关切（可测度的时间，一种可以买卖从而像任何其他商品一样具有可计算价格的时间）、对理性的崇拜、在抽象人文主义框架中得到界定的自由理想，还有实用主义和崇拜行动与成功的定向——所有这些都以各种不同程度联系着迈向现代的斗争，并在中产阶级建立的胜利文明中作为核心价值观念保有活力、得到弘扬。而后者则厌恶中产阶级的价值标准，并通过极其多样的手段来表达这种厌恶，从反叛、无政府、天启主义直到自我流放。因此，较之它的那些积极抱负（它们往往各不相同），更能表明文化现代性的是它对资产阶级现代性的公开与强烈的否定激情。③

沃勒斯坦从物质与精神进步的角度把现代性划分为技术现代性和解放现代性两种类型，技术现代性是非常物质的，它代表的是永不停止的技术进步，"这种现代性，实际上是一种飞逝的现代性——今天摩登的，明天就将过时"④。解放现代性与物质财富没有多少关系，而是具有意识形态的性质，它的进步不是人性对自然的胜利，而是人性对自身的胜利，"这

---

① ［美］马歇尔·伯曼：《一切坚固的东西都烟消云散了——现代性体验》，徐大建、张辑译，商务印书馆 2003 年版，第 17 页。

② ［美］马泰·卡林内斯库：《两种现代性》，顾爱彬、李瑞华译，载周宪《文化现代性精粹读本》，中国人民大学出版社 2010 年版，第 109 页。

③ 同上。

④ ［美］伊曼纽尔·沃勒斯坦：《何种现代性的终结?》，成伯清译，载周宪《文化现代性精粹读本》，中国人民大学出版社 2010 年版，第 114 页。

种现代性不是技术的现代性、被释放了的普罗米修斯的现代性、无限增长的财富的现代性，而是解放的现代性、实质民主（对立于贵族统治和精英统治的人民统治）的现代性、人性实现的现代性，也是温和的现代性。这种解放的现代性不是一种飞逝的现代性，而是一种永恒的现代性。一旦获得，就永不放弃"①。

艾伦·斯温伍德认为有三种意义上的现代性，首先，作为文学—审美概念的现代性。它是在一种与如下实物具有参照性的话语中建构起来的，亦即现代社会那种"新颖"、变动、不断变化和动态的特征。从这个意义上说，现代性否定了整体概念，因为它的分析集中在现实那零散的和短暂的特征上，集中在微观世界和微观逻辑上。其次，作为社会—历史范畴的现代性。它与科学和人类进步的启蒙规划密切相关。在这个规划中，不断增长的知识和文化的自律性构成了变化的基础。最初由韦伯在理论上加以探讨，现代性这个概念意味着某种阴暗面，亦即（各个领域）自律性的增长必然导致一种专家文化和专门化的知识，作为启蒙理性和科学的产物。这就威胁着自律原则，以形式理性的胜利而告终。最后，作为一个涉及整个社会、意识形态、社会结构和文化变迁的结构概念的现代性。现代性确认了科学理性对隐蔽的非理性力量的承诺，确认了科学理性指向必然的社会变迁的路径。因此，现代性意味着历史意识，一种历史连续性的意识，过去在现在延续的途径。这一现代性概念强调行动者及其行动，它们造就了历史和社会变迁，这是一个通过现代性特殊的主体特性才得以可能的过程——不断增长的目的性，自觉的集体行动和致力于同可能替代方案有关的"反思性监控"。②

不管对现代性作何种解释和划分，都可以发现现代性确实与传统性有巨大的不同，它充满了变动、更新、动荡、不安和不确定性，正如鲍曼所言，无论哪个阶级的人们，若要在现代社会中生存下去，他们的性格就必须接受这个社会的可变和开放的形式。现代的男女们必须要学会渴望变

---

① ［美］伊曼纽尔·沃勒斯坦：《何种现代性的终结？》，成伯清译，载周宪《文化现代性精粹读本》，中国人民大学出版社 2010 年版，第 115 页。

② ［英］艾伦·斯温伍德：《现代性与文化》，吴志杰译，载周宪《文化现代性精粹读本》，中国人民大学出版社 2010 年版，第 57 页。

化；不仅要在自己的个人和社会生活中不拒绝变化，而且要积极地要求变化，主动地找出变化并将变化进行到底。他们必须学会不去怀念存在于真正的或幻想出来的过去之中的"固定的冻结实了的关系"，而必须学会喜欢变动，学会依靠更新而繁荣，学会在他们的生活状况和他们的相互关系中期待未来的发展。①

　　哲学意义上的现代性探讨更加深刻，哈贝马斯通过对自黑格尔以来的西方具有代表性的哲学家对于现代性的哲学思考的批判，从哲学角度对"现代性"这一命题进行了深刻的阐释。具体来说，他对现代性的探讨与对主体性和理性的批判联系在一起，哈贝马斯说："现代性面向未来，追新逐异，可谓前所未有，但它只能在自身内部寻找规范，主体性原则是规范的惟一来源，主体性原则也是现代时代意识的源头。反思哲学的出发点是自我意识这一基本事实，这是主体性原则的关键。"② ——因此，现代性与主体性原则紧密相连，他认为黑格尔开启了对现代性哲学话语的批判之路，哈贝马斯在《现代性哲学话语》中指出，"黑格尔虽然不是第一个属于现时代的哲学家，却是第一个意识到现代性已经成了一个问题的哲学家"③。因为黑格尔明确地提出了现代性的自我确证问题，发现了现代性得以确立的主体性内部的分裂，他用"自由"和"反思"来解释主体性，在他看来，主体性既包含对主体个性自由的肯定，也包含对主体应负责任的要求，一个是保证主体的自主原则和自由精神，一个是对无限发展的主体进行限制，这两者之间存在着无法调和的矛盾，所以近代主体性原则确立以来，社会处于一个不断分化/分裂的运动状态之中，科学、道德和艺术分化成不同的领域，认识、信仰和生活相互分离，价值理性和工具理性无法完整地统一，面对现代性无法确证自我的困境，黑格尔力图用用绝对理念来克服客观理性的普遍性要求与主体中心的理性的有限性之间必然存在的矛盾，将有限的主体理性与无限的真理统一起来，但是在哈贝马斯看

---

① ［美］马歇尔·伯曼：《一切坚固的东西都烟消云散了——现代性体验》，徐大建、张辑译，商务印书馆 2003 年版，第 123 页。
② ［德］哈贝马斯：《现代性的哲学话语》，曹卫东等译，译林出版社 2004 年版，第 49 页。
③ ［德］哈贝马斯：《后民族结构》，曹卫东译，上海世纪出版集团、上海人民出版社 2002年版，第 43 页。

来，这个美好的愿景是失败了，因为黑格尔仍然是在主体哲学的框架中来批判主体性，并且他的"绝对理念"是与时间、历史和现实都没有联系的无所依傍的抽象观念，即便能够满足现代性自我证明的要求，也是画饼充饥式的满足，所以，哈贝马斯说："黑格尔的哲学满足了现代性自我证明的要求，但付出的代价是贬低了哲学的现实意义，弱化了哲学的批判意义。最终，哲学失去了其对于当前时代的重要意义，毁灭了自己对时代的兴趣，拒绝了自我批判和自我更新的天职。时代问题没有了挑战性，因为，站在时代高度的哲学已经丧失了意义。"① 黑格尔的教训直接导致了两种反应："一个是后现代对现代性的规范自我理解的'克服'，另一个则是从主体间性的角度对发生歧义的古典现代性概念加以转化。"②

对于前者，哈贝马斯认为马克思和尼采是一个转折点，马克思用"实践"代替了"绝对理念"，尼采则走上了一条从现在向过去逆反的道路，他"放弃对理性概念再作修正，并且告别了启蒙辩证法"③，选择了以主体为中心的"非理性"主义的道路，以更具有生命本源意义和生存欲望的权力意志来作为社会历史的基本动力，"尼采依靠超越理性视界的彻底的理性批判，建立起了权力理论的现代性概念"④。但是，这条道路也是行不通的，"一方面，尼采希望从艺术的角度对世界加以考察，他的这种考察靠的是科学手段，并且贯穿着反形而上学、反浪漫主义、悲观主义和怀疑主义的立场。这样一种历史科学理应能够避免真理信仰的幻觉，因为它是为权力意志哲学服务的。然而，权力意志哲学的有效性反而又成了这门历史科学的前提。所以，另一方面，尼采必定要坚持认为可以进行形而上学批判，它揭示的形而上学思想的根源，但并不放弃自身的哲学地位"。尼采的矛盾之路直接开启了现代性的审美化批判途径，"尼采对现代性的批判在两条路线上被发扬光大。怀疑主义科学家试图用人类学、心理学和历史学等方法来揭示权力意志的反常化、反作用力的抵抗、以主体

---

① ［德］哈贝马斯：《现代性的哲学话语》，曹卫东等译，译林出版社 2004 年版，第 49 页。
② ［德］哈贝马斯：《后民族结构》，曹卫东译，上海世纪出版集团、上海人民出版社 2002 年版，第 177 页。
③ ［德］哈贝马斯：《现代性的哲学话语》，曹卫东等译，译林出版社 2004 年版，第 99 页。
④ 同上书，第 112 页。

为中心的理性兴起，就此而言，巴塔耶、拉康、福柯堪称是尼采的追随者；比较内行的形而上学批评家采用一种特殊的知识，把主体哲学的形成一直追溯到前苏格拉底，就此而言，海德格尔和德里达可谓步了尼采的后尘"①。

但是，无论是拉康、福柯，还是海德格尔和德里达，在哈贝马斯看来，都没有从根本上跳出黑格尔的窠臼，即都是在主体性的原则下对主体性作一种形而上的整体性批判。绝对观念，可以被"实践""权力""存在""语言"等概念代替，但究其实质，无一不是自我扩张的主体性的代名词，因为，"尼采传人没有注意到，从康德开始，现代性的哲学话语中一直就存在着一种哲学的反话语，从反面揭示了作为现代性的主体性"②。所以，从黑格尔直到海德格尔和福柯，都没有意识到现代性哲学话语的根本错误在于，它对主体性的批判只是主体自我的自反性批判。这种批判，只能实现为无终结的主体自身与它的镜像之间的相互映照。也就是说，这种自反性批判不能真正实现对中心化主体的突破和超越。那么，如何破除主体性的"魔咒"呢？哈贝马斯认为要克服这一根本错误，必须从主体中心化的理性转换到交往主体性的交流理性，即通过用被理解为交往行为的理性来最终否定以主体为中心的理性的方式，来最终实现现代性的自我确证，交往主体间本着平等、理性、民主、自由的原则进行话语的交流，重建合理化的"生活世界"，当然，这种摒弃一切先决条件、取消一切差异的理想化的话语交流状态是难以在现实中实现的，但是哈贝马斯毕竟给我们提供了重建现代性哲学的一个可以思考的新路径。

福柯对现代性的哲学批判也给人以启迪，他把现代性理解为"一种态度"，而不是一个历史时期，不是一个时间概念。"所谓态度，我指的是与当代现实相联系的模式；一种由特定人民所作的志愿的选择；最后，一种思想和感觉的方式，也就是一种行为和举止的方式，在一个和相同的时刻，这种方式标志着一种归属的关系并把它表述为一种任务。无疑，它

---

① ［德］哈贝马斯：《现代性的哲学话语》，曹卫东等译，译林出版社 2004 年版，第 113 页。

② 同上书，第 346 页。

有点像希腊人所称的社会的精神气质（ethos）。"① 福柯通过解构主体和反思启蒙来质疑现代性，他认为根本不存在能够自我确证、自我设计、自我控制的自由主体，主体是知识、权力、伦理塑造的产物，《词与物》主要探讨的是知识如何塑造主体，《规训与惩罚》主要追寻权力如何塑造主体，而《古典时代的疯癫史》则剖析了知识和权力一起合作来塑造主体，在《性史》中则研究了我们如何被构成我们自己行为的道德主体，在福柯生活的晚期，他主要从三个角度为我们揭示了主体的真相。首先，在古希腊哲学中，以"自我关怀"为主导的"知""行"合一意味着一种自由的、审美的伦理生活，伦理主体具有自发性、自主性（福柯也曾表示，并非整个古希腊时期、并非所有的希腊人都是如此）。其次，近代以来的以"自我认识"为中心的"知""行"合一把人导向与原始经验疏远的智性生活，知识主体表现出规范性、被动性。最后，知识主体取代伦理主体，其根源在于"自我认识"取代"自我关怀"的中心地位，其实质就是理性与非理性的严格区分，这就导致了权力主体。② 福柯晚年对伦理主体的关注显示出他对主体的审美化认知取向，这也证明了福柯对抽象主体的解决方案延续了尼采、海德格尔的审美化路径。

2. 现代性对身份认同的影响

在现代社会中，物质的丰富和诱惑侵占着人们的精神归属，科技理性和工具理性的绝对优势使价值理性的园地日益缩小，孤独感、焦虑感、缺少归属感成为现代人的普遍心理疾病，原来不成为问题的身份认同危机也伴随着现代性的兴起和兴盛成为日渐明显的问题。在某种程度上讲，讨论身份认同问题必须要放到现代性的语境之中，"认同事实上是一个现代性现象"，"认同'问题'是现代社会出现和发展的中心"。③ 因为从根本上说，身份认同只有在现代社会才能成为问题。在前现代社会，由于个体处

---

① ［法］福柯：《何为启蒙》，汪晖译，载汪晖、陈燕谷主编《文化与公共性》，生活·读书·新知三联书店 1998 年版，第 430 页。

② 杨大春：《别一种主体——论福柯晚期思想的旨意》，《浙江社会科学》2002 年第 3 期。

③ Joseph E. Davis（edited）：*Identity and Social Change*, Transactions Publishers, New Jersey, 2000, p. 185.

于固定的、系统化的关系网络当中，自我通过自身在稳固秩序中所处的环节而获得确定的归属感，人们生活在整体有序的社会中，血缘关系、等级地位、宗法家族这些固定的框架在每个人出生前就限定了他/她的身份和归属。自进入现代社会，个人有了在物的依赖性基础上的独立性，自我意识生成并逐渐走向自觉，每个人都试图确认自我，从而找寻到价值感和意义感。但是，现代性所导致的不确定性使人们难有归属感，同时现代生活的理性化又使人的存在逐渐地被工具化，无意义感充斥着人们的心灵。在这个组织严密、高度科层化、机器化的现代社会，人们如何成就丰富而独特的"自我"，这是人们所必须面对的，也正是对此的追问，使身份认同作为问题而凸显。现代性对身份认同的负面影响主要体现在两个方面，即自我认同归属感的匮乏和自我认同价值感的丧失。

归属感是身份认同的基本需要，传统社会的流动性和变化性都很小，受相对稳定的出身、宗族、阶级、种族等因素限定，人们的社会地位是既定的，个人很容易在稳定的社会秩序中搞清楚自己所处的位置和所属的群体，从而明白自己应该扮演的角色，没有"我是谁?"的困惑。但是现代社会是充满了变数和不确定性的社会，吉登斯曾经区分了现代性动力的三种主要来源，即时间和空间的分离、脱域机制的发展和知识的反思性运用。把现代制度这三个方面的特性联系起来，将有助于理解为什么生活在现代世界，就犹如置身于朝向四方急驰狂奔的不可驾驭的力量之中，而不像处于一辆被小心翼翼控制并被熟练地驾驶着的小车之中。对知识的反思性运用，本身既充满了活力，又必然变幻不定，它渗入了连接时间—空间的巨大跨距之中。脱域机制，通过将社会关系从它们所处的特殊的地域"情境"中提取出来，使得这种时—空延伸成为可能。①

从吉登斯对现代世界的形象描述中，我们可以发现现代社会已经打破了传统社会稳定有序的组织格局，一方面，人们的社会关系更加复杂多变，传统社会的宗族血缘关系逐渐淡化，自我可以根据职业、兴趣爱好、生活方式甚至消费方式等来寻找同类、确定归属；另一方面，社会和人员的流动性和变动性增强，人们不仅居住地点、工作环境、工作单位和职业

---

① ［英］安东尼·吉登斯:《现代性的后果》，田禾译，译林出版社 2000 年版，第46—47 页。

经常变动，而且个人所属的阶层和社会位置也在不断地上下流动，所以稳定的归属感难以形成。

自我认同价值感的丧失是现代社会带给身份认同的另一个负面影响。决定身份认同的关键是价值认同，现代社会是无限追求效率、利益，推崇工具理性的物质社会，信仰、神圣、理想等形而上的价值理性的追求既无暇顾及，也难以成为现代人的追求目标，就如马克思在《共产党宣言》中的一段经常被人引用的话："一切固定的冻结实了的关系以及与之相适应的古老的令人尊崇的观念和见解，都被扫除了，一切新形成的关系等不到固定下来就陈旧了。一切坚固的东西都烟消云散了，一切神圣的东西都被亵渎了，人们终于不得不冷静地直面他们生活的真实状况和他们的相互关系。"① 价值混乱和信仰崩塌成为社会之疾和人类之病。

现代性的根本特征是理性化，而资本主义现代性在萌芽初期，新教伦理的禁欲伦理精神促使新教徒面对世俗生活采取一种理性化的态度，这有助于理性主义的发展，同时文艺复兴和启蒙运动将人从宗教神权的枷锁中解放出来，世俗化的生活成为主导，韦伯把这种解神秘化的过程叫作"祛魅"，按照韦伯的说法，16世纪开始的欧洲宗教改革借助于两个核心概念——预定论和天职观，通过合理化途径形成了一种规范世俗世界的宗教伦理，宗教伦理本来是出于救赎目的以合理化的方式走向世俗，成为规范人们生活的基本原则。但是，随着合理化世界的不断成长和壮大，原本统一在宗教神权之下的世俗世界开始分化，原先在宗教和形而上学世界观中所表现出来的本质理性，被分离成三个自律的领域，即科学、道德和艺术，而且每个领域都和文化的职业相对应，因此每个文化领域内的问题成为本领域专家所关注的对象。这种对待文化传统的专业化态度彰显出文化这三个层面的每一个所具有的内在结构。它们呈现为认知—工具理性结构、道德—实践理性结构和审美—表现理性结构，它们每个领域都处于专家的控制之下。② 随着理性的无止境的增强，现代社会将一切都纳入可计

① ［美］马歇尔·伯曼：《一切坚固的东西都烟消云散了——现代性体验》，徐大建、张辑译，商务印书馆2003年版，第122页。

② ［德］尤尔根·哈贝马斯：《现代性对后现代性》，周宪译，载周宪《文化现代性精粹读本》，中国人民大学出版社2010年版，第142—143页。

量的工具理性掌控之下，工具理性压倒价值理性成为另一个桎梏现代人的"铁笼"，工具理性是一把双刃剑。一方面，高扬了人的征服自然、自主自觉的主体能动性和创造性；另一方面，由于缺少价值理性的约束，工具理性发展引发的先进生产力造就了日益丰富的物质商品，也激发了人类对物质欲望无休止的追求，以满足一个又一个被物质消费神话制造出来的世俗情欲和感官需要。并且，由于理性化的"怯魅"，人们已经失去了对自然和宇宙的神秘感和敬畏感，从"上帝之死"到"人之死"，原来被尊崇的形而上的超越性价值和意义丧失殆尽，怀疑、批评、否定一切之后找不到一个心灵的寄寓之所，虚妄和虚无笼罩着现代人，失去存在意义和价值根基的个体沦落为失去精神家园的流浪儿。

第二章 中西知识分子的身份认同考量

当代文论言说者的主体是知识分子，余英时认为中国古代的"士"与西方现代知识分子极其相似，的确，深受儒家思想影响的中国知识分子有着铁肩担道义的责任感和"治国平天下"的理想情怀，这些都是中国知识分子的优良传统和宝贵精神财富。不过进入现代社会以来，无论中国还是西方知识分子的身份认同都发生了明显的改变。

一 知识分子释义

同身份认同一样，知识分子也是一个歧义丛生的复杂概念，而且从前现代社会到现代社会和后现代社会，人们对知识分子的肯定、尊重和赞美之意与日递减，知识分子本身似乎也对这个称谓缺乏自豪感和荣誉感。保罗·约翰逊说："当知识分子站起来向我们说教的时候，我发现，公众现在已经产生了某种怀疑，那些大学教师、作家和哲学家，他们或许是很优秀的，但在普通群众中，一种怀疑的倾向正在日益增长：他们是否有权告诉我们应当如何立身行事？人们越来越相信，作为导师，或是作为榜样，知识分子并不比古代的巫医或牧师更聪明、更值得尊重。"①

1. "知识分子"的词源学溯源

从词源学上来讲，"知识分子"一词非本土原创，属于舶来品，在西

---

① ［英］保罗·约翰逊：《知识分子》，杨正润等译，江苏人民出版社 1999 年版，第469 页。

方语境中，国内学界一般认为知识分子一词有俄文"интеллигенчия"（即英文"intelligentsia"）与法文"intellectuel"（即英文 intellectual）两个词源①，分属东欧和西欧，各有其历史来源与历史意蕴。马里亚认为，"интеллигенчия"一词是小说家博博雷金于 19 世纪 60 年代第一个使用的。② 这一说法在学界影响很大，《苏联百科全书》也是持该种说法，认为俄文知识分子一词最早由彼德·博博雷金于 19 世纪 60 年代首先提出，指对社会现状不满、富于道德情怀、致力于社会进步的精英分子，这主要是 19 世纪 70 年代民粹主义提倡的结果。③

其实早在 1964 年，波拉德就已考证出，该词 1846 年即为文学评论家别林斯基使用。④ 盖拉 1976 年进一步指出，早在 1844 年，波兰人利贝尔特即已使用 intelligencja 一词，意指波兰社会中受过良好教育、关心国家大事、富于批判精神的精英分子。⑤ 目前学界一般认为，俄语之интеллигенчия 乃经由波兰文之 intelligencja，源自拉丁文的 intelligentia（理解、智力）。学界一般也认为，интеллигенчия 一词最早由别林斯基所用是毫无疑问的，但该词为整个知识界乃至全社会所广泛接受并流行开来则是 19 世纪 60 年代博博雷金使用之后的事。⑥

法文知识分子一词源于著名的"德雷福斯事件"。1854 年年底，阿尔弗里德·德雷福斯，法国总参谋部的一个犹太血统军官，在证据不足的情况下受到为德国人从事间谍活动的指控，并被判处终身监禁在魔鬼岛上，真相大白之后军方却并未纠正自己的错判，因为军方领导人认为，认错将有损军队的威严，对维护国家和社会秩序不利。了解到事件真相的法国著名作家左拉，于 1898 年 1 月 13 日在《曙光》（L' Aurore）报上发表致共

---

① 王增进认为，英语词 intellectual 也是现今"知识分子"词义源头之一，因为"知识分子"除了"社会现实批判者"这一种含义外，还有"智力水平较高的人"的意思，这层意思并非来自法语或俄语，而是来自英语词 intellectual，不过本文还是采纳学界的普遍看法，以法语和俄语的"知识分子"为源头。参见王增进《后现代与知识分子社会位置》，中国社会科学出版社 2003 年版，第 9 页。

② 王增进：《后现代与知识分子社会位置》，中国社会科学出版社 2003 年版，第 6 页。

③ 《苏联百科词典》，中国大百科全书出版社 1986 年版，第 1590 页。

④ 王增进：《后现代与知识分子社会位置》，中国社会科学出版社 2003 年版，第 6—7 页。

⑤ 同上。

⑥ 同上书，第 7 页。

和国总统的公开信，呼吁重审德雷福斯被诬案，为醒目起见，主编克里孟梭还将左拉文章的原标题《给共和国总统的信》改为《我控诉……!》，为扩大影响，该报在专栏中连续刊登"抗议"，并征求签名支持。1月23日主编克里孟梭有感于在"抗议"上签名的人日益增多，便提笔写出"所有来自各个领域的知识分子共主一个理念，并且坚定不移地实践这一理念，这难道不是某种标志?"① 美国社会学家科塞认为："那些致力于保护阿尔弗里德·德雷福斯并申诉他的无罪的知识分子，很大程度上并不是为一种狭隘的政治动机所驱使。正如废奴主义者一样，他们屈尊涉足政治舞台，是为了捍卫一套原则，而不是为了猎取私利和政治权力。这是一种良心政治。他们以人类普遍观念和共同理想的名义反对当权者。'德雷福斯'事件所以成为近代知识分子史的一个分水岭，就在于这个事件的过程中体现着对政治权力、社会秩序和民族国家的两种泾渭分明的态度。'知识分子'一词现今的涵义，无论褒贬，都来自'德雷福斯事件'。"② 科塞称知识分子为理念人，这个理念便是真理、正义和理性的代名词。

2. 何谓真正的知识分子

从"知识分子"的词源上看，知识分子不仅仅是有知识的人，他还需要有对社会和公共事物的关心和责任感，余英时指出："根据西方学术界的一般理解，所谓'知识分子'，除了献身于专业工作以外，同时还必须深切地关怀着国家、社会以至世界上一切有关公共利害之事，而且这种关怀又必须是超越于个人（包括个人所属的小团体）的私利之上的。所以有人指出，'知识分子'事实上具有一种宗教承当的精神。"③ 可见知识分子对国事、天下事的关心不是出自个人的私利和某个集团的利益，而是为了维护人类的基本价值和社会的良心，真正的知识分子通常从自由、理性、平等、公正等人类普遍价值出发来批判社会上一切不合理的现象，同时为实现这些价值而大声疾呼，敢于向一切政治权力、统治秩序、文化传

---

① 王增进：《后现代与知识分子社会位置》，中国社会科学出版社2003年版，第4—5页。
② ［美］刘易斯·科塞：《理念人：一项社会学的考察》，郭方等译，中央编译出版社2001年版，第236—237页。
③ 余英时：《士与中国文化》，上海人民出版社2003年版，引言第2页。

统等发出质疑和挑战，所以，真正的知识分子代表了社会的良心和人类前进的方向与希望。

不过，随着社会分工和体制化的日益发达，知识分子逐渐成为各个领域的专家、学者，高居于大学和研究所的象牙塔之内，他们更多的是与同行来往，在学术期刊上用公众难以理解的专业术语写文章，昔日立法者和启蒙者的精英身份遭到质疑和批判。福柯认为传统意义上的知识分子已经消失，因为日益制度化、专业化和职业化的社会体制使知识分子成为"专家""学者""教授"和各种各样的"顾问"。布尔迪厄将知识分子置于文化生产和权利关系的复杂结构中来进行分析，认为他们是"统治者中的被统治者"。利奥塔认为，在后现代社会，宏大叙事已经消失，代之而起的是各种各样的小叙事，作为宏大叙事代表的启蒙知识分子也已经被职业和专业化分割为各种各样擅长小叙事的"专门家"。所以，很多学者悲观地认为，知识分子已经不再可能成为社会的良心和人类基本价值的维护者，他们不过是具有专业知识的普通人。但是，我更赞同萨义德对知识分子的定位和期望，他认为知识分子是"具有能力'向（to）'公众以及'为（for）'公众来代表、具现、表明讯息、观点、态度、哲学或意见的个人"，他"在公开场合代表某种立场，不畏各种艰难险阻向他的公众作清楚有力的表述"[1]。知识分子有自己的专业研究但又不局限在专业的象牙塔内，而是以"业余者"的身份关心社会并且向公众发言，所以，"知识分子既不是调解者，也不是建立共识者，而是这样一个人：他或她全身投注于批评意识，不愿接受简单的处方、现成的陈腔滥调，或迎合讨好、与人方便地肯定权势者或传统者的说法或作法。不只是被动地不愿意，而是主动地愿意在公众场合这么说"[2]。这跟中国传统知识分子"以天下为己任"的优良传统是不谋而合的。

---

① [美]爱德华·萨义德：《知识分子论》，单德兴译，陆建德校，生活·读书·新知三联书店 2002 年版，第 16—17 页。

② 同上书，第 25 页。

二 中国知识分子的身份认同考量

中国有着悠久的知识分子传统，其中有精华也有糟粕，中国知识分子身上的不少通病都可以在这个传统中找到根源，另外，其中的精华也融入优秀知识分子的血液骨髓中，犹如基因一般代代相传，在中华民族的史册上闪耀着灿烂不朽的光芒。

1. 儒家知识分子的身份认同

儒家知识分子是中国传统知识分子的中坚力量，儒家思想最深刻地形塑了中国传统知识分子，给他们的性格特征、价值理念、精神人格等打上了难以磨灭的烙印，具体来讲，儒家知识分子的身份认同呈现出以下几个方面的鲜明特征。

首当其冲的便是对"道"的追求和担当。儒家知识分子在中国传统社会通常被称为"士"，余英时在《士与中国文化》引言中对"士"有过一段比较经典的阐释：

> 如果从孔子算起，中国"士"的传统至少已延续了两千五百年，而且流风余韵至今未绝。这是世界文化史上独一无二的现象。今天西方人常常称知识分子为"社会的良心"，认为他们是人类的基本价值（如理性、自由、公平等）的维护者。……熟悉中国文化史的人不难看出：西方学人所刻画的"知识分子"的基本性格竟和中国的"士"极为相似。孔子所最先揭示的"士志于道"便已规定了"士"是基本价值的维护者；曾参发挥师教，说得更为明白："士不可以不弘毅，任重而道远。仁以为己任，不亦重乎？死而后已，不亦远乎？"这一原始教义对后世的"士"发生了深远的影响，而且愈是在"天下无道"的时代也愈显出它的力量。所以汉末党锢领袖如李膺，史言其"高自标持，欲以天下风教是非为己任"，又如陈蕃、范滂则皆"有澄清天下之志"。北宋承五代之浇漓，范仲淹起而提倡"士当先天下之忧而忧，后天下之乐而乐"，终于激励了一代读书人的理想和

豪情。晚明东林人物的"事事关心"一直到最近还能振动现代中国知识分子的心弦。如果根据西方的标准，"士"作为一个承担着文化使命的特殊阶层自始便在中国史上发挥着"知识分子"的功用。①

西方知识分子对人类普遍永恒价值的追求与"士"极为相似，在《论语》和《孟子》中，我们到处可以看到"士"对超越一己之私利的"道"的追求。如曾子曰"士不可以不弘毅，任重而道远。仁以为己任，不亦重乎？死而后已，不亦远乎？"②（《论语·泰伯篇》）子曰："朝闻道，夕死可矣。"③（《论语·里仁篇》）子曰："士志于道，而耻恶衣恶食者，未足与议也。"④（《论语·里仁篇》）孟子曰："无恒产而有恒心者，惟士为能。若民，则无恒产，因无恒心。"⑤（《孟子·梁惠王上》）

那么，古代士人追求的"道"到底是什么呢？虽然很多学者对此有各种解读和诠释，但是总体来讲，儒家知识分子所求之"道"大致包括以下几个方面的内涵：第一，精神上的超越性。科塞称知识分子为"理念人"，他们孜孜以求的是超越世俗利益的普世价值和终极真理，曼海姆认为知识分子不属于任何一个阶层或阶级，所以能够超越任何狭隘的集团利益来考虑问题，其实科塞和曼海姆所说的超越性正是中国古代士人具有的突出特点，贪恋安逸富贵的庸碌之辈不能被称为"士"，子曰："士而怀居，不足以为士矣。"⑥（《论语·宪问篇》）因为士人不以世俗的功名利禄为人生理想，而是以理想的天道和人道为旨归。这种超越性不仅体现在对超越性的真理和价值的追求上，也体现在对具体的理想世界的想象上，因此儒家知识分子在现世政治制度上的表现就是追求有"道"的天下，故而孔子曰："天下有道，则礼乐征伐自天子出；天下无道，则礼乐征伐自诸侯出。自诸侯出，盖十世希不失矣；自大夫出，五世希不失矣；陪臣执国命，三世希不失矣。天下有道，则政不在大夫。天下有道，则庶

① 余英时：《士与中国文化》，上海人民出版社2003年版，引言第2页。
② （宋）朱熹：《四书章句集注》，中华书局1983年版，第104页。
③ 同上书，第71页。
④ 同上。
⑤ （宋）朱熹：《四书章句集注》，中华书局1983年版，第211页。
⑥ 同上书，第149页。

人不议。"①（《论语·季氏篇》） 子谓南容："邦有道，不废；邦无道，免於刑戮。"②（《论语·公治长篇》） 第二，"道"的核心是仁。韩愈在《原道》开篇写道："博爱之谓仁，行而宜之之谓义，由是而之焉之谓道。"③（韩愈：《原道》） 儒家的"仁"是仁爱、仁义，是"己欲立而立人，己欲达而达人"④，（《论语·雍也篇》）"己所不欲，勿施于人。"⑤（《论语·颜渊篇》） 这种仁爱不局限于家庭、血缘、种族等客观外在条件的约束，是一种大爱和博爱，是士人君子追求的崇高目标和行为表率，所以孔子说"志士仁人，无求生以害仁，有杀身以成仁"⑥，（《论语·卫灵公篇》） 孟子将孔子的"仁学"理念进一步发展为"仁政"思想，力图建立"民为贵，社稷次之，君为轻"的王道世界，历代儒生都提倡兴王道、废霸道，所以，儒家知识分子将治国平天下作为终生的理想和抱负。第三，"道"追求的超越不在彼岸世界，就在人间。与基督教、佛教、印度教等其他宗教的超越此岸世界不同，儒家思想注重的是人间秩序的安排。"季路问事鬼神。子曰：'未能事人，焉能事鬼？''敢问死。'曰：'未知生，焉知死？'"⑦（《论语·先进篇》） 在孔子看来，人间的事情是最重要也最紧迫的，死后的事情他是不管的，人道与天道类似，合理安排的人间秩序与宇宙生生不息、和谐自然的规律相吻合。儒家的"道"并没有安排一个来世让人们去想象、去追求，正如梁漱溟所言："孔家没有别的，就是要顺著自然道理，顶活泼顶流畅的去生发。他以为宇宙总是向前生发的，不加造作必能与宇宙契合，使全宇宙充满了生意春气。"⑧

其次是"以天下为己任"的政治参与意识和强烈的社会责任感，也就是"治国平天下"。虽然儒家知识分子追求精神上的超越性，但是他们

---

① （宋）朱熹：《四书章句集注》，中华书局1983年版，第171页。

② 同上书，第75页。

③ 吴小林：《韩愈选集》，人民文学出版社2001年版，第212页。

④ （宋）朱熹：《四书章句集注》，中华书局1983年版，第92页。

⑤ 同上书，第132页。

⑥ 同上书，第163页。

⑦ （宋）朱熹：《四书章句集注》，中华书局1983年版，第125页。

⑧ 梁漱溟：《东西文化及其哲学》，商务印书馆1997年版，第127页。

并不是超然世外的旁观者和出世者,而是"家事国事天下事事事关心"的积极入世者,不仅如此,儒家知识分子的"先天下之忧而忧、后天下之乐而乐"的忧国忧民意识极为强烈,在"礼崩乐坏"的春秋时代,孔子周游列国宣传自己的治国理念和政治抱负,最终无人慧眼识英雄,孔子的理想和抱负无法实现转而传道授业,孟子也曾经周游列国宣传自己的政治主张,其实,立德、立功、立言这三不朽是每一个士人都孜孜以求的梦想,立德、立功不成之后才转而立言,所以实现不朽的路径虽然千差万别,但是都指向现实世界和现世社会,可谓心系天下,胸怀世界,这一点与现代社会分工化后的专业知识分子有很大的不同。

自现代社会以来,社会分工和专业化程度越来越高,知识分子变成了各个行业的专家和学者,所以博格斯认为在现代社会,"知识分子不再由著名人士或先锋分子组成,而是由专业化的职业工作者所组成,后者的知识和技能对管理生活和商业生活来说是必不可少的"①。他们的活动领域和关注的对象也发生了变化,"准确地说:在过去的50年里,知识分子的习性、行为方式和语汇都有所改变。年轻的知识分子再也不像以往的知识分子那样需要一个广大的公众了:他们几乎无一例外地都是教授,校园就是他们的家;同事就是他们的听众;专题讨论和专业性期刊就是他们的媒体。不像过去的知识分子面对公众,现在,他们置身于某些学科领域中——有很好的理由。他们的工作、晋级以及薪水都依赖于专家们的评估,这种依赖对他们谈论的课题和使用的语言毫无疑问要产生相当的影响"②。所以雅各比认为公共知识分子已经消失了。确实,现代社会是高度专业化、体制化的社会,社会不缺少精通本领域知识的专家和学者,也不缺少大学教授,但是缺少关心人类基本价值、胸怀天下、有着强烈责任感和无私精神的公共知识分子。

不过,中国的士人一直都有着关心社会、参与政治、心系天下的传统,所谓家国情怀。陈来指出:"从春秋时代的历史来看,诸子百家的

---

① [美]卡尔·博格斯:《知识分子与现代性的危机》,李俊、蔡海榕译,江苏人民出版社2006年版,第117页。

② [美]拉塞尔·雅各比:《最后的知识分子》,洪洁译,江苏人民出版社2002年版,第4页。

'士'是从王官中转化出来的，在这个意义上，伴随着'哲学的突破'发生，'士'（不是春秋最下层贵族的士）的产生正是指从各种专业化的世官中转生出来的、追求普遍价值的新知识人。儒士从其出现开始直到中华帝国晚期，一直保有着类似所谓公共知识分子的品格。"① 所以，"在中国古代，'学术之为召唤'和'政治之为召唤'对于士大夫群体毫不冲突，而是自然合一的，因为，就其为学者而言，他们可感于学术的召唤，就其为官员而言，他们服务于政治的召唤。传统士大夫的这种双重性格与现代化社会的职业化体制对于知识分子的要求很不相同"②。中国传统社会里的士人或者儒生本身就是国家官僚体制中的成员或候补成员，"学而优则仕"是士人的普遍人生之路，天下有道、政治清明的时候，士人们悬梁刺股，读书入仕，争取建功立业、报效朝廷；天下无道，报国无门之时，有些士人会独善其身，隐逸山林，但是更多优秀的士人会挺身而出，抨击时弊以维护"道统"，例如东汉末年"党锢之祸"中挺身而出、抨击宦官专政的李膺、郭泰、贾彪等士大夫，不畏皇权、以道自任的明代东林党人，为变法救国而牺牲的戊戌六君子，等等。资中筠曾经将"士"的精神传统概括为三大突出的特点："家国情怀"，以天下为己任，忧国忧民；重名节，讲骨气；把爱国与忠君合二为一的"颂圣文化"。③ 这三点都可以看出士人对政治的关心和治国平天下的责任感。

最后但非常重要的一点是儒家知识分子对自我修养的极端重视，甚至将修身养性置于治国平天下之前，这其中的缘由与儒家知识分子特殊的身份地位紧密相关。余英时曾经借用社会学家帕森斯"哲学的突破"观点来论证知识阶层的兴起。④ 他认为，第一，"哲学的突破"之后，文化系

① 陈来：《儒家传统与公共知识分子》，载陈来《孔夫子与现代世界》，北京大学出版社2011年版，第42页。

② 同上书，第49页。

③ 资中筠：《知识分子对道统的承载与失落》，《炎黄春秋》2010年第9期。

④ 所谓"哲学的突破"是指大约在公元前1000年，希腊、以色列、印度和中国四大古代文明，都曾先后各不相谋而方式各异地经历了一个"精神觉醒"的阶段，即对构成世界的本质发生了一种前所未有的层次极高的理性认识，由此而对人类本身的处境及其意义有了新的解释。雅思贝尔斯将这个时代称为"轴心时代"，认为人类开始从原始蒙昧阶段进入文明时代。参见余英时《古代知识阶层的兴起与发展》，载余英时《士与中国文化》，上海人民出版社2003年版，第28页。

统从此与社会系统分化而具有相对的独立性；第二，分化后的知识阶层成为新教义的创建者和传衍者，而非官方宗教的代表；第三，"哲学的突破"导致不同学派的兴起，因而复有正统与异端的分歧。① "哲学的突破"造成了王官之学散为诸子百家的局面，儒家士人将维系道统作为立足之根本。但是如何维护"道"呢？儒家从诞生之时就面临着"道"与"势"相处的复杂问题。一方面，统治者为了证明和提高自己政权的合法性和合理性，需要在思想上和精神上对人民进行有效的控制，"从比较宗教学的观点来看，战国君主尊师重道主要说明一个问题，即政统需要道统的支持，以证明它不是单纯地建立在暴力的基础上。更重要地，在公元前四世纪至前三世纪这个历史阶段中，几个主要国家如齐、秦、魏、赵、燕等都有统一天下的雄图，他们当然更需要在武力之外发展一套精神的力量了"②。另一方面，虽然士人以道统自居，但是无权无势的士人真正与皇权抗衡显然是处于劣势的，为此，儒家经典中反复强调"道"尊于"势"。子曰："笃信好学，守死善道；危邦不入，乱邦不居；天下有道则现，无道则隐。邦有道，贫且贱焉，耻也；邦无道，富且贵焉，耻也。"③（《论语·泰伯篇》）孔子认为，为了维护"道"的尊严，就不应该出仕贪图富贵名利，显然，从"道"比顺"势"更重要。孟子更加明确地阐明了"道"尊于"势"，"古之贤王好善而忘势；古之贤士何独不然？乐则而忘人之势。故王公不致敬尽礼，则不得亟见之。见且由不得亟；而况得而臣之乎？"④（《孟子·尽心章句上》）如果权势不符合道义，不尊重道统，那么士人不必俯首称臣侍奉君王。那么凭什么说"道"尊于"势"呢？没有外在的实权支持，就只有靠自己高洁的内在德行体现出"道"的卓越和崇高。"为了使'德'与'位'旗鼓相当，知识分子便不能不

① 余英时：《古代知识阶层的兴起与发展》，载余英时《士与中国文化》，上海人民出版社2003年版，第31页。
② 余英时：《道统与政统之间——中国知识分子的原始形态》，载余英时《士与中国文化》，上海人民出版社2003年版，第93页。
③ （宋）朱熹：《四书章句集注》，中华书局1983年版，第106页。
④ 同上书，第351页。

'自高''自贵'以尊显其'道'。"① 注重个人修养是为了将"道"以可见的外在形式体现出来，上帝和释迦牟尼的尊严可以通过复杂严谨的教会制度和必须遵守的教义树立起来，但是儒家的"道"却是毫无依托的悬在空中，只有通过努力提高个人的内在修养才能彰显出来，与君权抗衡。从这一点来说，是否从"道"完全依靠士人的自觉，是一种个人品德的自觉修炼，践行与否完全没有外在的约束，所以就会出现一些道貌岸然的伪君子和假清高的士大夫。但是担当道义仍然是士人的根本原则和主流，所以个人品德的高低直接决定了士人的声望，重名节、讲骨气也成为中国知识分子极为宝贵的精神财富和操守准则。

以上可以说是儒家知识分子身份认同上的正能量，但是儒家思想也对中国传统知识分子有一定的负面影响，最主要的是根深蒂固的忠君颂圣意识使知识分子很容易成为权势的奴婢，丧失宝贵的独立意识和批判精神。孔子说："君君、臣臣、父父、子子。"（《论语·颜渊》）② 这就奠定了儒家士人忠君的理念，君王如果不行仁政，士人臣子只能劝诫、谏言，无论如何不能有不忠之心。所以历朝历代出了很多忠臣士人因为坚守道义，忠心谏言最终激怒皇帝，沦为囚徒或者身首异处。这种带有愚忠意味的忠君颂圣思想犹如暗疾潜藏在中国知识分子基因中，一旦碰到合适的时间就会爆发，给社会带来危害。

2. 道家思想对中国知识分子身份建构的影响

很多中国知识分子都信奉一句话：达则兼济天下，穷则独善其身。③ 这句话也是"儒道互补"的很好诠释，儒家思想对中国知识分子的影响是最重要的，修身、养性、齐家、治国、平天下的人生理想和行为准则使儒家知识分子更多地以立法者和合作者的身份自居，但是无论是以道自任的立法者还是辅佐君王的合作者，其理想和抱负能否实现完全取决于是否

---

① 余英时：《在道统与政统之间——中国知识分子的原始形态》，载余英时《士与中国文化》，上海人民出版社 2003 年版，第 31 页。

② （宋）朱熹：《四书章句集注》，中华书局 1983 年版，第 136 页。

③ 这句话出自《孟子·尽心章句上》，原文为："穷则独善其身，达则兼善天下。"参见（宋）朱熹《四书章句集注》，中华书局 1983 年版，第 351 页．

遇上一个明君，他能够用人唯贤、实施仁政，对士大夫礼贤下士、求贤若渴，有治国安邦之道、宅心仁厚之德，这样士大夫们才有机会报效君王、实现治国平天下的宏愿。不过理想与现实的距离总是相去甚远，大多数想兼济天下的士人穷其一生也无法碰上这样的君王，这样的时代。譬如孔子周游列国推销自己的治国之策但是最终无功而返，而且还被讥讽为丧家之犬，孟子的仁政理念也是无人采纳。其实，儒家思想在封建社会时期更多的只能作为统治者装点门楣的鲜花旗帜，在残酷的政治斗争中真要实行王道是很难行得通的，所以大多数统治者是儒表法里，儒生的高调理想很容易被视为"迂腐之见"，既然这样，那么儒家士人如何平衡自己的心态，在不得志、不得用的情况下仍然可以"独善其身"呢？这时候道家思想便为士人提供了很好的精神慰藉和人生旨归。如果说儒家思想使中国传统士人成为立法者和合作者，那么道家思想则使中国传统知识分子的身份认同带有更多的避世者和逍遥者的色彩。

首先是道家的"无为"思想使士人在不得志之时可以避世者自居。儒家士人以积极入世的精神力图治国安邦，有所作为，为了彰显道统的尊严和崇高而对自我修养提出了极高的要求，但世事不如意者十之八九，在"有为"无望的情况下只能"无为"而治了。道家的"无为"从根本上来说本不完全是消极避世的，在《道德经》中有十二处提到"无为"，总体来说，老子的"无为"是遵循自然的法则，顺应自然，也就是"道"，道家的"道"与儒家的"道"有所不同，如果说儒家之"道"是人间的、社会的、伦理的，体现出较多的道德伦理色彩，那么道家之"道"则是宇宙的、自然的、本源的，具有突出的存在论特质。《道德经》中云："道可道，非常道；名可名，非常名。无名天地之始，有名万物之母。故常无欲，以观其妙；常有欲，以观其徼。此两者同出而异名，同谓之玄，玄之又玄，众妙之门。"（《道德经》第一章）[①] 老子认为"道"为万物之母，"道生一，一生二，二生三，三生万物。万物负阴而抱阳，冲气以为和。"（《道德经》第四十二章）[②] 所以"道"是万物的根本和本源，而且不停运动、变化着。道家的"无为"就来自"道"的无限性、

---

① （三国魏）王弼著，楼宇烈校释：《老子道德经注校释》，中华书局 2008 年版，第 1 页。
② 同上书，第 117 页。

永恒性、变化性和本源性。虽然我们经常将老庄并置，但是在"无为"这一点上二者其实是有区别的。老子的"无为"根本目的是"有为"，而且是"有大为"，所以《道德经》被称为"君王南面之术"，老子认为："我无为而民自化，我好静而民自正；我无事而民自富，我无欲而民自朴。"①"为学日益，为道日损，损之又损，以至于无为，无为而无不为，取天下常以无事，及其有事，不足以取天下。"②（《道德经》第四十八章）统治者治理天下应该遵循自然规律，不干预百姓的正常生活，不滋生贪欲恶念，加强个人的修养，以顺应民意的需求为导向，不扰民滋民，自然天下太平。老子的"无为"是遵循"道"的规律，以退为进，以柔克刚，如果从哲学上来说则是辩证法的极高体现。相比而言，庄子的"无为"则带有更多消极避世的色彩，在庄子看来，万物是齐一的，"物无非彼，物无非是。自彼则不见，自知则知之。故曰彼出于是，是亦因彼。彼是方生之说也，虽然，方生方死，方死方生；方可方不可，方不可方可；因是因非，因非因是"③（《内篇·齐物论》）。从道观之，彼是、是非、生死都没有区别，只是主观的意念不同而已，如果能够以"道"观物，以"心"观"道"，就会发现"天地与我并生，而万物与我为一"。

长期以来，道家的"无为"思想对中国传统知识分子的精神人格、身份认同有着深刻长远的影响。从积极的一方面说，"无为"的思想使传统士人在仕途不顺之时能够以退为进，韬光养晦，不急不躁，不气不馁，以辩证的态度和平和的心态面对逆境和挫折，如果我们引进以赛亚·柏林的"两种自由"的观点④，就可以发现，儒家的"有为"状态类似于积

---

① （三国魏）王弼著，楼宇烈校释：《老子道德经注校释》，中华书局 2008 年版，第 150 页。

② 同上书，第 128 页。

③ 郭庆藩：《庄子集释》，中华书局 1961 年版，第 66 页。

④ 消极的自由是指在一定范围内能够自由行动，不让他人妨碍自己选择的自由，积极的自由是指自己决定自己选择的自由，前者和以下这个问题所提出的解答有关，即"在什么样的限度以内，某一个主体（一个人或一群人），可以、或应当被容许，做他所能做的事，或成为他所能成为的角色，而不受到别人的干涉？"后者则和以下问题的答案有关，即"什么东西、或什么人，有权控制、或干涉，从而决定某人应该去做这件事、成为这种人，而不应该去做另一件事、成为另一种人？"消极的自由是维持最低限度的个人自由，是以不让别人妨阻我的选择为要旨的自由，积极的自由则是"去做……的自由"，是以做自己的主人为要旨的自由。参见 Isaiah Berlin《自由四论》，陈晓林译，台北联经出版实业公司 1986 年版，第 229—230、242 页。

极的自由，道家的"无为"处境更似消极的自由。中国知识分子受儒家思想影响很深，大多希望能够"天将降大任于斯人也"，"学成文武艺，卖与帝王家"，不为五斗米折腰的陶渊明也有"猛志固常在"的时候，自称谪仙人的李白终究难忘"长风破浪会有时，直挂云帆济沧海"，杜甫更是时刻想着"致君尧舜上，再使风俗淳"，科举入仕、治国安邦，哪一个读书人都梦想能够有这种自己做主的积极的自由，但是大多数时候事与愿违，仕途坎坷，命运多舛，朝野风云波诡云谲，帝王诸侯翻云覆雨，没有阶层归属、没有组织依靠的士人很容易陷入道家的"无为"之中，以明哲保身、福祸相依的姿态冷眼旁观，以避世者的心态徜徉于自然山水之间获取暂时的心理平衡，总体而言，这种避世大多因为生不逢时，社会阴暗，政治腐败，士人采取这种不同流合污的避世姿态也是对残酷社会一种无声的批判和抵抗。但是另一方面，道家的"无为"带来的消极影响也不容小觑。道家浓厚的虚无主义和相对主义色彩使中国知识分子很容易染上"软骨病"和"人格分裂症"，走向趋炎附势和阳奉阴违，中国历史上这样的典型人物数不胜数。有的心口不一，一边高唱超尘脱俗，以老庄自恃，一边忙着攀龙附凤、升官发财，例如魏晋名士，除了少数有骨气的之外，大多数是表面崇尚老庄，清谈务虚，实际上追名逐利，招权纳贿，潘岳才情无双，作《闲居赋》《秋兴赋》吟咏逍遥，向往超脱，却谄媚权贵贾谧，留下了"拜路尘"的千古笑柄，正所谓"高情千古《闲居赋》，争信安仁拜路尘"。[①] 有的沽名钓誉，故作清高，一边假装归隐，游山玩水，不理俗务，一边走终南捷径，时刻准备投怀送抱。《旧唐书·隐逸传序》云："即有身在江湖之上，心游魏阙之下，托薜萝以射利，假岩壑以钓名，退无肥遁之贞，进乏济时之具，山移见诮，海鸟兴讥，无足多也。"[②]

道家思想对中国传统知识分子身份认同的另一个重要影响是在审美自由人格的塑造。与儒家重视社会伦理不同，道家更重视自然审美人格的塑造。如果说儒家的修身养性是依靠个人不断地反省、克制、修炼而获得，那么道家则通常在自然山水之间获得心灵的自由和解脱。道家思想追求心灵的超越和自由，具有浓厚的审美自由精神，老子的"道"本身就包含

[①] 章必功：《元好问暨金人诗传》，吉林人民出版社 2000 年版，第 77 页。
[②] 刘昫：《旧唐书》列传卷 191—194，浙江书局同治十一年刊线装本，第 39—40 页。

返璞归真、道法自然的理念，《道德经》中云："有物混成，先天地生。寂兮寥兮，独立不改，周行而不殆，可以为天地母。吾不知其名，字之曰道，强为之名曰大。大曰逝，逝曰远，远曰反。故道大，天大，地大，王亦大。域中有四大，而王居其一焉。人法地，地法天，天法道，道法自然。"①（《道德经》第二十五章）但是老子并未把"道"的审美自由的内涵具体化，这个工作是由庄子完成的。庄子追求个体精神的自由和超脱，在《逍遥游》中提出了著名的"三无"原则，即"至人无己，神人无功，圣人无名。"②（《内篇·逍遥游》）挣脱世俗名利的羁绊，不在意他人的评判，不在意种种世俗价值观念对人的规定和束缚，回归自然的本性，才能达到无拘无束的心灵自由。显然，庄子提出的自由境界是一种审美的自由境界，这种境界超越了世俗功利和思想教条，能够"乘天地之正，而御六气之辩，以游无穷者"的至人、神人和圣人超越了一切有限的束缚，达到无限的自由。在《大宗师》中，庄子描绘了达到天人合一境界的真人形象，他"不逆寡，不雄成，不谟士。若然者，过而弗悔，当而不自得也。若然者，登高不栗，入水不濡，入火不热，是知之能登假于道者也若此……其寝不梦，其觉无忧，其食不甘，其息深深……不知说生，不知恶死。其出不欣，其入不距。翛然而往，翛然而来而已矣。不忘其所始，不求其所终。受而喜之，忘而复之。是之谓不以心捐道，不以人助天，是之谓真人。"③（《内篇·大宗师》）遨游于天地间的真人已经超越了人间的世累羁绊，不为物役，不为情扰，能够吸风饮露，游于四海，这是多么令人羡慕和向往的理想境界。

道家对审美自由境界的追求影响了无数在儒家仕途上艰难前行的士人，从归隐田园的陶渊明到钟情山水的谢灵运，从旷达超然的苏东坡到一心报国的陆放翁，道家思想成为儒家最好的补充，为士人在出世与入世之间，庙堂与山水之间，入仕与隐逸之间的挣扎和苦闷开辟了一条新的路径，使他们获得了心灵的平衡和慰藉，也在一定程度上将"分裂的人格"弥合起来。

---

① （三国魏）王弼著，楼宇烈校释：《老子道德经注校释》，中华书局 2008 年版，第 62—64 页。
② 郭庆藩：《庄子集释》，中华书局 1961 年版，第 17 页。
③ 同上书，第 226 页。

3. 中国现代知识分子身份建构的三个内在矛盾

严格来说，中国现代知识分子形成于 19 世纪末 20 世纪初，那正是一个"山雨欲来风满楼"的时期，就在这个大变革、大动荡的时代，传统士人在枪弹和炮火中开始重新打量这个世界，随着 1906 年科举制度的废除，"学而优则仕"的传统知识分子不得不向现代知识分子转变，他们不再是一心科举入仕的读书人，而是凭借先进专业技能和学科知识谋生存求发展的现代知识分子，但是传统知识分子的基因仍然顽强地传承下来，长期以来，中国知识分子就在"仕"与"隐"、"入世"与"出世"之间徘徊，进入现代社会后，加上体制化、专业化和职业化的冲击，知识分子更是面临着种种尴尬的身份建构处境，其中最主要的有以下三个方面。

首先是道统和政统之间的矛盾。中国知识分子真正追求的是"道统"，它主要来自儒家思想，一般认为，韩愈是道统说的创始人，韩愈曰："斯吾所谓道也，非向所谓老与佛之道也。尧以是传之舜，舜以是传之禹，禹以是传之汤，汤以是传之文、武，周公，文、武、周公传之孔子，孔子传之孟轲，轲之死，不得其传焉。"韩愈所说的道统的核心是儒家的仁义道德，他明确指出："博爱之谓仁，行而宜之之谓义，由是而之焉之谓道，足乎己而无待于外之谓德。仁与义为定名，道与德为虚位。"[1]（韩愈《原道》）

最早将仁义道德上升到"道"的高度并进行阐释的是孔子，孔子曰："吾十有五，而志于学。三十而立。四十而不惑。五十而知天命。六十而耳顺。七十而从心所欲不逾矩。"[2]（《论语·为政篇》）这里的"志于学"不是学习知识，而是学道，所以孔子说："朝闻道，夕死可矣。"[3]（《论语·里仁篇》）又说："士志于道，而耻恶衣恶食者，未足与议也。"[4]（《论语·里仁篇》）这里说的"道"，不是一般的事物规律和客观知识，而是一种人生境界，根据冯友兰的说法，自然境界及功利境界，

---

① 吴小林：《韩愈选集》，人民文学出版社 2001 年版，第 212 页。
② （宋）朱熹：《四书章句集注》，中华书局 1983 年版，第 54 页。
③ 同上书，第 71 页。
④ （宋）朱熹：《四书章句集注》，中华书局 1983 年版，第 71 页。

是自然的礼物。道德境界及天地境界是人的精神的创造。人欲得后两种境界，须先了解一种义理，即所谓道。①

士人闻道之后，要"齐家治国平天下"，也就是要走仕途从"政统"，做官是士人与生俱来的梦想。除了"学而优则仕"，孔子还直截了当地说："学也，禄在其中矣。"②（《论语·卫灵公篇》）"沽之哉！沽之哉！我待贾者也。"③（《论语·子罕篇》）孟子也直言道："士之仕也，犹农夫之耕也"④（《孟子·滕文公下》）。与基督教和佛教不同，儒家思想是经世致用的，它的目的不是彼岸或天国，而是现实人间。孔子在礼乐崩坏的春秋后期创立儒家学说，倡导礼制仁政，正是为了实现自己的政治抱负，所以他会周游列国宣传自己的为政之道，屡遭受阻之后才开门授徒，著书立说，把自己的思想传之后人，孔子的亲身经历就很好地表明了道统与政统之间的矛盾。"学而优则仕"，对真正有理想的士人而言，为政出仕的目标不仅仅是高官厚禄，更重要的是实现自己"治国平天下"的抱负，但是，由于士人本身并不拥有权力，为了实现自己的政治主张，必须依附于权力阶层，根据曼海姆的分析，知识分子为了摆脱无所附属的中间状态，通常有两条道路选择，一种是自愿加入某个阶级或党派，一种是以更高远的眼光来捍卫超越狭隘阶级政党利益的价值。对有抱负的士人而言，加入某个政治集团正是为了捍卫和实现自己坚守的价值，如董仲舒为汉武帝效力，诸葛亮为刘备鞠躬尽瘁，张居正为宋神宗呕心沥血，但是一旦进入权力阶层，想要再坚守所谓的"道统"并不容易。一方面，以"仁义道德"为核心的道统很难在尔虞我诈、凶险莫测的政治斗争中施行；另一方面，原本无所依附的知识分子虽然加入了某个阶级，但是这并没有使他们摆脱那个阶级原初成员的不信任。⑤ 所以很容易出现卸磨杀驴的后果，故孔子曰："天下有道则见，无道则隐。"（《论语·泰伯篇》）但是在"仕"与"隐"之间作出抉择又是何其难也。

---

① 冯友兰：《冯友兰选集》，吉林人民出版社 2005 年版，第 188 页。

② （宋）朱熹：《四书章句集注》，中华书局 1983 年版，第 167 页。

③ 同上书，第 113 页。

④ 同上书，第 266 页。

⑤ ［德］卡尔·曼海姆：《意识形态与乌托邦》，姚仁权译，中国社会科学出版社 2009 年版，第 153 页。

其次是在精英与大众之间徘徊。中国知识分子有着精英情结自古而然，对于贩夫走卒、引车卖浆者之流天然有一种高人一等的优越感，孔子对樊迟询问稼穑之事显示出一种轻慢的态度，孟子则直截了当地说："劳心者治人，劳力者治于人，治人者食人，治于人者食于人。"① 在封建社会，士人的地位确实高于普通百姓，所以说"刑不上士大夫"，培养一个读书人也需要花费很多的物力和财力，一般的农民家庭很难供出一个知识分子。从历史发展的角度来看，中国知识分子的精英情结在西周时期已经萌芽，当时的贵族无论在政治权力上，还是文化精神领域上都是高高在上的统治者和领导者，为了区别于庶民，贵族逐渐培养出一套与众不同的生活方式、行为模式和审美趣味，其中特别体现在"礼"的方面，孔子对"周礼"就一直念兹在兹，所以在他的儒家思想中，"礼"占有核心的地位。他认为："不学礼，无以立。"② （《论语·季氏篇》） 当季氏僭越礼仪，享用天子才能用的六十四人的大型舞乐队，孔子愤怒道："八佾舞于庭，是可忍，孰不可忍也！"③ （《论语·八佾篇》）

春秋末期，诸侯纷争，一个新兴的知识阶层——士人崛起，贵族的文化领导权也逐渐旁落到士大夫手中。葛兆光认为，"士"的崛起有两种类型，一种是在前期即春秋时期，一些本属王官的知识人流入诸侯之采邑，或一些本是贵族的文化人家族衰颓降为"士"，主要是身份下降；另一种是在后期即春秋末到战国时期，下层平民中大量受过教育的"士"或进入诸侯大夫的机构，或独立于社会，形成一个不拥有政治权力却拥有文化权力的知识人阶层。④ 虽然知识阶层的身份地位高于民众，但是他们也明白民众是社会的基础，所以荀子说："君者、舟也；庶人者、水也。水则载舟，水则覆舟。"⑤ （《荀子·王制篇》） 孟子也说："民为贵，社稷次之，君为轻。"⑥ （《孟子·尽心章句下》） 按照士人的"道统"，他们通常劝统治者对民众实行"仁政"，不过这种"仁爱"其实不是一种人格平

---

① （宋）朱熹：《四书章句集注》，中华书局 1983 年版，第 258 页。
② 同上书，第 174 页。
③ 同上。
④ 葛兆光：《中国思想史》第一卷，复旦大学出版社 2013 年版，第 80 页。
⑤ 王先谦：《荀子集解》，中华书局 1988 年版，第 152—153 页。
⑥ （宋）朱熹：《四书章句集注》，中华书局 1983 年版，第 367 页。

等的爱，从骨子里来讲，士大夫始终认为民众是低人一等的。所以孔子说："万般皆下品，唯有读书高"，为了将自己更好地与平民百姓区别开来，传统文人士大夫通常将文学艺术神圣化、雅化，以此来显示自己不同于流俗的高雅趣味，同时，对于文学艺术这种用来修身养性、表明自我身份的东西不断加以精雕细琢，使诗文书画日益精妙绝伦，哲理思辨更加深微幽渺，让一般的百姓无法领会其中的奥妙，更没有办法轻易掌握。

随着清王朝的覆灭，统治中国数千年的封建帝制终于崩塌，科举制取消，西方列强入侵中国，西方现代文化也开始影响中国，传统的士人转变为知识分子，中国知识分子认为，中国打不过西方是因为中国文化敌不过西方文化，中国需要建立新文化，五四新文化运动是中国长期内忧外患集中爆发的结果，五四新文化运动中很重要的一个方面就是对民众进行启蒙，20世纪80年代的"新启蒙"运动也是一场精英知识分子对大众的精神教育和思想启迪。其实，无论是士人劝君王对民众实行"仁政"，还是五四知识分子和"新启蒙"精英对民众进行思想启蒙，前者对后者都是采取一种先知先觉者的姿态，教育不知不觉者或者后知后觉者的民众，知识分子的精英情结挥之不去。

当然，这种精英意识也并非没有裨益，科塞说："知识分子是从不满足于事物的现状，从不满足于求诸陈规陋习的人。他们以更高层次的普遍真理，对当前的真理提出质问，针对注重实际的要求，他们以'不实际的应然'相抗衡。他们自命为理性、正义和真理这些抽象观念的专门卫士，是往往不被生意场和权力庙堂放在眼里的道德标准的忠实捍卫者。"[1] 不过，随着中国社会现代化进程的全面展开，大众文化/消费文化/传媒文化对知识分子恪守的精英文化给予巨大的冲击和消解，知识分子的精英情结开始动摇，启蒙者和立法者的身份遭遇危机，与大众的关系变得更加错综复杂。

最后是在体制和自由之间的矛盾。中国在现代化建设的过程中，知识分子的专业化、职业化、体制化倾向越来越明显。社会学认为，在某种程度上传统社会向现代社会过渡的一个基本标志，就是原来紧密联系在一起

---

① ［美］刘易斯·科塞：《理念人：一项社会学的考察》，郭方等译，郑也夫、冯克利校，中央编译出版社2001年版，前言第3页。

的社会总体逐渐分化，即各个社会子系统开始具有并不断发展出自己的相对的自律性。根据韦伯的说法，世俗世界之所以会分化，主要是因为宗教和形而上学世界观的瓦解以及合理化世界的不断发展和壮大，本质理性被分成三个自律的领域：科学、道德和艺术，每个领域对应的结构为认知—工具理性结构、道德—实践理性结构和审美—表现理性结构，它们都处于专家的控制之下，韦伯把这种处于专家控制下的体制称作合理化的统治，并且把它比喻成一个束缚人自由发展的"铁笼"。

现代社会的科层化、合理化发展使"专家"的作用越来越大，拥有各种专业知识和技能的科技知识分子的地位也越来越重要，科技知识分子已经明显超过人文知识分子成为知识场域中的主角，人文知识分子逐渐被排挤到社会的边缘，不仅如此，随着现代管理制度的日趋严密和完善，体制内的人文知识分子也被纳入计量化、科层化、专业化的管理体制中来，卡尔·博格斯曾经对此有精准的描述，他说："学术'严密'和专业化是大学教师在研究和写作中成功所必不可少的：与职位、升迁、奖学金和出版有关的决定一般都得到严格的实证主义标准的指导，包括统计熟练性和计算机编程技术的证据，缺乏量化的学术工作受到杂志编辑、手稿评阅人、学位委员会、经理人和基金委托人的质疑。尽管很少经过整理，但是这些标准有助于建立一个知识氛围，这一氛围通常鼓励自我检查（使学术工作适合专业期望）。拒绝实证主义标准的大学教师就有可能使自己的学术威望和学术生涯受到致命的创伤，即使他们的工作是多样化的、可见的，能从学生和普通群众那里获得尊敬。这种评判占据了主导地位，不是因为有问题的稿件无法在思想的学术自由市场的竞争中获胜，而是因为他们没有坚持对知识产品的工具化的定义和墨守成规的定义。"[①] 在中国高校和科研院所工作过的学者都知道，每个体制内的学者都要经受一系列漫长的跋涉和考验，从助教到讲师到副教授到教授到首席教授等，从硕导到博导到学科带头人到千百万人才等，从硕士点到博士点到重点基地等，体制内的层层台阶和各种各样要求达到的科研量化指标成为悬在体制内知识分子头上的达摩克利斯之剑。

---

① ［美］卡尔·博格斯：《知识分子与现代性的危机》，李俊、蔡海榕译，江苏人民出版社2006年版，第152—153页。

　　体制内求发展不容易，体制外的生存同样艰难。现代社会是理性化、工具化、市场化的社会，体制外的知识分子想要凭自己的本事在市场大潮的洪流中搏击谈何容易。尤其对人文知识分子而言更是如此。首先，人文知识分子擅长的知识在现代社会已经不再是被人仰慕渴求的东西。英国作家保罗·约翰逊曾经以略带揶揄的口吻调侃人文知识分子，他说："在街上随便找十来个人，他们对道德和政治问题所提出的观点，很可能同一个层面的知识分子至少一样合乎情理。"① 由于基础文化教育的普及，普通百姓也比较容易自学人文方面的知识，但是科技知识就不是那么能轻易搞懂的，所以俗话说："学好数理化，走遍天下都不怕。"理工科毕业生普遍比文史哲专业的学生好找工作。其次，在体制外生存，科技知识分子比人文知识分子更有优势。当代社会注重工具理性，讲究实用技术，科技知识更容易转化为产品、技术、专利，形成生产力，人文知识分子则没有那么容易了。根据美国人口普查局最新发布的 2011 年社区调查报告，同样是学士学位，按工作 40 年计算，工程专业的毕业生比教育学的毕业生多赚 160 万美元。就雇佣状况而言也发现类似的理工科比文科吃香的趋势，电脑和数学专业毕业生从事全职工作的比例最高，占 2/3，工程专业占 65%，商科占 64%，而教育专业从事全职工作的只占 41%，语言文学专业全职工作者只占 46%。②

　　是坚守道统理想、精英意识和学院的"象牙塔"，还是放下身段走出"象牙塔"，或出仕为政，或在市场中自谋生路，无论作何种选择，都是"进亦忧退亦忧"，这恐怕是人文知识分子的宿命，但是如果是一个真正的人文知识分子，就不会因此颓唐倒下，就像西西弗斯推石上山一样，在追求光明和真理的坚守中必然能够寻找到永恒的意义和价值所在。

---

　　① ［英国］保罗·约翰逊：《知识分子》，杨正润译，江苏人民出版社 2003 年版，前言第 1 页。

　　② 余浩：《美报告称理科生薪水远超文科生　一生多赚 160 万美元》，2012 年 11 月，中国广播网（http://china.cnr.cn/guantianxia/201211/t20121105_ 511303907. shtml）。

三 西方知识分子的身份认同考量

西方知识分子虽然没有中国知识分子那么悠久的历史和传统，但是真正意义上的现代知识分子仍然首先在西方产生，不过知识分子在西方毁誉参半，尤其后现代社会以来，对知识分子身份进行质疑和否定的声音不绝如缕。

1. 理念人

"理念人"是美国社会学家刘易斯·科塞对知识分子的称呼，他认为"知识分子是为理念而生的人，不是靠理念吃饭的人"①。"为理念而生"其实是对终极意义和价值的追求，"知识分子是从不满足于事物的现状，从不满足于求助陈规陋习的人。他们以更高层次的普遍真理，对当前的真理提出质问，针对注重实际的要求，他们以'不实际的应然'相抗衡。他们自命为理性、正义和真理这些抽象观念的专门卫士，是往往不被生意场和权力庙堂放在眼里的道德标准的忠实捍卫者"②。

在《理念人：一项社会学的考察》一书中，科塞以一种历史社会学的视角，对英法美主要知识分子群体产生的制度化环境、商业因素及政治权力关系等进行了翔实的考察，他讨论了 17—20 世纪英法美三国知识分子活动的九种制度化环境：沙龙、咖啡馆、科学协会、月刊或季刊；文学市场和出版界；政治派别；波西米亚式的场所、小型文艺杂志、书报审查，其中前面八种都是对西方世界知识分子职业的形成起到了孵化器的作用。③

知识分子与权力总是存在着复杂的关系，可谓是"剪不断理还乱"，科塞将知识分子与权力机构的关系划分为三种类型：直接介入权力进而掌权的知识分子；为掌权者提供指导和建议，为巩固其权力而充当幕僚的知

---

① ［美］刘易斯·科塞：《理念人：一项社会学的考察》，郭方等译，中央编译出版社 2001 年版，前言第 2 页。

② 同上书，前言第 3 页。

③ 同上书。

识分子；对掌权者持批判态度的知识分子。① 而对当代美国知识分子，科塞认为当代美国是一个高度分化的复杂社会，知识分子也"处在纷繁多样的制度背景和大量制度化秩序的夹缝里"②，具有代表性的美国知识分子主要有这样几种类型：自由职业的知识分子、学院派知识分子、科学知识分子、联邦政府中的知识分子和大众文化产业中的知识分子。③ 科塞认为现代知识分子执着于真理、正义等抽象观念有些类似于精神娱乐，"当认真的实干家集中精力于眼前的事务时，知识分子们却醉心于精神娱乐，而且纯粹是为了玩味"。这种活动的目的是无关利益、自由自在的，类似于康德所说的无利害的审美活动，知识分子倾向于回避对技术专家来说十分熟悉的智力活动，这种活动需要为达到特定结果严格寻找规范的手段。他们喜欢在纯粹的知识活动中得到乐趣。正像艺术家一样，一组公式或一种语式所具有的美感，对知识分子来说，比它的实际应用或直接用途更重要。对他而言，理念远远不是只有单纯的工具价值，它们具有终极价值。④

总体而言，科塞对知识分子给予了很高的期望和评价，在他眼中，真正的知识分子应该以一种非功利性的认真态度看待理念，他们能够更清楚地表达他人难以表达的各种利益和愿望，也更全面深刻地观察社会，从而促进了社会的自我认知，有利于社会不断地朝良性发展的方向前进。

2. 以学术为业

韦伯对知识分子的看法有着鲜明的理想主义色彩，他鄙视那些以学术博取浮名虚利的所谓学者，称他们为"戏班班头"，认为这种人没有"人格"可言，"在学术界，有人以戏班班头自居，把自己应当献身的志业，拿到舞台上表演，想借助'阅历'证明自己了不起，并且问：我怎样才能证明自己不仅仅是个'专家'？我怎样做，才能从形式上和内容上说出

---

① ［美］刘易斯·科塞：《理念人：一项社会学的考察》，郭方等译，中央编译出版社 2001 年版，第 148 页。

② 同上书，第 273 页。

③ 同上书，第 275 页。

④ 同上书，前言第 4 页。

还没有人说过的话来？这种人肯定没有'人格'"①。韦伯也清醒地认识到，从事学术工作是永无止境的，每一个献身学术的学者所取得的成就在10年、20年、50年内就会过时，当然，后来者的超越也是学术不断臻于"完美"的必备条件，不过，"人们为什么要从事实际上永远没有止境，而且不会有止境的工作？""什么是一个做学问的人对自己的职业所抱的态度呢？"如大多数人认为是为了科学"本身"，那么，科学的价值又是什么呢？韦伯认为，科学既不是"通往真实的存在之路""通往真实的艺术之路""通往真实的自然之路"，也不是"通往真实的上帝之路""通往真实的幸福之路"，②总之，它毫无意义，不能告诉我们应当如何活着，但是，它可以教给我们如何通过计算来把握生活，把握外在的事物以及人们的行动；还能带给我们思维方法、思维工具和思维训练。③这样可以帮助人清醒明白地活着。

韦伯提倡不带价值评判立场做学术研究，他认为"一旦做学问的人超脱不了个人的价值判断，就没有对事实的全面了解了"，而且，世界上形形色色的价值制度处于无法调和的斗争中，所以学术代表实际立场一说，原则上毫无意义。④韦伯给学术的定位是一种按专业划分的"职业"，其目的在于认识自己、认识实际中的联系。韦伯强调，站在大学讲台上的教师不是领袖，不可能教给学生们一套能够成为领袖的世界观和生活方式，世界纷纷扰扰，犹如诸神之战，只有先知或救世主才能知道应该站在哪一方，但是先知和救世主并不存在，或者他们发布的预言没有人相信，作为大学教师的职责就是告诉学生认清、确定事实，确定数学或逻辑关系以及确定文化财富的内在结构，而不是回答文化及其具体内容的价值这个问题。⑤

韦伯将以学术为志业的知识分子比作茫茫黑夜中的守夜人，他不能告诉询问者黑夜何时过去，但是他忠实地等待着黎明的降临，以理智、冷

---

① ［德］马克斯·韦伯：《伦理之业：马克斯·韦伯的两篇哲学演讲》，王蓉芬译，广西师范大学出版社2008年版，第13页。

② 同上书，第30页。

③ 同上书，第28页。

④ 同上书，第45页。

⑤ 同上书，第23页。

静、客观的立场来认识自己，认识现实，同时脚踏实地，坚守知识分子的本分，不要把自己当作无所不能的先知，这样更可以成就自我和人生。

3. 非附属性

卡尔·曼海姆从知识社会学的角度来考量知识分子，对这一阶层持一种"理解的同情"态度，"非附属性"是他对知识阶层的总体概括，他们"是一个相对没有阶级性的，没有被太牢固地固定在社会地位上的阶层"①。知识分子不属于任何一个阶级，这种非附属性使知识分子很容易立场不稳，摇摆不定，这也是其特别遭人诟病之处，但是曼海姆认为，知识分子的摇摆不定并非是没有主见、优柔寡断的表现，而是因为知识分子受过严格的思维训练，这使得他能够从多种视角来看待问题，而不是像大多数当时的争论者那样只用单一视角。他更容易改变自己的观点，而不那么始终如一地从属于争论中的某一方，因为他能够同时经验关于同一事物的几种相互冲突的观点。②

当然，因为在社会中的无归属性，知识分子在社会中极易遭受失败，他们不断试图认同于别的阶级，却又不断受到拒斥。③ 曼海姆认为，知识分子采取了两种行动路线以摆脱这种中间状态：第一种是自愿加入某个阶级或党派，第二种是意识到自己的社会地位和这种地位所暗含的使命并致力于完成它，也就是作为守夜人去捍卫整体观点和利益。④ 对于第一种选择，曼海姆认为虽然知识分子具有加入他们本不属于的阶级的能力，但是结局并不太好，因为"这种加入某个阶级的政治斗争的自由决定，的确使他们和那个特定的阶级在斗争中联合起来，但这并没有使他们摆脱那个阶级原初成员的不信任"⑤。而对于第二条出路，曼海姆基本上持赞成态

---

① ［德］卡尔·曼海姆：《意识形态与乌托邦》，姚仁权译，中国社会科学出版社 2009 年版，第 147 页。
② ［德］卡尔·曼海姆：《卡尔·曼海姆精粹》，徐彬译，南京大学出版社 2002 年版，第 173—174 页。
③ ［德］卡尔·曼海姆：《意识形态与乌托邦》，姚仁权译，中国社会科学出版社 2009 年版，第 151 页。
④ 同上书，第 150—153 页。
⑤ 同上。

度，他认为，只有知识分子才可能不站在党派阶级的立场上把着手解决综合问题作为自己的任务，并致力于把这种综合在社会上变成现实。①

不过，曼海姆并不赞成知识分子直接介入政治活动中去，而是以旁观者的眼光理智冷静地观察社会，他们应估计自己的局限和潜力。其阶层不是凌驾于政党和特殊利益之上的，任何政治方案或经济计划也不能将其融入行动群体中。这一阶层唯一共同关注的就是知性过程，不断努力地观察、诊断和预测，在选择出现时发现它们，理解各种观点，并将其定位，而不是反对或吸收。即使加入某一阶级和政党，也要带着自己的观点，而且并不放弃构成其才能基础的流动性和独立。②

4. 立法者与阐释者

立法者和阐释者是美国社会学家齐格蒙·鲍曼在《立法者与阐释者——论现代性、后现代性与知识分子》一书中分别对现代知识分子和后现代知识分子的隐喻式称呼，鲍曼从社会学的角度对知识分子这一歧义纷生，众说纷纭的定义做了翔实的阐释。

首先，他认为给知识分子下定义是很难的，因为知识分子通常都是"自我定义"，也就是知识分子自己给自己下定义，而且"每一种定义都把一个领域劈为两半：彼与此、内与外、我们与他们"③。他们认为知识分子具有什么特征而非知识分子则不具有，所以，"这种下定义的方法都只是依据范畴自身的特点来解释知识分子在整个社会中的地位和作用，它们都无法超出被知识分子合法化了的社会结构的合法性层面，也就是说，这些通行的知识分子定义，深深地依赖于范畴自身所产生的权力修辞学，它们错误地把问题当作了解决的方法"。④ 为了从根源上来厘清知识分子这一概念，鲍曼引入了美国文化人类学家保尔·雷丁对"原始世界观"

---

① ［德］卡尔·曼海姆：《意识形态与乌托邦》，姚仁权译，中国社会科学出版社 2009 年版，第 45 页。

② ［德］卡尔·曼海姆：《卡尔·曼海姆精粹》，徐彬译，南京大学出版社 2002 年版，第 232 页。

③ ［英］齐格蒙·鲍曼：《立法者与阐释者——论现代性、后现代性与知识分子》，洪涛译，上海人民出版社 2000 年版，第 9 页。

④ 同上书，第 22 页。

的研究成果，试图以此来探析知识分子是如何自我建构的。雷丁指出，当代知识分子角色的合法性要素与民族学文献中普遍描绘的巫师的特点有着惊人的相似，他发现在原始住民中，有两种基本的性格类型，一种可以被称为"教士—思想者"类型，另一种可以被称为"普通信徒"类型；对于普通信徒的身份的认定，其行动是首要的依据，而对教士—思想者来说，行动则是次要的；普通信徒关注宗教现象的效果，教士—思想者则关注对宗教现象的分析。因为普通人无法对神秘莫测的大千世界作出分析和解释，他们如果不求助于并接受宗教教义的阐发者的帮助，就无法处理他们的日常生活事务。作为一个社会成员，普通人现在是不完善的、有缺陷的和不够格的。没有一种确切无疑的方法，使这种异常的隔阂彻底修复。由于存在着这种永恒的隔阂，社会便永远需要那些巫师、魔法师、教士和宗教学家，需要他们持续不断地对对立的两极进行调解。

鲍曼认为知识分子在前现代社会向现代社会的转变中，充当了"园丁"的角色，前现代社会犹如荒野文化，这种文化以富有活力的自发平民文化为主，随着教会贵族对民间文化越来越敌视和厌恶，开始在有教养的贵族和平民大众之间划上一道界限，至少在 16 世纪，教会已经单方面断绝了长期以来与地方传统及其仪式的融洽的共存关系。在教堂和公共墓地周围树起了篱笆，教堂拒绝把教会的房产出借给农民或市民举办集市、舞会和其他庆典活动。这是在"高级"文化与"低级"文化相分离的相当漫长的过程中的一个象征性措施。①

"立法者"角色这一隐喻，是对典型的现代型知识分子策略的最佳描述。立法者角色由对权威性话语的建构活动构成，这种权威性话语对争执不下的意见纠纷作出仲裁与抉择，并最终决定哪些意见是正确的和应该被遵守的。于是，社会中的知识分子团体比非知识分子拥有更多的机会和权利来获得更高层次的（客观）知识，他们被赋予了从事仲裁的合法权威。②"阐释者"角色这一隐喻，是对典型的后现代型知识分子策略的最佳描述。阐释者角色由形成解释性话语的活动构成，这些解释性话语以某

---

① ［英］齐格蒙·鲍曼：《立法者与阐释者——论现代性、后现代性与知识分子》，洪涛译，上海人民出版社 2000 年版，第 82—83 页。

② 同上书，第 5 页。

种共同体传统为基础，它的目的就是让形成于此一共同体传统之中的话语能够被形成于彼一共同体传统之中的知识系统所理解。这一策略并非是为了选择最佳社会秩序，而是为了促进自主性的共同参与者之间的交往。① 知识分子从"立法者"变为"阐释者"表明其从社会中心走向了边缘，这种观点被越来越多的知识分子所认同，也引起了知识分子的不安和不满。

5. 有机知识分子

葛兰西的有机知识分子理论建立在他的实践哲学基础上，与一般的书斋哲学家不同，葛兰西是将哲学思想与实践紧紧结合在一起并为其革命活动服务的，葛兰西认为历史是由人创造的，人的主观能动性是受到理论、思想和意识支配的，他提出了"有机的"意识形态与"随意的"意识形态的区分。有机的意识形态是"为历史所必需的"意识形态，它"组织人民群众，创造出人们在其中活动、获得对于他们所处地位的意识，进行斗争的领域"。而随意的意识形态只创造"个人的'运动'"。② 他认为资产阶级之所以能够掌握霸权，就是因为有一大批为其统治服务的知识分子，他们通过思想文化的传播和渗透控制了文化阵地，从而掌握了政治领导权。可见，葛兰西所说的知识分子不是坐而论道式的思想者，而是将理论运用到实践中并为具体政治目标服务的行动者。

葛兰西把知识分子分为有机知识分子和传统知识分子两大类，所谓"传统知识分子"就是那些宣传和维护旧的意识形态和保守思想理念的知识分子，他们赖以依存的生产方式已经消灭，但他们仍然固守着旧的社会意识形态不放，虽然这些知识分子仍然作为一种独立的力量而存在，但是他们已经不能对现实社会产生多大的作用。葛兰西重视的是有机知识分子，它是伴随着新社会新制度出现的知识分子，并在确立新阶级的意识形态霸权过程中起着举足轻重的作用。他认为知识分子是统治集团的"管家"，用他们来实现服从于社会领导和政治管理任务的职能。有机知识分

---

① ［英］齐格蒙·鲍曼：《立法者与阐释者——论现代性、后现代性与知识分子》，洪涛译，上海人民出版社2000年版，第6页。

② ［意］葛兰西：《实践哲学》，徐崇温译，重庆出版社1990年版，第64页。

子的"有机性"包括两个方面，一是与特定社会团体的"有机性"，也就是每个社会团体都会产生出自己的知识分子阶层为自己服务；二是与大众的"有机性"，葛兰西认为，知识分子不仅教育和启蒙大众，群众运动也促进了知识分子的发展壮大，知识分子通过对大众进行知识和道德上的宣传，通过赢得大众的支持而获得文化领导权，从而反对霸权、解放大众、创造新文明。

葛兰西的有机知识分子突出知识分子在意识形态和文化思想上的重要作用，任何统治集团想要取得统治的合法性必定需要一大批知识分子为其打造意识形态国家机器，从思想文化上争取广大群众的认可和服从，这与阿尔都塞的意识形态国家机器理论不谋而合。

6. 新阶级

既不同于曼海姆认为知识分子是不属于任何一个阶级，也不同于葛兰西强调知识分子应该为所属阶级服务，美国社会学家古德纳对知识分子的前景和作用有着非常乐观的看法，他认为在 20 世纪，一个由人文知识分子和技术知识分子（这两者并不相同）组成的新阶级已经开始成为控制社会的主导力量。[①] 古德纳认为，知识分子之所以能够成为一个新阶级，是由于他们占据了文化资本的优势。"新阶级的特权和权力，是以其个人对特殊文化、语言、技术以及从这些因素派生出的技能的控制为基础的。新阶级是一种文化资产阶级，它私下占有了历史和集体创造的文化资本的优势。"[②] 现代社会是高度专业化、理性化的社会，受过系统教育的新阶级是专业主义和理性主义的主体，而"专业主义不动声色地把新阶级奉为公正、合法的权威典范，以其专业技能和对社会的奉献、关心而进行操作。专业主义以新阶级的合法性为其核心主张，暗中消解了旧阶级的权威"[③]。另外，将新阶级与其他阶级区别开来的一个主要方面是他们共享一种批判的话语文化，这是一种建立在专业化和理性化基础上的话语形

---

① ［美］艾尔文·古德纳：《知识分子的未来和新阶级的兴起》，顾晓辉、蔡嵘译，江苏人民出版社 2006 年版，引言第 1 页。

② 同上书，第 27 页。

③ 同上书，第 23 页。

态，是现代"技术"语言的潜在而又可变动的深层结构。① 它"相对而言更加情境无涉、更加'独立于'语境或只是领域的言谈。因此，这种言语文化看重合法表达的意义，不看重默认的、受语境限制的意义"②。不过，新阶级也是一个自相矛盾的阶级，古德纳认为其"自相矛盾之处在于它既是解放者又是精英主义者"。一方面，它以专业化、理性化和职业化的精神"破坏所有的制度、社会限制与特权"，希望建立起一种公正的、合理的、有利于解放的批判性话语文化；另一方面，新阶级自身又开始追求新的统治权威，成为以拥有真理自居、凌驾于他人之上的新的统治者。

7. "特殊的"知识分子

福柯认为传统意义上的知识分子已经消失，"我觉得知识分子这个词很怪。就我个人而言，可以说是从来没有遇到过任何知识分子。我遇到过写小说的人，治病的人，在经济领域工作的人，创作电子音乐的人。我遇到教书的人，绘画的人，还有我从不知道他们干些什么的人。可就是没有遇到过知识分子"③。

福柯的知识分子观与其的知识—权力理论相一致，他认为，"知识分子本身是权力制度的一部分，那种关于知识分子是'意识'和言论代理人的观念也是这种制度的一部分"④。知识分子不再是为了道出大众"沉默的真理"而"向前站或靠边站"，"更多的是同那种把他们既当作控制对象又当作工具的权力形式作斗争，即反对'知识''意识''话语'的秩序"。⑤ 在 1968 年"五月风暴"之后，所谓普遍的知识分子，他们的地位已经被"特殊的"知识分子所取代，万能知识分子已经转变为专家知识分子："宽泛地来说，我认为知识分子——如果真有这个范畴的话，这

① ［美］艾尔文·古德纳：《知识分子的未来和新阶级的兴起》，顾晓辉、蔡嵘译，江苏人民出版社 2006 年版，第 38 页。
② 同上书，第 34 页。
③ ［法］福柯：《权力的眼睛——福柯访谈录》，严锋译，上海人民出版社 1997 年版，第 102 页。
④ ［法］福柯：《知识分子与权力》，载杜小真《福柯集》，上海远东出版社 2003 年版，第 206 页。
⑤ 同上。

一点既不能确定也不值得期望——正在放弃他们过去预言家的功能。我这么说，指的不仅是他们对未来所作的判断，还包括他们一直渴望的立法的功能：'想知道什么是必须要做的，什么是好的，跟我来吧。在世事的混乱纷扰中，有我来为你指路。'今日从事说话和写作职业的人的脑海中，希腊智者、犹太先知和罗马的立法者的形象仍然徘徊不去。我梦想有这样的知识分子：他们反对普遍性的原则，他们在今日的迟惰和约束中寻找和标出薄弱环节、力量作用的路线和出口；他们不断地在运动，可又不知道正在朝什么方向走，也不知道自己明天的观点会变成怎样，因为他们太关注此时此刻了；他们不管怎样地运动，都要坚持问一个问题，即是否值得为革命付出代价（什么样的革命？什么样的代价？）至于所有那些有关我们身份的问题，例如'你是个马克思主义者吗？''如果你拥有权力的话会怎样做？''你的同盟者是谁？你继承了怎样的传统？'——这些同我上面提出的问题比起来，就只有次一等的重要性了。"① 所以，福柯认为，"知识分子的角色并不是要告诉别人他们应该做什么"，因为日益制度化、专业化和职业化的社会体制使知识分子成为"专家""学者""教授"和各种各样的"顾问"，那么知识分子如何对社会进行批判呢？福柯认为，"知识分子的工作不是要改变他人的政治意愿，而是要通过自己专业领域的分析，一直不停地对设定为不言自明的公理提出疑问，动摇人们的心理习惯、他们的行为方式和思维方式，拆解熟悉的和被认可的事物，重新审查规则和制度，在此基础上重新问题化（以此来实现他的知识分子使命），并参与政治意愿的形式（完成他作为一个公民的角色）"②。

　　总体来说，福柯对知识分子的看法是比较消极的，但是符合西方当代社会知识分子的真实情况，随着知识分子的专业化和制度化程度的日益加深，那种胸怀天下的普遍知识分子确实逐渐消失，代之而起的是各个领域的专家学者，福柯称之为"特殊知识分子"，从"社会的良心"和"理念人"变成"特殊的"知识分子，由此可见西方社会里知识分子的身份地位正在逐渐走向边缘。

---

　　① ［法］福柯：《权力的眼睛——福柯访谈录》，严锋译，上海人民出版社1997年版，第48页。

　　② 同上书，第147页。

8. 业余者

萨义德对知识分子的看法与福柯有相似之处，但是比他要积极乐观，他认为知识分子在某种程度上是"立法者"，是能够代表公众发言的，但不是以专家的身份向公众发言，而是以"业余者"的身份表明自己的立场和观点。

首先，由于社会的专业化、职业化、商业化程度的日益提高，知识分子的专业化和职业化倾向也愈加显著，萨义德认为这种关在学院里的知识分子已经被"专业"束缚，他们"把自己身为知识分子的工作当成为稻粱谋，朝九晚五，一眼盯着时钟，一眼留意着什么才是适当、专业的行径——不破坏团体，不逾越公认的范式或限制，促销自己，尤其是使自己有市场性，因而是没有争议的、不具政治性的、'客观的'"①。其次，"专门化"（specialization）会给知识分子带来巨大的压力和限制，首先是使知识分子越来越陷入狭隘的专业知识领域，从而失去了广泛联系、自主思考的能力。萨义德以自己为例，认为文学家的专业化意味着"愈来愈多技术上的形式主义，以及愈来愈少的历史意识……"结果就是无法把知识和艺术视为抉择和决定、献身和联合，而只以冷漠的理论或方法论来看待……专门化也戕害了兴奋感与发现感，这两种感受都是知识分子性格中不可或缺的。②另外，专门化导致专家崇拜和权威崇拜，并使其追随者流向权力和权威，所以，萨义德认为今天的知识分子应该是个业余者，他身为社会中思想和关切的一员，有权对于甚至最具技术性、专业化行动的核心提出道德的议题，因为这个行动涉及他或她的国家、国家的权力、国家与其公民和其他社会互动的模式。③知识分子既无法离开学院和职业，又要保持知识分子的独立精神和批判意识，要在这两者之间保持平衡，做一个"业余者"是一个较好的选择。

总体来看，萨义德有着清醒明晰的知识分子的使命感和责任意识，他

---

① [美] 爱德华·萨义德：《知识分子论》，单德兴译，陆建德校，生活·读书·新知三联书店 2002 年版，第 65 页。
② 同上书，第 67 页。
③ 同上书，第 67—71 页。

认为最该指责的就是知识分子的逃避，他自己也身体力行地自觉扮演着批判的知识分子这一角色，他明确表示："知识分子既不是调解者，也不是建立共识者，而是这样一个人：他或她全身投注于批评意识，不愿接受简单的处方、现成的陈腔滥调，或迎合讨好、与人方便地肯定权势者或传统者的说法或作法。不只是被动地不愿意，而是主动地愿意在公众场合这么说。"① 不过，萨义德更加注重批判性参与的策略和具体方法，所以他指出知识分子介入社会并非一定要登上高山或所有的讲坛慷慨陈词，而是要在"最能被听到的地方发表自己的意见"，并"能影响正在进行的实际过程"。② 萨义德亲自参加巴勒斯坦解放运动就是最好的佐证。

9. 统治者中的被统治者

布尔迪厄将知识分子置于文化生产和权利关系的复杂结构中来进行分析，认为他们是"统治者中的被统治者"。布尔迪厄深刻地洞察了知识分子本身固有的矛盾性："知识分子是一个二维的人。当他被赋予知识分子这个名称时，一个文化生产者就必须符合两种条件，一方面，他必须属于一个自主的知识界（一个场），即是说独立于宗教、政治和经济等权力之外，必须尊重知识界的特殊规则；另一方面，他们又必须赋予自己在知识场以政治行动所需要的某种能力和权威，这不管怎么都是在知识场之外来运作的。"③ 知识分子的这种固有矛盾本性在中国传统乃至现代知识分子身上都有着极为鲜明的体现：是高居庙堂兼济天下还是退居江湖独善其身，是积极入世跻身仕途还是隐身山林退守"象牙塔"，这种所谓"仕"与"隐"的矛盾在屈原、陶渊明、李白、杜甫等古代士人身上一再出现，也在梁启超、胡适、周作人、鲁迅等现代知识分子身上窥见其踪影。即便是陈寅恪、冯友兰等学术大家也不是为学术而学术，而是希望"为天地立心，为生民立命，为往圣继绝学，为万世开太平"，但是正如布尔迪厄所言，知识分子想要捍卫普遍真理必须借助政治权力的运作，在热心和冷

---

① ［美］爱德华·萨义德：《知识分子论》，单德兴译，陆建德校，生活·读书·新知三联书店2002年版，第25页。
② 同上书，第85页。
③ 周宪：《审美现代性批判》，商务印书馆2005年版，第497页。

漠政治之间摇摆。

　　由于知识分子本身的矛盾性，形成了两种常见的知识分子类型，布尔迪厄概括为"帮忙的"和"批判的"两种角色，前者"为统治者提供象征的服务"，后者是"自由的、具有批判资本的知识分子，这些资本是他们依据自主性力量而赢得的，并得到文化生产场的自主性的庇护，他们的确对政治场作出了干预，这是一种左拉或萨特模式"。① 布尔迪厄欣赏的是批判型知识分子，但是归根结底，一切知识分子说到底都不过是"统治者中的被统治者"。他们是"统治的一部分"，这是因为他们手中掌握了相当的文化和象征权力（或手段），他们拥有相当的文化资本；但他们又是"被统治者"，因为相对于掌握这政治和经济权力的人来说，他们的影响是有限的和受到制约的。这就是知识分子的真实处境，也是他们一切困境和迷惑的根源。②

---

　　① ［法］布尔迪厄：《文化资本与社会炼金术——布尔迪厄访谈录》，包亚明译，上海人民出版社 1997 年版，第 86 页。

　　② 周宪：《审美现代性批判》，商务印书馆 2005 年版，第 500 页。

现象篇

第三章　政治语境下当代文论言说者的身份认同

自古以来，中国文学就与政治有着千丝万缕的关联，中国的政教论文艺观历史悠久，影响深远。但是也许是文学理论被政治捆绑得太久太紧，人们已经感到窒息和厌倦，政治的利刃带给文学太多的痛苦和血泪，人们不愿回忆面对。当代文论在很长一段时间对政治有所回避，可是不管你厌倦还是害怕，政治始终与文学同在，因为文学最终的目的就是人，而人离不开政治，就如亚里士多德所言："人天生是一种政治动物。"①

一　文学与政治的关系

文学与政治一直都存在着"剪不断理还乱"的关系，文学离不开政治，政治也需要文学。如果对文学与政治的关系做一个综合，我们大致可以发现二者之间的三种关系：附庸、疏离与超越。

1. 何谓政治

从词源学上讲，"政治"一词源自希腊语 πολις，可以考证出的最早文字记载是在《荷马史诗》中，最初的含义是城堡或卫城。意指修筑在山巅的城堡或卫城，即人们商议公务的处所。后世将卫城及其周边的市区、乡郊简称为"波里"，暗合"邦"或"国"的意义。亚里士多德也

---

① ［古希腊］亚里士多德：《政治学》，颜一、秦典华译，中国人民大学出版社 2003 年版，第 4 页。

认为政治起源于城邦，他在《政治学》开篇就指出："我们看到，所有城邦都是某种共同体，所有共同体都是为着某种善而建立的（因为人的一切行为都是为着他们所认为的善）。很显然，由于所有的共同体旨在追求某种善，因而，所有共同体中最崇高，最有权威，并且包含了一切其他共同体的共同体，所追求的一定是至善，这种共同体就是所谓的城邦或政治共同体。"①

对于政治的内涵，古今中外的思想家有各种解读，英国学者安德鲁·海伍德（Andrew Heywood）在其颇有影响的著作《政治学核心概念》中，认为"从最广泛的意义上讲，政治就是人们为制定、维持和修改社会一般规则而进行的活动"。他将各种对政治定义的不同见解分为四种：第一种是将政治与政府和国家活动联系在一起，如"政治"最初的字面含义就是城市——国家，从这种观点来看，政治本质上是国家范围内的活动，这意味着大多数人民、机构和社会活动都可以被认为是"外在于"政治的；第二种是把政治视为"公共"活动，最典型的就是亚里士多德对政治的看法；第三种把政治视为一种解决冲突的特殊方法，通过谈判、妥协、安抚等非暴力手段来解决冲突，在这种情况下，"政治"方法与"军事"方法相对立；第四种将政治与社会存在进程中的资源生产、分配和使用相联系，认为政治是关于权力的，而权力则是不择手段达到预期结果的能力。② 从当今社会发展的角度来看，政治显然不再只是国家和政府的事情，它与每个人的生活都息息相关，不管你关心与否，政治都时时刻刻围绕在你周围。

在中国古代典籍中最早使用"政治"一词的是《尚书》和《周礼》。《尚书·毕命》有言："道洽政治，泽润生民。"《周礼·地官·遂人》云："掌其政治禁令。""政"在中国古代主要有五种含义，一是指政权，如"州吁果杀其君而夺其政"；二是指主持政事，如"盖善政者，视俗而施教，察失而立防，威德更兴，文武迭用"；三是指制度和秩序，如"启

---

① ［古希腊］亚里士多德：《政治学》，颜一、秦典华译，中国人民大学出版社 2003 年版，第 1 页。

② ［英］安德鲁·海伍德：《政治学核心概念》，吴勇译，天津人民出版社 2008 年版，第 40—41 页。

以商政，疆以周索"；四是指政策、法令，如"先王之政"；五是指征税，如"庶民弛政"。"治"在中国古代主要有两种含义，一是做形容词，与"乱"相对，指天下安定，如"禹以治，桀以乱，治乱非天也"；二是做动词，治理、管理的意思，如"故治国无法则乱"。可见，中国的"政治"与普通百姓没有密切的联系，更多的是统治者和官员进行的公务活动。中国近代意义上的"政治"与孙中山对之的解读有关，他认为"政就是众人之事，治就是管理，管理众人之事，便是政治"①，这个观点在近代中国很有影响，但是随着马克思主义在中国的广泛传播和深入影响，政治通常被视为阶级斗争的产物，改革开放以来，中国共产党纠正了片面强调阶级斗争从而导致阶级斗争扩大化的极端做法，将政治转到社会主义现代化建设上来，中国的政治经济建设正在呈现出新的面貌。

2. 政治的三个层面及其与文学的关系

政治是一个涵盖面极其广泛的概念，根据其不同的功能及其与文学的关系，我们大致可以划分为政治权力、政治制度和政治文化三个层面。

政治权力是最基本的政治现象，也是政治普遍特征的集中体现。政治权力毫无疑问是一种权力，什么是权力？托马斯·霍布斯认为，"人的权势普遍讲来就是一个人取得某种未来具体利益的现有手段"②。马克斯·韦伯认为，"权力意味着在一定社会关系里哪怕是遇到反对也能贯彻自己意志的任何机会，不管这种机会是建立在什么基础之上"③。美国社会学家彼得·布劳认为，"权力是个人或群体将其意志强加于其他人的能力，尽管有反抗，这些个人或群体也可以通过威慑这样做"④。一般来说，权力总是与支配、统治、服从甚至暴力紧密相连，不过福柯从另一个角度对权力作了阐发，他认为："权力不应该看作某个个人对他人，或者说某一群人或一个阶级对他人的稳定的同质的支配现象。相反，我们应该牢记，

---

① 孙中山：《孙中山选集》（下），人民出版社 1981 年版，第 661 页。

② ［英］霍布斯：《利维坦》，黎思复等译，商务印书馆 1985 年版，第 62 页。

③ ［德］马克思·韦伯：《经济与社会》上卷，林荣远译，商务印书馆 1998 年版，第 81 页。

④ ［美］彼得·布劳：《社会生活中的交换与权力》，孙非、张黎勤译，华夏出版社 1998 年版，第 137 页。

如果我们不是站在很远的地方来看权力的话，权力并不在独占权力的人和无权而顺从的人之间制造差异。权力可以看成是在循环的过程中，具有一种链状的结构。它从不固定在这里或那里，不是在某某人的手中，不像商品或是财富。权力是通过网状的组织运作和实施的。不仅个人在权力的线路中来回运动；他们同时也总是处于实施权力的状态之中。他们不仅是被动接受的对象；他们也是发号施令的成员。换言之，个人是权力的运载工具，而不是权力实施的对象。"① 福柯是从知识/话语的角度来探讨权力，这是一种微观权力和非暴力权力，即便如此，权力最终的目的仍然是控制人们的思想和行为。所以政治权力也与支配和服从联系在一起，不过相比一般权力而言，它更加依赖权威的合法性，因为政治权力要想获得统治的持久和牢固，都必须得到被统治者的认可和支持，也就是其合法性得到承认。哈贝马斯指出："合法性意味着，一种政治秩序总是要求人们把它作为正确的和正义的事物加以承认，意味着有充分的理由被承认，一种合法的秩序理应得到承认。合法性意味着一种值得认可的政治秩序。"② 要想获得这种承认和认可，除了在物质基础上使人民获得现实利益，还需要在意识形态、思想文化等上层建筑层面得到人民的支持和认同，而文学在其中占有一席之地。众所周知，中国读书人的最终目标是治国平天下，没有国家权力的支持，不向政治权力靠拢就根本无法实现这一目标。况且中国文人大都喜欢依附在政治权力这张皮上，文学也始终与政治权力纠缠在一起，尤其是"文革"时期，文学已经被当作政治斗争的工具，成为政治权力的奴婢和附庸，彻底失去了自我独立性和主体意识。

所谓政治制度，是指一定的政治权力掌控者通过各种组织形式和管理形式达到维护其统治目的的原则和方法的总和。文学与政治制度直接发生关联是一种低级的不明智的做法，主要的表现是文学"图解"政治，充当宣传政治制度的"传声筒"和"留声机"，"文革"时期的"三突出"文艺创作原则就是一个代表。但是政治制度已经渗透到社会的方方面面成

---

① ［法］福柯：《权力的眼睛——福柯访谈录》，严锋译，上海人民出版社1997年版，第232—233页。

② ［德］尤尔根·哈贝马斯：《交往与社会进化》，张博树译，重庆出版社1993年版，第184页。

为形塑社会的基本力量，人们在日常生活中都要与政治制度发生直接或间接的关联，文学也不可能超然于政治制度之外，实际上中国文学的历史很大程度上是与政治制度紧密纠缠在一起的。中国文学的重要传统"文以载道"说便是直接将文学与政治教化捆绑在一起，先秦散文、汉代辞赋、魏晋南北朝古诗、唐诗、宋词、元曲、明清小说，哪一个时代的文学没有深深地打上政治制度的烙印呢？中国古代文学如此，近现代文学亦然，不必说五四新文化运动与文学革命，也不必说毛泽东的《在延安文艺座谈会上的讲话》，单是"文化大革命"将文艺视为政治斗争的重要工具，就可以看出中国文学与政治唇齿相依的紧密关系。好的政治制度固然可以给文学提供更大更广阔的生长空间，政治清明、国家强盛、人民富裕、社会欣欣向荣，物质文化发达了，文学有了强大的后盾，自然也更容易得到迅猛发展，不过也有很多时候不是这样，纵观中国文学最为繁荣昌盛的几个历史时期，除了汉唐之外，大多数是政治动荡、社会混乱、民不聊生的大转折、大变化期。刘勰在《文心雕龙·时序》篇中写道："文变染乎世情，兴废系乎时序，原始以要终，虽百世可知也。"这"世情"和"时序"无不与政治制度密切相连。例如中国文学史上著名的"建安风骨"时期，是一个文学大发展的时代，也是一个动荡不安的时代，东汉末年，群雄争霸，战乱频繁，以曹氏父子为代表的建安诗人们既怀抱高扬的理想和抱负，又深感世事的无常和人生的疾苦，他们的感喟和沉思都在诗文中表现出来，呈现出独特的精神气质和面貌，既刚健有力，又清峻通脱，所以刘勰说："观其时文，雅好慷慨，良由世积乱离，风衰俗怨，并志深而笔长，故梗概而多气也。"（刘勰：《文心雕龙·时序》）马克思曾经对物质生产与艺术生产之间的不平衡关系有一段经典的论述，他指出："关于艺术，大家知道，它的一定的繁盛时期决不是同社会的一般发展成正比例的，因此也决不是同仿佛是社会组织的骨骼的物质基础的一般发展成正比例的。"[①] 所以，文学的发展除了受制于政治、经济之外，也有自己独特的发展规律。一般来说，国势衰微、社会动荡的乱世更容易产生伟大的文学家和不朽的作品，其中缘

---

① 《马克思恩格斯全集》第46卷上，人民出版社2003年版，第48页。

由可能主要有两个，其一是"诗穷而后工"，正因为政治腐败，满目疮痍，壮志难酬，从而心智苦闷，深忧极虑而发诸笔端，正如欧阳修所言："盖世所传诗者，多出于古穷人之辞也。凡士之蕴其所有而不得施于世者，多喜自放于山巅水涯，外见虫鱼、草木、风云、鸟兽之状类，往往探其奇怪；内有忧思感愤之郁积，其兴于怨刺，以道羁臣、寡妇之所叹，而写人情之难言。盖愈穷则愈工。然则非诗之能穷人，殆穷者而后工也。"（欧阳修：《梅圣俞诗集序》）其二是时势造英雄，在政治清明的和平年代，士人们通常走学而优则仕的建功立业之路，诗文是远远比不上治国平天下的，只有在立德和立功无望之后才会转向立言，所以专心文学大多是士人们不得已的最后选择。

政治文化是比政治制度更加宽泛的层面，安德鲁·海伍德认为，如果将文化视作一个民族的心理倾向，那么政治文化主要是指"人们通过信仰、符号和价值表现出来的对政治对象（如政党、政府和宪法）的总的心理倾向"。并且，"政治文化与大众舆论不同，它是由长期的价值观念熏陶而成的，而不是人们对特定事件和问题的简单反应"。[①] 所以，政治文化与一个民族的价值观念、思想信仰和情感心理密切相关，是政治关系在人们精神领域的反映。"政治文化是一个民族在特定时期流行的一套政治态度、信仰和感情。"它"是由本民族的历史和现在社会、经济、政治活动进程所形成"。[②] 相比政治权力和政治制度而言，政治文化与文学的联系更加直接和紧密，政治文化和文学都是文化的组成部分，都与价值信仰、情感态度和心理趋向等主观因素紧密相连。20世纪六七十年代兴起的文化研究在一定程度上就是在政治文化层面上对当下社会进行介入和批判。文化研究的范围包罗万象，但主要关注种族、阶级、性别、身份等社会现实问题，格罗斯伯格等人在《文化研究》导言中列举了文化研究涉及的主要方面，即文化研究的历史、性别、民族性和民族认同、殖民主义和后殖民主义、种族问题、大众文化及其受众、科学和生态学、身份政

---

① ［英］安德鲁·海伍德：《政治学核心概念》，吴勇译，天津人民出版社2008年版，第268页。

② ［美］加里布埃尔·A. 阿尔蒙德、小G. 宾厄姆·鲍威尔：《比较政治学：体系、过程和政治》，曹沛霖等译，上海译文出版社1987年版，第29页。

治、教育学、政治美学、文化机构、文化政策、学科政治学、话语与文本性、历史、后现代时期的全球文化等。紧接着又指出，"文化研究只能部分地通过此类研究兴趣的范围加以识别，因为没有任何图表排列能够硬性地限定文化研究未来的主题"①。从中我们可以看出文化研究的跨学科性，除此之外，文化研究与通常文学研究最大的不同是对政治文化的关注，无论是身份、种族，还是阶级、性别，这些西方文化研究的焦点同时也是西方社会现实关注的热点，文化研究进入中国之后引起了文艺学的文化转向，颇为红火，但是也遭到了一些质疑和否定，其中最主要的是文化研究无远弗届、包罗万象的研究对象，被认为已经不再是文学研究，因为里面有媒介、有消费、有政治，就是没有文学的影子。文化研究的前景到底如何，现在还难以预料，但是至少就文学与政治文化的关系而言，文化研究还是为文学研究开拓了更大的生长空间。

3. 文学与政治关系的三种模式

文学与政治有些类似恋人的关系，既相互独立又相互融合，你中有我，我中有你，具体来说有三种模式：附庸、疏离和超越，最理想的状态是文学超越政治获得永恒。

首先是文学附庸于政治，这种情形通常是把文学艺术作为服务于政治的工具，例如"文革"时期极"左"政治横行，"四人帮"一系列具有明显工具论文艺观色彩的口号："文艺为政治服务""文艺是阶级斗争的工具""文艺从属于政治"等。

从历史发展的层面上看，中国古代的文学政教说可谓源远流长。孔子曰："诵诗三百，授之以政，不达；使之四方，不能专对；虽多，亦奚以为。"②（《论语·子路》）从字里行间我们不难看出孔子把《诗经》当作政治工具的倾向。孔子说："诗可以兴，可以观，可以群，可以怨，迩之事父，远之事君，多识于鸟兽草木之名。"③（《论语·阳货》）这里，孔

---

① Lawrence Grossberg, Cary Nelson, Paula A. Treichler, *Cultural Studies*, London：Routledge, 1992, p. 1.

② （宋）朱熹：《四书章句集注》，中华书局 1983 年版，第 143 页。

③ 同上书，第 178 页。

子虽把文学的作用理解得宽泛一点，但着重点还是政治需要——考见政事得失，团结众人，怨刺上政，为"事父""事君"的大事服务。荀子也说："凡言不合先王，不顺礼义，谓之奸言。虽辩，君子不听。"① （《荀子·非相篇》）及至唐朝，白居易则在《与元九书》中说："自登朝以来，年齿渐长，阅事渐多，每与人言，多询时务，每读书史，多求理道，始知文章合为时而著，歌诗合为事而作。"② "上不以诗补察时政，下不以歌泄导人情，乃至于谄成之风动，救失之道缺。"③

西方也是如此。柏拉图要求诗人歌颂理念，歌颂神，教育公民去敬神和捍卫国家。如果不能发挥这种教育作用，在理想国中便没有诗人的地位。如果诗人渎神，就可以把他逐出理想国。他说："我们只要一种诗人和故事作者……他们的作品须对于我们有益；须只摹仿好人的言语，并且遵守我们原来替保卫者们设计教育时所定的那些规范。"④ 遵守"所定的规范""作品须对我们有益"，这实际上是柏拉图站在统治阶级立场上，要求文学为政治服务。贺拉斯在《诗艺》中提出了"合式"原则。所谓"合式"，就是从形式到内容都应当和谐统一，合情合理。在奥古斯都时代，"合式"原则不仅是"有机统一"说在诗艺中的体现，也是艺术为贵族生活服务的表现之一。歌德说："一般来说，即使在最幸运的情况下，一首政治诗也永远只能看作是某一个民族的喉舌，在多数情况下更只能视为某个党派的喉舌了；不过，它要是优秀，也会为这个民族和这个党派热情地接受。"⑤

文学作为一种语言的艺术，以其特有的审美魅力作用于人的心灵，文学作品不是枪炮之类的物质武器，但是可以作为影响人们心理和思想的精神武器，所以文学历来受到古今中外政治家的青睐。按常理讲，文学本来与政治就是形影难离、密切相关的，如果处理得当，二者都受益匪浅，但

① 王先谦：《荀子集解》，中华书局 1988 年版，第 83 页。

② 白居易：《与元九书》，载郭绍虞《中国历代文论选》一卷本，上海古籍出版社 1979 年版，第 139—194 页。

③ 同上书，第 140 页。

④ ［古希腊］柏拉图：《理想国》卷二至卷三，载《柏拉图文艺对话集》，朱光潜译，人民文学出版社 1959 年版，第 50—51 页。

⑤ ［德］爱克曼：《歌德谈话录》，杨武能译，光明日报出版社 2008 年版，第 185 页。

是由于政治较文学而言更具功利性和现实性，为了政治的现实需要而把文学作为一种政治宣传或政治斗争的工具和手段便不足为奇了。

第二种情况是文学与政治疏离，这种倾向究其根源与对文学本质的认识有很大的关系。究竟什么是文学？对这个问题的看法可谓是仁者见仁智者见智，但是在千姿百态的各种解答中，有两类回答极具代表性和普遍性，一种可以概括成"为艺术而艺术"的审美观，古典文艺理论中陆机的"情感说"、柏拉图的"天才说""灵感说"、柏格森的"直觉说"、克罗齐的"表现说"等，现代文艺理论中海德格尔的"本源说"、弗洛伊德的"白日梦说"、荣格的"集体无意识说"、伽达默尔的"游戏说"等都可以归入这一类，这种观点通常认为文学是主观精神的产物，具有"超功利性"，以其独特的审美价值和意义与政治大相径庭，是纯洁神圣的"缪斯"和"维纳斯"，康德的审美无功利说对其做了很好的注解，文学艺术具有无目的的合目的性，政治却充满了利欲熏心、钩心斗角、权谋诡计，文学应该远离"肮脏"的政治。另一种可以归为"形式/结构"说，这种看法在西方现当代文艺理论中比较普遍，如强调"陌生化"的俄国形式主义文论、重视文本细读的英美新批评派、喜欢探究深层结构的法国结构主义文论，以及弗莱的"原型理论"、英伽登的现象学文论、托多洛夫的叙事理论、耶鲁学派的解构理论等，这类观点一般认为文学是自足存在的独立体，具有完整严谨的内在结构和自律性，西方现当代文论中的"文本转向"和"语言转向"都是这种观点的表征。

不管是持"为艺术而艺术"的审美观，还是认为文学是自律性的产物，都将文学与政治拉开距离，在二者之间画上一条分界线，其实文学与政治很难做到井水不犯河水，正如伊格尔顿所言："不必把政治拉近文学理论，就像在南非的体育运动中一样，政治从一开始就在那里。……现代文学理论的历史乃是我们时代的政治和意识形态的历史的一部分，从雪莱到诺曼·N.霍兰德，文学理论一直就与种种政治信念和意识形态价值标准密不可分。"[1] 伊格尔顿是秉承了马克思主义的文学理论家，他对20世纪种种流行的西方文学理论进行了批判，尤其是那些脱离现实，试图将文

---

[1]　［英］特雷·伊格尔顿：《二十世纪西方文学理论》，伍晓明译，北京大学出版社2007年版，第170页。

学纳入某种窠臼中去的"纯"文学理论，虽然伊格尔顿的看法也存在某种程度上的偏激，但是他将文学与文学理论视为政治一部分的看法确实给我们很多的启迪。

文学不能附庸于政治，也无法与政治真正疏离，比较理想的状态是文学对政治的超越，这种超越不是文学以高高在上的姿态俯视政治，而是"和而不同"式的和谐相处，当然这并不是说文学对政治应该采取一种"哀而不伤、乐而不淫"式的中庸态度，而是犹如盐溶于水一般难分彼此又形成新的特质。文学是人类精神领域活动的产物，作为生活在社会现实中的人，其精神必然要受社会现实的巨大影响，而政治不仅仅是权力制度和权力斗争，也是一种社会理想和情感结构，因为政治活动和政治目标的实现都离不开人，都需要对人情人性精微的把握，对时代和社会风习的敏锐洞察，对人生、历史乃至宇宙的探究求索。

文学对政治的超越表现在诸多方面，我们可以艾布拉姆斯的文学活动四要素来分类阐释。首先从创作主体即作家的角度来看，作家作为社会中的一员，一定会有自己的政治观点或政治倾向，这些或多或少都会影响他的作品，但是优秀的文学作品一定不是政治的直白显露，2012年获诺贝尔文学奖的莫言在斯德哥尔摩谈政治与文学时认为，作家的政治态度应该通过作品以文学的方式呈现出来，他说："对于文学来讲，有个巨大的禁忌就是过于直露地表达自己的政治观点，作家的政治观点应该是用文学的、形象化的方式来呈现出来。如果不是用形象化的、文学的方式，那么我们的小说就会变成口号，变成宣传品。"[1] 作家关注政治，参与政治可以有多种方式，你可以直接指责或者呐喊，但是也可以通过作品以形象化的方式发言，其实，优秀的文学作品如曹雪芹的《红楼梦》、鲁迅的《阿Q正传》、蒲松龄的《聊斋志异》、马尔克斯的《百年孤独》、福克纳的《喧哗与骚动》等，无一不是用作品来展现时代和社会、展现历史和人性，从而也间接地表现出政治理念和政治倾向。

从文学作品本身来看，无论是文本形式还是内容都不可能脱离一定的社会历史背景，都是特定时代政治的曲折反映。王国维在《宋元戏曲考》

---

① 莫言：《作家的政治观点应用文学方式呈现》，2012年10月，中华励志网（http://www.zhlzw.com/qx/yj/785683.html）。

自序开篇中写道："凡一代有一代之文学：楚之骚、汉之赋、六代之骈语、唐之诗、宋之词、元之曲，皆所谓一代之文学，而后世莫能继焉者也。"① 屈原的离骚离不开命运多舛的楚国给他带来的心灵震撼，汉赋与大汉帝国雄健宏阔的气派息息相关，六代骈文与其崇尚绮靡之风不无关联，此外唐诗的阳刚充沛、宋词的婉约精致、元曲的嬉笑怒骂无不与其时代紧密相连，自然也与政治脱不了干系。

从文学反映的对象世界来看，文学活动所反映的世界包括主观世界、客观世界、社会世界以及宗教信仰意义上的超验世界，这个世界既是作者基本的生存环境，也是作品的反映对象，无论是主观世界、客观世界还是超验世界，都不能离开社会现实世界，也离不开与现实交织为一体的政治。从文学活动的最终成果作品来看，有的作品直写政治，风起云涌，气势恢宏，如《战争与和平》《静静的顿河》；有的表现得比较隐晦，表面上无关政治，只见家长里短、儿女情长，如《红楼梦》，有的通篇暗喻，曲径通幽，如奥威尔的《动物庄园》。不管是显是隐，文学作品都难以离开政治，不过优秀的作品不能做政治的传声筒、宣讲机，而是通过生动的形象和文学化的语言来间接表达政治倾向和政治理念。

从文学作品的接受者即读者来看，虽然说一千个读者就有一千个哈姆雷特，但是读者作为社会现实中的人，他对作品的接受必然要打上自己独特的社会政治烙印，心理上往往会有既成的思维指向与观念结构，形成一定的阅读期待视野。例如，80 年代的伤痕文学、反思文学、寻根文学在当时的整个社会引起了很大的反响，因为无论是伤痕文学，还是反思文学和寻根文学，这些文学作品都契合了刚刚经历十年浩劫的读者的阅读期待，也符合当时整个中国社会的心理期待，所以每出一部上述类型的作品，都比较容易出现轰动性的社会效果，作家也成为格外引领社会潮流的人物。

总之，文学对政治的超越既在文学之中，也在文学之外，在文学之中是因为需要用文学的方式来呈现政治，在文学之外是由于真正优秀的文学作品无法离开政治超然而立，文学因政治而丰富、深沉以至永恒。

---

① 王国维：《宋元戏曲史》，商务印书馆 1915 年版，自序第 1 页。

二　学术话语权的回归与言说者的主体身份建构

随着"文革"的结束和思想解放运动的展开，当代文论迫切地想要挣脱文学政治工具论的枷锁，获得自主的学术话语权，这其中蕴含了文艺理论家建立主体身份、获得学术尊严的努力和渴望。

1. 从政治转向审美

新时期文论从政治转向审美是与当时整个社会政治氛围的转变联系在一起的，随着思想解放运动的不断深入，理论思维也空前活跃，人性、人道主义禁区的逐渐突破，文学的人学基础的牢固确立，促使学界对文学本质的认识也开始向深处挺进。文艺理论努力挣脱政治工具主义的枷锁，逐步从机械反映论走向能动的、审美的反映论，在整个 80 年代，蒋孔阳、李泽厚、钱中文、王元骧、童庆炳、杜书瀛等文学理论界的学者都力图从"审美"这一视角立论，力图给文学一个新的界说。较早把艺术与美联系起来思考的是著名美学家蒋孔阳先生，他在 1980 年发表了《美和美的创造》一文，提出："艺术的本质和美的本质，基本上是一致的。美具有形象性、感染性、社会性以及能够实现人的本质力量的特点，艺术也都具有这些特点，正因为这样，所以我们说，美是艺术的基本属性。不美的'艺术'不能成为真正的艺术。从事艺术工作的人，不管他办不办得到，但从本质上说，他都应当是创造美的人。创造美和创造艺术，在基本的规律上是一致的。"①

1981 年，童庆炳发表了《关于文学特征问题的思考》一文，他直截了当地说："对于'文学的根本特征就是用形象来反映生活'这一类说法，我一直怀疑它的正确性。……在我看来，我们要研究文学的特征，首先要看它的独特的对象、内容，看它反映什么，然后再看它的独特形式，看它怎样反映。"那么，文学反映的内容有什么特点呢？童庆炳列出了三点：文学反映的生活是人的整体的生活、文学反映的生活是人的美的生

---

① 蒋孔阳：《美和美的创造》，江苏人民出版社 1981 年版，第 52 页。

活、文学反映的生活是个性化的生活。① 童庆炳意识到了文学应该有自己独特的反映内容，将美列为文学的必备要素。

　　较早明确提出文学的审美意识形态属性并阐释审美反映论的是钱中文，他在《最具体的和最主观的是最丰富的——审美反映的创造性本质》中比较全面地阐述了自己的审美反映论思想，他明确提出：从反映论观察文学，文学的某些本质方面可以得到阐明，也可以使用其他层次的方法研究文学，但不能把反映论直接移植于文学创作，在创作中要以审美反映代替反映论。审美反映有其自身结构，它是由心理层面、感性认识层面、语言形式层面、实践功能层面组成的统一体。他认为，"我们平常说的文学是生活的反映，就显得过于笼统，缺乏对象特征。照这种说法推论，可以说道德是生活的反映，哲学是生活的反映，它们之间就没有区别。因此，我以为在文学理论中，要以审美反映代替反映论。反映论原理在这里不是被贬低了，不是消失了，而是具体化了，审美化了，从而也就对象化了"②。1987 年，钱中文在《文学观念的系统性特征——论文学是审美意识形态》一文中又具体阐述了文学审美意识形态论，他认为当时中国的文艺理论界跟苏联相似，主要有两种文学本质观，一种是"以认识论作为出发点的文学本质论，一般把文学界定为社会意识形态，上层建筑，力图从经济基础与上层建筑、意识形态的系统，来确定文学的地位及其本质特性"。另一种观点则认为，"文学的本质特性是审美，因而持此说者竭力反对认识论、反映论、意识形态这类观念，并认为这些观念只会导致文学理论的简单化"。对这两种文学本质观，钱中文都指出了其合理与不足之处，他进而提出："从社会文化系统来观察文学，从审美的哲学的观点出发，把文学视为一种审美文化，一种审美意识形态，把文学的第一层次的本质特性界定为审美的意识形态性，是比较适宜的。"③ 1988 年在《文学形式的发生》一文中，他又从发生认识论的角度对文学的起源进行了追溯，认为文学审美意识形态是审美意识历史发展的自然生成结果。

---

① 童庆炳：《关于文学特征问题的思考》，《北京师范大学学报》1981 年第 6 期。
② 钱中文：《最具体的和最主观的是最丰富的——审美反映的创造性本质》，《文艺理论研究》1986 年第 4 期。
③ 钱中文：《论文学观念的系统性特征》，《文艺研究》1987 年第 6 期。

随后，王元骧和童庆炳也比较系统地提出了文学审美反映论和文学审美意识形态论，在《审美反映与艺术创造》中，王元骧强调了审美反映的情感要素，他说："文学艺术对现实的反映不是以认识的形式，而是以情感的形式，即通过作家、艺术家对现实生活的审美感知和审美体验而作出的。"① 接着又在《艺术的认识性与审美性》中，从反映的对象、反映的目的、反映的方式三个方面阐述了审美情感反映与一般认识反映的不同之处，同时也深入剖析了情感与认识的相互渗透、不可分割的特性。② 1992 年，童庆炳主编的《文学理论教程》把审美意识形态属性作为文学的本质，这套教材发行量大、传播时间长、影响力强，文学审美意识形态论日渐深入人心，得到学界的认可和推崇。

文学"审美反映"论、文学"审美意识形态"论是文学从政治走向审美的重要表征，也是"一个时代的学人根据时代要求提出的集体理论创新"。③ 新时期文论从政治转向审美，一方面得益于当时宽松的政治环境，另一方面也是文学回归本身的规律使然。文学是社会生活的反映，但不是一般的反映，而是审美的反映，文学的审美特性在中西文论史上都有所体现，例如中国古代文论中刘勰的"情采说"、钟嵘的"物感说"、司空图论诗歌的"味外之味""象外之象""景外之景"、袁枚的"性灵说"等，或从文学创作，或从文学作品，或从文学欣赏等方面对文学中的审美因子作了体悟式的批评阐发；西方文论中也有不少对文学审美特性的阐释，例如古希腊文艺理论家的"和谐"美学、启蒙运动的重要人物康德和席勒的文艺美学思想、19 世纪初欧洲浪漫主义运动的情感说和象征主义诗学等。中国新时期文艺理论家在综合中外文艺思想的基础上提出的文学"审美反映"论、文学"审美意识形态"论，摆脱了"文学政治工具"论僵化思想的束缚，为当时泛政治化的文学研究开辟了一条新的研究路径，体现了文学基本观念的突破和创新，这些都是我们应该给予公正评价的历史成果。

需要注意的是，进入 21 世纪以来审美意识形态论又成为文艺学争论

---

① 王元骧：《审美反映与艺术创造》，《文艺理论与批评》1989 年第 4 期。

② 王元骧：《艺术的认识性与审美性》，《文艺理论研究》1990 年第 3 期。

③ 童庆炳：《新时期文学审美特征论及其意义》，《文学评论》2006 年第 1 期。

的焦点之一，出现了一些对这一理论的质疑之声，主要有五个方面：一是认为"审美意识形态"这一说法不能成立，意识形态包括了审美意识，二者是种属关系。"审美意识作为独立的意识类型不过是一定社会意识形态的表现者，不能单独成为一种意识形态。文学与意识形态不同质，文学是'一种意识形态'或'一种审美意识形态'的说法不能成立。当我们说文学具有一定的意识形态性时，其审美因素已经内在地包含其中了。"① 二是认为文学是一种与意识形态相适应的社会意识形式，需要把意识形态和社会意识形式区分开来。"准确地说，文学是可以具有意识形态性的审美社会意识形式，是审美社会意识形式的话语生产方式。这样来认识文学的本性与特点，才可以行之有效地、恰如其分地贯彻马克思主义的基本原理，科学地坚持文学的意识形态性和方向性，才可以实事求是地尊重文学的艺术规律和现实表现法则。"② 三是认为审美与意识形态不能放在一起，因为二者相互抵牾。"'审美'和'意识形态'两个概念都非常歧义、含糊、抽象，而且它们的内涵和外延既相互排斥又相互包容。如果将'审美'与'意识形态'硬搭配在一起，成为一个固定词组，那就如同'两只角的独角兽'或'苹果的水果'（或'水果的苹果'）称谓一样，这种亦此亦彼的判断，难以成为严格的定义方式。所以，把'审美意识形态'概念当作一个独立而完整的系统确有不当之处。"③ 四是认为审美意识形态论存在审美主义的倾向，由于审美意识形态论的前身是审美反映论，所以它在阐释文学本质时具有突出审美的偏向。"主张文学是审美意识形态的学者，把这个问题的着眼点和着重点只放在文学的审美特性上，而不是放在意识形态上，更不是放在意识形态的社会属性上和意识形态的人文属性上。与此相反，往往表现出用被扩张和夸大了的审美来包揽、蕴涵和统摄一切的核心概念，来软化、冲淡和消解意识形态和意识形态的社会历史因素、人文因素，特别是政治因素的倾向。这样做，势必使文学艺

---

① 单晓曦：《"文学的审美意识形态论质疑"——与童庆炳先生商榷》，《文艺争鸣》2003年第1期。

② 董学文、李志宏：《文学是可以具有意识形态性的审美意识形式——兼析所谓"文艺学的第一原理"》，《广西师范大学学报》2006年第3期。

③ 董学文：《文学本质界说考论——以"审美"与"意识形态"关系为中心》，《北京大学学报》2005年第5期。

术与意识形态的关系的界面、价值和意义受到一定的禁锢和局限。"① 五
是认为文学是一个复杂的综合的系统，具有多重本质，仅用某一种理论来
涵盖其本质的做法是不可行的。"文学是对人的整体生活的反映，而意识
形态、审美意识形态只是对人的整体生活的局部的反映。"② "以'审美意
识形态'来全称界定文学，那势必会舍弃和滤除文学的其他一些本质
层面。"③

　　针对这些质疑，童庆炳、钱中文、王元骧等学者也纷纷著文予以回
应、商榷，关于审美意识形态论的探讨仍然在继续。审美反映论和审美意
识形态论是 80 年代在中国起过重要作用的文学理论，它们对于打破"文
艺政治工具"论的僵化文艺思想做出了贡献，也并非是简单的审美加反
映、审美加意识形态的拼凑，而是当时一批优秀学者的智慧结晶，至今仍
有其理论意义和价值，但是任何理论都不是永恒不变的真理，随着时代的
发展和前进，审美反映论和审美意识形态论是对反映论的超越，现在它们
同样需要完善和发展，审美反映论和审美意识形态论的根基都是马克思主
义，马克思主义不是僵死的教条而是不断发展的行动指南，对比一下西方
马克思主义对文艺思想所作的深入拓展，就可以发现我们还只是局限在如
何诠释马克思的一些话语之中，而不是联系当前中国的实际发展马克思的
文艺思想，其实中国正处于社会转型期，各种新情况、新问题、新现象层
出不穷：网络小说、博客文学、短信文学更新不断，大众文化、消费文
化、媒介文化竞逐争艳，这些都需要我们去发现、去研究，同时也在对现
实问题的探寻之中不断地丰富和发展马克思主义文艺理论和思想，这也是
中国当代文学理论得以生生不息、发展壮大的可行路径。

　　另外值得一提的是，随着全球化进程的不断深入和文艺学学科的发
展，特别是对西方文论研究的不断成熟和完善，近来国内对"审美意识
形态论"的争论又趋于热烈，一方以钱中文、童庆炳、王元骧等先生为
代表，他们在 20 世纪 80 年代从各自角度提出"审美意识形态论"，并随

---

① 陆贵山：《文学·审美·意识形态》，《马克思主义美学研究》2006 年第 2 辑。

② 马驰：《论文学的本质与审美意识形态》，《学术月刊》2006 年第 7 期。

③ 董学文、马建辉：《文学"审美意识形态论"质疑》，《文艺理论与批评》2006 年第
1 期。

着时间的发展对这一理论进行了深入的整理和思索；另一方以陆贵山、董学文等先生为代表，对现有的"审美意识形态论"观点提出了质疑和批评，这样的学术争论只要不是话语权之争、意气之争，就有利于对学术问题的深入探讨和客观认识的不断完善与发展，而真正经得起时间和实践考验的理论也能够在争论中得到更多人的承认和认可。同时，从争论双方所使用的理论资源看，主要还是经典马克思主义的理论思想，毋庸置疑，经典马克思主义仍然有着巨大的理论价值和实践意义，但更重要的是我们要从当前中国的现实出发，构建有中国特色的马克思主义文艺理论，所以应该扩大理论视野，以马克思主义理论为指导并结合各种新的理论和方法，从而把新时期所取得的理论成就提升到一个新的水平，以真正地构建起有中国特色的马克思主义文艺理论体系。正如有学者指出，"对审美意识形态问题的理论研究，一方面要积极地研究、批判性地借鉴国外马克思主义美学和文学理论在这个问题上的重要成果；另一方面，要认真深入地研究当代中国的审美经验和审美关系，获得中国马克思主义美学在审美意识形态问题上的具体性和现实性，从而准确地分析和把握其中的理论意义。从理论上说，只有我们在这两个方面都有深入的研究，我们对马克思的理解才具有当代性，我们对基本理论的阐释才会具有中国的特色"①。

2. 文学研究方法变革与当代文论话语权的回归

随着"四人帮"的倒台和改革开放的逐渐深入，文学观念开始挣脱极"左"政治的束缚，文论界对原来单一的政治统率式的文学研究方法进行了反思和清理，开始了文学研究方法的变革和更新。

首先是西方的各种哲学思想和文艺理论被大量引进中国，哲学思想方面如弗洛伊德的精神分析理论，荣格的"集体无意识"理论、萨特的存在主义，尼采的超人哲学等，一些哲学理论书籍如弗洛伊德的《释梦》、萨特的《存在与虚无》、尼采的《查拉图斯特拉如是说》、卡西尔的《人论》等都成了大众畅销书。文艺理论和美学思想方面，众多的西方现当代文艺理论和文学批评方法论像走马灯一般陆续在中国出场——精神分析

---

① 王杰：《当代中国语境中的审美意识形态理论》，《文艺研究》2006 年第 8 期。

批评、俄国形式主义、意识流理论、英美新批评派、法国结构主义、存在主义、原型批评、语义学派、现象学美学、阐释学、接受美学等逐渐被中国文艺理论界所熟知。很多刊物开设专栏介绍西方现当代的文艺理论和思想，如《文艺理论研究》从 1980 年创刊第一期开始译介西方的文艺理论，并设立"外国文艺理论译丛"，先后将西方各种现代文艺理论和文艺批评方法介绍给中国读者，其他如《外国文学动态》《读书》《文艺研究》《文学评论》等也开始发表有关西方现当代文艺理论的译作或介绍文章，除此之外，比较系统地翻译西方现代文艺理论和美学思想的丛书也陆续出版发行，如中国社会科学出版社出版的"美学译文丛书"（1982），北京大学出版社出版的"比较文学研究丛书"（1982）和"文艺美学丛书"（1982），生活·读书·新知三联书店出版的"现代外国文艺理论译丛"，中国社会科学出版社出版的"当代外国文艺理论译丛"，上海译文出版社出版的"西方文艺理论译丛"，等等。①

大量的西方现当代哲学思想和文艺理论在短时间内被引进中国，一方面确实给文论界打开了一扇观看新世界的窗口，能够更好地对原来单一狭隘的政治文论进行清理和反思，建构更加符合文艺发展规律的文艺理论；另一方面由于时间太短而心态又很急切，所以在很大程度上存在着"食多不化"的现象，就此匆匆提出的一些观点在当时看来颇为"新颖"，但是经不起时间的检验，只能成为昙花一现式的流星。

其次是各种自然科学的方法也开始被用到文学研究中来，以系统论、信息论、控制论为代表的"老三论"和以耗散结构论、协同论和突变论为代表的"新三论"在文论界陆续出现，乃至 1985 年被称为"方法年"。比较著名的如林兴宅运用系统论方法研究阿 Q 性格，黄海澄运用控制论方法来研究审美和文艺现象，当时编撰的关于文学研究新方法论的著作也很多，如江西省文联文艺理论研究室编的《文学研究新方法论》（江西人民出版社 1985 年版）和《文艺研究新方法论文集》（江西人民出版社 1987 年版），孙子威编的《文艺研究新方法探索》（华中师范大学出版社 1985 年版），中国文艺理论学会《文艺理论研究》编辑部编的《新方法

---

① 陶东风、和磊：《当代中国文艺学研究（1949—2009）》，中国社会科学出版社 2011 年版，第 368—369 页。

论与文学探索》（湖南文艺出版社 1985 年版）等。① 各种探讨文学研究新方法论的学术会议也纷纷召开，如 1985 年 3 月 17 日，《上海文学》编辑部、《文学评论》编辑部与厦门大学等单位在厦门召开全国文学评论方法论讨论会；1985 年 4 月 14—22 日，中国社会科学院文学研究所、江苏省作协等 12 家单位在扬州联合举办"文艺学与方法论问题学术讨论会"；10 月 13—20 日，中国艺术研究院外国文艺研究所、华中师范大学等单位在武汉召开全国文艺学研究方法论学术讨论会等。②

　　将现代科学方法引入文学研究中来，一方面能够拓宽思路，深化对某些具体文学现象的理性认识，推动了文学研究的发展，更重要的是，方法论热给原来陈旧滞后的庸俗社会学方法以疾风骤雨式的巨大冲击，在当时对文学研究具有思想解放的意义，加快了文学理论学术话语权挣脱政治专制话语，向学术本位回归。但是另一方面，我们也应该看到，文学艺术与自然科学在研究对象、思维方式、价值取向等方面都有着极大的不同，文学艺术有其特殊的审美性、情感性、体验性、蕴藉性等不同于自然科学的特点，人生和意义的问题用数字和公式是回答不了的，复杂微妙的情感和语言带来的美感也是推理和判断解决不了的，现代自然科学研究方法有助于理解作品中的某些要素，但是不可能成为文学研究的基本方法论。

　　文学研究方法的变革尤其体现在文学理论的"向内转"。"向内转"这一说法与韦勒克将文学理论分为"内部研究"与"外部研究"有某种关联，中国文论界首先提出"向内转"的是鲁枢元，但是其源头可以追溯到刘再复的文章《文学研究思维空间的拓展》，他指出："我们过去的文学研究主要侧重于外部规律，即文学与经济基础以及上层建筑中其他意识形态之间的关系，例如文学与政治的关系、文学与社会生活的关系……近年来研究的重心已经转移到文学内部，即研究文学本身的审美特点，文学内部各要素的相互联系，文学各种门类自身的结构方式和运动规律等

---

　　① 陶东风、和磊：《当代中国文艺学研究（1949—2009）》，中国社会科学出版社 2011 年版，第 370—371 页。

　　② 高建平：《当代中国文艺理论研究（1949—2009）》，中国社会科学出版社 2011 年版，第 539 页。

等，总之是回复到自身。"① 随后，刘再复又发表了 5 万字的长文《论文学的主体性》，系统阐述了他的文学主体性理论，这一理论对新时期以前几十年过于单一关注的认识论文艺学和政治论文艺学是一个反拨，文艺学学术关注点开始发生某种程度的位移，即从侧重文学与其之外的种种事物的关系，如文学与政治、文学与意识形态、文学与哲学、文学与道德等，转移到对文学自身规律的研究，如文学作品的结构问题、文学的叙事、文体与语言、风格、文学修辞等，在某种程度上，可以说文学主体性理论开启了新时期文学研究"向内转"的新路径。

　　总体而言，无论是用自然科学方法来研究文学，还是注重语言、文体、结构等文学内部规律的研究，既有学科自身发展的内在要求和受西方文论影响的一面，但是在更深层次上则隐含了文学理论研究者们急于与政治文论分道扬镳，确立文学研究的自主性，重建学术话语权和自主身份认同的迫切心情和愿望。在"文革"期间，学术话语权被专制政治权力彻底剥夺，学术和学者丧失自己的独立和尊严，文学成为政治和阶级斗争的工具和武器，除了讲革命政治，就是讲阶级斗争，资产阶级和无产阶级斗、唯心主义和唯物主义斗、人和人也斗，人文知识分子由于与权力中心的密切关系，更是位于政治斗争旋涡的中心，他们如何说话、说什么话都不是由学理、知识决定，而是由政治风向所决定，在某种意义上讲，文艺理论家既是"文革"极"左"政治的受害者也是"帮凶"。旅美学者徐贲曾经有一段对知识分子与强权政治关系的精辟论述："强权政治从来离不开行使智者权威的知识精英的协助，任何政治权力都必须有葛兰西所说的'有机知识分子'的支持，才能获得道义性的权威。政治权力必须依仗知识分子的智者权威才能以真理在根的面目，用遥远的道德目的来证明现行政治手段的正确。在权力社会中，知识分子既能扮演社会良心的角色，也能充当统治意识形态的监守人和统治权力的帮凶。知识分子之所以对强权政治特别有用，正是因为他具有那种传统的智者权威。"② "文革"给人文知识分子的心灵造成了严重的伤害，所谓"一朝被蛇咬，十年怕草绳"，他们只想尽快地摆脱专制政治的魔魇，找回自己的独立和尊严，

---

① 刘再复：《文学研究思维空间的拓展》，《读书》1995 年第 2—3 期连载。

② 徐贲：《走向后现代与后殖民》，中国社会科学出版社 1996 年版，第 220 页。

而确立学术话语权便是确立自我身份的一个重要标志。就文学理论而言，如何确立自己的学术话语权呢？答案是向文学本位回归，从文学自身入手来探讨文学自身内部的规律，而不是如原来那样，总是把文学置于政治、社会、历史等外部因素的管辖之下，不是社会历史反映论，就是政治意识形态决定论。这些观点其实也不是完全没有可取之处，但是它们对外部因素的过于强调在某种程度上造成了文学研究的政治化、社会化以及片面化和单一化，使文学理论的学术话语权很容易被其他因素所掌控，其言说者们自然又成了被他人所操纵和利用的"傀儡"和工具。所以从内部着手，确立文学理论的学术独立性，正是研究者们为确立自我的独立身份而做的一种煞费苦心的努力。

3. 文学主体性论争与主体身份认同建构

文学主体性理论不仅开启了新时期文学研究"向内转"的新路径，是文学理论话语权回归的一个重要表征，更重要的是，从主体身份认同来看，它意味着经过漫长的极"左"政治对人的异化和对文学过于工具化的利用，文学界和文艺理论界都迫切需要对原来肆意践踏人的价值和尊严、蔑视艺术特性和文艺创作规律的文化专制主义和文艺教条主义进行批判和变革，需要重新确立人的尊严和价值，张扬人的主体意识和精神能动性。

文学主体性理论提出者虽然是刘再复，但国内最早涉及主体性理论的是李泽厚。在《康德哲学与建立主体性论纲》一文中，李泽厚在解释什么是"主体"和"主体性"的时候这样说："相对于整个对象世界，人类给自己建立了一套既感性具体拥有现实物质基础（自然）又超生物族类、具有普遍必然性质（社会）的主体力量结构（能量和信息）。马克思说得好，动物与自然是没有什么主体与客体的区别的。它们为同一个自然法则支配着。人类则不同，他通过漫长的历史实践终于全面地建立了一整套区别于自然界而又可以作用于它们的超生物族类的主体性。这才是我所理解的人性。"①

---

① 李泽厚：《康德哲学与建立主体性论纲》，载中国社会科学院哲学研究所《论康德黑格尔哲学》，上海人民出版社 1981 年版，第 3 页。

　　显然，李泽厚的主体性理论来源于康德，自笛卡尔开创主体性原则以来，主体性哲学成为西方近现代哲学的核心范式，而康德是主体性原则的真正确立者。康德完成了哲学上思维方式的"哥白尼式的革命"，在康德之前，西方哲学界普遍存在两种观点，唯理论者无条件地相信纯逻辑的概念思维与现实的存在及其规律间的一致性，经验论者则无条件地相信经验思维与现实的存在及其规律之间的一致性，这看似矛盾的两种观点实际上都是事先预设了一个前提，即康德所说的："迄今为止大家总以为我们的一切知识都必须依照对象，但是在这个假定之下，凡是想通过概念先天地建立某种关于对象的东西以扩展我们知识的尝试，都统统失败了。"① 他认为，现在应该转变一个思考方向，主张在知识与对象的关系上不是知识依照对象，而是颠倒过来：对象依照知识。"对象依照知识"就是客观对象必须经过人的思考才变得有意义，其实也就是康德所说的"人为自然立法"。这是对笛卡尔"我思故我在"的深入和升华，实际上表明了人具有不受外物所束缚、完全由自己来决定的自主、主动、能动、自由、有目的的活动的地位和特性，其实就是把人提高到主体的地位，而且，康德的主体是不受现象世界限制的先验主体，是具有道德形而上学的道德伦理主体，李泽厚继承了康德主体性原则中张扬人的主观能动性的一面，同时融合了马克思的实践哲学，将主体构造成在历史实践基础上的人性发展产物。

　　1985 年前后，刘再复发表了一系列文章，充分阐述了他关于文学主体性的理论观点，其中以发表在《文学评论》1985 年第 6 期和 1986 年第 1 期上的《论文学的主体性》为代表，刘再复的主体性文论在学界引起了巨大的反响，也引发了激烈的争论。

　　文学主体论的首倡者是刘再复，其矛头直接指向反映论。他说："以往我们从苏联那里搬来的一套文学理论，其哲学基点是'反映论'，我的'主体论'的确是针对它而发的，可以说，我的理论动机是想用'主体论'的哲学基点取代'反映论'的哲学基点。"② 刘再复提出应该以人为

---

① [德]康德：《纯粹理性批判》，韦卓民译，华中师范大学出版社 2000 年版，第 17 页。
② 刘再复、黄平：《回望八十年代——刘再复教授访谈录》，《现代中文学刊》2010 年第 5 期。

中心，建立主体性文论，具体包括：作家的创作应当充分地发挥自己的主体力量，实现主体价值，而不是从某种外加的概念出发，这就是创造主体的概念内涵；文学作品要以人为中心，赋予人物以主体形象，而不是把人写成玩物与偶像，这是对象主体的概念内涵；文学创作要尊重读者的审美个性和创造性，把人（读者）还原为充分的人，而不是简单地把人降低为消极受训的被动物，这是接受主体的概念内涵。[①] 刘再复认为机械反映论在中国文艺理论界根深蒂固，"我批评的'反映论'是从苏联那里搬过来的并在 20 世纪下半叶的'语境'下发展成极为片面、极为机械的'反映论'。这种'反映论'，也被称为社会主义现实主义。这不是一般的创作方法论，而是创作的哲学总纲和政治意识形态原则"[②]。他总结了机械反映论四个方面的明显缺陷：没有解决实现能动反映的内在机制、没有解决实现能动反映的多向可能性，机械反映论只注意了自然赋予客体的固有属性，而往往忽视了人赋予客体的价值属性、机械反映论在强调客体的客观性时，忽视了客体的主观性，而在说明人的时候，又只注意了主体的主观性，忽视了主体的客观性。[③]

　刘再复的主体性文论立即引起了争议，甚至可以说在当时的文艺理论界引起了轩然大波，众多学者纷纷撰文进行响应，肯定赞扬者有之，否定批评者亦有之。支持者大多认为刘再复的主体性文论是对机械直观的文学反映论的反拨，对于新时期文学观念的健康发展有着重要的意义和价值。孙绍振说："刘再复主体论的提出，标志着在文艺理论上被动的、自卑的、消极反映论统治的结束，一个审美主体觉醒的历史阶段已经开始。"[④] 何西来也认为："如果从我国文艺理论的宏观历史发展来看，文学主体性的重新提出，实际上是跨越了一个长达三十年的历史断裂，勇敢地接上了胡风文艺思想中的一个光辉的命题。"而且它"事关文学观念变革的宏观走向"。[⑤] 杨春时也充满希望地写道："新时期十年，文艺思想的论争和探

[①]　刘再复：《论文学的主体性》，《文学评论》1985 年第 6 期。

[②]　刘再复、黄平：《回望八十年代——刘再复教授访谈录》，《现代中文学刊》2010 年第 5 期。

[③]　刘再复：《论文学的主体性 续》，《文学评论》1986 年第 1 期。

[④]　孙绍振：《论实践主体性、精神主体性和审美主体性》，《文学评论》1957 年第 1 期。

[⑤]　何西来：《对于当前我国文艺理论发展态势的几点认识》，《文艺争鸣》1986 年第 4 期。

索所涉及的问题的深度与广度是前所未有的，它在一系列理论观点上有所发展、突破。但是，旧的理论框架还没有被打破，新的理论体系尚有待建立。这需要找到一个关键性的突破口，找到一个坚实的支撑点。"现在，"文艺观念变革的关键找到了，文艺主体性问题正是旧理论体系的突破口和新理论体系的支撑点。"王若水还对文学反映论的重要理论资源——列宁的《唯物主义和经验批判主义》进行了批评，认为"这本著作翻来覆去强调的是：'物、世界、环境是不依赖于我们而存在的'。'客观实在……为我们的感觉所复写、摄影、反映。'"这实际上是"只强调承认现实的客体性"，忽视事物的主体性。"根据列宁的了解，主体是如洛克所说的白板，它只是一个受纳的容器；认识只是'客体→主体'的单向活动，主体的特性和活动不可能或不应该渗入对客体的认识。"①

但是也有不少学者对刘再复力图以文学主体论代替文学反映论提出了质疑，陈涌发表了《文艺学方法论问题》对刘再复的观点进行比较全面的批评，认为关于主体性文论引发的讨论"不是枝节问题，也不只是个别理论问题，而是直接关系到如何对待马克思主义的基本原理的问题，是关系到社会主义文艺的命运的问题"②。他强调："马克思主义文艺学的方法论，只能建立在历史唯物主义的意识形态论和辩证唯物主义的认识论的基础上。"他指出刘再复将"把人作为一种客观存在"与"作为行动着的人"割裂开来，"其实，客观存在着的人也就是行动着的人，行动着的人也就是客观存在的人。这是马克思主义之区别于前此以往的一切哲学，一切关于人的学说的焦点和核心。人就是作为实践的主体客观存在着。无论是受动性还是能动性都是由实践着的人体现的，都是在实践中实现的。离开社会实践，谈论人的受动性和能动性，不是回到机械唯物主义的直观反映论，就是走向主观唯心主义。刘再复同志在他的文章里反复谈到了'自我实现''主体性''能动性'等等，但却忽视了所谓'自我实现'或'行动着的人'发挥主体能动作用的基础和前提。""马克思主义充分肯定文艺对政治经济、对整个社会生活的反作用，肯定艺术创造的主体的能动作用，也肯定作为反映对象的社会的人的能动的作用，以及作为接受

---

① 王若水：《现实主义和反映论问题》，《文艺理论研究》1988 年第 5 期。
② 陈涌：《文艺学方法论问题》，《红旗》1986 年第 8 期。

主体的读者和批评家的能动作用；但首先我们应该肯定，不存在超越时间空间、超越社会历史条件的‘行动着的人’的主体性，不存在无条件的、可以无限扩张的主观能动性或主体性的‘自我实现’。社会生活的任何一个方面都是这样，在文学艺术方面也是这样。”同时他还进一步指出："刘再复说‘三十年代开始到现在，形成了一种思维定式，这种思维定式大体上是庸俗阶级斗争论和直观反映论的线式思维惯性’，这实际上就是说，我们‘三十年代开始到现在’的文艺思想的历史，‘大体上’是一部错误的历史。”这样的评价与事实不符，"我们能否在鲁迅的思想中找到可以证明是‘庸俗的阶级斗争论和直观反映论的线式思维惯性’的东西呢？而且能否把鲁迅这样一位在‘五四’以后直到他逝世的时候，在现代中国文学发展上始终起着主导作用的杰出人物加以抹煞呢？"①

程代熙认为刘再复的主体性文论实际上是新人本主义的一种表现，但是"新人本主义是说明不了主体意识和主体的主观能动性的"②。陆贵山则认为"文学主体性"理论的建构和提出正是现代西方"异化理论"在文学艺术领域中的投影和折光。③"文学主体性"论者为了使人摆脱现实生活中的"异化"状态，逃避痛苦和忧患，极力夸大文艺的超越功能，推崇情感的自由体验，利用乌托邦式的主观虚构和想象，通过形象手段，构筑起"自我实现"的"精神乐园"和"人的还原"的"太虚幻境"。④这样便"消解和否定了文艺是社会生活的反映的根本原理，使文艺蜕变为表现自我意识和自我潜意识的‘物质载体’"⑤。同时，他还认为，主体性文论力图摆脱艺术反映论建构艺术价值论，但是，"作为主体的需要和价值追求，归根到底，仍然是由人们的社会环境和社会心理决定的，来源于他们互不相同的社会地位和生活条件。脱离艺术认识论单纯孤立地推崇艺术价值论，必然使文艺创作的价值选择和价值追求失去正确的方向，甚至陷于迷惘、狂乱、空幻和虚无，从而导致艺术价值论的真正的失

---

① 陈涌：《文艺学方法论问题》，《红旗》1986 年第 8 期。

② 程代熙：《对一种文学主体性理论的评述》，《文艺理论与批评》1986 年创刊号。

③ 陆贵山：《"文学主体性"理论与审美乌托邦》，《文艺理论与批评》1991 年第 2 期。

④ 同上。

⑤ 陆贵山：《对"文学主体性"理论的综合分析》，《文艺理论与批评》1992 年第 4 期。

落"①。

　　冯宪光也认为："马克思主义的艺术反映论充分重视和研究了文学主体的地位和作用，对文学主体的分析不仅有政治思想的内容，而且也有审美层次的内容。马克思主义的艺术反映论本来就有主体性的内容和地位，有自己的主体观念。那种以当代文学理论愈加重视主体为借口，另立一种主体性理论来否定和取消反映论理论的作法，是根本错误的。"②

　　客观地讲，刘再复"文学主体性"理论的提出对于当代文论的发展是具有积极意义的，首先，"文学主体性"理论的提出是对"文革"时期长期忽视甚至践踏人的尊严，人的主观能动性的一种有力的反思和批判，是对文艺理论界长期偏重于文艺客体性研究的一次反拨。其次，"文学主体性"理论也冲击了传统机械反映论的文艺阐释模式，对当代文艺学理论体系的革新和发展提供了新的理论"增长点"。

　　但是这一理论也存在明显的偏颇和悖谬，从刘再复使用的思想资源来看，其主体性理论的根本来源是西方的人本主义哲学和主体性理论，西方自文艺复兴打破宗教神权的枷锁，到启蒙运动举起理性的大旗，人本主义思想一直生生不息地贯穿其中，它强调把个体的人作为存在的出发点和基础，张扬个体的情感意志、理智精神，为西方现代社会注重人的价值、尊严和个性提供思想资源，但是，它也有明显的偏颇和悖谬，特别是 20 世纪以来，随着现代西方人本主义哲学越来越走向非理性，片面强调潜意识、本能、直觉等唯主观因素，脱离社会根本制度痼疾来开出诊方，所以反而从尊重人的存在走向了人的消失。刘再复的主体性文论将深深打上了西方烙印的人本主义哲学作为其理论的基石，在当时具有适时性和合理性，但是从中国文艺理论的长远发展来看，这一理论仍需要我们从各个方面进行审慎的甄别和反思。

　　如果我们从身份认同来看，主体性文论的提出正是人文知识分子力图摆脱政治的附庸者身份，建立主体身份认同的一种可贵努力。一方面，长期以来，文学在中国承担了太多的重担，不管这重担是文学知识分子自己请缨还是外力给予的，文学从来都不可能是"躲进小楼成一统，管他冬

---

　　① 陆贵山：《对"文学主体性"理论的综合分析》，《文艺理论与批评》1992 年第 4 期。
　　② 冯宪光：《艺术反映论的主体观念》，《四川大学学报》1991 年第 4 期。

夏与春秋"的自吟自唱,而是时时浸透了历史的血雨腥风,社会的风云变迁。"文学是对现实生活的反映"在任何时候都是文学得以生生不息、发展壮大的重要原则和基础。然而文学毕竟是文学,它有自己的特殊艺术规律和艺术个性,是文学艺术自律与社会历史他律的统一,他律与自律是平等的。可是由于近现代以来,灾难深重的中华民族饱受各种侵略和凌辱,有着中国古代士人优良传统的文人知识分子自然要把文学艺术与现实社会紧紧联系起来并将其作为实现自己理想的工具和手段,这本来无可厚非甚至令人感佩,但是凡事物极必反,文学越来越远离作为艺术的文学,成了现实斗争的工具,尤其是"十年动乱",将文学直接作为阶级斗争的工具,这已经完全背离了文学作为艺术,作为人类重要精神活动的基本原则和规律,所以一旦"四人帮"倒台,极"左"文艺路线被摒弃,遭受政治绑架的文学开始回归自身,寻求自律,主体性文论正是对原来过于政治化、工具化、脸谱化文学的反拨和纠正。

另一方面,在"十年动乱"中,文学被全面政治化,经过了"胡风事件"、批判"黑八论"①、"三突出"原则等众多文艺政治事件之后,文学已经完全成为政治斗争的工具,"文艺的反映论已完全变质,被一种以现实政治需要支配的唯意志论所取代,所谓的'现实主义'实际上已蜕化为伪现实主义"②。更重要的是,文学的这种变异给知识分子的心理留下了难以磨灭的阴影,"文革"对人性的摧残,对个人尊严的戕害和践踏,使他们敏感脆弱的心灵饱受"现实"的戕害,所以一旦严寒过去,文学急切地想要挣脱政治的枷锁,不愿意再做由政治任意驱遣的玩偶,人文知识分子也深刻地意识到,必须树立起自主独立的个人主体,将个人意志、个人精神和个人价值置于一切外在客体之上,不能把政治作为自己的精神归属,必须回到文艺主体本身,张扬文艺的自律性,确立文艺和文艺创作者的主体地位,从而确立人文知识分子的主体意识,将文艺本身作为言说

---

① "黑八论"是 20 世纪 50 年代中期至"文化大革命"开始后遭到批判的八个文艺及社会科学领域的理论。由于这八个理论后来在《林彪同志委托江青同志召开的部队文艺工作座谈会纪要》中被点名批判,所以被合称为"黑八论",具体包括:"写真实论""现实主义——广阔道路论""现实主义深化论""反题材决定论""中间人物论""时代精神汇合论""离任叛道论""大药味论"。

② 朱立元:《对反映论艺术观的历史反思》,《马克思主义美学研究》1999 年第 2 辑。

者的精神归属。

卡尔·曼海姆曾经用"非附属性"来对知识阶层进行总体概括，知识分子不属于任何一个阶级或阶层，就其身份建构而言，有利也有弊。有益的一面是可以旁观者的眼光冷静看待各种复杂利益纠葛的社会现象和社会问题，作出相对客观、理性的分析和评判，弊端是由于没有可以依附的阶级，很容易立场不稳，左右摇摆，知识分子介入政治总体而言结局并不美妙，"文革"中知识分子被称为"臭老九""黑五类""右派分子"，针对知识分子展开的"文批武斗"也是层出不穷，令人发指。其实，中国的知识分子深受儒家思想的浸淫，大多数想走"学而优则仕"之途，新时期主体论的提出也正体现出人文知识分子力图"重振河山"，介入社会主流话语，成就启蒙者和立法者身份的潜在冲动和努力。

三 "新启蒙"文论话语的兴起与衰退

"新启蒙"运动是中国 20 世纪 80 年代的一次重要文化思潮，对文学理论也产生了深远影响，无论是人道主义、异化论，还是文学主体论、自我表现论都与"新启蒙"有着千丝万缕的联系，但是启蒙本身并非坦途一条，其中的曲折、陷阱与光明、希望形影相随，随着中国社会现代化程度的日益加深，"新启蒙"文论也逐渐走向衰退。

1. "新启蒙"文论话语的思想资源

大致说来，"启蒙"在中国先后经历过三次高潮，第一次是 16 世纪明末以泰州学派、公安三袁、李贽等为代表掀起的一股"启蒙思潮"，他们反对"存天理，灭人欲"的礼教，提倡人情、人性、人欲，如袁宏道提出彰显个性的"独抒性灵，不拘格套"，李贽则反对虚伪的假道学，认为"童心"是人的"一念之本心"，是不受外界影响的"真心"，虽然这次运动严格地讲并不具备西方启蒙运动所倡导的理性、民主、平等、自由等精神，但仍然是中国漫长封建社会中透露出的第一缕启蒙之光。第二次是以包括"新文化"的"五四运动"为代表的从 19 世纪中叶到 20 世纪上半叶的启蒙运动，"五四运动"高扬"科学和民主"的口号，虽然对于传统的否定和批判存在某种过激之处，学界目前对"五四运动"的功过评说也无定论，但包括"新文化"的"五四运动"是中国真正意义上第一次具有明显启蒙精神的思想运动。第三次便是 80 年代"文革"结束后，以一批人文知识分子为主体倡导的"新启蒙"思潮，而"新启蒙"文论话语便是这次思潮的产物和代表。

　　文艺理论界较早公开提出"新启蒙"的是王元化[①]，70 年代末 80 年代初的人性和人道主义与文艺关系的大讨论以及文学主体性的大讨论都是"新启蒙"文论话语的典型代表，而学者们所利用的思想资源主要来自马克思主义的人道主义思想、康德的主体性哲学、西方某些现代人本主义思想和科学主义思想。

　　马克思主义的人道主义思想是"新启蒙"运动初期的理论资源和思想旗帜，经过"文革"长期的非人道摧残后，学界开始举起马克思主义的人道主义旗帜对"文革"进行反思和批判："人道主义在西方是历史的产物，在不同的时代具有不同的具体内容，却有一个总的核心思想，就是尊重人的尊严，把人放在高于一切的地位"，"马克思不但没有否定过人道主义，而且始终把人道主义与自然主义的统一看作真正共产主义的体现"。[②]

　　汝信认为，广义的人道主义"泛指一般主张维护人的尊严、权力和自由，重视人的价值，要求人能得到充分的自由发展等等的思想和观点"，"就是主张要把人当作人来看待，人本身就是人的最高目的，人的价值在于他自身"。"马克思主义学说本身，则不仅不忽视人，而且始终是以解决有关人的问题作为自己的出发点和中心任务的。""不应该把马克思主义融化在人道主义之中，或者把马克思主义完全归结为人道主义，因为马克思主义不仅仅研究人的问题。但是，马克思主义应该包含人道主义的原则于自身之中。"[③]

---

　　① 据李锐回忆，1987 年下半年，王元化、黎澍和他在北京谈到了创办《新启蒙论丛》的设想。见李锐《王元化与新启蒙》，《炎黄春秋》2010 年第 9 期。
　　② 朱光潜：《朱光潜全集》第五卷，安徽教育出版社 1989 年版，第 390—391 页。
　　③ 中国人民大学书报资料社：《人道主义、人性论异化问题研究专辑（1978.12—1983.4）》，中国人民大学书报资料社 1983 年版，第 33—36 页。

王若水认为，"马克思的确批判了费尔巴哈的人道主义，然而我认为并没有从根本上否定人道主义，而是把人道主义发展到一个新的阶段。""马克思始终是把无产阶级革命、共产主义同人的价值、人的尊严、人的解放、人的自由等问题联系在一起的。这是最彻底的人道主义。""我们所主张的人道主义也不是别的人道主义而是马克思主义的人道主义。"①

在粉碎"四人帮"的初期，学界利用马克思主义的人道主义思想对"文革"进行清理和批判，是当时文论界在特殊政治语境下采取的一种理论策略，一方面马克思主义仍然掌控着当时的国家意识形态，拥有至高无上的话语权，用马克思主义的人道主义来批判"文革"的非人道行径，具有话语权上的优势；另一方面，当时的中国思想界还没有大量引进西方的各种理论和思想，人们最熟悉、最信服的还是马克思主义理论和思想，用它来开启批判"文革"的最初声音，能够最大限度地达到批判的效果和目的。但是，由于涉及对马克思主义的不同理解和认识，更由于关涉当时的主流意识形态和政治话语，所以对马克思主义的人道主义的阐释打上了浓厚的政治烙印，学理性的阐发难以深入下去，尤其是胡乔木《关于人道主义和异化问题》文章的发表更是将讨论带上了鲜明的政治色彩。随着思想解放步伐的加快，启蒙知识分子们已经不仅仅局限在经典马克思主义中来寻找"新启蒙"话语的思想资源，他们把目光投向了西方。

启蒙知识分子对西方启蒙思想的借鉴首先来自康德，他的启蒙理性精神、主体性哲学和自由精神成为当时知识界重点挖掘的思想宝库，李泽厚就是在主要吸纳了康德的主体论哲学的基础上，建构了 80 年代名噪一时的主体性哲学，他自己也从不讳言这一点。他说他之与康德，犹如马克思之与黑格尔，"马克思对黑格尔作出了扬弃改造的范例。今天似乎该轮到我们对康德做工作了"。②

学界选择马克思主义的人道主义和康德的主体性哲学作为理论武器，既是新时期文艺理论家们急于摆脱"文革"时的政治工具身份，主体意

① 辽宁省历史唯物主义研究会：《异化与人：国内哲学界五年来关于异化、人性、人道主义问题的论争》，辽宁省历史唯物主义研究会 1982 年版，第 255、261、262 页。
② 李泽厚：《李泽厚哲学美学文选》，湖南人民出版社 1985 年版，第 166 页。

识觉醒的表现，在某种程度上也是启蒙知识分子与政治权力合作与共谋的表现。

首先，主流政治话语需要通过批判"文革"思想来为新时期的改革开放扫清思想上的障碍和余毒，马克思主义的人道主义和康德主体性哲学对人的重视，对自由和理性的强调对清除"文革"余毒很有效果，因为"文革"的重要表征就是对人的践踏，对自由和理性的蔑视与亵渎，意识形态狂热代替了理性的思考，领袖意志压倒了自由意志，人格和尊严被置于阶级斗争、政治斗争的枷锁之中，粉碎"四人帮"后重建新的政治意识形态话语，需要获得确立改革开放话语权的合法性，通过对康德主体性哲学的强调，论证了"文革"非人政治逻辑的非法性，进一步确立了改革开放话语的合法性。

其次，人文知识分子想通过对主体性原则的强调夺回久已丢失的学术话语权，获得代言与立言的启蒙地位。长期以来，人文知识分子的学术话语权被严重政治化、意识形态化，尤其是"文革"期间更是达到"学术政治化"的顶峰，人文知识分子的学术话语权被政治权力所篡夺，学术场域的自主性被斗争哲学涤荡无余，而人文知识分子"以天下为己任"的传统身份认同也被"文革"的各种批判、斗争所粉碎，知识分子尤其是人文知识分子在"文革"中所受到的冲击和践踏使他们的人格和尊严受到严重的损伤，随着"文革"的结束和"解放思想、实事求是"主流政治话语的确立，知识分子们需要借助政治权力重新确立自己的学术话语权和人格尊严，人道主义和康德的主体性哲学是一个既有效又实用的理论武器，所以被作为重要的思想资源予以挖掘和利用。

一些西方现代人本主义思想和科学主义思想也是启蒙知识分子的重点利用资源。现代人本主义哲学把人当做哲学研究的核心、出发点和归宿，张扬个体的生命存在的具体实在性、有限性和差别性；将个体的生命意志、情绪、情感、直觉、无意识等绝对化并作为世界本原，强调偶然性、随机性、直觉性、创造性、变化性。而科学主义则是以自然科学的眼光、原则和方法来研究世界的哲学理论，它把一切人类精神文化现象的认识论根源都归结为数理科学，强调研究的客观性、精确性和科学性，其思想基础在 20 世纪主要是主观经验主义和逻辑实证主义。① 与马克思主义的人道主义和康德的主体性哲学有所不同的是，对西方现代人本主义和科学主义思想的热衷和青睐更多的是显现出了人文知识分子力图摆脱政治控制的想象和冲动，从尼采到萨特，从弗洛伊德到柏格森，从现象哲学到存在哲学，从形式主义到自然主义，贯穿其中的核心是人性与自由、科学与理性，这是对五四启蒙精神的延续和发展，也是人文知识分子希望重新成为启蒙的代言人和立言人的一种表征。如果说对马克思主义的人道主义和康德主体性哲学的利用，显示出人文知识分子与政治权力更多的是合作与共谋关系的话，那么，对西方各种人本主义和科学主义思想观点的引进和宣扬，则在一定程度上为主流政治话语拒斥和批判后来出现的"西方自由主义"思潮埋下了伏笔。

2. "新启蒙"文论话语的政治诉求与价值认同

20 世纪 80 年代的"新启蒙"继承了"五四"的启蒙精神，张扬个性和主体，提倡自由和解放，按照李泽厚的分析，"五四"的启蒙思潮被打断是由于救亡压倒了启蒙，80 年代的思想解放运动具有"五四"启蒙的意义，"一切都令人想起五四时代。人的启蒙，人的觉醒，人道主义，人性复归……都围绕着感性血肉的个体从作为理性异化的神的践踏蹂躏下要求解放出来的主题旋转。'人啊，人'的呐喊遍及了各个领域、各个方面"②。可以看出，"新启蒙"特别强调肯定人的价值，文艺理论界对人性、人道主义与文艺关系的大讨论，对文学主体性探讨，都打上了"人学"的色彩。不过，"新启蒙"文论对人性、人道乃至主体的价值认同，更多地带有摆脱"文革"极"左"政治，走向现代社会的政治诉求。这一诉求在 80 年代与主流意识形态是一致的，而且为当时的改革开放提供了意识形态基础，正如汪晖所言："历史地看，中国'新启蒙'思想的基本立场和历史意义，就在于它为整个国家的改革实践提供了意识形态的基础。"③

① 朱立元：《当代西方文艺理论》，华东师范大学出版社 1997 年版，第 2 页。

② 李泽厚：《中国现代思想史论》，天津社会科学院出版社 2003 年版，第 251 页。

③ 汪晖：《当代中国的思想状况与现代性问题》，《文艺争鸣》1998 年第 6 期。

　　就当时的社会状况而言，80 年代的"新启蒙"思潮确实发挥了思想先锋的作用，它对主体性、个体性原则的强调，对人性解放的张扬，打破了"文革"形成的僵化的意识形态，将人的尊严、自由、民主等基本权利作为现代化的话语进行褒扬和提倡，将"文革"作为专制、保守、落后的封建话语进行批判和鞭挞，这种"文革"／"封建传统"与"启蒙"／"现代化"二元对立式的批判符码在改革开放初期具有很强的阐释活力，但是 90 年代以后，随着世界格局的改变，全球化进程的加速和复杂化，中国特色社会主义市场经济体制建设的全面展开，原有的那套二元对立式符码已经不再能够对当代中国复杂的思想和文化作出令人信服有效的阐释。

　　如果我们从全球资本主义发展的视角来看 90 年代以后中国在世界格局中所处的复杂情景和位置，那么就可以发现，引领 80 年代"新启蒙"运动的知识精英注重的不是市场经济的开启而是政治启蒙的发轫，经过十年"文革"摧残的中国知识分子迫切需要挣脱钳制思想的"枷锁"，西方人文精神和启蒙思想成为"新启蒙"运动的思想利器，但是世界形势已经发生剧变，"新启蒙"知识分子应用的理论资源对应的还是第二次世界大战前尤其是 60 年代前的资本主义社会，第二次世界大战后，资本主义国家无论在政治还是经济上都发生了历史性的转变。在政治上，第三世界国家和殖民地宗主国对峙的空间格局已经改变，世界多极化发展趋势明显，资产阶级与无产阶级的剥削与压迫的关系已经日益缓和模糊，新自由主义开始登台；在经济上，以福特主义——凯恩斯主义为特征的"黄金时代"转入衰退期，以消费—生产为特征的后福特主义或曰消费主义、晚期资本主义社会开始兴盛，以资本全球流动的金融资本主义逐渐取代工业资本主义；在文化方面，后现代主义逐渐取代现代主义成为主要文化思潮。所以，90 年代中国改革开放面临的世界格局尤其是资本主义现代性的发展已经不再是工业资本主义时代，"新启蒙"知识分子将西方早期现代社会适用的理论平移到中国，难免会出现"水土不服"的症状。

　　与此同时，80 年代倡导"新启蒙"的知识分子在认同西方现代性正面价值时，有意或无意地忽略了西方现代性带来的一系列负面的后果，所以当市场经济真正全面展开，消费主义甚嚣尘上，唯利是图、拜金主义、享乐主义、极端个人主义、虚无主义……缺乏道德、信仰的精神危机四处蔓延，人文知识分子曾经设想出的现代化的"美丽新世界"并没有出现，他们视为"圣典"的启蒙现代性价值也并没有真正在中国大地扎根、发芽、开花、结果，探索跋涉的道路依然"路漫漫其修远兮"。

3. 启蒙现代性的内在悖论与"新启蒙"思潮的衰退

如上文所言，80年代的"新启蒙"文论话语所借鉴的思想资源归根结底来自西方的启蒙思想，从16世纪开始，欧洲社会开始慢慢从神学的枷锁中挣脱出来，向人的世界、世俗的生活倾斜，如果说文艺复兴和宗教改革将人从天国拉回到人间，那么启蒙运动则开启了人的理性之眼，成为大写的、可以主宰自己命运甚至宰制自然、宰制世界的主体。

社会学认为在某种程度上，传统社会向现代社会过渡的一个基本标志，就是社会的各个方面彼此分化，各个社会子系统开始具有并不断发展出自己的相对的自律性。这种自律性建立在理性的基础之上，其实，启蒙始终是现代性的重要特征和根本旨归，这也是启蒙现代性的核心，而启蒙现代性的理性根基有两个支撑，即建立在科学技术基础上的工具理性和建立在主体性原则基础上的价值理性，自由、个性、民主、法治、科学等现代性的核心理念都是这两种理性的产物，而这些价值伴随着全球化的迅猛扩张也成为非西方国家或被动或主动追求的"普世价值"。

但是，随着西方现代化发展进程中不断暴露出来的越来越多的深层次问题和矛盾，启蒙现代性本身所蕴含的诸多困境也正受到更多的批判和反思。

启蒙现代性自身所具有的悖论最集中地体现在工具理性与价值理性之间的对立上。工具理性和价值理性是马克斯·韦伯社会学思想体系中一对重要的二元对立的范畴，韦伯视工具理性为"通过对外界事物的情况和其他人的举止的期待，并利用这种期待作为'条件'或者作为'手段'，以期实现自己合乎理性所争取和考虑的作为成果的目的"。所以，工具理性是以通过精确计算功利的方法追求效率和利益最大化，以工具崇拜和技术主义为生存目标，是"合规律性的"，为了目的可以漠视情感、道德、信仰等精神价值；而价值理性是"通过有意识地对一个特定的行为——

伦理的、美学的、宗教的或作任何其他阐释的——无条件的固有价值的纯粹信仰，不管是否取得成就"①。所以，价值理性注重的是行为本身所代表的价值，如公平、正义、仁爱、忠诚等，是"合目的性"的，追求的是"意义"，虽然它也不忌讳功利，但是认为价值和意义高于功利性效益。按照人和社会的全面发展来看，工具理性和价值理性是理性不可分割的两个方面，二者缺一不可，但是在西方现代社会发展的进程中，却出现了工具理性吞噬和压制价值理性的现象。

韦伯认为，从西方资本主义最初的萌芽来看，16 世纪开始的欧洲宗教改革借助于两个核心概念——预定论和天职观，通过合理化途径形成了一种规范世俗世界的宗教伦理，"以'职业'概念为基础的理性行为，是构成近代资本主义精神，乃至整个近代文化的要素之一，它正是从基督教禁欲主义之中衍生出来的"②。宗教伦理本来是出于救赎目的以合理化的方式走向世俗，成为规范人们生活的基本原则。但是，随着合理化世界的不断成长和壮大，原本统一在宗教神权之下的世俗世界开始分化，"18 世纪以降，古老世界观中所遗留下来的那些问题被当作知识问题、公正性和道德问题或趣味问题加以把握"，"科学话语、道德理论和法学，以及艺术的生产和批评渐次被体制化了"，专家以专业的态度对待科学知识、道德法律和审美艺术，而"这种对待文化传统的专业化态度彰显出文化这三个层面的每一个所具有的内在结构。它们呈现为认知—工具理性结构，道德—实践理性结构和审美—表现理性结构，它们每个领域都处于专家的控制之下"③。文化的分化、理性化、专业化虽然有利于其自律性的发展，但是传统宗教世界观所形成的统一的价值观也消失了，各个专业领域发展出自己所遵循的一套价值体系和准则，效率与公平、道德与法律、财富与自由，各种价值原则之间不可避免地存在着冲突和斗争，人们只能根据自己的情况来各取所需，现代社会的价值分裂和多元化已经使人们难以获得

---

① ［德］马克斯·韦伯：《经济与社会》（上卷），林荣远译，商务印书馆1997年版，第56页。

② ［德］马克斯·韦伯：《新教伦理与资本主义精神》，阎克文译，上海人民出版社2010年版，第167页。

③ ［德］尤尔根·哈贝马斯：《现代性对后现代性》，周宪译，载周宪《文化现代性精粹读本》，中国人民大学出版社2010年版，第142—143页。

生活的意义感和价值感。

随着资本主义的发展，对物质和金钱的无止境追求促使工具理性无限膨胀，对科技理性的无限崇拜和对价值理性的漠视导致了一系列的严重后果：信仰危机、道德沦丧、社会冷漠、环境污染、核武器威胁、生态失衡……种种伴随着工具理性恶性膨胀而来的苦果正在迫使人们以更全面清醒、长远智慧的眼光对待启蒙现代性。

其次是启蒙现代性无限张扬的主体性与人类本身的有限性之间的矛盾。文艺复兴将人从神的枷锁中解放出来，为主体性原则的产生打下了基础，启蒙运动则真正将主体性原则树立并确立为不可置疑的公理，毋庸置疑，主体性原则对人的理性的张扬，对人的自主、自觉、主动、能动和自由特性的强调，大大挖掘了人的主观能动性，为冲破束缚资本主义生产力发展的封建专制的生产关系起到了极大的解放作用，为资本主义发展和繁荣发挥了重要的作用。但是无限张扬的主体性原则潜含着极端的人类中心主义，大致来讲，这种人类中心主义包含两个方面，一个是对人的理性、能力的无限挖掘和强调，一个是对个体、个性的强调。前者导致人对自然缺乏敬畏之心，认为人可以通过理性认识、掌握和控制一切，从而导致对自然缺乏敬畏之心，以一种"傲慢"和"压制"的姿态对待自然，而这也必然导致自然对人类的惩罚，后者则是过分重视个体的自由、感受、权利等，轻视群体和他人的利益和感受，从而导致极端个人主义和利己主义。

由于启蒙现代性的发源地是西方，所以还潜藏着欧洲中心主义对其他国家和民族的歧视，一方面，资本主义确实在短时期内极大地提高了生产力水平，创造了巨大的财富，正如马克思所言："资产阶级在它的不到一百年的阶级统治中所创造的生产力，比过去一切世代创造的全部生产力还要多，还要大。"另一方面，以资本主义为核心的西方现代文明对世界其他文明具有一种鄙视、强力征服的殖民心态。我们回顾西方现代化的过程，就能发现从15—17世纪欧洲地理大发现开始，伴随着新航路的开辟，东方的黄金、珠宝、丝绸、瓷器、香料等珍贵的资源成为欧洲人觊觎和掠夺的目标，新兴资产阶级对殖民地的掠夺也逐渐疯狂。在自由竞争时代，西方列强用枪炮占领殖民地，依靠殖民战争和殖民贸易来进行资本原始积累和殖民扩张，等到发展到垄断资本主义阶段，统一的资本主义市场逐渐形成，美、日、德、英、法、俄等发达资本主义国家为了瓜分世界，引发了两次世界大战，启蒙现代性所潜藏着的负面因子在西方已经越来越引起有识之士的反思、揭露和批判，很多的学术流派，如后现代主义、女权主义、文化研究、社会批判理论等，都对西方现代性进行了深刻的质疑和批判。由于中国是后发现代化国家，在进行现代化建设的过程中也出现了西方国家早已出现的问题，90 年代随着中国社会主义市场经济体制的全面展开，现代化的一些负面影响如拜金主义、极端个人主义、及时行乐思想、丛林法则等也日益明显地表露出来，80 年代提倡启蒙的知识分子还没有在心理上做好准备，就迎来了汹涌澎湃的市场经济大潮，遭受了物质和精神上的双重打击，"新启蒙"思潮日渐凋敝，走向衰退。

四　超越启蒙心态，重建启蒙主体

为什么有着良好愿望，轰轰烈烈进行的"新启蒙"运动最后偃旗息鼓，为什么中国知识分子一而再、再而三地喜欢"启蒙"，却总是归于失败？这其中当然有着复杂的外部原因，但是其中一个很重要的内因是知识分子总是以居高临下的姿态来启蒙"他者"，这个"他者"或者是民众，或者是掌权者，也就是说，知识分子是启蒙者，不属于被启蒙的对象，是启蒙的"他者"，民众是被启蒙者，其实，知识分子最重要的特质是不断自我批判、自我启蒙的反思和反省精神，应该成为启蒙的真正主体。

1. 是启蒙的"他者"，还是启蒙的主体？

长期以来，知识分子都以启蒙者和立法者自居，那么，知识分子真的可以充当启蒙者吗？为了回答这个问题，我们可以从理论和实践两个方面进行。就理论而言，要想回答这个问题首先需厘清启蒙这一概念。康德在其著名的文章《回答这个问题：什么是启蒙？》开篇写道："启蒙就是人们走出他自己所招致的不成熟状态。不成熟状态就是对于不由别人引导而运用自己的知性无能为力。如果不成熟状态的原因不在于缺乏知性，而在于缺乏不由别人引导而运用自己知性的勇气和决心，这种不成熟状态就是自己招致的。Sapere aude！要有勇气运用你自己的知性！这就是启蒙的箴言。"① 从这段话中我们可以发现以下三点：首先，启蒙的对象是处于不成熟状态的人；其次，不成熟状态是由于缺乏运用自己的知性；最后，之所以不能运用自己的知性是因为缺少勇气和决心。对于"不成熟状态"，邓晓芒曾经做了语义学上的考察，他认为，"不成熟（Unmündigkeit）"在德语中的词根为 Mund，意为"嘴"，引申为"话语权""监护权"。② 可见，不成熟状态是由于精神上的缺少勇气和决心，而启蒙者则以"监护人"的身份对被启蒙者进行教导。那么，民众真的是精神上的未成年人吗？知识分子就是真理在握、不再需要被启蒙的精神完全成熟的人吗？答案显然是否定的。

与此同时，我们还必须提到另一篇关于启蒙的重要文章，即福柯的《何为启蒙》，在文章中，福柯对康德的文章进行了细致的分析，并且将它的概貌称为"现代性的态度"，同时提出了一个重要的观点："所谓态度，我指的是与当代现实相联系的模式；一种由特定人民所作的志愿的选择；最后，一种思想和感觉的方式，也就是一种行为和举止的方式，在一个和相同的时刻，这种方式标志着一种归属的关系并把它表述为一种任务。无疑，它有点像希腊人所称的社会的精神气质（ethos）。"③ 福柯把这种精神气质看作是一种批判和反思的态度，而且"必须把这种哲学态度转换为多种追问的任务"，那么如何进行追问呢？福柯认为，应该从知识—权力理论、知识考古学和系谱学出发，考察"我们如何被建构为自身知识的主体？我们如何被建构为行使权力关系或是屈从于权力关系的主体？我们又是如何被建构为自身行动的道德主体？"④ 反思、批判的也"不再是以寻求具有普遍价值的形式结构为目的的实践展开，而是深入某些事件的历史考察，这些事件曾经引导我们建构自身，并把自身作为我们所为、所思及所言的主体来加以认识"。显然，福柯对启蒙的看法带有历

---

① ［德］康德：《历史理性批判文集》，何兆武译，商务印书馆 1996 年版，第 22 页。

② 邓晓芒：《20 世纪中国启蒙的缺陷——再读康德〈回答这个问题：什么是启蒙？〉》，载赵林、赵守成《启蒙与世俗化：东西方现代化历程》，武汉大学出版社 2008 年版，第 64 页。

③ ［法］米歇尔·福柯：《什么是启蒙？》，载汪晖、陈燕谷《文化与公共性》，生活·读书·新知三联书店 1998 年版，第 430 页。

④ 同上书，第 440 页。

史性、具体性、反思性和批判性，为了防止任何对启蒙的简单化、普遍化、模式化处理，福柯提醒人们要拒绝对启蒙的"敲诈"，也即是"必须拒弃一切可能会以某种简单化的专断选择形式出现的立场，即要么接受启蒙并信守它的理性主义传统，要么批判启蒙，并努力摆脱它的理性原则"。不仅如此，那种我们如果只是把"辩证的"精细差别引入挟持，却依然孜孜以求确定启蒙曾经可能包含的那些要素的优劣，就还是未能摆脱这种敲诈。我们必须努力将自身作为在某种程度上，被启蒙历史地限定的存在，深入地分析自己。① 可见，没有任何人有资格、有能力免于启蒙，因为启蒙最重要的就是具体、历史地分析存在，反思和批判自己，这是一种永远不会停止的批判的精神，一种不断反思和自省的态度。

从实践方面来看，在中国现代文学史上最具有启蒙精神的人应该是鲁迅，他对革命的警醒，对"古"与"今""进步"与"退步""传统"与"现代"的矛盾心态，正是由于他没有以一种简单的二元对立甚或"辩证法"的对立统一方式来对待复杂的存在，汪晖曾经对鲁迅有这样一段评价："他是一个反启蒙主义的启蒙者、一个反世界主义的国际主义者、一个反民族主义却捍卫民族文化的人物，一个'反现代的现代人物'。"②

福柯曾经说："我们必须既把启蒙理解为一个人类集体参与的过程，又将其视作一项勇气鼓召之下由个人完成的行为。人既是该过程的构成要素，又充当着这同一个过程的行动者。"③ 启蒙没有完成时，永远都是进行时，而对于以弘扬人文精神和人类基本价值为己任的知识分子，更不能做启蒙的"他者"，而是应该成为启蒙的主体。

2. 超越启蒙心态，重建启蒙精神

启蒙在中国乃至世界都是一个重要的问题，尤其正走在现代化征途上

---

① ［法］米歇尔·福柯：《什么是启蒙?》，载汪晖、陈燕谷《文化与公共性》，生活·读书·新知三联书店 1998 年版，第 434 页。

② 汪晖：《声之善恶：什么是启蒙？——重读鲁迅的〈破恶声论〉》，载胡治洪《现代思想衡虑下的启蒙理念》，武汉大学出版社 2011 年版，第 74 页。

③ ［法］米歇尔·福柯：《什么是启蒙?》，载汪晖、陈燕谷《文化与公共性》，生活·读书·新知三联书店 1998 年版，第 425 页。

的中国，不过，本文所讲的超越启蒙心态，并非是指走向文化保守主义或狭隘的民族主义，而是扎根现实，重建启蒙精神。

进入 21 世纪以来，否定甚至反对启蒙的声音一直连绵不断，许纪霖曾经对此进行了概括，认为"在当今中国，有三股思潮同时从不同的方向在解构启蒙"。也就是国家主义、古典主义和多元现代性。① 它们在文学和文化理论上的表现主要是"中华性"替代"现代性"，新儒家的繁荣，后现代主义思想的兴盛。

1994 年，张法、张颐武、王一川联合署名在《文艺争鸣》上发表一篇长文《从"现代性"到"中华性"——新知识型的探寻》，郑重提出："在中国危化思潮从 80 年代向 90 年代的演变中，在世界格局由两极对立转为多元并生的喧闹中，现代性知识型在中国文化中的权威地位不可逆转地衰落了。面对文化思想上的权力真空，各种新的思想在萌动、在产生。……我们正处在跨越历史的门槛。新知识型的建立应是众多新学派的涌现和争论之后水到渠成的结果。为了促进新知识型的早日形成，我们提出一个新的话语框架，以就正于学界同仁。这一话语框架的核心就是——中华性。"②

新儒家的重要代表人物杜维明明确提出了"超越启蒙心态"，并且归纳了三种精神资源，第一种精神资源包括现代西方的伦理、宗教传统，突出的有希腊哲学、犹太教和基督教。第二种精神资源来自非西方的、轴心时代的文明，包括印度教、耆那教、东南亚佛教、东亚儒学和道教，以及伊斯兰教。第三种精神资源包括一些原初传统：美国土著人的、夏威夷人的、毛利人的以及大量部落的本土宗教。③ 新儒家认为中国儒家思想有很

---

① 许纪霖认为，国家主义是民族主义思潮之中比较右翼的极端形式，主张以国家为中心，以国家的强盛作为现代性的核心目标。古典主义有中外两种类型，西方的是在中国的重读古希腊的西方经典热，中国的是各种读经热，中外古典主义面对的是现代性的两个软肋：世俗时代中意义世界的崩溃；多元社会中核心价值的匮乏，他们试图用回到古典的方式重新奠定现代社会的正当性，创造反现代的另类现代性。多元现代性认为西方现代性并不具有普遍性和经典性，现代性是多元的。见许纪霖《启蒙如何起死回生：现代中国知识分子的思想困境》，北京大学出版社 2011 年版，第 354—355 页。

② 张法、张颐武、王一川：《从"现代性"到"中华性"——新知识型的探寻》，《文艺争鸣》1994 年第 2 期。

③ 杜维明：《超越启蒙心态》，《国外社会科学》2001 年第 2 期。

多丰富的精神资源，可以弥补启蒙自身的缺陷和消极后果，因为儒家将具体的、此在的人作为哲学的出发点和中心，注重人的修养、完善和超越，并且由个人出发，扩展到家庭、社群、国家、人类以至整个宇宙，同时，将人的存在置于自然之中，讲求天人合一，人与自然的和谐，这些对于西方启蒙现代性的人类中心主义、个人主义、工具理性、世俗化、生态危机等不良特质和后果都可以起到"解毒剂"的作用。

后现代主义是 20 世纪 50 年代末 60 年代初在西方发达国家首先出现的一种文化思潮，随着科技和经济迅速发展而逐渐蔓延，到八九十年代之后，已经成为对全世界产生影响的重要文化思潮。后现代主义作为对现代主义模式的深度"反叛"而成为反思、批判现代性的一种思想利器。集结在后现代主义旗帜下的反现代性的重要理论资源还有解构主义、后结构主义、女权主义、新历史主义、后殖民主义等。

其实，无论是"中华性"、新儒家，还是后现代主义，都是在深刻认识到启蒙现代性的负面影响和本质缺陷之后，力图纠正并弥补之的一种努力和尝试，在对待启蒙这个问题上，各种思想、主义、流派见解不一，意见纷呈，就文艺理论家而言也是如此，"中华性"与"现代性"之争就是表现之一，改革开放以来，文学界、文论界很多重要论争，如"日常生活审美化""重写文学史""文学理论终结论"等都与启蒙现代性有千丝万缕的联系，那么，究竟如何对待启蒙，在当代中国还要不要再提启蒙，人文知识分子在其中又该扮演何种角色，以何种身份发言？

首先，对于启蒙我们需要在两条战线上同时作战，其一是中国的启蒙任务远远还未完成，尤其是中国正处在现代社会的转型期，启蒙对于建设富强、民主的现代化国家是不可或缺的条件，也是实现中国梦的必要前提。其二是启蒙具有内在的缺陷和不足，尤其是来源于西方的启蒙现代性带来的一系列不良后果已经日益呈现，中国在现代化建设的征途上还需要与启蒙的负面后果作战，防止和消除启蒙带来的不良后果。这两条战线都一样重要，不可轻视、懈怠其中任何一条。

与此同时，我们需要清醒地认识到，启蒙并非一些简单的教条和口号，它犹如"一个伟大的现代性之母，混沌博大，充满着包容，又内在紧张"①。对人文知识分子而言，首要的任务或许不是简单的赞成或反对启蒙，而是应该清理启蒙，辨析其源流与演变，剖解其真伪与利弊，反思其复杂与多元。尤其是 90 年代以来，中国原有的启蒙思想已经渐渐失去了曾经所具有的对中国社会的重要影响和作用，中国启蒙主义思想内部的冲突经常表现为古典的自由主义伦理与激进的极端个人主义伦理的二元对立。主体性概念即使在今天也是包含着内在的可能性的，但是，如果我们不能把这一概念从上述二元对立中解放出来，置于新的历史条件之中，这一概念就可能僵化为一种没有批判潜能的概念。总的来说，"'新启蒙'思想蕴含的批判潜能在 1980 年代曾经焕发过青春活力，但在被组织到现代化意识形态的框架内的过程中，这些批判潜能正在逐渐地丧失了活力"②。对知识分子而言，挖掘启蒙内在的思想资源，重建启蒙精神是不可推卸的责任，也是广大民众对知识精英发出的呼唤。启蒙也并非知识分子以指导者的身份居高临下地对民众进行启蒙，而是应该从自我做起，从现在做起，"解放自己，争取人格独立，减少依附性"，目前中国正面临着重要的启蒙，与前面几次启蒙不同，这次启蒙是民众自下而上地对知识阶层发出了呼唤③，人文知识分子理应责无旁贷，"继承百年来先贤未竟之业，建设以民主和科学为取向的'新文化'"④。

改革开放以来，中国的文学和文学理论获得了长足的发展，同时也面临着严峻的挑战和危机，尤其是 90 年代后，中国社会进入全面市场经济时代，文学失去了 80 年代曾经有的"轰动"效应，面临着商品大潮的

---

① 许纪霖：《启蒙如何起死回生：现代中国知识分子的思想困境》，北京大学出版社 2011 年版，第 359 页。

② 汪晖：《当代中国的思想状况与现代性问题》，《天涯》1997 年第 5 期。

③ 邓晓芒认为，20 世纪中国现代史上发生过两次大规模的启蒙运动，一次是"五四运动"，一次是 80 年代的思想解放运动，这两次启蒙运动都是知识精英居高临下对老百姓进行启蒙，更重要的是社会结构和经济基础未变，所以最终都失败了。目前正在发生第三次启蒙，与前两次不同，这一次不再是少数知识精英从国外引进一套最新知识体系改造社会文化，而是中国社会本身从根基上发生变化，已经向知识分子发出强烈呼吁，要求他们为新的生活方式建立规范，提供意识形态的根据。引自邓晓芒在武汉大学"素质教育讲堂"所做题为《当代中国的第三次启蒙》的演讲，凤凰网（http：// news. ifeng. com/exclusive/lecture/special/dengxiaomang/）。

④ 资中筠：《启蒙与中国社会转型》，社会科学文献出版社 2011 年版，第 23 页。

"围剿"，大众媒介的"洗脑"，消费文化的"攻陷"，文学理论也经历了一个又一个转向：审美论转向、主体论转向、本体论转向、语言学转向、媒介转向，当前最热的是文化转向，文学理论到底向何处去？其实，理论是灰色的，但生活之树常青，对知识分子而言，无论是保守主义、自由主义，还是新儒家、新左派，都有其合理的一面，但是简单地贴标签也许并不能真正概括极其复杂的中国问题，只有从现实中、生活中、工作中发现值得思考的问题并将其引入理论中来，这样的研究才会有价值，只有一切从实际出发，抛开所谓的"国际流行惯例"抑或"传统规矩"，在真实的生活中不断地探寻和创新，才能为文学理论提供源源不断的思想资源，并使之生生不息、发展壮大。

第四章 主体衰落：媒介新变与当代中国文论话语转型

改革开放以来，大众媒介对文学产生的影响可以说是最为强烈的，德里达的"文学终结论"和米勒的"文学死亡说"都曾经在中国文论界引起了很大的反响。从电影、电视到网络和新媒体，人们已经置身于媒介的包围之中，互联网几乎以日新月异的速度改变着这个社会和世界，文学也概莫能外。在这个瞬息万变的媒介时代，对当代中国文论话语和文艺理论家的身份认同进行考量，既是对文学理论本身的一次近距离考察，也是对文艺理论家自我选择和身份建构的一次解剖和审理。

一 大众媒介变迁与当代文论嬗变

与人类漫长的传播史相比，大众传播媒介的产生不算太早，"知识和思想在大众媒介出现之前已经以文字的形式分享和保存了几千年"①。麦克卢汉依据主导传播媒介的不同把人类历史划分为三个时代：口语传播时代、书面传播时代、大众电力传播时代。加拿大传播学家罗伯特·洛根在这一划分的基础上，增加了两个时代：非言语的模拟式传播时代和互动式数字媒介或"新媒介"时代。② 随着大众媒介的变迁，文学理论也发生了一系列改变。

---

① ［美］威尔伯·施拉姆、威廉·波特：《传播学概论》，何道宽译，新华出版社 1984 年版，第14 页。

② ［加拿大］罗伯特·洛根：《理解新媒介——延伸麦克卢汉》，何道宽译，复旦大学出版社 2012 年版，第 24 页。

1. 改革开放以来大众传播媒介的变迁

总体来讲，改革开放以来大众传播媒介经历了从印刷媒介到电子媒介再到网络数字媒介的大变迁。

十年动乱给中国人民造成巨大的心灵伤害，整个社会犹如一片"文化沙漠"，随着"文革"的结束和时代大环境的改变，对文化知识的渴求促成了80年代的出版热，印刷媒介也迎来了它的黄金时代。原国家新闻出版署署长宋木文曾撰文回忆80年代的出版热，他说："80年代是以出版了一大批高质量好书为标志的。例如：《马克思恩格斯全集》（中文第一版）、《列宁全集》（中文第二版）、《中国大百科全书》（第一版）、《中国美术全集》《汉语大字典》《汉语大词典》《辞源》《辞海》《现代汉语词典》《鲁迅全集》（16 卷本）、《当代中国丛书》《走向世界丛书》《汉译世界名著丛书》《不列颠百科全书》等都是这个时期出版或基本完成的。十年间以这样一批高质量、上规模、标志性图书问世，这是在中国出版史上并不多见的。"①

陈来曾经简明扼要地概括了80年代的三种"文化典型"：以金观涛为核心的"走向未来"丛书编委会，特别提倡科学精神；以甘阳为代表的"文化：中国与世界"编委会，侧重文化关怀；以汤一介、李泽厚等为代表的"中国文化书院"，满怀传统忧思。② 其中前两个都是以出版图书来传播思想，影响社会，③ "中国文化书院"虽然主要以讲习班、函授

① 宋木文：《感受八十年代出版》，《出版参考》2009 年第 28 期。

② 陈来：《思想出路的三动向》，载甘阳《八十年代文化意识》，上海世纪出版集团、上海人民出版社 2006 年版，第 569 页。

③ 当时很多精英知识分子喜欢出版各种文化丛书，主要有如下丛书：上海译文出版社的《当代学术思想译丛》《二十世纪西方哲学译丛》《二十世纪外国文学丛书》《外国文艺丛书》《外国文学名著丛书》《西方文艺理论丛书》等；上海人民出版社的《西方学术文库》《中国文化史丛书》《思想者文丛》《新科学丛书》等；商务印书馆的《汉译世界学术名著丛书》《商务印书馆文库》《美国丛书》《外国历史小丛书》等；生活·读书·新知三联书店的《现代西方学术文库》《文化生活译丛》《三联精粹》《新知文库》《现代外国文艺理论译丛》等；人民文学出版社的《外国文艺理论丛书》《外国文学名著丛书（网格本）》；中华书局的《学林漫录》《中国古典名著译注》《中国古典文学基本丛书》《新编诸子集成》等；中国社会科学出版社的《史学理论丛书》《外国文学研究资料丛书》等；四川人民出版社的《走向未来丛书》等，这些是笔者根据豆瓣网的相关资料整理出来的。豆瓣网（http://www.douban.com/note/143636731/）。

等方式展开活动，但是其代表人物如汤一介、李泽厚、庞朴、乐黛云等都是学术造诣深厚、著作极其有影响力的大家，所以在一定程度上讲，这三种文化典型都是以媒介传播尤其是图书出版的方式传达特定的思想理念、文化思考和价值观念。显然，这三种文化典型的组成人物都是文化思想界的精英，精英知识分子想要影响民众，必须借助当时最适合传播其思想的印刷媒介。李欧梵在论述"晚清文化、文学与现代性"时，借用并发展了本尼迪克特·安德森"想象的共同体"和哈贝马斯的"公共领域"概念，① 得出了这一结论："民族国家的想像空间和公共领域的空间，其构成基本上都与印刷媒体有关。印刷媒体的功用有赖于其抽象性和散播性，印刷媒体制造出的空间事实上是可以无限扩大的……美国立国宪章的制定、一整套民主制度的讨论完全依靠印刷媒体，美国宪法之所以能行诸全国而皆准，靠的就是印刷媒体的抽象性，而不是靠面对面的政治模式。"② 80 年代的文化精英在迎来思想解放、百废待兴的时代向民众尤其是青年知识分子宣传现代思想，传递现代观念，也主要依靠印刷媒体，尤其是图书。

80 年代也是杂志出版的黄金时代，以文学期刊为例，1981—1987 年文学期刊平均期印数四十万册以上的期刊就有十六种之多，其中有不少是"纯文学"类的期刊，这在 90 年代是根本不可能的，不仅是文学期刊，所有种类的期刊都在这一时期飞速增长。1976 年年底全国有 542 种期刊，1978 年年底增长到 930 种。据国家出版局期刊处的官方信息，"从 1978 年到 1980 年，期刊种数平均每年分别比上一年递增 48.1%、58.1%、49%左右"③。文学理论与批评类的刊物也纷纷创刊，较有影响的如 1980

---

① 安德森考察了两种最初兴起于 18 世纪欧洲的想象形式——小说和报纸的结构，认为小说和报纸这两种印刷媒介为"重现"民族这种想象的共同体提供了技术上的手段，而哈贝马斯则实证分析了 18 世纪英国、法国通过杂志、报纸和小说之类的印刷媒介形成了文学公共领域，这便是资产阶级公共领域的前身。参见 [美] 本尼迪克特·安德森《想象的共同体：民族主义的起源与散布》，吴睿人译，上海人民出版社 2005 年版，第 23—32 页；[德] 尤尔根·哈贝马斯《公共领域》，汪晖译，载汪晖、陈燕谷《文化与公共性》，生活·读书·新知三联书店 2005 年版，第 147—150、155—157 页。

② 李欧梵：《未完成的现代性》，北京大学出版社 2005 年版，第 7 页。

③ 高明光、邹书林：《我国期刊出版事业发展概况》，载《中国出版年鉴》（1986），商务印书馆 1986 年版，第 154 页。

年创刊的《文艺理论研究》、1984 年创刊的《当代作家评论》、1985 年创刊的《小说评论》、1986 年创刊的《文艺理论与批评》、1987 年创刊的《外国文学评论》等，还有很多出版社也参与了文艺理论类的期刊，如李泽厚主编，中国社会科学出版社出版的《美学论丛》和《美学译文》；蒋孔阳主编、复旦大学出版社的《美学与艺术评论》，中华美学学会青年学术委员会、首都师范大学中文系和首都师范大学出版社联合出版的《美学与文艺学研究》；社会科学文献出版社的《美学研究》等，80 年代的很多文学理论热点问题如关于人性、人道主义、异化问题，关于文学主体性问题、关于文艺与意识形态问题等都在这些文学期刊上进行了争鸣和探讨。

从 80 年代末伊始，随着电视和电影的日渐普及和迅猛发展，影视媒介逐渐取代印刷媒介成为新时期的主导传播力量，[①] 视觉文化对受众产生巨大影响。与印刷媒介相比，影视媒介有众多优势和吸引力。首先是更具直观性和感官冲击力。一部电影或一部电视连续剧比一本小说更令人有视觉上的享受，也更容易吸引受众的注意力，本雅明曾经将绘画和电影进行比较，认为电影能够使受众产生惊颤的审美体验，他说："幕布上形象会活动，而画布上的形象则是凝固不动的，因此，后者使观赏者凝神观照。面对画布，观赏者就沉浸于他的联想活动中；而面对电影银幕，观赏者却不会沉浸于他的联想。观赏者很难对电影画面进行思索，当他意欲进行这种思索时，银幕画面就已变掉了。电影银幕的画面既不能像一幅画那样，也不能像有些现实事物那样被固定住。观照这些画面的人所要进行的联想活动立即被这些画面的变动打乱了，基于此，就产生了电影惊颤效果。"[②] 社会学家丹尼尔从社会变化的角度来解读视觉文化盛行的原因，他认为："当代生活中有两个突出的方面必须强调视觉成分。其一，现代世界是一个城市世界。大城市生活和限定刺激与社交能力的方式，为人们看见和想

---

① 1987 年，中国电视机产量已达到 1934 万台，位居世界第一，90 年代初，中国城镇居民彩电拥有量已经超过 100%，农村居民彩电拥有量也达到 32.5%。百度文库（http://wenku.baidu.com）。

② ［德］本雅明：《机械复制时代的艺术作品》，王才勇译，浙江摄影出版社 1993 年版，第 39 页。

看见（不是读到和听见）事物提供了大量优越的机会。其二，就是当代倾向的性质，它包括渴望行动（与观照相反）、追求新奇、贪图轰动。而最能满足这些迫切欲望的莫过于艺术中的视觉成分的了。"①

其次，影视媒介对受众文化教育水平的要求更低，几乎任何人都可以看电视电影，但是有很多人无法阅读书籍报刊，所以从受众的广度和接受度上讲，影视比书籍报刊天然具有优势。据全国国民阅读调查统计，2010年中国成年人的电视接触率高达96.6%，成年人平均每天接触电视的时长超过一个半小时（98.46分钟），为接触时间最长的媒介。② 在互联网还未普及的90年代，电视更是成为中国人最依赖的媒体，牢牢占据了第一媒介的宝座，不仅中国，世界亦如此，所以布尔迪厄感叹："当代文化中电视拥有一种符号暴力，其高收视率和图像功能远远凌驾于文字媒介（如报纸和杂志）之上。以致某个事件或活动如果没有电视的加入，就不足以引起社会公众的注意力，并获得某种回报。其结果是电视构成了对其他媒体的威胁和霸权。"③

此外，从信息的承载量来看，影视电子媒介的传播信息量更大、更快，效果更加逼真，受众的亲历感远远高于印刷媒介。麦克卢汉曾言："用其它媒介比如印刷书页的字眼来说，电影有力量贮存和传递大量信息。它瞬息之间表现的由许多形体组成的风景，需要几页散文才能描绘出来。再过一瞬间，它又可以重现这一幅美景，甚至继续重现这种详细的信息。相反，作家却没有办法用囫囵一团或完形整体的形式，将大量的细节奉献给读者。"④ 他还以肯尼迪的葬礼为例来反驳那些推崇印刷文化，认为电视观众只会消极被动地接受信息的言论，他毫不客气地指出："传统的、偏重书面文化的人有一种平庸的、仪式性的说法：电视提供的经验是

① ［美］丹尼尔·贝尔：《资本主义文化矛盾》，赵一凡等译，生活·读书·新知三联书店1989年版，第154页。

② 中国新闻出版研究院、全国国民阅读调查课题组：《全国国民阅读调查报告2011》，中国书籍出版社2013年版，第1—3页。

③ ［法］皮埃尔·布尔迪厄：《关于电视》，许钧译，辽宁教育出版社2000年版，第128页。

④ ［加拿大］马歇尔·麦克卢汉：《人的延伸：媒介通论》，何道宽译，四川人民出版社1992年版，第339页。

针对消极被动的收视者的。这一言论离题万里。电视首先是要求创造性参与反应的一种媒介。……肯尼迪的葬礼，体现了电视使全国人民卷入一种仪式过程中的力量。与之相比，报纸、电影，甚至电台，只不过是消费者的包装用品而已。"①

　　但是进入互联网时代之后，无论是印刷媒介还是影视电子媒介都难与之抗衡了，网络媒介是一种全新的媒介，它的传播力量超过了以往的任何一种传播媒介。从传播学的角度来说，人类文明史上每一次脱胎换骨式的更新换代都植根于传播方式的革命。"传播独具特色地同时带有工具性和终极性的特征。当它把我们从各种事件的重压下解放出来，并使我们生活在有意义的世界里的时候，它是工具性的。当它分享人类共同体所珍视的目标，分享在共同交流中加强、加深、加固的意义时，又具有终极性。"②的确如此，语言的产生带领人类摆脱动物般的蒙昧状态，文字的发明使人类可以把知识和经验记录并传承下去，并把信息传递到更遥远的地方，较之口耳相传的传播方式而言，文字传播在时间和空间上都发生了重大改变，使人类开始真正地跨越时空进行交流，但是由于书籍的昂贵和不易获得，人类之间的交流鸿沟仍然存在，具有封闭性特征的奴隶社会和封建社会仍然占领着世界。印刷术的发明开始改变这种现象，大量复制的书籍、报纸、杂志传播新兴的思想、传递最新的信息，"书籍和报纸与 18 世纪欧洲的启蒙运动携手并进，报纸和政治小册子介入了 17 世纪和 18 世纪所有的政治运动和人民革命"③。无论是启蒙运动还是工业革命，没有印刷品的复制、传播，孟德斯鸠、卢梭、康德、伏尔泰、狄德罗等启蒙思想家的思想精髓和变革社会的主张就难以到达民众面前，工业革命的先进技术成果也难以广泛普及，"由于传播是基本的社会过程，由于人首先是处理信息的动物，因此信息状态的重大变革，以及传播在社会变革里的介入，

---

　　① ［加拿大］马歇尔·麦克卢汉：《人的延伸：媒介通论》，何道宽译，四川人民出版社 1992 年版，第 404 页。

　　② In Carl Bybee, *Can democracy survive in the post-factual age? A return to the Lippmann-Dewey debate about the politics of news*, Journalism and Communication Monographs, Spring 1999, Vol. 1, Iss. 1. 参见陈力丹、易正林《传播学关键词》，北京师范大学出版社 2009 年版，第 6 页。

　　③ ［美］威尔伯·施拉姆、威廉·波特：《传播学概论》第二版，何道宽译，中国人民大学出版社 2010 年版，第 16 页。

总是和重大的社会变革相生相伴的"①。

正如加拿大传播学家罗伯特·洛根单独划出一个互动数字媒介时代，以数字技术为基础的互联网传播在一定程度上几乎颠覆了原来所有的媒介传播方式，难怪罗伯特·洛根称之为"新媒介"，并将它与电影、电视、广播、电报等大众媒介进行比较，总结出了 14 条特征：（1）双向传播；（2）"新媒介"使信息容易获取和传播；（3）"新媒介"有利于继续学习；（4）组合与整合；（5）社群的构建；（6）便携性；（7）媒介融合；（8）互操作性；（9）内容的融合；（10）多样性、选择性与长尾现象；（11）消费者与生产者的再整合；（12）社会的集体行为与赛博空间里的合作；（13）再混合文化；（14）从产品到服务的转变。② 虽然传统媒介可能含有这 14 个特征中的一两个，但是不可能含有全部，兼有全部 14 种特征的是互联网。③ 在这 14 种特征中，我们可以发现互联网时代的传播方式有了史无前例的改变，呈现出开放性、全球性、交互性、多元性、综合性、个体性、缺场性等特点，传播模式具有双向传播和泛传播的特征。"传播学之父"施拉姆曾经对魔弹论、有限传播论、使用与满足论、采用—扩散论、说服论、一致论、信息论七种传播模型和路径进行总结，认为除了魔弹论之外，其他模型都认为，"受传者是能动的、效果是传送者和受传者都起作用的结果"④。同时他也认为当时日益兴盛的互动论模型颇有希望，⑤ 但是由于时代发展的限制，施拉姆不可能全面认识到网络传播对"旧"传播模式带来的全面冲击。⑥

---

① ［美］威尔伯·施拉姆、威廉·波特：《传播学概论》第二版，何道宽译，中国人民大学出版社 2010 年版，第 16—17 页。

② ［加拿大］罗伯特·洛根：《理解新媒介——延伸麦克卢汉》，何道宽译，复旦大学出版社 2012 年版，第 42—63 页。

③ 同上书，第 64 页。

④ ［美］威尔伯·施拉姆、威廉·波特：《传播学概论》第二版，何道宽译，中国人民大学出版社 2010 年版，第 16—17 页。

⑤ 同上书，第 229 页。

⑥ 施拉姆的《传播学概论》是何道宽根据其 1973 年的旧作 *Men*，*Messages*，*and Media*：*A Look at Human Communication* 翻译而成的，当时互联网技术还没有普及，1973 年，美国国防部启动的具有抗核打击性的计算机网络开发计划 "ARPANET" 才首次在伦敦和挪威之间进行国际联网。

　　从人际传播这种最基本的人类传播角度来看，网络人际传播使传统人际传播中的人格化交往特征逐渐消失，"在网络上，没人知道你是一条狗"，网络的匿名性、隐身性使网民具有身体的不在场性，我们在网络上和陌生人聊天、进行交流，原来的"我—你"的交互可能变成了"我—他"甚至"他—他"交互了。而且网络上的人际传播，也随时可以在远距离转换成大众传播或组织传播。① 网络人际传播也具备更强的跨地域性、个体性和平等性。我们经常说"全球化"，但是在互联网真正进入普通家庭之前，"全球化"仍然不过是人们常常听到，但却感受不到的"热词"，而互联网则实实在在让我们体验到了全球化的感觉，无论你身处何处，只要是互联网覆盖的地方，只需一台笔记本电脑或一个智能手机，就可以和天涯海角的人交谈、对话、视频，它比以往任何传播都更加迅即、便捷、平等。

　　从传播过程来看，传者和受众之间的界限日渐变得模糊不清，互联网上自媒体平台的兴盛使传播过程更加自主化、平民化、个性化、普泛化。所谓自媒体，就是一个普通市民经过数字科技与全球知识体系相连，提供并分享他们真实看法、自身新闻的途径。② 曼纽尔·卡斯特尔称之为"大众自我传播"，"它的内容是自发的，传播是自我导向的，接收是自我选择的，而且是多对多的传播"。曼纽尔不愧是"信息时代的理论家"，他敏锐地注意到了这种"大众自我传播"是"一个新的传播领域"，它的"构架是电脑网络、其语言是数字语言，其传输者遍布全球，而且在全球范围内互动"。③ 其实，自媒体既可以多对多、也可以点对点、点对多，以中国当下如火如荼发展的微博为例，这种具有很强的原创性、草根性、

---

　　① 陈力丹、易正林编著：《传播学关键词》，北京师范大学出版社 2009 年版，第 240 页。

　　② 美国新闻学会（The American press Institute）的媒体中心（Media Center）于 2003 年 7 月出版了由谢因·波曼（Shayne Bowman）与克里斯·威理斯（Chris Willis）两人联合提出的"We Media"（自媒体）研究报告，认为美国社会已经全面进入了一个自媒体时代。报告为自媒体（We Media）下了如此定义。Shayne Bowman and Chris Willis（2003）：We Media：How audiences are shaping the future of news and information，美国新闻学会的媒体中心（The Media center at The American press Institute）网（http：//www. hyPergene. net/we media/download/we_ media. pdf）。

　　③ ［美］曼纽尔·卡斯特尔：《网络生活中的传媒、权力与反权力》，孙绍谊、张程译，选自孙绍谊、郑涵主编《新媒体与文化转型》，上海三联书店 2013 年版，第 240 页。

便捷性的社会化媒体极大激发了大众对信息内容的参与性和创造性，传者和受众之间的界限真的已经不存在了，人人都是信息发布者，人人都可以成为意义的创造者。

2. 大众媒介对文学权力的消解

文学是语言的艺术，语言将声音和它们所指的对象分离开，文字则进一步把声音同发出声音的人也分离开来，从而使它们更易于携带。① 所以文字的发明"使得有可能携带信息越过地球的曲线，带到比讲话的人的声音能传到的，或烽火信号或旗帜或标石能被看到的，或鼓声能被听到的更远的地方。文字能保存大事或协议的记录供以后使用，这样，人们就可以储存一部分经验而不用费尽脑筋去铭记"②。在文字传播时代，一方面文学由于其语言特质和审美属性而成为艺术的宠儿，无论东方还是西方，文学都是各门艺术的重要营养资源，几乎成了艺术的典型代表，所以我们在众多文艺理论著作中频繁发现文学的身影。另一方面，文学的权力来自其与统治阶层话语权的同构性，能够在文学场域中掌握话语权的也是国家的上等阶层，所谓"学而优则仕"，饱读诗书之人更容易获得权势和地位，所以中国古代社会才有"万般皆下品，唯有读书高"的共识。

机械印刷技术的发明对文学权力产生一定的影响，主要表现在两个方面：其一，机械印刷最突出的特点就是复制，大量复制的印刷品使曾经是贵族统治阶层才能享有的书籍开始大规模进入寻常百姓家，普通人也可以亲近文学，原来文学与上层统治阶层的天然亲缘关系遭到破坏；其二，刊发大量新闻消息的报纸满足了大众的好奇心，也更容易填充和打发人们的闲暇时间，而这些原本是由文学来担当的，为了保持文学独有的权力，文学家们设法制定文学场的游戏规则以区别于其他的权力场域，也就是将文学的自律性巩固和提高，试图将文学与政治、经济等其他因素相疏离，所以印刷媒介时代文学权力的获得来自文学的自主性。但是好景不长，随着以影视为代表的电子媒介时代的到来，文学权力受到了严峻的挑战，众所周知，麦克卢汉是媒介研究的宗师，而其最初却是以文学批评家的身份介

---

① ［美］威尔伯·施拉姆、威廉·波特：《传播学概论》，新华出版社1984年版，第10页。
② 同上书，第14页。

入媒介研究，由于目睹了大众文化对年轻大学生的深刻影响，"我不懂我所面对的美国年轻人，我感到急需研究大众文化，以便站稳讲台"①。他开始进入大众媒介研究中，与印刷媒介相比，电子媒介传播速度和广度都有了质的提高，从受众来看，电影和电视观众的数量远远超过纸质文学作品的读者，影视逐渐代替文学成为受众文化消费和娱乐的主要渠道。与印刷媒介相比，影视属于电子媒介，对受众的文化教育程度要求降低，也更加具有时效性和视觉冲击性。印刷媒介通过文字诉诸读者，所以阅读书籍报刊必须要能够识字，对于复杂细腻的思想和描绘还需要能够揣摩和品评，而电影和电视则以直观感性的图像直接到达任何一个只要眼睛能够看见的受众。

总体而言，在印刷媒介时代和电子媒介时代文学权力虽然遭到重创，但都不是致命的，因为在这两个媒介传播时代，文学都可以通过树立自己的精英文化形象而获得文化话语权，通过不断强调文学的高雅性以区别于报纸杂志和影视所具有的通俗性，造成精英文化与大众文化的区隔，同时抬高前者贬低后者来为文学权力获得合法性开辟道路，这一做法在法兰克福学派中屡见不鲜，譬如阿多诺将大众文化视为资本主义社会商品化的结果，大众文化平庸而缺乏创新，"在垄断下，所有大众文化都是一致的，它通过人为的方式生产出来的框架结构，也开始明显地表现出来……电影和广播不再需要装扮成艺术了，它们已经变成了公平的交易，为了对它们所精心生产出来的废品进行评价，真理被转化成了意识形态。它们把自己称做是工业；而且，一旦总裁的收入被公布出来，人们也就不再怀疑这些最终产品的社会效用了"②。当然那些通俗文学不在精英文化之列，只有那些被文学场域所认可的文学经典和获得了符号资本的文学作品才能进入精英文化的行列。但是在网络媒介时代，文学权力真正遭到了毁灭性的打击，互联网以其特有的属性和功能不断填平精英文化与大众文化之间的鸿沟，也解构了文学场域的自主性。

---

① ［加拿大］埃里克·麦克卢汉、弗兰克·秦格龙：《麦克卢汉精粹》，何道宽译，南京大学出版社 2000 年版，第 356 页。

② ［德］霍克海默、阿道尔诺：《启蒙辩证法：哲学断片》，渠敬东、曹卫东译，上海人民出版社 2003 年版，第 135 页。

首先是网络媒介的数字传播特性，使得精英文化与大众文化之间的界限变得模糊不清。网络传播是迄今为止传播速度最快、传播面最广的传播方式，与原来的传播媒介不同，网络传播是数字化传播，其传播媒介是比特，它没有颜色、尺寸或重量，能以光速传播，就像人体内的 DNA 一样，是信息的最小单位。① 伊尼斯的传播偏向论认为，传播媒介的性质往往在文明中产生一种偏向，这种偏向或有利于时间观念，或有利于空间观念，根据这一特点他把媒介分为两大类：有利于时间上延续的媒介和有利于空间上延续的媒介，前者如羊皮纸、石刻文字和泥板文字经久耐用，能够经受时间的考验保存下来，但是不容易运输、生产和使用；后者如莎草纸和纸张，它们容易运输，方便使用，能够远距离传播信息，但是经不起时间的侵蚀，比较短暂。② 网络传播则既有利于时间的延续，又有利于空间的扩展，它可以将穿透时间的壁垒，将各种历史资料完好地保存下来，也可以将信息传递到世界各地，你只要动动手指轻触鼠标或显示屏，就可以"观古今于须臾，抚四海于一瞬"，数字传播的这种弗远无界的特点，将原来只供少数人享有的精英文化也毫无限制地大量呈现在用户面前，只要自己愿意，任何网民都可以欣赏达·芬奇的名画，聆听贝多芬的音乐，阅读四库全书，精英文化已经成为任何人都可以享有的寻常之物。

其次是精英与大众之间的等级划分在网络时代已经变得日益松散。精英和大众的划分是建立在传统社会金字塔形社会结构的基础上，互联网时代的社会组织却是扁平型的，"如今所有庞大和等级明确的体系，都在衰退。相反，在水平网络中，人们可以相连、相离、相聚、分散，整个社会和政治组织的形式都在变化"③。这种松散的、无中心的组织结构也改变了传统的人际关系，建立于身份、地位、家族、血缘、地理空间等之上的传统人际关系模式日益松散消解。同时在印刷媒介和影视媒介时代，传播的内容由少数精英群体控制，知识分子是观念的传播者和灌输者，掌握了

---

① ［美］尼葛洛庞帝：《数字化生存》，胡泳、范海燕译，海南出版社 1996 年版，第 24 页。

② ［加拿大］哈罗德·伊尼斯：《传播的偏向》，何道宽译，中国人民大学出版社 2003 年版，译者序言第 6 页。

③ ［美］曼纽尔·卡斯特尔，源自纪录片《互联网时代》第四集《再构》，央视网（http：//tv.cntv.cn/videoset/VSET100203301927）。

媒介话语权，受众作为"沉默的大多数"，或者是被动地接受，或者是沉默的反抗，或者是部分的抵制。① 但是网络传播的双向交流性质打破了这种不对等的单向传播方式，改变了拉扎斯菲尔德首先提出的单向传播过程，尤其是奠基在 Web 2.0 基础上的社交媒体更是以用户参与制作内容为主，原来的"把关人"已经退位，普通人也可以成为记者和创作者，也可以表达和传播自己的思想和观念，被动的"受众"已经变成积极的"用户"，精英和大众的等级划分变得模糊不清。

文学权力衰退也缘自文学场域自主性的消解，而这又与大众媒介尤其是网络媒介对文学场域的渗透和侵占密切相关。根据布尔迪厄的文学场规则，对"作家"下定义是文学场对文学话语权垄断的标志，"文学（等）竞争的中心赌注之一是对文学合法性的垄断，也就是说，对话语权的垄断，即以权威的名义说出谁被允许自称'作家'（等），甚或说谁是作家和谁有权力说谁是作家；或者如果愿意这样说的话，就是对生产者或产品的认可权力的垄断"②。影视媒介只是将文学读者变成了影视观众，而在网络媒介时代，作者与读者之间已经没有严格的界限，很多网络小说作家原来就是由读者转化而来，而作者又是在与读者频繁互动的过程中进行创作，传统文学场中所说的对"作家"进行审核的"把关人"不再是文学权威，而是与作者频繁互动、积极参与创作的读者和用户，文学场对文学合法性的垄断不复存在。而且，与现代社会遵行商业逻辑不同，文学场奉行的是以象征资本为逻辑的规则，"它表现为一个颠倒的经济世界：进入这个领域的人做到非功利是有益的"。但是，文学场终究不是世外桃源，"无论它们多么不受外部限制和要求的束缚，它们还是要受总体的场如利益场、经济场或政治场的限制。因此，文化生产场每时每刻都是两条等级

---

① 根据霍尔的编码—解码理论，受众对传播内容有三种解码方式：支配的、对抗的和协商的。第一种符合霸权观点——从社会秩序角度和行业角度都被认为是正常的、合法的，也是不可避免的。第二种站在世界的另一端，以对立的、激进的观点解释讯息。协商的解码方式是既反对又调适——相互矛盾的逻辑的混合——坚持部分支配性的意义和价值，同时也批判被广泛认同的观念，支持来自现实生活中的某些逻辑。参见［法］阿芒·马特拉、米歇尔·马特拉《传播学简史》，孙五三译，中国人民大学出版社 2008 年版，第 70 页。

② ［法］皮埃尔·布尔迪厄：《艺术的法则》，刘晖译，中央编译出版社 2011 年版，第 200 页。

化原则即他律原则与自主原则之间的斗争场所，他律原则有利于那些在经济和政治方面对场实施统治的人，自主原则驱使它的最激进的捍卫者把暂时的失败变成上帝挑选的一个标志，把成功变成与时代妥协的一个标志"①。在新时期文学场域中，他律原则和自主原则也是处于斗争之中，譬如文学的意识形态属性与审美属性辨析，日常生活审美化与文学的边界之争等，"文化生产场的自主程度，体现在场中外部等级化原则多大程度上服从内部等级化原则：自主越大，象征力量的关系越有利于最不依赖需求的生产者，场的两极之间的分隔倾向也就越明显"②。不过没有等级划分观念的互联网将文学场域的自律原则与他律原则统一在一起，政治、经济、纯艺术、纯文学都不再是互相分隔的区域，在网上，所有人都是平等的，随着数字技术的不断更新，越来越多由种族、身份、经济、政治等因素造成的传统区隔正在消失，正如麦克卢汉所言，整个地球都成了一个村庄，文学场的自主性也被网络消解于无形之中。

3. 大众媒介影响下的当代中国文论话语转型

改革开放以来，在大众传媒的影响下，当代中国文论话语也发生了转型，具体主要体现在三个方面。

首先是媒介开始真正进入文学理论话语，成为文学研究的对象。在印刷媒介占统治地位的时代，媒介尤其是大众媒介基本上没有成为文学理论关注的对象。20 世纪 80 年代到 90 年代初，当代文论经历了从政治到审美、从外部研究到内部研究的转向，但是作为文学生产和传播重要构成因素的媒介，却始终难以成为文学研究的主要方面。这一方面是由于客观条件的限制，大众媒介还没有对文学产生巨大冲击，学界尚未意识到媒介在文学研究中的应有地位和作用；另一方面也有一定的主观原因，印刷媒介长期处于绝对优势地位，一谈起文学和文学理论，大家都理所当然地认为是图书、期刊等纸质文本和作品，影视根本无法与之抗衡。随着大众媒介的飞速发展，影视尤其是电视以绝对优势成为文化场域中的第一媒介，艾

---

① ［法］皮埃尔·布尔迪厄：《艺术的法则》，刘晖译，中央编译出版社 2011 年版，第 200 页。

② 同上。

布拉姆斯提出文学活动的四要素：世界、作者、作品、读者都深受媒介的影响，文学研究再也无法忽视大众媒介，相关的研究开始进入文学理论的视野。在中国知网上以"媒介"为主题在文艺理论栏中进行搜索，共得到 1394 条结果，其中 1980—1989 年只有 37 篇，1990—1999 年则上升到 118 篇，2000—2009 年迅速增加，达到 555 篇，而 2010 年至今则呈现出爆发式增长，达到 696 篇。① 可见，在文论界对于媒介的重视度明显呈现出加速度式的增长，我们基本可以预测，随着媒介对社会形塑力量日益显著，文学理论话语中的媒介元素也将更加突出。

其次是以影视媒介为主导形塑的视觉文化对文学活动产生冲击，文学研究话语出现图像转向/视觉转向。在《图像的威力》一书中，法国思想家勒内·于格（L. Huyghe）对视觉文化景观有一个生动的描述："尽管舞台上占首要地位的是脑力劳动，但我们已不是思维健全的人，内心生活不再从文学作品中吸取源泉。感官的冲击带着我们的鼻子，支配着我们的行动。现代生活通过感觉、视觉和听觉向我们涌来。汽车司机高速行驶，路牌一闪而过无法辨认，他服从的是红灯、绿灯；空闲者坐在椅子里，想放松一下，于是扭动开关，然而无线电激烈的音响冲进沉静的内心，摇晃的电视图像在微暗中闪现……令人痒痒的听觉音响和视觉形象包围和淹没了我们这一代人。图像取代读书的角色，成为精神生活的食粮。它们非但没有为思维提供某种有益的思考，反而破坏了思维，不可抵挡地向思维冲击，涌入观众的脑海，如此凶猛，理性来不及筑成一道防线或仅仅制作一张过滤网。"② 虽然勒内·于格对电子媒介明显持批判态度，这也是大多数中国知识分子一开始对大众媒介所持有的立场，但是随着影视媒介对传统文学活动的"侵入"日益凶猛，文学话语开始了图像转向，随之也引发了文论界的激烈反应，尤其是米勒的"文学终结论"，更是将这一问题直接放到中国学者面前，在文学理论界引发了不小的波澜，米勒也许没有料到中国学者的反应如此强烈，其实影视电子媒介对文学理论带来的冲击还只是冰山之一角，接踵而来的网络数字媒介将全方位地改变中国文学场域的格局。

---

① 中国知网（http：//epub. cnki. net/kns/brief/result. aspx？dbprefix=CJFQ）。

② ［法］勒内·于格：《图像的威力》，钱凤根译，四川美术出版社 1988 年版，第 21 页。

　　网络数字媒介对文学理论话语的改变目前还正处于进行时，但是我们已经可以明显感受到互联网对文学研究带来的冲击。首先是以网络文学为代表的新的文学样式迅速崛起。目前中国以不同形式在网络上发表过作品的人数高达 2000 万人，注册原创网络作者有 200 万人，而读者数量更为庞大，CNNIC 的统计数据表明，截至 2012 年年底，中国网络文学用户数达到 2.33 亿，读者超过 5000 万，仅榕树下在 2005 年就已经拥有 450 万的注册用户，而摘得 2012 年中国垂直文学网站行业日均覆盖人数排名第一的起点中文网日均覆盖人数就达 220 万人。由此可见网络文学的发展之迅速。并且，传统文学界也开始渐渐接受网络文学，从 2010 年唐家三少成为第一个加入中国作协的网络作家，到 2013 年中国作协会员公示名单中有 16 名网络作家上榜，网络文学不再是以往"不入流"的"卑微"身份，而是开始在文学领域中占有一席之地。网络文学、博客文学、手机文学等各种伴随互联网而兴起的文学样式日渐成为文学队伍中的重要组成部分，并且对文学场域的影响力与日俱增。

　　从文学生产的角度来看，互联网对文学生产最大的改变是打破了发表出版的"垄断"境况，原来要想把自己的文章变为铅字需要编辑、出版社等"把关人"的层层审核和筛选，门槛之高令众多青年的"文学梦"付之东流，但是网络的出现尤其是 Web 2.0 技术的普及，以用户为中心的社会化网络平台对发表作品是零门槛进入制，任何人只要愿意都可以在网络上发表自己的作品，将高高在上、常人难以企及的文学彻底拉回到了平凡的世界。此外，印刷媒介和电子媒介都是单一的作者创作模式，但是网络数字媒介下的文学生产则是作者—读者双向创作模式，而且读者占据了中心地位，任何一位作家在网络上的声望与号召力都要靠读者来肯定，所以也出现了纸媒创作作家在网络上默默无闻的现象，而一些先在网络上获得读者青睐的作品则有机会变为畅销书进入传统媒体。

　　从文学功能和价值的角度来看，传统文学一般具有认识功能、教育功能、审美功能和娱乐功能，互联网时代的文学弱化了认识功能和教育功能，改变了审美功能，强化了娱乐功能。传统文学通常注重文学对社会的认识价值、对人生的教育意义等宏大话语，审美价值也是以净化心灵、升华感情为宗旨，互联网时代的文学审美功能注重的是一种沉浸式的审美体验，也就是读者希望从作品中得到从感官到心灵的全方位审美体验，由于用户更加倾向于通过互联网进行娱乐消遣、休闲放松，所以对文学的娱乐功能特别注重，当然这也会造成文学创作低俗、媚俗和庸俗化的不良后果。

从文学研究的角度来看，目前对数字媒介下的文学活动研究虽然尚处于初级阶段，但是也呈现出了明显上升的趋势，以网络文学研究为例，目前中国已经形成了以中南大学网络文学研究基地、四川大学文学与新闻学院、北京大学文学院为中心的三个高校网络文学研究群，出现了欧阳友权、马季、邵燕君、傅其林、陈定家、单小曦等一大批致力于网络文学研究的学者，在中国知网上以网络文学为关键词进行搜索，出现了 927 条结果，其中在 2000 年之前没有一篇，从 2005 年开始迅速增长。① 对于数字媒介下的文学活动整体研究也显示出良好的发展之势，如欧阳友权的网络文学研究、黄鸣奋的数字媒体艺术理论研究、单小曦的电子媒介下的文学存在方式研究等，虽然就深度和广度而言尚有很大的空间拓展，与对印刷文学和影视文学的研究相比也显得势单力薄，但是我们有理由相信，随着中国社会已经进入互联网时代，② 数字媒介下产生的各种文学现象和文学问题必将成为文学研究的新的增长点和聚焦点。

二　影视媒介与电视知识分子的身份认同

在印刷媒介时代，知识分子主要凭借书面文字传播思想、影响社会和民众，建立起文化精英的立法者身份，书籍和文字的稀有性将普通人与读书人之间划了一道深深的鸿沟。但是在电子媒介铺天盖地席卷世界的现代社会，传统知识分子受到电视知识分子的挑战。

---

① 笔者做了一个小小的统计，在中国知网上以网络文学为关键词进行搜索，得到的结果如下：2000—2004 年有 173 篇，2005—2009 年有 317 篇，2010—2015 年有 437 篇。中国知网（ht-tp：//epub. cnki. net/kns/brief/result. aspx？dbprefix＝CJFQ）。

② 根据 CNNIC 发布的《第 35 次中国互联网络发展状况统计报告》，截至 2014 年 12 月，我国网民规模达 6.49 亿，互联网普及率为 47.9%，

1. 影视媒介与知识分子话语权的衰落

被誉为"当代文化研究之父"的英国社会学家斯图尔特·霍尔曾经说过一句被学界广泛引用的话:"'话语转向'是近年发生在我们社会的知识中的最重要的方向转换之一。"① "话语转向"与福柯的话语理论关系密切,人文学科中的关键词"话语权"便来源于福柯的话语——权力理论,何谓"话语"?福柯一开始对它的应用是模糊的,他说:"我相信我没有逐渐把握'话语'一词如此模糊的意义,二是扩展它的意义:时而是所有陈述的整体范围,时而是可个体化的陈述群,时而又是阐述一些陈述的被调节的实践。"② 然而紧接着,福柯指出陈述是话语的原子,通过对"陈述"的功能、性质、内涵等方面的细致考察,福柯得出了"话语"的定义,"我们将话语称为陈述的整体,因为它们隶属于同一个话语形成;这个语句的整体不形成某个修辞,或者形式的,可无限重复的单位和我们能够指出它在历史中的出现或者被使用的单位;它是由有限的陈述构成的,我们能够为这些陈述确定存在条件的整体"。显然,福柯认为话语并非仅仅是语言的集合,"这样理解的话语不是一个理想的和超越时间的,也许另有某种历史的形式"③。的确,福柯认为话语背后隐含着一系列的权力链条,"谁在说话?在所有说话个体的总体中,谁有充分理由使用这种类型的语言?谁是这种语言的拥有者?谁从这个拥有者那里接受他的特殊性及其特权地位?"④ 所以,"问题不在于追究话语是怎样和为什么能够出现,并在时间的这一点上形成;它始终是历史的——历史的片断,在历史之中的一致性和不连续性,它提出自己的界限、断裂、转换、它的时间性的特殊方式等问题,而不是在时间的同谋关系中它突然出现的问题"⑤。

显然,福柯将话语视为一种建构而非纯客观之物,话语权便是讲述这种话语的背后隐藏之权力,"在我们这样的社会以及其他社会中,有多样

---

① [英]斯图尔特·霍尔:《表征——文化表象与意指实践》,徐亮、陆兴华译,商务印书馆 2003 年版,第 6 页。

② [法]米歇尔·福柯:《知识考古学》,生活·读书·新知三联书店 2007 年版,第 85 页。

③ 同上书,第 129 页。

④ 同上书,第 54 页。

⑤ 同上书,第 129 页。

的权力关系渗透到社会的机体中去，构成社会机体的特征，如果没有话语的生产、积累、流通和发挥功能的话，这些权力关系自身就不能建立起来和得到巩固"①。所以他说："重要的不是话语讲述的年代，而是讲述话语的年代。"印刷时代知识分子话语权的获得，与其生活的那个时代密切相关。马克·波斯特说："无论在读者还是作者的情形中，印刷文化都将个体构建为一个主体，一个对客体透明的主体，一个有稳定和固定身份的主体，简言之，将个体构建成一个有所依据的本质实体（essence）。而印刷文化的这一特征与现代制度下的主体形象是同系的（homologous），这些制度包括资本主义市场及其富有占有欲的个体、法律体制及其'理性的人'、代议制民主政体及其秘密选票和对个人自利原则的假设、科层体制及其工具理性、工厂及其泰勒式工资制（Taylorite system），教育体制及其单独进行的考试和成绩记录。"② 印刷时代推崇的冷静的理性、自律的主体正是知识分子的特点，印刷媒介促成了知识分子话语权的获得，也使他们能够以启蒙者和教导者的身份对民众说话。

但是在影视占据主导的大众媒介时代，知识分子话语权受到极大的挑战，逐渐走向衰落。首先，与文字传播相比，影视的图像传播更契合普通大众而与知识分子拉开了距离。保罗·莱文森认为："一切传播都可以描绘成这样一个过程：从抽象开始，把一种直接的感知或原本转换成可以传输的形态，然后是对抽象形态的实际运输，结尾是把抽象的形态还原为类似原本的特征。"③ 显然，与影视相比，语言文字更加适合传递抽象的事物，这既是语言的优势也是其劣势，因为通过印刷媒介进行传播，受众需要对抽象的语言文字进行还原，这是读书识字的知识分子较之一般民众的优势所在，知识分子掌握的语言文字在媒介传播效力的较量中败给了影视电子媒介。其次，知识分子是文字传播时代的掌控者，他们发表信息、表达思想、传递观念，是至高无上的作者，但是在电子媒介时代，广播、电

---

① ［法］福柯：《权力的眼睛——福柯访谈录》，严锋译，上海人民出版社 1997 年版，第 228 页。

② ［美］马克·波斯特：《第二媒介时代》，范静哗译，南京大学出版社 2005 年版，第 61 页。

③ ［美］保罗·莱文森：《思想无羁》，何道宽译，南京大学出版社 2003 年版，第 154 页。

影、电视等媒介机构成为信息的制作者、发布者，作者的声音日渐衰落，正如马克·波斯特所言："在信息制作者极少而信息消费者众多的播放型模式占主导地位的那个时期，亦即我所称的第一媒介时期，存在着某种触犯知识分子作者权威感（sense of authorship）的东西。"① 显然，第一媒介时代具有制作者甚少而消费者众多的特点，报纸、杂志、广播、电视都属于第一媒介，也是大众传播媒介，与书籍相比，大众传播对受众几乎没有任何文化素质方面的要求，传播内容在精英知识分子看来也大多是经不起时间考验的大众文化/流行文化，而书籍则不同，作者通过文字构建世界，隐藏在文字背后与读者拉开距离，这种距离感使作者显得神秘而具有权威性，而无处不在的大众传播媒介却将这种距离不断缩小，作者的权威感也受到"伤害"。

2. 电视知识分子的身份悖论

"电视知识分子"最早是由布尔迪厄在《关于电视》中提出来的，作为一名有着公共关怀意识的知识分子，布尔迪厄一方面认为知识分子应该与大众媒介"合作"，利用电视宣传自己的思想和主张，启蒙民众，普及知识，所以他认为"抱有偏见，断然拒绝在电视上讲话在我看来是禁不起推敲的。我甚至认为在条件合理的情况下有上电视讲话的'责任'"②。另一方面他也清醒地意识到电视对知识分子的独立性和批判性带来危害，他一针见血地指出："电视是一种极少有独立自主性的交流工具，受到一系列的制约，而各种制约都与记者之间的社会关系密切相关，所谓的社会关系，是一种激烈的、无情的甚至荒谬的竞争关系，同时也是串通的关系、客观上的同谋关系，其基础是与他们在象征的生产场中的各自地位相联系的共同利益，是他们之间有着共性的认知结构以及与各自的社会来源、受教育程度（或未受到的教育）息息相关的感知方式和评价方式。因此，电视这一看似无羁无绊的交流工具实际上是套着绳索的。"③

---

① ［美］马克·波斯特：《第二媒介时代》，范静晔译，南京大学出版社2005年版，第5页。
② ［法］皮埃尔·布尔迪厄：《关于电视》，许钧译，辽宁教育出版社2000年版，第10页。
③ 同上书，第39页。

　　如果从文化的角度来看"电视知识分子"的存在，这一名词本身就存在着难以调和的矛盾，电视是大众文化，知识分子则是精英文化的创造者和拥有者，前者注重的是收视率，追求受众最大化；后者则以批判精神、自由思想、独立意识为座右铭，知识分子与电视联姻，极易陷入身份困境。

　　一方面，电视对知识分子具有一种操控性，这种控制可能来自政治力量，可能来自经济力量，也有可能是电视本身具有的一种暴力。布尔迪厄说："上电视的代价，就是要经受一种绝妙的审查，一种自主性的丧失，其原因是多种多样的，其中之一就是主题是强加的，交流的环境是强加的，特别是讲话的时间也是有限制的。种种限制的条件致使真正意义上的表达几乎不可能有。"① 这种审查可以是政治性的，也可以是经济性的，更重要的是，有一套机制作用于电视，使它"行驶了一种形式特别有害的象征暴力"，这种暴力是"一种通过施行者与承受者的合谋和默契而施加的一种暴力，通常双方都意识不到自己是在施行或在承受"②。电视以收视率和效益为宗旨，它以媒介技术为依托，将知识分子纳入一套电视话语体系中，陈力丹曾经这样描述自己上电视的感受："我参加中央电视台的专家访谈节目，策划人事先早已确定了节目的基调，我基本上依据写好的步骤和要点说话，几乎不可能使用学术性的语言。20分钟也绝对说不出多大的深度，还有电视台的记者采访，回答的只能是简单的几句话，那些话绝对是常识，用不着教授出面来讲，只是增加权威性，教授在这里变成了工具性的符号。"③根据霍尔的编码/解码理论，电视文本意义的制造即编码是由电视台的一整套规范、程序、体制关系和技术设备等各种因素决定的，电视知识分子基本上不可能对这一套体系有所撼动，只能被动地遵循和配合电视，所以陈平原曾经颇有感触地说了一番话："作为中国学者，与传媒结盟，难；与传媒结盟而不影响自家的主业，更难；与传媒结盟还希望坚持自己的文化理想，无疑是难上加难。"④ 其实不仅中国学者，

---

　①　［法］皮埃尔·布尔迪厄：《关于电视》，许钧译，辽宁教育出版社2000年版，第11页。

　②　同上书，第14页。

　③　李明伟、陈力丹：《教授走进直播间的学理追问》，《当代传播》2004年第2期。

　④　陈平原：《大众传媒与现代学术》，《社会科学论坛》2002年第5期。

任何国家的知识分子要想与电视结盟，都要或多或少地付出一定的代价，在秉承批判精神、自由思想、独立意识上有所妥协和退让。

另一方面，随着大众传媒对社会的影响力日益巨大，知识分子选择"逃避"媒体，拒绝上电视，躲进所谓的学术象牙塔中，也一样面临着尴尬的处境。首先，任何一位有抱负的知识分子都希望用自己的所学所得启蒙民众，造福社会，福泽百姓，所谓"为往圣继绝学，为万世开太平"，在现代社会要想实现这个高远的理想，不借助媒介之力是很难达到的。陈丹青曾经开列了一份小小的名单："二战"前后欧美一流知识分子、艺术家、学者，都曾经高度重视媒体。譬如大诗人庞德、大哲学家萨特和西蒙娜·德·波伏瓦、大学者约翰·伯格、大哲学家及思想史家以赛亚·伯林等等，均深度涉入公众媒体，不仅利用，那还是他们在事业盛期或晚年的重要工作。萨特失明衰老后，放弃写作，全力主持电视节目，向全国和全欧洲人民说话，一说就说了 10 年。约翰·伯格在 BBC 主持多年系列节目，几乎影响到 70 年代后的欧美文化形态。他的《观看之道》在中国是极小众的美学与文化研究丛书，可当时就是英国大众定期观看的电视节目。① 中国的很多大知识分子也是积极利用媒介传达自己的思想，启蒙民众，实现理想，梁启超办《新民报》、陈独秀办《努力周报》、鲁迅则是报纸副刊的专栏作家，特别是梁启超和鲁迅，以他们在媒体露脸的频率来看，二人当可以归入"传媒人"的行列了。所以在当今这个媒介时代，试图与媒介"绝缘"是不现实也是不明智的。其次，电视形成的新闻场已经对学术场域产生很大的影响，学者的声望和地位在很大程度上需要靠电视媒体的肯定和宣传。萨义德曾经对这种现象进行了细致的描述，他说："大约在 1968 年，知识分子大都舍弃了出版社的守护，成群结队走向大众媒体成为新闻从业人员、电视电台访谈节目的来宾和主持人、顾问、经理等等。他们不但拥有广大的阅听大众，而且他们身为知识分子毕生的工作都仰赖阅听大众，仰赖没有面目的消费大众这些'他者'所给予的赞赏或漠视。"② 布尔迪厄也感叹地写道："记者们往往非常得意地看到，

---

① 陈丹青：《也谈学者上电视》，《南方人物周刊》2006 年第 19 期。

② ［美］爱德华·W. 萨义德：《知识分子论》，单德兴译，陆建德校，生活·读书·新知三联书店 2002 年版，第 60 页。

众学者纷纷投奔传媒，希望自己的作品得到介绍，乞求传媒的邀请，抱怨自己被遗忘，听了他们的那些有根有据的抱怨，相当让人吃惊，不禁真要怀疑那些作家、艺术家、学者自己主观上是否想保持自主性。"①

曾经深度介入电视的社会学家郑也夫对此有深入体会，他说："在报纸、杂志、电视这三大媒体中，在我看来电视制作群体的文化素质最低。这其实很好理解。报纸杂志有其漫长的历史承传，有规矩，有氛围，有熏陶；电视不然，它是在走进寻常百姓家的短短十几年历史中一下子暴发起来的。它的成员剧增，其群体内尚未来得及形成一种风格和规矩。于是萝卜快了不洗泥，摸着石头过河，闹洞房全然没大小。这儿的钱肯定给的比报纸杂志多，但这里对一个文化人的了解，对一个有'段位'的文化人的成熟意见的轻视与否决，都与报刊不可同日而语，而令文化人目瞪口呆。"②

布尔迪厄在谈到这一问题时，更是分析得入木三分："他们想按照自己的形象，也就是按照自己的尺寸，重新确定知识分子的面貌和作用。他们像左拉那样抛出《我控诉》，却没有写过《小酒店》或《萌芽》，或者像萨特那样发表声明，发起游行，却没有写过《存在与虚无》或者《辩证理性批判》。他们要求电视为他们扬名，而在过去，只有终身的，而且往往总是默默无闻的研究和工作才能使他们获得声誉。这些人只保留了知识分子作用的外部表象，看得见的表象，宣言啦、游行啦、公开表态啦。其实这倒也无所谓，关键是他们不能抛弃旧式知识分子之所以高尚的基本特点，即批判精神。这种精神的基础在于对世俗的要求与诱惑表现出独立性，在于尊重文艺本身的价值。而这些人既无批判意识，也无专业才能和道德信念，却在现时的一切问题上表态，因此几乎总是与现存秩序合拍。"③ 布尔迪厄抓住了电视知识分子与传统知识分子的根本区别就在于有无批判精神，其实在一定程度上电视知识分子已经不能算是知识分子，因为他们并不是"理念人"，不会去追求虚无缥缈的超越价值，脑海中主

---

① ［法］布尔迪厄：《关于电视》，许均译，辽宁教育出版社 2000 年版，第 20 页。

② 郑也夫：《学者与电视》，《南方周末》1997 年 1 月 24 日。

③ ［法］皮埃尔·布尔迪厄、［美］汉斯·哈克：《自由交流》，桂裕芳译，生活·读书·新知三联书店 1996 年版，第 51 页。

要萦绕的是世俗名利。除此之外，从传播的载体来看，电视也不利于知识分子进行批判性思考。马克·波斯特指出："书面文本促进批判性思考，这是因为人们对其信息的接受并不是在作者劝导性的亲自出场下进行的，因为书页的顺序和文字的线性排列大致对应于因果逻辑，因为书写能够使人对信息的接受不受外界干扰，从而能促进冷静的思考而非冲动的热情，因为书面文字是物质的、稳定的，这就使得信息的重复接受成为可能，因而也就提供了一再反思的机会。"[①] 与之相反，影视媒介更具有感官性和干扰性，图像容易带给受众强烈的视觉冲击力从而引发情绪波动，所以在观看电影电视时，观众很容易或哭或笑或恼怒或开怀，不容易进行理性的思考和批判。

3. 个案考察：从人文学者到学术明星——以"易中天现象"为例

所谓"易中天现象"是指借助央视《百家讲坛》，易中天从一位默默无闻的普通文学教授成为拥有众多"易粉"的学术明星，甚至被称为"学术超男"。易中天成为一种现象绝非偶然，时势造英雄，是大众媒介尤其是电视成就了易中天，将易中天作为考察的典型个案主要基于以下四点：第一，他原来是一个从事文艺理论研究的学者，且著作颇丰；第二，他对中国人文知识分子有较多的思考和品评；第三，在他身上典型地体现出了中国人文知识分子在大众媒介尤其是电视影响下发生的复杂而微妙的变化；第四，他对于从"学术人"转变为"电视人"有自觉的意识和清醒的认识，能够从媒介传播的角度来看学术研究。

在易中天上《百家讲坛》之前，他是一位文学教授，长期从事文艺学尤其是文艺美学研究，所著的《〈文心雕龙〉美学思想论稿》《艺术教育学》《艺术人类学》《黄与蓝的交响——中西美学比较论》（与邓晓芒合作）、《人的确证——人类学艺术原理》等学术著作，虽然也得到圈内学者或多或少的评论，但无论如何也没有达到洛阳纸贵、畅销百万的程度。作为一个标准的人文学者，易中天酷爱对中国知识分子评头论足，他

---

① ［美］马克·波斯特：《信息方式——后结构主义与社会语境》，范静哗译，商务印书馆2000年版，第115页。

将文化人分为四种类型：士人、学人、诗人、文人，这个排序是按照人格从高到低进行的，易中天本人也是最推崇、最敬仰士人风骨，最厌恶、最鄙视文人嘴脸，易中天所讲的文化人大体等同于人文知识分子，由于他本人也置身其中，感同身受几十年，对人文知识分子自然有深切的体验和感悟，他将中国知识分子身上易有的缺陷集中到文人身上，并将其概括为"一个本性——伪""两幅嘴脸——谄媚和狂傲""三种姿态——狂傲、清高和愤激"①，有趣的是，他不仅猛烈抨击文人，也敢于"自黑"甚至"群黑"，认为"谁都可能是文人"，其实，从易中天对文化人入木三分式的细致剖析中，从他自身的身份转变过程中，我们也不难发现其本人对自我身份的期许和矛盾，尤其他从人文学者变为学术明星后体现出来的中国知识分子在媒介时代所面临的机遇和尴尬。

同大多数中国传统人文知识分子一样，易中天的理想和追求绝不是一般意义上的功名利禄，飞黄腾达，而是传统士人所推崇的"以天下为己任""士不可不弘毅，任重而道远"的传道济世理想。易中天的曾祖父易翰鼎曾将其重要的人生经历和理想抱负写成一本书《太平草木萌芽录》，并在书中的最后一篇文章中写道："自叙平生至愿，荣华富贵皆在所后，惟望子孙留心正学，他年得蔚为名儒，则真使吾九泉含笑矣，群孙勉乎哉！"易中天认为这就是血脉遗产，"民族的血脉遗产由家族构成，家族的血脉遗产又由个人构成。每个人都有自己的身世，不同的身世便构成了历史。这正是个人史和家族史的意义。它对社会的意义是：民族的历史将因此而生动。它对个人的意义是：今后的道路将会更加明确。是的，知道我从何处来，无疑将更有历史的自觉和文化的自觉，也就能找到人生的座标，实现身份认同"②。由此可见，无论是文学教授还是"学术超男"，易中天都以传统士人的身份认同为圭臬，希望以学问济天下，所以在已经功成名就，可以安享晚年、含饴弄孙的六十六岁高龄，却"要以一己之力

---

① 易中天：《文人真面目》，新浪博客（http：//blog.sina.com.cn/s/blog_ 476e068a0102e4n6.html）。

② 易中天：《寻找尘封的血脉遗产——就纪录片〈客从何处来〉答〈北京日报〉》，新浪博客（http：//blog.sina.com.cn/s/blog_ 476e068a0102e4n6.html）。

重写中华史"，以至于业内人士质疑他"精神有问题"①，其实，易中天是一个非常认真、严谨而又有"野心"的学者，他将自己的身份不仅仅定位为一个"著书只为稻粱谋"的文人学者，而是"为天地立心，为生民立命，为往圣继绝学，为万世开太平！"的读书人，不管达到与否，其勇气和精神实在可嘉可赞。

但是，从易中天的自我身份定位来看，其"名儒"的自我的期许与"学术超男"之间又存在明显的悖论，以至于易中天的公共关怀之举、文化爱国之为也有了沽名钓誉的炒作之嫌。据易中天自己讲，他上《百家讲坛》的初衷是为了生活得好一些，"我为什么要去上《百家讲坛》呢？不是那些媒体猜测的，说什么你上了《百家讲坛》，你就大红大紫，你就能出名，你就能挣很多钱，根本不是这样。那个时候谁上《百家讲坛》挣钱啊？做一期节目一千块钱，扣掉税九百六，我算了一个很简单的账，一个月播四期，就四千块钱，一年做下来四万八，就这么简单的动机就去了"②。所以上电视也是为了"稻粱谋"，不过世事难料，《品三国》一举成名，易中天开始遭到各种各样的"围攻"和质疑，综合起来大致有三条：其一，易中天将严肃富有深度的历史庸俗化、粗俗化，但是"大众化不是娱乐化、通俗不可庸俗、普及不能粗鄙"③；其二，易中天这类的学术明星会贬低学术的价值，因为媒介权力的滥用极易导致学术的异化；其三，易中天没有把历史的真实性放在首位，甚至会"歪曲历史"，他的一些"趣说历史"甚至颠倒黑白，违背了社会道义，没有担负起知识分子应有的人文关怀和社会责任。

实事求是地讲，这些批评确实有理有据，但是批评者们忽略了一个重

① 2013年5月2日上午10点39分，易中天在新浪博客发表名为"我为什么要从女娲写到邓小平——三十六卷本《易中天中华史》致读者"的长篇文章，宣布用5—6年时间，重写中华史，此消息一出，引发各方关注。安徽人民出版社总编辑丁怀超就公开表示："直觉告诉我，易中天教授精神发生了问题。"观察者报道：《易中天重写中华史 业内人士质疑他精神有问题 网友称其粗制滥造》，http：//www. guancha. cn/culture/2013_ 05_ 03_ 142252. shtml。

② 易中天：《这是我的选择——易中天在〈开讲了〉演讲》，新浪博客（http：//blog. sina. com. cn/s/blog_ 9ed406740101mcv3. html）。

③ 葛红兵：《如此易中天，可以休矣》，新浪博客（http：//blog. sina. com. cn/s/blog_ 473d280c010003up. html）。

要的前提，就是易中天一旦走上电视，就不再是以学者的身份说话，而是纳入了电视场域中，以媒介人的身份阐释历史，学术研究与电视传播截然不同，在这方面易中天有着清醒的认识。他深知"怎样传播"比"传播什么"更重要，"必须研究传播规律，打通传播渠道。这里面有一个重要环节，就是传播方式和传播平台。不同的方式和平台，对传播者的要求是不一样的"。他总结了电视传播的三条规律："首先第一条，电视是给人看的，同时也听，其接收方式是视听综合。这是它与图书的不同。第二，电视观众是松散的、游移的、有一搭没一搭随时都可能转换频道的。这是它与电影的不同。第三，电视观众在观看节目时，没有任何责任、义务，也没有任何人能强迫他们收看。"不仅如此，易中天也理直气壮地为学术向大众传播叫好，为"百家讲坛"正名，他认为"学术"包括两个内容：研究与传播，学者包括两种人：研究者和传播者，学者靠纳税人供养，就应该回报大众，所以，"良心告诉我们：学术必须向大众传播！学术也告诉我们：它需要向大众传播！"

坦率地说，易中天能够成为学术明星是有道理的，因为他深谙传播之道，但是他一旦走上电视成为学术明星，其继承曾祖父遗训，成为"名儒"的抱负恐怕难以实现。真正的学者为了能够客观、冷静、理智地洞察世界，审视现实，必须与社会各阶层/各阶级保持一定的距离，也就是曼海姆所说的"非附属性"，现在有很多所谓的"专家"被公众称为"砖家"，其研究结论被嘲笑，其研究动机被质疑，大多因为与利益阶层走得太近，结合得太紧，所以很难再以"第三双眼"冷看喧哗与骚动的世界。媒介本身就是各种利益阶层激烈博弈的场域所在，知识分子一旦深度介入媒介又想成为"名儒"，说句夸张点的话，犹如拔着自己的头发想离开地球——根本不可能。

当然，从文化传播的角度来看，易中天、于丹、余秋雨等众多明星知识分子，在当今中国不是多了，而是太少了，从民众对这些学者明星趋之若鹜的热情态度来看，普罗大众是多么渴求能够有他们听得懂又爱听的文化知识！随着中国社会经济的发展，人们生活水平的不断提高，文化消费在人们日常生活中的重要性必定会日益凸显。同时，中国是一个历史悠久、文化积淀极其深厚的泱泱大国，中华民族的复兴在根本上是文化的复兴，将中华民族的历史文化知识以通俗易懂的方式传播给大众，易中天们正在做的是利国利民的大好事。笔者在美国访学一年，深深感受到美国人对中华文化的隔膜，如果我们有更多的易中天、于丹、余秋雨式的学术明星能够操着流利的英文将中华文化传播到美国甚至世界各地，将会极大地促进不同文化之间的交流与对话，这也正是人文知识分子孜孜以求的目标呢！

三　网络媒介时代文学理论的新变

互联网给整个世界带来的变革是前所未有的，从人类生存方式到社会组织结构都发生了翻天覆地的变化，文学理论也产生了一系列的新变。

1. 互联网与社会变革

互联网（Internet），又称因特网、英特网，是将两台或两台以上的计算机终端、客户端、服务端通过计算机信息技术手段串联成的庞大网络。跟任何新生事物一样，互联网的诞生既有偶然性也有必然性。1957 年 10 月，苏联发射了人类第一颗人造地球卫星 Sputnik，这给其长期的对手美国带来巨大压力和恐慌，在总统艾森豪威尔的倡导下，成立了美国国防部高级研究计划署（Advanced Research Projects Agency，ARPA），其主要功能是向国防部快速提供信息用于军事指挥，尤其是在美国的军事指挥中心遭到苏联核武器摧毁时也能够确保指挥信息系统的正常运行。1969 年 12 月，ARPA 开始建立一个命名为 ARPAnet 的网络，把美国加利福尼亚大学洛杉矶分校、斯坦福大学研究学院、加利福尼亚大学和犹他州大学的四台主要的计算机连接起来，从军事要求上是置于美国国防部高级机密的保护之下，从技术上它还不具备向外推广的条件，而且当时人们也根本想不到这一技术最终会发展演变成今天的模样。

1991 年，CERN（欧洲粒子物理研究所）的科学家提姆·伯纳斯李（Tim Berners-Lee）开发出了万维网（World Wide Web）。他还开发出了极其简单的浏览器（浏览软件）。此后互联网开始向社会大众普及。1993 年，伊利诺伊大学美国国家超级计算机应用中心的学生马克·安德里森

（Mark Andreesen）等人开发出了真正的浏览器"Mosaic"，该软件后来被作为 Netscape Navigator 推向市场，此后互联网开始得以爆炸性普及。①

中国互联网发展的历史并不久，但是发展速度快得惊人。1987 年 9 月 20 日，北京计算机应用技术研究所钱天白教授发出了中国第一封电子邮件，揭开了中国人使用互联网的序幕。② 1990 年 11 月 28 日，钱天白教授代表中国正式在 SRI－NIC（Stanford Research Institute's Network Information Center）注册登记了中国的顶级域名 CN，并且从此开通了使用中国顶级域名 CN 的国际电子邮件服务，从此中国的网络有了自己的身份标识。1994 年 4 月 20 日，NCFC③工程通过美国 Sprint 公司连入 Internet 的 64K 国际专线开通，实现了与 Internet 的全功能连接。从此中国被国际上正式承认为真正拥有全功能 Internet 的国家。1997 年，中国实现了四大主干网的互联互通，中国信息高速公路建设全面展开，随后中国互联网便以风驰电掣般的速度迅猛发展，1997 年 11 月，中国互联网络信息中心（CNNIC）发布的第一次《中国互联网络发展状况统计报告》中表明，截至 1997 年 10 月 31 日，中国共有上网计算机 29.9 万台，上网用户数 62 万，CN 下注册的域名 4066 个，WWW 站点约 1500 个。④ 而在第 33 次

---

① 《世界互联网发展史》，网易科技（http：//tech. 163. com/07/0329/18/3AP6P7BK000915BF. html）。

② 这封电子邮件写的是："Across the Great Wall we can reach every corner in the world.（越过长城，走向世界）"，是通过意大利公用分组网 ITAPAC 设在北京侧的 PAD 机，经由意大利 ITA-PAC 和德国 DATEX？DP 分组网，实现了和德国卡尔斯鲁厄大学的连接，通信速率最初为 300bps。《中国互联网发展史（大事记）》，中国互联网协会（http：//www. isc. org. cn/ihf/info. php？cid＝218）。

③ 1989 年 10 月，国家计委利用世界银行贷款重点学科项目——国内命名为：中关村地区教育与科研示范网络，世界银行命名为：National Computing and Networking Facility of China（NCFC）正式立项，11 月，该项目正式启动。NCFC 是由世界银行贷款"重点学科发展项目"中的一个高技术信息基础设施项目，由国家计委、中国科学院、国家自然科学基金会、国家教委配套投资和支持。项目由中国科学院主持，联合北京大学、清华大学共同实施。当时立项的主要目标就是通过北京大学、清华大学和中科院三个单位的合作，搞好 NCFC 主干网和三个院校网的建设。参见《中国互联网发展史（大事记）》，中国互联网协会（http：//www. isc. org. cn/ihf/info. php？cid＝218）。

④ 《中国互联网发展史（大事记）》，中国互联网协会（http：//www. isc. org. cn/ihf/info. php？cid＝218）。

《中国互联网络发展状况统计报告》中显示，截至 2014 年 6 月，我国网民规模达 6.32 亿，互联网普及率达到 46.9%，其中手机网民规模达 5.27 亿，农村上网人数达到 1.78 亿，我国域名总数为 1915 万个，其中"CN"域名总数为 1065 万，占中国域名总数比例达到 55.6%；".中国"域名总数达到 28 万，我国网站总数为 273 万个，CN 下网站数为 127 万个。①

互联网给整个世界带来翻天覆地的变化，首先是对人类生存方式的改变。我曾经问自己班上的学生，如果不允许用手机、用电脑，你们会怎样，他们直呼："那简直不知道做什么了！"其实岂止他们，试问数十亿网民，离开了互联网，他们的生活将会发生怎样的变化？尼葛洛庞帝在《数字化生存》的前言就宣布："计算不再只和计算机有关，它决定我们的生存。"② 乔布斯的励志名言"活着就是为了改变世界，难道还有其他原因吗？"也正预示了互联网对世界的改变。从网上冲浪到在线交流，从电子商务到网购网银，衣食住行、工作娱乐，现代人已经离不开网络，它改变了我们的生活方式、交流方式、工作方式、娱乐方式，实际上最终改变了我们的生存方式，具体表现在以下几个方面：

首先，互联网对社会生产力产生巨大冲击。邓小平曾经有一句名言：科学技术是第一生产力，现在以互联网技术为标志的信息时代已然来临。阿尔文·托夫勒在他那本影响深远的著作《第三次浪潮》中，充满激情地宣布："一个新的文明正在我们生活中出现……这个新文明的诞生，是我们生活中唯一最为爆炸性的事件。"③ 他把历时数千年的农业革命称为第一次浪潮，18 世纪中叶兴起的工业革命称为第二次浪潮，而人类已经进入第三次浪潮——信息革命时代。这本书写于 1980 年，当时个人电脑还没有出现，但是他天才地预见道："这种可以与银行，商店，政府机关，邻居，以及工作地点直接挂钩的计算机，它不仅肯定会改变从生产到零售点的商业，而且会根本改变劳动的性质，甚至家庭的结构。"④ 无独

---

① 《中国互联网络发展状况统计报告（2014 年 7 月）》，中国互联网络信息中心（http://www.cnnic.net.cn）。

② ［美］尼葛洛庞帝：《数字化生存》，胡泳、范海燕译，海南出版社 1996 年版，第 15 页。

③ ［美］阿尔文·托夫勒：《第三次浪潮》，朱志炎等译，新华出版社 1996 年版，第 3 页。

④ 同上书，第 153 页。

有偶，另一位可与阿尔文·托夫勒比肩齐名的未来学家约翰·奈斯比特也认为从工业社会向信息社会转变是美国社会最重要的变化。① 中国社会从1994 年被国际上正式承认为真正拥有全功能 Internet 的国家开始，短短 20 年的时间，网络已经成为拉动中国快速进入信息时代的最重要力量，也成为改变传统社会生产模式的生力军。从互联网手机、互联网电视、互联网汽车到互联网房地产、互联网农业、互联网金融，互联网改变传统生产模式的浪潮一波接一波袭来。

2013 年 11 月 3 日《新闻联播》播出的头条新闻就是《互联网思维带来了什么》，节目通过海尔和小米两个案例来说明互联网思维给传统制造业带来的巨大改变。在日经 2013 年全球 ICT 论坛上，华为轮值 CEO 胡厚崑发表演讲，他充满激情地说："互联网正在成为现代社会真正的基础设施之一，就像电力和道路一样。互联网不仅仅是可以用来提高效率的工具，它是构建未来生产方式和生活方式的基础设施，更重要的是，互联网化应该成为我们一切商业思维的起点。用这种新的商业思维审视所有传统产业，可以发现许多新的机会。在互联网的时代，传统企业遇到的最大挑战是基于互联网的颠覆性挑战。为了应对这种挑战，传统企业首先要做的是改变思想观念和商业理念。要敢于以终为始地站在未来看现在，发现更多的机会，而不是用今天的思维想象未来，仅仅看到威胁。"②

在刚刚播出的大型纪录片《互联网时代》第一集中，世界公认的互联网之父罗伯特·泰勒、拉里·罗伯茨、蒂姆-伯纳斯·李、温顿·瑟夫、罗伯特·卡恩等陆续亮相，曼纽尔·卡斯特尔、凯文·凯利等互联网的业内翘楚相继发表了对互联网新时代到来的肯定之言。以太网发明人罗伯特·梅特卡夫说："互联网是人类在过去四、五十年最大的成就。"英国互联网之父彼得·克斯汀说："互联网像蒸汽机一样，掀起了一场革命。"前哈佛大学校长劳伦斯·H. 萨默斯说："信息技术正在前所未有地彻底改变全球化进程中的各种联系。"《长尾理论》作者克里斯·安德森

---

① ［美］约翰·奈斯比特：《大趋势——改变我们生活的十个方向》，梅艳译，中国社会科学出版社 1984 年版，第 10 页。

② 《华为：以互联网为起点重构商业思维模式》，慧聪通信网（http://info.tele.hc360.com/2013/06/131357429382. shtml）。

说："与其说互联网是一场技术革命，不如说它是一场社会革命。"著名互联网研究学者曼纽尔·卡斯特尔说："互联网创造了一种新的社会组织，那就是无处不在的网络社会。"《爆发：大数据时代预见未来的新思维》的作者艾伯特·拉斯洛·巴拉巴西说："没有互联网的话，人类几乎将不能存在。"《连线》杂志创始主编凯文·凯利说："互联网必然会成为人类文明的一部分。"《第四次革命》的作者扎克·林奇说："它是一切技术的基础，是将这些技术网络起来，帮助我们真正理解'我们是谁？我们身处何方？'"牛津大学教授卢恰诺·弗洛里迪说："我们将进入从未见过的未来，而我们也才开始应对这种转型。"①

其次，互联网改变了传统的生产关系。根据马克思的观点，生产关系是人们在物质资料生产过程中所结成的社会关系，社会关系则是人与人之间关系的总和。互联网对人们社会关系的改变主要体现在交互性、多元性、开放性、平等性上。传统社会是根据地缘、血缘组成的，很多人可能一辈子生活在一个地方，干一种工作，认识的人也是住在不远处，人与人之间的交往极为有限、固化，同时人与人之间的等级界限分明甚至森严，身份、地位都很清晰而且具有固定性，犹如金字塔。费孝通曾经用"差序格局"来概括中国社会结构，犹如一颗石子投入池塘激起层层涟漪，一圈一圈荡漾开去，"每一家以自己的地位作为中心，周围划出一个圈子，这个圈子的大小要依着中心势力的厚薄而定"，"以己为中心，像石子一般投入水中，和别人所联系成的社会关系不像团体中的分子一般大家立在一个平面上的，而是像水的波纹一样，一圈圈推出去，愈推愈远，也愈推愈薄"，②同时，中国传统社会也具有金字塔结构，家族的力量、声望、财富等决定其在金字塔结构中的位置，金字塔顶端就是"天子"，他把整个天下都当作自己的家，中国传统社会以"家庭"为核心来组织人伦关系甚至国家架构，在君臣、父子、兄弟、夫妇、朋友五种人伦关系

---

① 2014年8月25日，中央电视台历时三年制作的大型纪录片《互联网时代》在央视财经频道正式播出，是中国第一部、也是全球电视机构第一次全面、系统、深入、客观解析互联网的大型纪录片，全片共十集，每集50分钟，是中央电视台继《大国崛起》《公司的力量》《华尔街》等之后的又一部力作。百度百科（http：//baike. baidu. com/view/9653368. htm？fr＝aladdin）。

② 费孝通：《乡土中国》，北京出版社2005年版，第33—34页。

中，与家庭有关的就占了三种，所以费正清强调："中国社会的基本单位是家庭而非个人、政府或教会"，"中国的伦理体系并不指向上帝或国家，而是以家庭为其中心的"。①

现代工业社会对传统社会的固化结构产生巨大冲击，火车、汽车、飞机等现代交通工具拉近了人们之间的距离，虽然能做到朝发夕至，但是对大多数人来说，空间和时间的距离仍然是横亘在不同地域人们之间的两道难以跨越的屏障。但是互联网时代的到来真正从根本上改变了人们的空间距离感。吉登斯曾经区分了现代性动力的三个来源，即时间和空间的分离、脱域机制的发展、知识的反思性运用，其中时空分离"提供了准确区分时间—空间区域的手段"，而脱域机制则使"社会行动得以从地域化情境中'提取出来'，并跨越广阔的时间—空间距离去重新组织社会关系"。② 吉登斯以社会学家的洞察力观察到了现代社会的社会关系具有跨时空性，时间和空间的距离已不再成为决定人与人之间关系的重要因素，不过由于吉登斯侧重的是对整个现代社会做整体性研究，所以对网络社会的观察较之曼纽尔·卡斯特仍显粗疏。曼纽尔认为互联网"彻底转变了人类生活的基本向度：空间与时间。地域性解体脱离了文化、历史、地理的意义，并重新整合进功能性的网络或意象拼贴之中，导致流动空间取代了地方空间。当过去、现在与未来都可以在同一则信息里被预先设定而彼此互动时，时间也在这个新沟通系统里被消除了。流动空间与无时间之时间（timeless time）乃是新文化的物质基础，超越并包纳了历史传递之再现系统的多种状态"③。时空的改变导致了社会关系的巨大改变，人们也许天各一方，但是通过网络互动可以建立起紧密的联系并产生密切关系，特别是社会化媒体如微博、博客、Facebook、Twitter 的迅猛发展，使现代人更加倾向于通过网络建立关系，这种关系不是传统社会的金字塔形式的，由于网络不具有在场性，而且其传播方式不是媒体向受众的"单向"

---

① 费正清：《中国：传统与变迁》，张沛译，世界知识出版社 2002 年版，第 15 页。

② ［英］安东尼·吉登斯：《现代性的后果》，田禾译，译林出版社 2000 年版，第 46—47 页。

③ ［美］曼纽尔·卡斯特：《网络社会的崛起》，夏铸九等译，社会科学文献出版社 2003 年版，第 465 页。

流动，而是注重对话的"双向"流动，所以它极大地激发了受众的主动性和参与性，媒体和受众之间的界限变得模糊不清，而这种传播方式的普及也造成了建基于身份、地位、家族、血缘、地理空间等之上的传统人际关系模式的衰退。弹性化、网络化、去中心化、扁平化的网络社会使得现实社会关系也开始多元化、分散化和去中心化，并呈现出鲜明的跨界性。

互联网不仅改变了人们的生存方式，也给传统的社会结构带来巨大的冲击，甚至在很大程度上瓦解了传统的固化社会结构。在探讨互联网时代社会结构的变化之前，我们有必要先简单厘清"社会结构"这个复杂多义的概念。概括来说，对社会结构进行诠释主要有三大理论流派：结构功能主义、结构主义和解构主义。结构功能主义以帕森斯为代表，将社会结构视为由具有不同功能的、多层面的次系统形成的"总体社会系统"。对结构功能主义来说，了解社会结构就如同了解有机体的解剖构造一样，而研究结构的功能就是认识有机体的生理机制。结构被看作社会关系的网络模式，功能则表明了这些内在网络模式的实际运行。① 结构主义以列维-斯特劳斯为代表，他通过原始社会亲属关系和神话研究，提出了决定社会表面现象和秩序背后的是"深层结构"，这种结构与实体无关，具有类似"潜意识"的性质，所以社会结构也无法通过观察和逻辑推理归纳出来，而需要借助人的心智建立模型显示出来。无论是结构功能主义还是结构主义，都确定社会具有稳定的结构性，通过主观或客观、微观或宏观等方式形构出来。但是在解构主义者那里，结构已经被权力、话语等冲击得荡然无存。其代表人物是福柯。福柯认为社会由话语控制，而话语背后则隐藏着权力，通过话语和权力关系建立起来的社会结构是对人的自然本性的压制，颠覆理性的社会结构，人才能真正成为主体。

马克思的社会结构理论以生产力、生产关系、经济基础为核心，据马克思的观点，经济是社会结构的基础，他在《〈政治经济学批判〉序言》中写道："人们在自己生活的社会生产中发生一定的、必然的、不以他人的意志为转移的关系，即同他们的物质生产力的一定发展阶段相适应的生产关系。生产关系的总和构成社会经济结构，既有法律的和政治的上层建

---

① 周怡：《社会结构：由"形构"到"解构"——结构功能主义、结构主义和后结构主义理论之走向》，《社会学研究》2000年第3期。

筑竖立其上并有一定的社会意识与之相适应的现实基础。"① 马克思的社会结构理论强调经济基础的决定性力量，根据占有生产资料的多少来划分阶级，开启了通过社会分层来分析社会结构的先河。

总体而言，传统社会结构具有系统性、中心性、等级性、稳定性、固化性等特点，是基于阶级/阶层、生产资料、劳动力推动的垂直结构。但是网络社会的社会结构是由"基于微电子的信息和通信技术推动的网络组成"②。互联网去中心化、扁平化、碎片化、自组织的特性，解构并重构着社会结构，创造新的组织方式和组织形态。

互联网让等级鲜明、分层明显的传统固化社会结构有了松动。互联网世界的平等性从技术而言来自其特殊的如渔网般的构造，它没有中心，没有森严的准入制度，这张网由无数个节点组成，"每个节点对于网络来说具有不同的关联性。通过更多地吸收并更加有效地处理相关信息，节点就能增强其在网络中的重要性"③。每一个节点都是平等的，每一个进入网络世界的人在原初意义上都是平等的。不仅如此，网络还给处于金字塔底端的人提供了一个可能上升的渠道和空间，给无数个怀抱梦想的人开启了一道通往成功的大门，他们有自开网店成就财富梦想的创业者，在网络上辛勤写作成为作家的文学青年、热爱音乐通过网络成名的网络歌手……

网络社会结构的组织形态松散而又有力，美国学者克莱·舍基被业界誉为"互联网革命最伟大的思考者"，其代表作《人人时代：无组织的组织力量》全面阐释了互联网强大而低成本的组织管理能力，④ "人和人可以超越传统的种种限制，基于爱、正义、共同的喜好和经历，灵活而有效

---

① 马克思：《〈政治经济学批判〉序言》，中共中央马克思恩格斯列宁斯大林著作编译局译，1971 年版，第 2 页。

② ［美］曼纽尔·卡斯特：《信息论、网络和网络社会：理论蓝图》，选自曼纽尔·卡斯特主编《网络社会：跨文化的视角》，社会科学文献出版社 2009 年版，第 3 页。

③ 同上。

④ 此书英文名为 Here comes everybody：the power of organnizing without organizations，2009 年 5 月中国人民大学出版社出版的译为《未来是湿的》，2012 年 8 月出版的回归英文直译原名为《人人时代：无组织的组织力量》。

地采用多种社会性工具联结起来，一起分享、合作乃至展开集体行动"①。
这里讲的社会性工具其实就是指基于互联网数字技术的社会化媒体，如微
信、微博、QQ、博客、Facebook、Twitter 等。网络能够提供聚合和分享
的平台，将交易成本降到极低，人人参与上传图书、资料、照片等众多信
息，同时人人免费分享这些信息，通过各种社会化媒体召集世界各地的人
解决各种问题，参与各种活动，克莱·舍基以 Flickr 图片分享网站为例，
形象生动展示了互联网对传统组织造成的冲击。"Flickr 网站上由用户分
享的照片永远比传统机构和媒体的照片更快、更多、更全。没有事先组
织，没有报酬支付，没有管理成本，Flickr 网站所做的，不过是提供了聚
合和分享的平台。随着交易成本的降低，非机构群体已经对传统组织造成
了深刻的挑战。"②

2. 网络媒介时代文学理论的新变

纵观文学艺术发展的历史，每一次具有革命意义的重大变革都与科学
技术的发展密不可分，每一种艺术形式的产生和兴旺发展都伴随着某种新
技术的鼎力支持，技术的更新和变革给文学艺术的发展注入动力和生机。
麦克卢汉曾经根据媒介技术的不同把人类历史划分为三个时代，即口语传
播时代、书面传播时代、电力传播时代。这种划分现在已被学界广泛认
可，从这三个时代的划分中我们可以看到每个时代都有新的艺术形式与技
术同行。互联网技术的出现对社会产生的巨大冲击前面已有论述，但是这
些可能还只是冰山之一角，即便如此，互联网对人类生活乃至生存方式的
改变也是越来越清晰地呈现在人们面前，正如美国学者曼纽尔·卡斯特所
言："作为一种历史趋势，信息时代的支配性功能与过程日益以网络组织
起来。网络建构了我们社会新的社会形态，而网络化逻辑的扩散实质地改
变了生产、经验、权力与文化过程中的操作和结果。虽然社会组织的网络
形式已经存在于其他时空中，新信息技术范式却为其渗透扩张遍及整个社
会结构提供了物质基础。……在网络中现身或缺席，以及每个网络相对于

---

① ［美］克莱·舍基：《未来是湿的》，胡泳、沈满琳译，中国人民大学出版社 2012 年版，
译者序第 7 页。
② 同上书，第 17 页。

其他网络的动态关系，都是我们社会中支配与变迁的关键根源：因此，我们可以称这个社会为网络社会。"①

互联网时代是网络媒介横行的时代，文学在这个时代已经今非昔比，文学理论要在 21 世纪获得新生和发展，必须研究网络，研究网络媒介。我们打算从文学本体、文学文本、文学传播方式、文学审美范式这四个方面来探讨网络媒介时代文学理论的新变。

互联网时代文学本体已经发生改变。互联网技术对人类生活方式和社会结构、形态的改变势必影响人对世界的感知和体验，从而影响到文学艺术的生产、创作、接受及评价等各个方面。麦克卢汉认为，媒介是人的延伸，一种新媒介的出现会改变人的感觉和知觉。"我们用新媒介和新技术使自己放大和延伸。这些新媒介新技术构成了社会机体的集体大手术……被改变的是整个的机体。电台影响的是视觉，照片影响的是听觉。每一种新的影响都要改变各种感知的比率。"② 媒介对社会的改变是整体性、全方位的，互联网技术带来的社会变革使文学也毫无例外地发生改变。以互联网为代表的新媒体对文学艺术的改变不单单是写作方式从"书面写作"到"键盘写作"的改变，也不仅仅是阅读方式从"读纸"到"读屏"的改变，而是一种艺术本体上的改变，这种改变源自互联网的交互性、开放性和多元性。

保罗·莱文森曾经以电影为例，详尽考察了技术对艺术的生成和促进方式，他认为这一方式是"复杂的、多面的"，技术在文化中刚刚露面时所起的作用像是玩具，这时的感知经验是个人的、主观的、高度个性化的，而不是"大众"的。在第二阶段技术犹如镜子，开始"成为现实的记录器"，这时，"实用技术和艺术性技术就难以区分了"。但是，技术仍然没有与艺术融为一体，实用技术想要发展成为艺术媒介，就必须上升到第三个阶段，即不仅能如镜子般映照现实，更重要的是"能够以富有想象力的方式重组现实"。③ 莱文森的技术文化演化三阶段论虽然是通过考

① ［美］曼纽尔·卡斯特：《网络社会的崛起》，夏铸九等译，社会科学文献出版社 2003 年版，第 569 页。

② ［加拿大］麦克卢汉：《人的延伸：媒介通论》，何道宽译，四川人民出版社 1992 年版，第 72 页。

③ ［美］保罗·莱文森：《莱文森精粹》，何道宽译，中国人民大学出版社 2007 年版，第 14—15 页。

察电影而得的，但是我们可以发现在网络时代，文学艺术确实因为媒介技术的发展而有了质的改变，互联网时代的文学创作将不单是作者的单一创作，而是作者与读者互动、交流，一起创作；也不仅是语言的呈现，而是融合音乐、绘画、影视等多种艺术形式的"多媒体"；也不再是有形的纸媒出版，而是无形的数字出版；读者也不再是单一式读书的读者，而是具有决定性作用的浏览者。

由于文学创作、文学文本、文学接受等文学生产和文学存在方式的改变，文学本体也发生了改变，传统的文学本体观一般有三种：文学反映论、文学表现论和文本本体论，文学反映论认为文学是对社会生活的曲折反映，文学表现论认为文学是作者心灵世界的表现，文本本体论则将文学作品本身视为本体，这三种观点分别将生活、作者、文本视为文学的本源，但是在网络传媒时代，文学本体将不再是一元的而是多元的，不是封闭的而是开放的，不是静态的而是动态的。不是单一的文字阅读，而是能听、能读、能玩、能看的多重"阅读"体验，文学不仅是审美艺术，也是艺术与技术的融合统一。

互联网时代文学文本的变革。传统意义上的文学文本一般是指用书面语言组成的文学话语形态，这种话语形态的物质媒介载体是纸张，传播思想感情的媒介载体是语言，创造者是单一的作者，而互联网时代的文学文本则有了根本的不同。超文本的出现是互联网时代文学文本变革的根本所在。"超文本（hypertext）"一词最早由美国学者德特·纳尔逊于1963年创造，"hyper"在希腊文中有"超""上""外""旁"等含义，纳尔逊认为"超文本"是"非序列性的写作（non—sequential writing）——文本相互交叉，允许读者自由作出选择，最好在交互屏幕上阅读。根据一般的构想，这是一系列通过链接而联系在一起的文本块，这些链接为读者提供了不同的路径"①。牛津英语词典对"超文本"的解释是："一种并不形成单一系列、可按不同顺序来阅读的文本，特别是那些以让这些材料（显示在计算机终端）的读者可以在特定点中断对一个文件的阅读以便参

---

① Nelson, Ted H. *Literary Mechines.* Sworthmore, Pa.: Self-published, 1981. Quoted from *hypertext* 2.0: *the Convergence of Contemporary Critical Theory and Technology* by George P. Landow. Baltimore (Md.): Johns Hopkins University Press, 1997, p. 3.

考相关内容的方式相互连接的文本与图像。"① 可见，超文本的"超"其实是将传统文本按照先后排序的线性结构"打乱"，你在阅读一个文本的时候，轻点鼠标就可以跳到另一个界面浏览其他文本，超文本文学作品再也没有真正的中心和固定单一的阅读模式，它的创作方式多种多样，可以是文字，也可以是图像、动画、声音，它的主题完全多元化、分散化，它的读者也有更多的选择性、自主性和参与创作性，例如美国作家马修·米勒 1996 年发表的超文本小说《旅程》，被认为是网络超文本小说的典范。这部作品本身就是一幅美国地图，上面有纵横交错的公路和地名的标志。随着故事的展开，主人公将走遍美国，为两个不是自己子女的孩子寻找他们的母亲，② 读者自己用鼠标在地图上选择旅程，所以整个小说没有结尾，它是一个开放方式的文本，也是一个读者真正参与创作的文本。超文本文学的去中心化性质、开放性结构、自由选择性阅读方式、多种艺术形式的文本形态，对传统文学理念产生了颠覆式的冲击，不过超文学文本也有一定的局限，如过于注重超链接式的形式"拼贴"、只能在网络发表、技术要求较高等，但是随着互联网日益渗入社会生活的方方面面，超文本文学也会有一个广阔的发展前景。

　　除了超文本，交互式文本的出现也打破了传统文本以作者为导向的文本形态。③ 交互式文本主要有两种类型，一种是以一人为主，多人补充创作出来的文本，如 BBS 跟帖小说《风中玫瑰》，就是在由作者与众多读者

---

　　① Simpson, John, and Edmund Weiner, eds. *Oxford English Dictionary Additional Series* (Volume 2). Clarendon Press, 1993.

　　② 欧阳友权：《网络文学发展史——汉语网络文学调查纪实》，中国广播电视出版社 2008 年版，第 176 页。

　　③ 有学者将超文本与交互式文本进行了区别，认为交互式文本属于电子传统文本，是文字文本，而超文本属于电子非传统文本类型，是电子多媒体文本；交互式文本写作是自由的、任意的、随意的，而超文本写作是在作者有目的的控制下、读者在一定条件中选择性阅读路径的写作；交互式文本写作主要在一个文本上的时空上的伸延，而超文本写作主要在一文中不同形态和不同样式文本中时空上的伸延；交互式文本只有一个平面（时间的互文、互地、互人的非线性方式）结构模式，而超文本却是具有多层面的、多种样式网状结构模式。参见何坦野《超文本写作论》，中国戏剧出版社 2013 年版，第 89—90 页。但是也有学者将交互式文本归入超文本文学中，参见欧阳友权主编《网络文学发展史——汉语网络文学调查纪实》，中国广播电视出版社 2008 年版，第 186—187 页。

的多次互动中共同完成的;另一种是大家一起参与不分主次、接龙式完成的文本。例如 2005 年由作家李佩甫创作龙头,2569 名手机用户接力创作的我国首部手机短信接力小说,从 8 月开始到 9 月结束。小说的龙头为两大主线:"言情"和"悬疑"。通过评选最后从中选出了 62 篇组成了两部各有两千多字的短信小说,其中《粉色陷阱》为言情小说;《夜色深处》为悬疑小说。2005 年 11 月以每部 5000 元的价格被上海掌上灵通公司购得在短信、多媒体、网络传播方面的使用权。①

　　无论是超文本还是交互式文本,都与传统文学作品观大相径庭,而是具有浓厚的后现代主义文本理论色彩。罗兰·巴特在其重要的论文《从作品到文本》中,将作品与文本进行比较,从而对传统作品观予以解构,建立起后结构主义文本观的基本范型,主要包括以下三个方面。

　　首先,作品有确定的对象,是一元的,但文本不是一种确定的客体,具有多元性、开放性和复合性的特点。"作品能够在书店、卡片目录和课程栏目表中了解到,而文本则通过对某些规则的赞同或反对来展现或明确表达出来。作品处在技巧的掌握之中……而文本只是作为一种话语存在……文本只是读者在活动和创造中所体验到的……文本的基本活动是跨越性的,它能贯穿一部或几部作品。"② 文本的复合性不是指文本是多种意义共存的复合体,而是"过程和跨越",指"由能指构成的那种成为立体复合的东西",文本没有"源头",因为"构成文本的引文是无个性特征、不可还原的并且是已经阅读过的:它们是不带引号的引文"③。

　　其次,作品接近所指,可以通过一定的途径明确把握并进行归类,文本是无数能指的"游戏",难以分类。作品是在一个确定的(filiation)过程中把握到的。这种确定性可以分别由三种情况取得:由外部世界(如种族、历史)决定作品,由作品之间的逻辑关系来决定作品,以及通过对作者的认定来决定作品。④ 但是文本"常常是所指的无限延迟(deferral):文本是一种延宕(dilatory),其范围就是能指部分"。决定文

① 何坦野:《超文本写作论》,中国戏剧出版社 2013 年版,第 90 页。
② [法]罗兰·巴特:《从作品到文本》,杨扬译,《文艺理论研究》1988 年第 5 期。
③ 同上。
④ 同上。

本的逻辑不是理解作品，寻找作品背后的意思，而是转喻。而转喻则决定了"文本从根本上讲是象征"，由于文本的开放性、多重性和多义性，我们难以根据内容将文本进行分类，因为"文本不止于（优秀的）文学，它不能被理解成等级系统中的一个部分或类型的简单分割……从文学的角度讲，人们可能会说文本永远是似是而非的"①。

最后，作品只能由作者创作，作者在文学生产中具有绝对的统治地位，作品供人阅读，读者不参与写作，但是文本则不同，作者的地位不再是至高无上，而是一位"客人"，因为文本没有确定性，文本是无限能指的"游戏"，所以作者成了"一种名义上的作者"。② 而且文本需要读者主动参与到创作过程中，所以，文本的读者能够获得参与创作的愉悦，而作品的读者只是获得"阅读"的愉悦。

从罗兰·巴特的文本理论，我们可以发现互联网时代的文本观正是具有后现代主义特征的开放体，例如读者参与写作，文本可以读、听、看，文本形态的多元性和复合性，等等，这些新生元素都将影响到整个文学的发展，从而对文学理论产生影响。

在某种程度上讲，互联网时代文学传播模式的转变对传统文学生产方式的影响是前所未有的。首先是文学传播向度上由线性传播转为为网状传播。无论是着眼单向传播的拉斯韦尔模式、香农—韦弗模式、拉扎斯菲尔德两级传播模式、奥斯占德—施拉姆模式、赖利夫妇的系统模式、纽科姆的平衡模式、"把关人"模式、议程设置模式，还是侧重双向互动的霍尔的编码—译码模式、麦奎尔的展示/注意力模式、费斯克的电视传播双向互动模式等，都还是停留在线性传播向度上，但是网络传播则是基于非线性传播的网状传播，数字技术的运用使网络传播犹如一张没有中心只有节点的渔网，超链接让用户挣脱了线性传播的束缚，"如果把大众传播的传统媒介比做一只信息沙漏，那么，新的传播技术结构就将是一种散布（distributed）型的信息交流结构，可以把这种传媒结构比做新闻与信息交

---

① ［法］罗兰·巴特：《从作品到文本》，杨扬译，《文艺理论研究》1988 年第 5 期。
② 同上。

流的一个矩阵（matrix）、一张经纬交错的渔网（net）或四通八达的蛛网（web）"①。由作者—作品—读者构成的传统文学传播线性模式也发生改变，作者与读者之间的界限变得模糊起来，作品也不再是确定的可以把握的客体，而是成为开放性的文本，"传统上互相分离的作者、出版者、销售者、读者融为一体"②，而且由于文学文本物质载体和传播方式的变化，任何读者可以在任何时间、任何地点，通过计算机、手机等媒体接收，从而跨越了时空的束缚，既能纵向传播，又能横向传播，真正实现了"观古今于须臾，抚四海于一瞬"。

其次是文学接受与阅读方式的根本改变，主要体现在两个方面，一是文学受众的改变。这种改变一方面是受众的融合，另一方面是受众的分殊化。丹尼斯·麦奎尔曾经根据受—传关系将受众按各种不同的态度和目的进行划分：作为目标的受众、作为参与者的受众、作为观看者的受众。分别对应三种传播模式：传送模式、表现或仪式模式、注意模式。③ 但是在网络传播中，这三种受众之间的界限已经很难区分，读者是目标受众也是参与者，也是文本的观看者，很多网络小说作者都是从读者演化而来，例如网络写手"血红"最初开始写作就是因为离职后待在出租屋里，"每天的生活就是上网找书看，后来索性自己写，更多是为了发泄，只为自己高兴"④，"天下霸唱"则是因为女朋友喜欢在网上看鬼故事，为了讨好女朋友自己开始编故事。受众的分殊化是指由于网络时代的信息越来越多样化且专业化，受众也根据不同的身份地位、价值偏向、文化程度、生活水平、兴趣爱好等逐渐分化，形成无数个网络受众社群。例如在文学网站中，就有"男起点、女晋江"的说法，因为起点多是男生喜欢看的玄幻小说，而晋江则主打女性喜爱的言情小说，互联网的世界是虚拟而又现实

---

① ［美］马克·利维：《新闻与传播：走向网络空间的时代》，木雨译，《新闻与传播研究》1997 年第 1 期。

② 周蔚华等：《数字传播与出版转型》，北京大学出版社 2011 年版，第 45 页。

③ ［英］丹尼斯·麦奎尔（Denis McQuail）：《受众分析》，刘燕南等译，中国人民大学出版社 2006 年版，第 54 页。

④ 王鹏：《网络小说改变读者阅读习惯 成功写手年薪超百万》，2010 年 7 月，腾讯网（http：//news. qq. com/a/20100726/000088_ 1. htm）。

的世界，具有"无组织的组织力量"①，无数爱好文学的网民自发聚集在一起，超越了地理空间和职业身份、阶层收入等各种局限，形成各类文学网络虚拟社区，构成了特殊化、小众化的受众群体。

文学接受与阅读方式的根本改变还体现在文学阅读方式的改变上，这包括以下几个方面：（1）印刷时代的文学阅读是在有形的实物——纸张上进行，但是互联网时代的文学阅读是在"屏幕上进行"，文学作品实体在网络上可以虚拟化。（2）传统文学阅读是以作者为中心，读者需要通过语言文字对作者的用意进行揣摩和想象。但是互联网时代的文学阅读完全是以读者为中心，一切要围绕读者转，读者是受众，是消费者，是参与者，是观看者，没有读者就没有阅读。（3）印刷时代的文学阅读是线性阅读，注重深度、理性和目的性，互联网时代的文学阅读以消遣享受、娱乐、趣味为主。马克·波斯特曾经对印刷文明促进启蒙理性进行了阐释，他认为启蒙运动这一思想传统具有根深蒂固的印刷文化渊源，启蒙主义注重自律的理性个体从阅读印刷文章这种实践中汲取了许多营养并得到强劲的巩固。因为句子的线性排列、页面上的文字的稳定性、白纸黑字系统有序的间隔都促进了具有批判意识的个体的意识形态，所以黑格尔称报纸为"现代人的早祷"。②但是互联网时代的文学阅读是碎片化、跳跃性的非线性阅读，无论是各种类型的网络小说，还是各种动漫、图片、音乐穿插其中的超文本文学，趣味、调侃、娱乐贯彻始终，海量信息、海量阅读令人们无暇沉思，读者喜欢轻松有趣，所以如何吸引读者的眼球成为文学"注意力经济"最重要的支撑点。

互联网时代文学传播方式改变的第三个方面是传播者即文学作者的变革。首先是作者的门槛降低，让自己的文字见诸大众更为简便易行，任何人只要有一台能够上网的电脑就可以进行创作、发表作品，尤其是以用户主导生成内容为标志的 Web 2.0 时代的到来，受众可以直接参与制作和

---

① 这是克莱·舍基《未来是湿的》一书的原名，此书英文名为《Here comes everybody：the power of organnizing without organizations》，国内 2009 年 5 月中国人民大学出版社出版的名为《未来是湿的》，2012 年 8 月出版的回归英文直译原名《人人时代：无组织的组织力量》。

② ［美］马克·波斯特：《第二媒介时代》，范静哗译，南京大学出版社 2005 年版，第 60 页。

发表内容，有了更多的自主权和话语权，传统的"把关人"理论在互联网时代已经需要调整改进。其次是作者身份的隐蔽性，由于互联网的虚拟性和时空跨越性，使网络上的作者可以很好地隐藏自己的真实面目，例如很多网络作家如唐家三少、安妮宝贝、慕容雪村等，我们大都熟悉其网名，而对其真实身份和个人状况则不甚了之。最后便是作者与读者高度的互动性。以网络小说为例，由于网络为作者和读者之间的交流和互动提供了便利条件，网络小说作者的创作更多采纳读者的建议，尊重读者的要求，在创作过程中通过 QQ、BBS、微博等众多社会化媒体与读者聊天、问答，根据读者的感受、要求和建议来完成或修改自己的作品，尤其是那些"粉丝"或曰"迷"对作者的影响更大，作者和读者通过网络平台可以互换角色，读者可以成为作者，作者可以变为读者。

互联网时代文学审美范式也发生了巨大的转变。以数字化技术为依托的互联网突破了艺术领域的很多传统思维模式，在审美理念、审美趣味、审美体验、审美价值上都有较大变革，互联网时代的文学审美范式正悄然发生改变。

首先是审美主体与审美客体之间时空距离感的消失。传统的文学审美过程，实质上是读者/审美主体对作品/审美客体的认知、想象和情感转移，审美主体一开始就与客体之间有着明确的时空距离，本雅明曾经认为这种距离感是形成光晕（aura）① 的重要原因，机械复制技术拉近了这种距离感，也褪去了艺术品独有的光晕。但是这并不能削弱互联网复制艺术的魅力。新媒体领域的先驱艺术家道格拉斯·戴维斯在其重要论文《数字化复制时代的艺术品（一部发展中的论文：1991—1995）》中认为，数码技术不仅能让受众精确复制原件，也能让受众根据自己的想法改变原件，创造出新的作品，所以，艺术品独有的灵晕不会消失，他不赞成本雅明对科技的悲观看法，认为"过去理论家犯了一个很大的错误。他们忽

---

① "光晕"（aura）是本雅明在其名著《机械复制时代的艺术作品》中提出的核心概念，也被翻译成光韵、灵晕、灵韵等。

略了阻力、抵触、受鼓动的狂躁，忽略了人类原始的执拗本性"①。具有创造精神的人类不会甘心受到科技的控制，而是会运用新科技摆脱控制，以达到解放目的。② 在文学活动中，这种主客体之间的距离的消失一方面来自作者与读者的在线互动，读者对写作过程的介入；另一方面也来自多媒体和超链接文本给读者带来的虚拟现实的体验，读者犹如进入小说世界当中，正如尼葛洛庞帝所说："在虚拟现实中你可以张开双臂，拥抱银河，在人类的血液中游泳，或造访仙境中的爱丽丝。"③

其次是审美体验的改变。从文学传播的角度来看，前现代社会时期的文学形态以口传文学和手工印刷文学为主，审美体验是旁观的带有欣赏性的体验。传统社会的艺术活动以模仿为主导，亚里士多德在《诗学》的第一章就明确表示"诗的艺术的首要原理是摹仿"。"史诗和悲剧、喜剧和酒神颂以及大部分双管箫乐和竖琴乐——这一切实际上是摹仿，只是有三点差别，即摹仿所用的媒介不同，所取的对象不同，所采的方式不同。"④ 塞万提斯在《堂吉诃德》一书的序言中写道："它（指《堂吉诃德》）所有的事只是摹仿自然，自然便是它唯一的范本；摹仿得愈加妙肖，你这部书也必愈见完美。"⑤ 歌德说："除了自然之外，形象又从何处取得呢？很明显，画家是在摹仿自然；那末，为什么诗人不也去摹仿自然呢？"⑥这些作家和文艺理论家生活在不同时代，但是他们都不约而同地赞成模仿说。以模仿为宗旨而成的文学作品对受众而言重要的是感到"真

---

① ［美］道格拉斯·戴维斯：《数字化复制时代的艺术品（一部发展中的论文：1991—1995）》，载［美］Thomas E. Wartenberg《什么是艺术》，李奉栖等译，重庆大学出版社 2011 年版，第 342 页。

② ［美］Thomas E. Wartenberg：《什么是艺术》，李奉栖、张云、胥全文、吴瑜译，重庆大学出版社 2011 年版，第 334 页。

③ ［美］尼古拉·尼葛洛庞帝：《数字化生存》，胡泳、范海燕译，海南出版社 1996 年版，第 143 页。

④ ［古希腊］亚里士多德：《诗艺》，罗念生译，载伍蠡甫《西方文论选》上卷，上海译文出版社 1988 年版，第 51 页。

⑤ ［西班牙］塞万提斯：《〈堂吉诃德〉序言》，傅东华译，载伍蠡甫《西方文论选》上卷，上海译文出版社 1988 年版，第 210 页。

⑥ ［德］歌德：《诗与真》，林同济译，载伍蠡甫《西方文论选》上卷，上海译文出版社 1988 年版，第 458 页。

实"，审美主体通过阅读、欣赏来审视审美客体，在欣赏过程中，主客之间虽然二分但却是和谐的，因为在前现代社会，虽然交通和信息传递的不便阻碍了人们的交往，但是传统社会本身的缺少变易性却又使得人们的生活安宁平静，有着相对的和谐统一。与此相对应，古典文学艺术的审美风格也呈现出理性、和谐、优美的特点，所以温克尔曼用"高贵的单纯和静穆的伟大"来高度评价古希腊艺术，受众欣赏这样的作品也有惊叹、感动，也有共鸣，但是这些惊叹、感动和共鸣是在理性控制的范围内，受众通过这种审美体验达到心灵的愉悦和提升。

现代社会时期的文学形态是机械印刷文学，审美体验充满了困惑、焦虑和"惊颤"。本雅明认为对艺术品的接受有两种侧重方式，一种侧重崇拜价值，主要存在于前现代社会；一种侧重展示价值，存在于现代社会。在复制技术发达的现代社会，"艺术作品被不同的技术方法复制，使它们更适合于被展览"①，在传统社会，文学艺术犹如高高在上的女神，接受众人的顶礼膜拜，但是随着现代复制技术的发展，大量的文学艺术作品以低廉的价格进入寻常百姓家，高山仰止的艺术也越来越通俗化、大众化，艺术品原有的"光晕"消失殆尽，展示价值取得了崇拜价值，静观欣赏性的体验很难吸引受众的眼球，这种客观境况迫使艺术家打破原来模仿、再现自然的创作原则，探索各种新颖的艺术表达方式来取得"惊颤"的效果以区别于传统艺术。

另外，受众"惊颤"式的审美体验也来自艺术家企图"救赎"世界的"野心"。在物欲横流、金钱至上的现代社会，货币将人与人之间"培育出一种距离，由此它将昔日的人与局部因素之间的亲密联系变得如此相异，以至于今天我可以待在柏林，接受来自美国铁路、挪威抵押款和非洲金矿的收入"②。人与人之间关系的疏远和情感的冷漠，使现代人成为孤独、焦虑、缺乏精神归属感的灵魂漂泊者，现代社会又是一个工具理性至上的社会，物质高度发达和商品逻辑的无孔不入造成了社会的物化和商品化，抑制了人的全面发展而成为"异化"的人，在这样社会中生存的艺

---

① ［德］瓦尔特·本雅明：《机械复制时代的艺术作品》，李伟、郭东译，重庆出版社 2006 年版，第 9 页。

② ［德］齐美尔：《时尚的哲学》，费勇等译，文化艺术出版社 2001 年版，第 95 页。

术家为了"唤醒"麻木不仁、心灵异化的现代人，企图用审美代替宗教"救赎"人类，阿多诺、马尔库塞、弗洛姆等文艺理论家都强调艺术和审美的解放功能，例如阿多诺认为现代艺术的本质是否定，主要功能就是社会批判。马尔库塞提出了"新感性"的美学观点，将弗洛伊德理论与艺术永恒的观点结合起来，认为通过艺术和审美的途径可以促使人性的全面解放，从而改造世界，改造人类。在审美乌托邦的号召下，现代艺术呈现出与现代社会互相"对抗"的面貌，将传统艺术肯定现实、模仿自然、和谐优美的框架打破击碎。象征主义、表现主义、超现实主义、未来主义、印象派、荒诞派等众多现代艺术流派不再是以客观真实的再现世界为创作准则，现代艺术展现出来的是对现实世界的变形和扭曲。从春天死寂的《荒原》到不知等待何人的《等待戈多》，从永远走不出的《城堡》到时空无限流动的《尤利西斯》，现代文学以反叛的姿态对抗现实，在这些作品中，"上帝"构建的合理世界轰然崩塌，逻辑和理性被非理性和潜意识所代替，井然有序的时间序列变得支离破碎，艺术家将孤独、焦虑和迷茫诉诸作品，受众面对与理性社会大相径庭的现代艺术感到既困惑，又"惊颤"，因为这是一个他们日常生活中不曾想到过的世界，但同时又唤起了他们对习以为常的世界的反思和质疑，并由此感到"惊颤"。

　　与机械复制时代"惊颤"的审美体验不同，互联网时代的审美体验强调亲历的参与感和过程感，注重游戏、消遣和感官的愉悦。麦克卢汉曾经以他非凡的远见卓识预测艺术将会走向参与和过程，他意识到随着电子媒介技术的不断发展，艺术家将会认为"艺术的追求不再是传递理性上有条理的思想情感，而是直接参与经验去体会。无论在报界、广告业还是在高雅艺术中，现代传播的整个趋势是走向过程的参与，而不是对观念的领悟。这是一场和技术密切相关的大革命，其后果还没有人研究，虽然已经有人感觉到了"①。在网络媒介时代，麦克卢汉的预言已经成为现实，无论是"静观"还是"惊颤"，互联网之前的审美体验注重的是精神和心灵而非身体和感官，所以柏拉图将理式世界作为永恒的美的所在，康德认

---

　　① ［加拿大］麦克卢汉、［加］秦格龙：《麦克卢汉精粹》，何道宽译，南京大学出版社2000年版，第116页。

为审美判断具有"无目的的合目的性"，黑格尔把美定义为"理念的感性显现"，对审美体验大都侧重精神的"在场"，忽略身体的"缺场"，美的体验与感官无关，美的"真身"一直都是高高在上、不食人间烟火的女神，人必须摒弃世俗杂念，才能一睹女神真颜。但是互联网时代的艺术已经不再有清晰的高雅和通俗之分，复制技术的运用令艺术不再昂贵、稀有，艺术与日常生活的鸿沟业已填平，无论是古典的"静观"，还是现代的"惊颤"，都已经无法满足受众的审美体验，受众需要"亲身"参与和介入。而互联网尤其是基于交互性的 Web2.0 技术的运用，使原来对普通受众紧紧关着的文学艺术之门慢慢打开，原来单一的读者向合作者和作者演变，审美主体和审美客体二分的局面被打破，二者之间的距离也被填平，作者、作品和读者之间没有明确的界限，读者介入写作中来，写作真正成为大众的"狂欢"。同时，数字技术的运用又使文学文本更加动态化、立体化，照片、音乐、动漫、DV 短剧等各种艺术形态都介入网络文学文本中，受众利用鼠标、键盘、音像、各种软件和感应器可以创造出一个虚拟的网络世界，不仅获得视觉、听觉，甚至还有嗅觉、触觉等的多重感官体验。① 例如网游小说就是将网络游戏的虚拟现实体验与小说的虚拟情节融为一体，受众可以通过头盔进入游戏，游戏中有智能 NPC②，且每个人只能有一个账号，每个账号与受众的脑电波相连接，头盔通过脑电波控制游戏中的人物形象从而使受众能"真实"地介入小说中来，达到沉浸式的审美体验。

---

① 麻省理工学院媒体实验室的研究人员已经研发出一种"穿着读"的"感官小说"，他们将电子书与一件高科技"背心"相连，读者穿着"背心"读书，"背心"通过挤压、震动让读者感受胸闷、紧迫感，感受书中人物的情绪变化，电子书还会根据书中角色遇到的情景改变灯光，甚至是读者的心率。参见"可穿戴设备：从概念走向产品的这一路"，中国互联网络信息中心（http://www.cnnic.net.cn/hlwfzyj/fxszl/fxswz/201405/t20140520_ 47066.htm）。

② NPC 是英文"非玩家角色"的缩写。英文一般指 Non-Player Character，有时也作 non-person character，或者 non-playable character，泛指一切游戏中不受玩家控制的角色。在电子游戏中，NPC 一般由计算机的人工智能控制。百度知道（https://zhidao.baidu.com/question/220661670.html？fr=iks&word=NPC&ie=gbk）。

四　网络媒介时代的公共领域与文艺 理论家的身份选择

网络促进了公共领域的发展，也将公共知识分子带到公众面前，网络世界是一个鱼龙混杂、各种利益激烈博弈的场域，在这个场域中，文艺理论家需要改变传统的立法者和启蒙者的精英身份认同，以平等参与的姿态审慎而理性地关注社会，继承并发扬中国传统知识分子"以天下为己任"的优良传统，充分利用网络媒介面向公众和社会发言。

1. 对公共领域的三种诠释：阿伦特、哈贝马斯和泰勒

"公共领域"是近年来学界的热门词，在政治学、社会学、传播学、文学等众多学科中被广泛运用，虽然阿伦特、熊彼特、杜威、罗尔斯、查尔斯·泰勒等众多学者对公共领域这一问题有过论述，但是"公共领域"成为学界的热门概念与哈贝马斯的著作《公共领域的结构转型》有着直接关系。不过，在哈贝马斯之前汉娜·阿伦特已经对这一概念有了比较清晰的阐释。

阿伦特的公共领域思想建立在其独特的对"政治"的解读之上，首先，她将人类活动分为三种：劳动（labor）、工作（work）和行动（action）。"劳动是与人身体的生物过程相应的活动，身体自发的生长、新陈代谢和最终的衰亡，都要依靠劳动产出和输入生命过程的生存必需品。劳动的人之境况是生命本身。"① 与维持生命自然繁衍的劳动不同，"工作是与人存在的非自然性的活动……工作提供了一个完全不同于自然环境的'人造'事物世界"②。所以，"工作的人之境况是世界性（worldliness）"③。真正属于政治生活的是行动，它"是唯一不需要以物或事为中介的，直接在人们之间进行的活动"，行动的主体是"复数性（plurality）的"人们。阿伦特强调政治生活必须是复数性的，"尽管人之境况的所有方面都在某

---

① ［美］汉娜·阿伦特：《人的境况》，王寅丽译，上海世纪出版集团、上海人民出版社 2009 年版，第 1 页。

② 同上。

③ 同上。

种程度上与政治相关,但复数性却是一切政治生活特有的条件——不仅是必要条件,而且是充分条件",并且参与政治活动的复数性的人们并非是"同一个模子无休止的重复和复制",而是有着各不相同的异于他人的各自的特点。① 接着,阿伦特通过对古希腊城邦政治的考察,指出政治生活对于古希腊人是"一种十分特殊的、出于自由而选择的政治组织形式"②。城邦生活与家庭领域相对,前者构成政治生活,因为它将"一切仅仅是必须的和有用的东西都被排除在政治生活外"③,劳动和工作属于家庭领域,因为在家庭中,"人们被他们的需要和需求所驱使而一起生活"④。城邦是平等、自由的空间,而家庭则是专制、暴力的场所。大致来说,阿伦特认为真正的公共领域具有如下四个特质:

第一,公开性。这是一种"去私人化(deprivatized)和去个人化(deindividualized)"的呈现。要想"任何在公共场合出现的东西能被所有人看到和听到"⑤,就必须是引起众人关注的东西,所以"只有那些被认为与公共领域相关的,值得被看和值得被听的东西,才是公共领域能够容许的东西"。

第二,联系性。这种联系是无形的,"作为共同世界的公共领域既把我们聚拢在一起,又防止我们倾倒在彼此身上"⑥。就像一张把人们联系在一起的桌子,同时也把人们分开。

第三,自由和平等。古希腊人认为家庭私人领域是以暴力和强力来统治,"统治家庭及其奴隶的家长拥有强力,这种强力被认为是必要的","强力和暴力在私人领域才是正当的",与家庭领域相反,"城邦的领域是自由空间","所有的希腊哲学家,无论他在何种程度上反对城邦生活,都理所当然地认为自由仅仅存在于政治领域内",而且"在政治领域中所

---

① [美]汉娜·阿伦特:《人的境况》,王寅丽译,上海世纪出版集团、上海人民出版社2009年版,第2页。
② 同上书,第6页。
③ 同上书,第16页。
④ 同上书,第19页。
⑤ 同上书,第32页。
⑥ 同上书,第34页。

有人都是平等的"。①

第四，超越性。超越性首先来自进入公共领域需要一定的私人财富来与为生存而奔波的劳动和工作相分离，"私人财富成为了进入公共领域的一个条件，不是因为财富的主人致力于发财致富，而是相反，因为财富合理地确保了它的主人不必把精力花在为自身提供使用和消费的手段上面，从而能自由地追求公共活动"②。其次是公共领域不关心与个人生活相关的事物，哪怕是具有私人魅力的情趣生活，"公共领域可以是伟大的，但它却恰恰不能是迷人的，因为它不包括细枝末节"③。此外，阿伦特认为真正的公共领域的存在应该超越人的生命长度，代代相传，"如果世界要包含一个公共领域，它就不能只为一代人而建，只为活着的人做规划，它必须超越有死之人的生命长度。没有这种潜在的向尘世不朽的超越，就没有政治，严格说来也就没有共同世界和公共领域"④。

总体而言，阿伦特对公共领域的解读带有形而上的超越性，哈贝马斯在阿伦特的基础上，进一步具体化了公共领域的历史内涵，⑤ 但仍然是对公共领域理想类型的考察。⑥ 在哈贝马斯论述公共领域的代表作《公共领

---

① ［美］汉娜·阿伦特：《人的境况》，王寅丽译，上海世纪出版集团、上海人民出版社2009年版，第19—20页。此外，阿伦特认为政治领域等同于社会领域是一种误解，尤其是现代社会，经济领域对公共领域的侵占更是造成了公共领域和私人领域区分的混乱，"在经济上把众多家庭组织成一个超级家庭的模式，就是我们所谓的'社会'，其政治组织形式就是所谓的'国家'"，而根据劳动、工作与行动的划分，"任何'经济的'事情，即与个人生命和种族延续有关的一切，按定义都是非政治的家庭事物"。参见 ［美］汉娜·阿伦特《人的境况》，王寅丽译，上海世纪出版集团、上海人民出版社2009年版，第17—18页。

② 参见 ［美］汉娜·阿伦特《人的境况》，王寅丽译，上海世纪出版集团、上海人民出版社2009年版，第43页。

③ 同上书，第34页。

④ 同上书，第36页。

⑤ 哈贝马斯在《公共领域的结构转型》1990年版的序言中写道："我的目标在于从18和19世纪初英、法、德三国的历史语境，来阐明资产阶级公共领域的理想类型。"参见 ［德］哈贝马斯《公共领域的结构转型》，曹卫东等译，学林出版社1999年版，序言第2页。

⑥ 理想类型是马克斯·韦伯进行社会学分析时运用的一种抽象分析方法，是用来描述文化事件的过程。但它并非对实际发生的事件的叙述，而是某种设想出来的联系的表象，因此韦伯称之为"理想图像"或"思想图像"。"这种思想图像将历史活动的某些关系和世纪联到一个自身无矛盾的世界之上面，这个世界是由设想出来的各种联系组成的。这种构想在内容上包含着乌托邦的特征，这种乌托邦是通过在思想中强化实在中的某些因素而获得的。"参见 ［德］马克斯·韦伯《社会科学方法论》，韩水法、莫茜译，中央编译出版社1999年版，序言第16页。

域的结构转型》中，并没有对"公共领域"作出明确的界定，1964 年哈贝马斯在《公共领域》一文中，对这个概念作了一个颇长的解读："所谓公共领域，我们首先意指我们的社会生活的一个领域，在这个领域中，像公共意见这样的事物能够形成。公共领域原则上向所有公民开放。公共领域的一部分由各种对话构成，在这些对话中，作为私人的人们来到一起，形成了公众。那时，他们既不是作为商业或专业人士来处理私人行为，也不是作为合法团体接受国家官僚机构的法律规章的规约。当他们在非强制的情况下处理普遍利益问题时，公民们作为一个群体来行动；因此，这种行动具有这样的保障，即他们可以自由地集合和组合，可以自由地表达和公开他们的意见。当这个公众达到较大规模时，这种交往需要一定的传播和影响的手段；今天，报纸和期刊、广播和电视就是这种公共领域的媒介。当公共讨论涉及与国家活动相关的问题时，我们称之为政治的公共领域（以之区别于例如文学的公共领域）。"①

从这段话中，我们大致可以概括出哈贝马斯的公共领域概念的几个重要特点：

第一，平等性。公共领域向所有人开放，这种公开具有平等的意味，不管身份地位如何，只要关心"普遍利益问题"的公众②，都可以参与到公共领域中来。哈贝马斯认为公众"首先要求具备一种社会交往方式；这种社会交往的前提不是社会地位平等，或者说，它根本就不考虑社会地位问题。其中的趋势是——反等级礼仪，提倡举止得体"③。

第二，批判性。公共意见是公共领域的重要构成元素，而公共意见则是对国家权力的理性批判，"'公共意见'这一词汇涉及对以国家形式组织起来的权力进行批评和控制的功能，这种功能是在定期的选举时期由公

---

① ［德］尤尔根·哈贝马斯：《公共领域》，汪晖译，载汪晖、陈燕谷《文化与公共性》，生活·读书·新知三联书店 2005 年版，第 125 页。

② "普遍利益问题"指的是"基本上已经属于私人，但仍然具有公共性质的商品交换和社会劳动领域中的一般交换规则等问题"。参见［德］哈贝马斯《公共领域的结构转型》，曹卫东等译，学林出版社 1999 年版，第 32 页。

③ ［德］哈贝马斯：《公共领域的结构转型》，曹卫东等译，学林出版社 1999 年版，第 11 页。

众完成的"①。并且"公共意见，按其理想，只有在从事理性的讨论的公众存在的条件下才能形成"②。由此可见，公共意见必须是理性的讨论而非随意无序的争论，必须能对国家的强制性权力产生影响进而"能够对国家活动实施民主控制"③。这也正是公共领域批判性特征的体现，只有理性的批判才能使公众对国家权力产生影响，这种公共讨论是资本主义时代的特有产物，依靠资产阶级群体，它们获得了合法性并"被组织进资产阶级立宪国家的秩序之中"④。

第三，媒介性。主要包括两个方面，其一是公共领域的形成必须依托一定的媒介，其二是大众媒介促进公共意见的传播和影响。公共讨论在前期主要是在沙龙、咖啡馆、宴会等一些公共场所进行，随着大众媒介的普及，报纸、杂志逐渐成为公共领域的重要阵地。资产阶级公共领域的前身是文学公共领域，"城市里最突出的是一种文学公共领域，其机制体现为咖啡馆、沙龙以及宴会等"⑤。哈贝马斯详细考察了 18 世纪法国的沙龙、咖啡馆，英国的剧院、音乐会，这些地方孕育了早期资产阶级公共领域的"公众"，而阅读周刊、月刊、市民小说更加增强了"公众"的主体意识，"报纸杂志及其职业批评等中介机制使公众紧紧地团结在一起。他们组成了以文学讨论为主的公共领域，通过文学讨论，源自私人领域的主体性对自身有了清楚的认识"⑥。

泰勒将公共领域视为"一个外在于政治的、世俗的、元论题性的空间"，认为"这就是公共领域的曾是和正是"。⑦ 如果说阿伦特诠释的公共领域属于古典形态，哈贝马斯的公共领域概念初具现代形态，那么查尔斯·泰勒的公共领域概念则完全是现代形态。首先，泰勒引入安德森

---

① [德] 尤尔根·哈贝马斯：《公共领域》，汪晖译，载汪晖、陈燕谷《文化与公共性》，生活·读书·新知三联书店 2005 年版，第 126 页。

② 同上。

③ 同上。

④ 同上。

⑤ [德] 哈贝马斯：《公共领域的结构转型》，曹卫东等译，学林出版社 1999 年版，第 34 页。

⑥ 同上书，第 55 页。

⑦ [加] 查尔斯·泰勒：《现代社会想象》，王利译，载许纪霖《公共空间中的知识分子》，江苏人民出版社 2007 年版，第 61 页。

"想象的共同体"概念，将公共领域视为现代社会想象的要素之一，也是现代社会的核心特征。① 其次，与阿伦特和哈贝马斯相比，泰勒更加强调大众传媒对公共领域建构的重要性，他认为"公共领域是透过非直接隶属于政治系统的媒体，或政治立场中立的媒体，进行分散讨论的公共空间"②。哈贝马斯强调公共领域的行动主体是资产阶级，而泰勒则侧重大众媒介将互不相识的陌生人聚在一起，通过公共议题的设置进行理性沟通、交流和探讨。最后但最重要的是，泰勒将哈贝马斯的资产阶级公共领域概念进行了拓展，赋予了更多现代内涵。泰勒先将公共领域分为两种形态："论题性的（topical）"和"元论题性的（metatopical）"③，前者是一种有形的集会空间，如沙龙、酒吧、咖啡馆、剧院等，后者则是"把许多空间编织成一个更大的非集会的空间"④，主要就是依靠报纸、期刊、杂志、书籍等大众媒介，18 世纪的公共空间就属于后者。接着泰勒总结了 18 世纪公共领域的三个新特征，认为这些特质是"社会想象中的一个变化"，是"由现代秩序观念激发所造成的结果"。⑤三个特征分别是：独立于政体的身份，公共领域作为衡量合法性水准的力量，极端的世俗性。⑥ 泰勒认为，现代公共领域外在于政治，不是权力的运行，而是理性的探讨，其实也就表明了"政治权力必须由某些外在力量监督"⑦，世俗性是现代社会的根本特征之一，公共领域世俗性的重要表现是人们的公

---

① 查尔斯·泰勒认为："位于西方现代性核心的是关于社会道德秩序的崭新观念。最开始这一道德秩序仅仅是有影响的思想家头脑中的一种观念，不过之后它就会形塑广大社会阶层，最终是全社会的社会想象。……这种道德秩序观促使我们的社会想象所发生的根本变化体现在特定社会形式的发展中，这些社会形式刻画了西方现代性的基本特征，包括市场经济、公共领域以及自我统治的人民等等。"参见 ［加］查尔斯·泰勒《现代社会想象》，王利译，选自许纪霖主编《公共空间中的知识分子》，江苏人民出版社 2007 年版，第 34 页。

② ［加拿大］查尔斯·泰勒：《公民与国家之间的距离》，李保宗译，载汪晖、陈燕谷《文化与公共性》，生活·读书·新知三联书店 2005 年版，第 207 页。

③ ［加拿大］查尔斯·泰勒：《现代社会想象》，王利译，选自许纪霖主编《公共空间中的知识分子》，江苏人民出版社 2007 年版，第 58 页。

④ 同上。

⑤ 同上。

⑥ 同上书，第 58—59 页。

⑦ 同上书，第 59 页。

共行为"不需要借助一种建立在确定的'行动之超越性'（action-transcendent）层次上的基本架构，不论是藉由上帝的行动，或者在'存有之链'当中，或者凭借我们不知其所以然来的传统"①。显然，泰勒赋予公共领域明显的现代性格，其目的是具体运用到现代民主政治的构建中。

2. 网络媒介时代的公共领域

哈贝马斯的公共领域概念在中国学术界被广泛运用，也有不少学者质疑这个概念在中国的适用性，主要是认为中国没有培育公共领域的土壤，"公"与"私"混杂在一起，而且也没有与国家权力实质对立的公共空间，无法形成真正意义上的"公共领域"，但是也有学者认为哈贝马斯的"公共领域"概念作为一种理想类型，具有高度的抽象性，已经"成为一个与现代性问题相关联的普适性的解释架构"，因为公共领域的"经验基础虽然仅仅局限于欧洲18世纪的历史，但由于它涉及上面所说的现代政治合法性这一跨文化的普遍性问题，因而就有可能成为一个普遍有效的分析概念。公共领域最关键的含义，是独立于政治建构之外的公共交往和公众舆论，它们对于政治权力是具有批判性的，同时又是政治合法性的基础。只要在整个社会建制之中出现了这样的结构，不管其具有什么样的文化和历史背景，我们都可以判断，它是一种公共领域"②。

如果严格按照哈贝马斯对资产阶级公共领域的描述和界定，中国显然不存在真正的"公共领域"，但是真正富有生命力的理论都不是僵死的，虽然这一理论的最初历史背景是17、18世纪的资本主义社会，但是如果将阿伦特和哈贝马斯的公共领域理论结合起来看，我们不难发现二者对提出这一理论的真正用意是力图构建一个平等、自由的公共空间，健全的公众舆论能够在此建立起来，公众通过理性批判推动社会进步。所以，笔者认为公共领域在处于社会转型期的中国仍然具有现实意义和理论价值。不

---

①　Taylor, Charles, *Modern Social Imaginaries*. Durham and London: Duke University Press, 2004, p. 94.

②　许纪霖：《近代中国的公共领域：形态、功能与自我理解——以上海为例》，《史林》2003年第2期。

过，我们不能简单地套用理论比附现实，同时也需要以问题为导向赋予理论以生长的力量和新的活力，用公共领域概念来分析网络媒体，提出网络公共领域论域正是网络时代提出的新问题。①

互联网的出现是改变当今世界的重大事件之一，随着网络技术的不断更新、进步，尤其是社会化媒体如微博、微信、Facebook、Twitter、各种网络论坛的日渐兴盛，为网络公共领域的生长提供了有利的条件。结合阿伦特、哈贝马斯和查尔斯·泰勒的公共领域阐释，我们可以总结出网络公共领域利弊共存的明显特征。

第一，开放性与无序性共存。网络公共领域的开放性首先表现在突破了时空的限制，使人们能够快速、便利、广泛地获得各种信息，传递公众意见，进行公共交流。英尼斯曾经将传播媒介分为偏向时间和偏向空间两种类型，认为像石头、羊皮纸之类耐于保存的媒介易于长时间保存属于前者，而莎草纸和纸张之类的媒介轻巧不耐贮存，所以有利于空间上的延伸，而网络传播则是既利于时间上的传播也利于空间上的传播，故而与任何其他传统媒介相比，网络的开放程度可谓"前无古人"。网络的开放性还表现在其空前的平等性。只要有一台能够与互联网连接的终端设备，不论出身、地位、阶级、种族，王室贵胄和贩夫走卒，富豪精英和平民屌丝都平等地进入网络空间中来，因为"在互联网上没有人知道你是一条狗"。②社交媒体的蓬勃发展更使网络公共领域得到空前的开放和发展。借助社交网站、微博、微信、博客、论坛、播客等各种网络公共交往的工具和平台，人们几乎可以零门槛地自由进入各种话题的讨论之中，加之网络传播的高效和便利，为公众意见的生存创造了良好的条件。

---

① 国内这方面的研究主要集中在政治学、社会学和传播学领域，主要文章有：熊光清：《网络公共领域的兴起及其影响：话语民主的视角》，《马克思主义与现实》2011年第3期；刘良：《中国网络公共领域的兴起与政府治理模式变迁》，《长白学刊》2009年第1期；敬海新：《网络公共领域——公共领域的当代发育形态》，《理论研究》2008年第2期；郭玉景：《网络公共领域中的网络舆论与网络公众舆论》，《北京邮电大学学报》（社会科学版）2010年第6期；谢英香、冯锐：《网络公共领域中的微博媒介作用研究》，《扬州大学学报》2012年第5期。

② "在互联网上，没有人知道你是一条狗。"（On the Internet, nobody knows you're a dog.）这句话原是美国著名杂志《纽约人》（New Yorker）上一幅漫画的标题，漫画的作者叫彼得·斯坦纳，他从1980年开始定期为《纽约人》杂志供稿。他在1993年创作了一幅表现一条狗坐在计算机前敲击键盘与另外一条狗交谈的单幅漫画，漫画的标题就是这句话。

　　但是网络的开放性、平等性和透明性也带来了无序性和混乱性。无序化的表现首先是公众理性的欠缺，既缺少理性的公众，也缺少理性的讨论，阿伦特、哈贝马斯和泰勒都曾强调公共领域的讨论是一种基于理性的沟通、交流和争论，阿伦特甚至赋予公共领域一种形而上的超越维度，但是集聚在虚拟空间的网民犹如古斯塔夫·勒庞所说的"乌合之众"，具有群体的很多特点：冲动、易变和急躁；易受暗示和轻信；情绪简单而夸张；偏执、专横和保守。① 从盲目崇拜各路"男神""女神"的"脑残粉"到热衷于转发各种耸人听闻而又经不起推敲的信息的"转发狂"，网络社群极易滋生非理性的群体行为，这几乎已经成为网络公共领域的"死结"。网络的匿名性也使网民更少道德和理性的约束，无须为自己夸张、偏激和情绪化的言辞负责而声名受损。无序化还表现在"公"与"私"的界限极其模糊，甚至网络公共领域私人化，网络私人领域公共化。"公"与"私"的划分是理想公共领域成立的重要前提，阿伦特曾经视古希腊城邦政治为真正的公共领域，将家庭领域和社会领域都排除在外，哈贝马斯也将公共领域限制在"介于国家与社会之间进行调节的一个领域"②，讨论的话题也是公众普遍关心的公共问题，泰勒更是把现代民主政治的构建视为公共领域的主要功能。但是在网络空间里，我们却发现在微博、微信、博客、论坛留言上大量充斥着个人私生活的全方位"展览"和"曝光"。通过对新浪和搜狐 TOP50 博客内容进行实证分析发现，博客文章内容主要集中于日记、娱乐和财经。将博主职业与文章主要内容进行交叉分析，草根、媒体人集中于明星的娱乐八卦消息；明星较多记录自己的生活、工作以及心情；专业人士则集中于财经证券。③ 可见网络公共空间关注的主要是感官娱乐和经济利益，对公共领域真正应该关心的时事、政治等公共事务则比较冷漠，缺少客观冷静的分析和理性批判的能力。

---

　　① ［法］古斯塔夫·勒庞：《乌合之众：大众心理研究》，吴松林译，中国文史出版社 2013年版，第 60—75 页。

　　② ［德］尤尔根·哈贝马斯：《公共领域》，汪晖译，载汪晖、陈燕谷《文化与公共性》，生活·读书·新知三联书店 2005 年版，第 126 页。

　　③ 易雯：《网络传播公共领域的建构——新浪和搜狐 TOP50 博客内容分析》，《青年记者》2009 年第 35 期。

　　第二，自由民主与权力控制并存。曼纽尔·卡斯特尔说："纵观历史，传播和信息从来都是权力和反权力以及支配和社会变化的本源，这是因为社会斗争从根本上说是一种争取人们心智的斗争。"① 网络的高效传播、公开透明、互动参与使网络空间成为自由民主的最佳生长地，也成为权力斗争的集中之所。

　　自由民主一直是公共领域追求的目标，也是理性公共领域形成的前提。哈贝马斯所说的资产阶级公共领域是欧洲资本主义制度的产物，其自由民主的表现是对封建专制统治的反抗。"在中世纪盛期的欧洲社会，没有证据说明已经存在独立的、与私人领域相分离的公共领域。"② 但是随着封建权力的解体和市民社会的崛起，与宗教、君主、贵族抗衡的资产阶级公共领域逐渐兴起，其自由建基于商品自由交换和私人利益合法性保障，每一个私人都有所谓的"权利"，只要不损害他人的利益，每个人都有自由追求自己梦想的权利，所以哈贝马斯才说公共领域是由"私人"汇聚而成的，强调作为个体的人的自由和权利。泰勒将公共领域理论直接运用到现代民主决策的构建中，他知道"蓬勃发展的公共领域是民主的基本条件"，而且"公共领域的媒体品质与功能，还可以深深决定公共辩论的品质与范围。而揭发内幕的重要功能更赋予媒体一种气息，这是其他任何功能所无法比拟的"③。显然，泰勒认为大众媒介在构建现代公共领域方面起着举足轻重的作用。的确如此，在当今时代，媒介已经成为与政治、经济、文化比肩而立的形塑社会生活的基本力量，媒介权力甚至在西方社会被称为继立法权、行政权和司法权之后的第四权力。与报纸杂志和广播电视等传统媒介相比，网络媒介的权力更多地来自受众真正成为传播的主体，传统的传受模式消解，网民既是内容制作者，又是传送者和接受者，如新浪微博、网络论坛、微信等，通过网络这个平台，民众的声音得到前所未有的放大，民主也似乎离我们前所未有的切近，"孙志刚事件"

---

　　① ［美］曼纽尔·卡斯特尔：《网络社会中的传媒、权力与反权力》，孙绍谊、张程译，载孙绍谊、郑涵《新媒体与文化转型》，生活·读书·新知三联书店 2013 年版，第 229 页。

　　② ［德］尤尔根·哈贝马斯：《公共领域》，汪晖译，载汪晖、陈燕谷《文化与公共性》，生活·读书·新知三联书店 2005 年版，第 126—127 页。

　　③ ［加拿大］查尔斯·泰勒：《公民与国家之间的距离》，李保宗译，载汪晖、陈燕谷《文化与公共性》，生活·读书·新知三联书店 2005 年版，第 207—208 页。

"华南虎事件"等都让我们感受到了网络舆论的力量。但是要成为真正自由民主的公共空间，网络公共领域还存在着明显的不足和缺陷，正如斯各特·拉什所言："信息化开启了权力与不平等的一个新范式。"①

权力控制首先来自无时不在、无处不在的商业化和市场化，"任何新兴媒介推向社会，其驱动力都是技术的经济学，即期望新技术作为第一生产力带来的新的市场盈利空间……"②而 Web2.0 时代的到来，更使互联网成为一座藏有无尽宝藏的大矿山，于是，微博公众账号成了企业的广告部，各种朋友圈变为淘宝网店，网络公共空间被消费主义和商业逻辑所包围。即便是那些所谓的"公众舆论"，也有可能是网络水军和网络推手精心策划的结果，各种各样炒作出来的网络"话题"形成公共事件，引发公众舆论，形成经济效益，"凤姐事件""贾君鹏事件""派单女神事件"等便是网络炒作的经典案例。而所谓的网络意见领袖、网络大 V 等，由于对网络舆论形成有着引领作用从而能够大大提高点击率和流量，也极易与商家合作形成利益链，将网络舆论的传播力量变成赚钱的工具。

政治是公共领域的核心，在网络媒介时代，政治权力对公共领域的控制有了新的变化。在互联网出现之前，媒体扮演守门员的角色，控制着形成公众舆论的信息流。但是，新媒体环境打破了传统政治影响中的"单轴心系统"，建立了一种流动的"多轴心系统"权力。③一方面，公众通过大众自我传播对政治的影响力日益增大，④举世闻名的"德拉吉在线报道"就是典型代表；另一方面，"所有的政治力量目前都同时在大众媒体和大众自我传播网络中现身，其目的乃是寻找一座连接这两种媒体体系的

---

① ［英］斯各特·拉什：《信息批判》，杨德睿译，北京大学出版社 2009 年版，第 28 页。
② 袁靖华：《微博的现实与理想——兼论社交媒体建构公共空间的三大困扰因素》，《浙江师范大学学报》（社会科学版）2010 年第 6 期。
③ ［美］曼纽尔·卡斯特尔：《网络社会中的传媒、权力与反权力》，孙绍谊、张程译，载孙绍谊、郑涵《新媒体与文化转型》，生活·读书·新知三联书店 2013 年版，第 247 页。
④ 大众自我传播是一种社会化传播的新形式，是 Web2.0 时代的产物。它的内容是自发的，传播是自我导向的，接收是自我选择的，而且是多对多的传播。参见［美］曼纽尔·卡斯特尔（Manuel Castelles）《网络社会中的传媒、权力与反权力》，孙绍谊、张程译，载孙绍谊、郑涵《新媒体与文化转型》，生活·读书·新知三联书店 2013 年版，第 240 页。

桥梁，以最大限度地扩大他们在公众观念中的影响"①。所以，普通民众要想在网络公共空间有话语权仍然是镜花水月，而且各种政治力量为了制造公众舆论，会利用各种手段破坏公共领域的正常运行。例如一些政客为了打倒竞选对手，常常派人尾随对手的公开露面，记录其发言和手势，以达到制造损害性视频并即时传输上网的目的。②

　　权力对网络公共领域的控制还表现在技术对网络的操纵。网络公共领域与传统公共领域一个重要的区别是数字信息技术的运用，科学技术是一把双刃剑，数字技术的突飞猛进给人类生活和社会发展带来福音，但是也造成了奴役人类的反作用，计算机也不例外。曼纽尔·卡斯特曾将网络社会中的权力拥有者归为两类人/物：对网络进行编程/改编的"程序员"，通过共享公共目标和增加资源的方式将不同的网络连接在一起以保证其协作的"交换机"。③ 显然，这两种人/物都是网络技术的精通者，虽然网络编程是固定的，但是编程的人是不同的，交换机是不会思想的机器，但是它由人制造，所以"程序员和交换机是那些参与者和参与者的网络，因为他们在社会结构中的地位，所以在网络社会中行使着权力"④。不是所有国家和地区都用这些能行使权力的程序员和交换机，所以"数字鸿沟"普遍存在，很多贫困国家和地区的平民不能自由地进入网络空间，而且掌握先进技术的网络权力拥有者还可以通过设置网络规范和标准来控制网络空间，就如约瑟夫·奈所言："在网域内，通过议程构建、吸引或说服，信息手段可以被用于形成网络空间内的软实力。"⑤

---

① ［美］曼纽尔·卡斯特尔：《网络社会中的传媒、权力与反权力》，孙绍谊、张程译，载孙绍谊、郑涵《新媒体与文化转型》，生活·读书·新知三联书店 2013 年版，第247页。

② 这种现象已经形成了所谓的"You Tube 政治"，即把使对手难堪的视频发布在 You Tube 或是相似网站上。详见［美］曼纽尔·卡斯特尔《网络社会中的传媒、权力与反权力》，孙绍谊、张程译，载孙绍谊、郑涵《新媒体与文化转型》，生活·读书·新知三联书店 2013 年版，第248页。

③ ［美］曼纽尔·卡斯特尔：《信息论、网络和网络社会：理论蓝图》，选自曼纽尔·卡斯特主编《网络社会：跨文化的视角》，周凯译，社会科学文献出版社 2009 年版，第36页。

④ ［美］曼纽尔·卡斯特尔：《信息论、网络和网络社会：理论蓝图》，载曼纽尔·卡斯特主编《网络社会：跨文化的视角》，周凯译，社会科学文献出版社 2009 年版，第38页。

⑤ ［美］约瑟夫·奈：《权力大未来》，王吉美译，中信出版社 2012 年版，第175页。

3. 网络空间媒介话语权的嬗变与公共知识分子的身份建构

在现代社会，媒介场域是一个各种利益激烈博弈之所，知识分子要启蒙民主，传递思想，改革社会，就必须利用媒介来放大自己的声音，也必须重视对媒介话语权的掌控，但是在不同的时代，知识分子与媒介的关系大相径庭。罗伯特·洛根曾经在麦克卢汉的基础上将传播史划分为5个时代：非言语的模拟式传播时代、口语传播时代、书面传播时代、大众电力传播时代、互动式数字媒介或"新媒介"时代。① 由于前两个时代还没有产生现代知识分子，所以我们探讨的是后三个时代知识分子在媒介场域话语权的嬗变。

公共知识分子的概念，最早见于雅各比的《最后的知识分子》一书，他认为随着专业化和大学的普及，原来为公众写作的知识分子已经被象牙塔内的教授和专家学者所替代，"准确地说：在过去的50年里，知识分子的习性、行为方式和语汇都有所改变。年轻的知识分子再也不像以往的知识分子那样需要一个广大的公众了：他们几乎无一例外地都是教授，校园就是他们的家；同事就是他们的听众；专题讨论和专业性期刊就是他们的媒体。不像过去的知识分子面对公众，现在，他们置身于某些学科领域中——有很好的理由。他们的工作、晋级以及薪水都依赖于专家们的评估，这种依赖对他们谈论的课题和使用的语言毫无疑问要产生相当的影响"②。波斯纳认为公共知识分子是"以社会公众可接近之方式表达自己，并且其表达聚焦于有关或涉及政治或者意识形态色调的社会公众关注之问题"的知识分子③。

国内比较有代表性的意见是朱苏力和许纪霖对公共知识分子的解读，朱苏力将公共知识分子定义为"越出其专业领域经常在公共媒体或论坛上就社会公众关心的热点问题发表自己的分析和评论的知识分子，或是由

---

① ［加拿大］罗伯特·洛根：《理解新媒介——延伸麦克卢汉》，何道宽译，复旦大学出版社2012年版，第24页。

② ［美］拉塞尔·雅各比：《最后的知识分子》，洪洁译，江苏人民出版社2002年版，第4页。

③ ［美］理查德·A. 波斯纳：《公共知识分子：衰落之研究》，许昕译，中国政法大学出版社2002年版，第35页。

于在特定时期自己专业是社会的热点问题而把自己专业的知识予以大众化的并且获得了一定的社会关注的知识分子"①。许纪霖则认为，"公共知识分子也就是指那些以独立的身份，借助知识和精神的力量，对社会表现出强烈的公共关怀，体现出一种公共良知、有社会参与意识的一群文化人"②。综上所述可见，对于公共知识分子，都强调其对社会现实的强烈关怀和公共良知，他们不是固守书斋的研究家，而是双眼时时注视着社会民生、世情百态乃至世界风云的观察家和批判家，显然，公共知识分子与中国传统的"士"极为相似。在不同的媒介传播时代，公共知识分子与媒介产生千丝万缕的联系，由此也深深影响了他们的角色定位和身份选择。

在书面传播时代，知识分子与印刷媒介有着天然的亲缘关系，正如马克·波斯特这段经常被引用的话："句子的线形排列，页面上的文字的稳定性、白纸黑字系统有序的间隔，出版物的这种空间物质性使读者能够远离作者。出版物的这些特征促进了具有批判意识的个体的意识形态，这种个体站在政治、宗教相关因素的网络之外独立阅读独立思考。以页面文字所具有的物质性与口传文化中言辞的稍纵即逝相比，印刷文化以一种相反但又互补的方式提升了作者、知识分子和理论家的权威。"③ 知识分子充当了媒介的"把关人"角色，他们读书写书、办报刊文，纸和笔就是他们战斗的武器，在书面传播时代，对受众要求和限制比较高，很多普通百姓无法识字、读书，而且传者和受众是单向的传受关系，受过良好教育，能读会写，喜欢思考和批判的现代知识分子在很大程度上掌握了媒介话语权，在书面传播时代，公共知识分子扮演的是"启蒙者"和"立法者"的角色，利用书籍、报纸和杂志向公众宣传思想，评论现实，改造社会。

大众电力传播时代是电视独领风骚，与印刷媒介相比，电视的受众面宽广得多，对社会的影响也更大，"当代文化中电视拥有一种符号暴力，

---

① 朱苏力：《中国当代公共知识分子的社会建构》，《社会学研究》2003 年第 2 期。
② 许纪霖：《另一种启蒙》，花城出版社 1999 年版，第 3 页。
③ ［美］马克·波斯特：《第二媒介时代》，范静晔译，南京大学出版社 2005 年版，第 60 页。

其高收视率和图像功能远远凌驾于文字媒介（如报纸和杂志）之上。以致某个事件或活动如果没有电视的加入，就不足以引起社会公众的注意力，并获得某种回报。其结果是电视构成了对其他媒体的威胁和霸权"①。在互联网普及之前，电视毫无疑问成为大众传媒的主导力量，知识分子的媒介话语权也遭到电视霸权的挑战。

首先，电视文化是注重感官娱乐、经济效益的大众文化/消费文化，而知识分子代表的是精英文化。其次，影像化和视觉化关注的是直观的图像/画面是否对观众有足够的吸引力，思想、价值等理性的思考不是电视注意的对象，所以波兹曼说："电视最大的长处是它让具体的形象进入我们的心里，而不是让抽象的概念留在我们脑中。"② 这与知识分子侧重理性思考的原则也相去甚远。更重要的是，知识分子要与电视结盟就必须接受电视的法则。波兹曼在《娱乐至死》中概括了电视的三大"戒律"。

第一，你不能有前提条件。每一个电视节目都应该是完整独立的，观众在观看节目的时候不需要具备其他知识。换句话说，电视通过摒弃教育中的顺序和连贯性而彻底否定了它们和思想之间存在任何关系。第二，你不能令人困惑。在电视教学中，让观众心生困惑就意味着低收视率。也就是说，任何信息、故事或观点都要以最易懂的方式出现，因为对于电视来说，最重要的是学习者的满意程度，而不是学习者的成长。第三，你应像躲避瘟神一样避开阐述。争论、假设、讨论、说理、辩驳或其他任何用于演说的传统方法，都会让电视变成广播，或者更糟糕，变成三流的印刷材料。所以，电视教学常常采用讲故事的形式，通过动感的图像伴以音乐来进行。如果要给这样一种没有前提条件、没有难题、没有阐述的教育取一个合适的名字，那么这只能是"娱乐"。③

确实如此，电视最主要的受众是平头百姓，最主要的功能是娱乐大

---

① ［法］皮埃尔·布尔迪厄：《关于电视》，许钧译，辽宁教育出版社 2000 年版，第 128 页。

② ［美］尼尔·波兹曼：《娱乐至死》，章艳译，广西师范大学出版社 2004 年版，第 158 页。

③ 同上书，第 191—192 页。

众，在竞争激烈、纷乱喧嚣的现代社会，大多数老百姓打开电视的主要目的就是消遣和娱乐，以娱乐为导向的电视文化与知识分子的精英文化之间有着难以调和的矛盾，二者间差距巨大，但是电视的传播影响力如此之大，以至于知识分子无论是想要面向公众说话或者是想获得学术声誉，被社会承认，最快最有效的方法就是走上电视，所以布尔迪厄感叹："记者们往往非常得意地看到，众学者纷纷投奔传媒，希望自己的作品得到介绍，乞求传媒的邀请，抱怨自己被遗忘，听了他们的那些有根据的抱怨，相当让人吃惊，不禁真要怀疑那些作家、艺术家、学者自己主观上是否想保持自主性。"①其实也不能完全责怪那些主动向电视"献媚"的知识分子了，在以电视为主导的大众电力传播时代，媒介话语权已经被电视掌握，知识分子如果还想在媒介场域中发言，就必须和电视建立良好的"合作"关系，他们已经从"立法者"和"启蒙者"变成了"合谋者"甚至"屈从者"，这也意味着他们不再是真正的公共知识分子。

以互联网为代表的互动式数字媒介时代与书面传播和大众电力传播时代有着巨大的不同，从传播的角度来看，书面传播和大众电力传播都是单向传播，数字媒介传播是双向互动传播；书面传播的以文本传输为主，大众电力传播以声音、图像输出为主，而数字媒介传播则实现了文本、动态图画、声音等综合传输。就媒介话语权的改变而言，网络媒介给知识分子又提供了一个重构身份，获得媒介话语权的良好契机。

在书面传播和大众电力传播中受众基本上处于被动接受的状态，无法亲自参与到传播过程中来，而以互联网为主体的数字媒介传播则将受众变成了节目的"制作者""播出者"和"评判者"，知识分子也成为普通受众中的一员，但是借助网络这一平台，知识分子能够更加独立、自由地介入现实生活，关心公共问题，发表意见看法，成为真正的公共知识分子。不过，新媒介时代的公共知识分子与传统的公共知识分子有很大的差异，就身份定位而言，他们既不是"立法者"和"启蒙者"，也不是屈从于网络媒介的"被控制者"，而是以"网

---

① ［法］皮埃尔·布尔迪厄：《关于电视》，许钧译，辽宁教育出版社 2000 年版，第 71 页。

络意见领袖”的方式对公共领域产生影响。① 由于网络空间的开放性、平等性、互动性和虚拟性，公共知识分子在网络发言需要有不同于传统媒体的话语策略。首先，他要以平等的姿态对网民说话，而不是以高高在上的"启蒙者"身份对公众说教；其次，他应该用大众化的、公众易于接受并理解的语言说话，而不是用晦涩艰深的专业术语来解析公共问题；最后，他能够从海量的信息中，从纷乱复杂的社会乱象中注意到潜在的公共话题，引发公众的讨论，形成公众舆论从而促进社会的进步和发展。

互联网给公共领域带来生机和活力，也对公共知识分子提出了更多的期冀和要求，凯尔纳曾经满怀豪情地展望未来："当代高科技社会中，以电脑为媒介的新型交流形式将创造一个新的公共领域，大大增加了学术精英利益和文化资本，使过时理论重获新生。这就要求当代知识分子必须使用公众能听懂的语言，进行清晰的思考和表达，与普通公众交流。在这个复杂而多样化的信息社会，知识分子的批判和规范职责仍然很重要，他们要构建进行批判和讨论的规则或准则，探讨平衡自由和权利的问题、促进民主问题。未来的批判性知识分子担当着的重要任务是成为授权和启蒙进程中的一部分。"② 凯尔纳将新媒体时代的知识分子定位为"启蒙者"虽然有些过于乐观，但是互联网确实为公共知识分子提供了一条可以"忧国忧民"的路径，不过他们不再是以福柯所说普遍的知识分子的身份"启蒙"大众，而是以"网络意见领袖"的身份，"通过专业分析的方式，揭示所谓的真理与权力的不可分割，拆解社会隐蔽的权力关系"③，追求真理和道义担当永远都是公共知识分子最可宝贵的精神

---

① 意见领袖的概念源自保罗·拉扎斯菲尔德和卡茨提出的两级传播理论，1940 年美国大选，拉扎斯菲尔德研究了大众传播媒介对选民投票的影响，他发现媒体的观点并非直接影响选民，很多选民是通过意见领袖的观点来决定自己的选择，所以意见领袖充当了大众媒介和受众之间的重要向导，也由于意见领袖的出现，大众传播的过程也从原来的"大众媒介——受众"模式变为"大众媒介——意见领袖——受众"模式。郭庆光：《传播学概论》，中国人民大学出版社 1999 年版，第 196 页。

② ［美］道格拉斯·凯尔纳（Douglas Kellner）：《公共领域与批判性知识分子》，李卉译，张春美校，《上海行政学院学报》2007 年第 2 期。

③ ［法］福柯：《权力的眼睛》，严锋译，上海人民出版社 1997 年版。

和品格。

4. 个案考察：网络媒介时代文艺理论家的身份选择——以陶东风、肖鹰、王岳川、赵勇、金元浦为例

随着互联网时代的到来，人们的生活方式乃至生存方式都逐渐在发生日新月异的变化，2015 年 3 月 5 日上午十二届全国人大三次会议上，李克强总理在政府工作报告中首次提出"互联网+"行动计划，由此，互联网已经成为影响中国社会的决定性因素之一。文学自然也不例外，网络文学早已经发展得如火如荼，根据速途研究院 2015 年 6 月 24 日报告，2012 年网络文学用户数量为 2.33 亿人，2013 年达到 2.74 亿人，2015 年人数有望达到 3.5 亿人。同时市场规模不断扩大，2012 年国内网络文学市场规模仅为 27.7 亿元，2013 年达到 46.3 亿元，环比上涨 67.1%；2014 年国内网络文学市场规模达到了 56 亿元，相比 2013 年上涨了 21.0%，预计 2015 年国内的网络文学市场规模可达 70 亿元，环比上涨 25%。①

如此庞大的读者数量，如此巨大的市场规模，研究文学的文学理论家们不可能熟视无睹，事实上，他们也早已经开始对网络文学进行研究，即便原来还或多或少地抱有"网络文学不值得研究"观点的学者也已经将眼光投向于此。不仅如此，文学理论界的一些学者不但研究网络文学，而且开博客，设微信公众号，以网络为平台，将书斋学者与网民的身份结合起来，打上了人文学者独有的烙印。大体说来，文学理论家个人与互联网的合作主要通过这三种途径：博客、微博和微信。

首先是博客方面，陶东风、肖鹰、王岳川、赵勇和金元浦这五人都在新浪博客开文，根据笔者的统计，陶东风、肖鹰和王岳川的博客访问量都超过了百万，截至 2015 年 9 月 10 日，陶东风的新浪博客访问量为 3156856，关注人气为 20900，肖鹰的为 10502342，关注人气为 18225，王岳川的为 3228474，关注人气为 8830，赵勇的为 165726，关注人气为 740，金元浦的为 43048，关注人气为 95。

---

① 李国琦：《速途研究院：2015Q1 中国网络文学报告》，2015 年 6 月，速途网（http://www.sootoo.com/content/651132.shtml）。

阅览这四人的博文，不难发现除了文艺理论之外，很多都是社会的热点问题，陶东风贴出的全部博文是 1125 篇，其中被推荐的博文 124 篇，而直接与政治相关的又占据了大半，涉及的意识形态关键词有极权主义、革命、"文革"，众所周知，陶东风是国内文化研究的领军式人物，文化研究在中国经过"理论的旅行"，原来的热点和焦点问题诸如种族、阶级、性别等已经渐渐"中国化"，陶东风的文化研究也将中国问题置于首位，同时又具有现场感和亲身体验性，其博文能够引起关注也就是题中应有之义了。

肖鹰的博客能够位居前列，媒体自然是功不可没，肖鹰始终追踪当代中国大众文化的热点和焦点，他批韩寒、批郭敬明、批春晚、批赵本山，曾经几度成为媒体的焦点人物，① 作为清华大学的美学教授，很多人质疑他这样喜欢批评名人是为了自己出名，真假暂且不论，但从肖鹰的博客来看，其全部博文是 440 篇，不及陶东风的一半，其中所占比例位居前五的依次是：社会时评 56 篇，影视批评 56 篇，博文时选 48 篇，"三俗"批判 42 篇，文学批评 36 篇，从中我们不难看出，肖鹰确实紧跟社会热点，他认为，"现在的知识文化层都非常犬儒，得过且过"，同时，他也坦率地说："任何一个学者都想出名，但我不会为出名而出名。我是本着一个学者的理性"，"作为一个批评家，不能要求社会百分之百的认同，首先被批评者肯定不会认同你。我写过一句话：批评是人性的自我挑战。对内，需要胆量、承受力；对外，也可能遭到围攻，有意和无意的误解"。②

与肖鹰和陶东风相比，北大的王岳川以倡导"发现东方、文化输出"而为媒体所关注，王岳川在文艺理论界以研究后现代、后殖民而闻名，后

① 2014 年 8 月 19 日上午，清华大学教授肖鹰撰写的《"天才韩寒"是当代文坛的最大丑闻》一文在媒体刊发，随即引起舆论一片哗然，被直指为"倒韩檄文"。2009 年 10 月，肖鹰评说韩寒和郭敬明时说，"我不承认他（郭敬明）是个作家，他就是无灵魂的贩卖文字的写手"。2011 年 2 月 8 日，肖鹰发文《春晚导演莫学"苏紫紫"》，对春晚语言类节目总导演马东提出批评。2 月 9 日，马东专门开通博客，进行了言辞激烈的回击。这场论战引起媒体强烈关注，也将公众的注意力引向了未来春晚的方向之辩。肖鹰曾多次批评赵本山的作品日益低俗化，并指责他并没有尽到二人转传承人的职责。以上资料来源于网络，百度百科（http://baike.baidu.com/item/肖鹰/5268095？fr=aladdin）。

② 2014 年 11 月 17 日，肖鹰接受环球人物杂志记者采访，上述言论均出于此，新浪网（http://news.sina.com.cn/c/2014-11-24/160531194390.shtml）。

来逐渐转向传播中华文化，他对自己的学术历程如此概括："经过了长达29 年的西学研究后，延伸到研究当代中国文化思想，逐步确立了以发现东方、中西会通为原则的学术文化立场。"他为什么会从书斋学问走向文化评论，从象牙塔学者成为文化传播者，王岳川对此有自己的思考，他认为当今中国面临严重的文化身份问题，中国知识分子面临身份认同的危机。"在超越'东方主义'精神高度上，我深切地感到处在中西两套话语体制和两种语言中心的夹缝中的当代学者的尴尬，在新世纪应超越东方主义文化视野，具有一种对自身身份的冷峻认识，既不是一味地走向西方学术体制，也不是民族主义地自我膨胀，而是对着中国文化长期后殖民处境和后殖民心态有意识地加以审视和批判，从而坚定不移地走出文化失败主义和文化自卑主义！"①

从中我们不难看出，王岳川已经将复兴中华文化作为当代知识分子应该承担的责任和使命，自己也身体力行，以书法家和熟谙西方文论的文艺理论家的身份为"守正创新、文化输出"而大声疾呼，也因此多次在媒体露面，应该说，王岳川的网络人气与其知识分子的担当密不可分。

与前三者相比，赵勇和金元浦在博客访问量虽然较之其他三人少了许多，但他俩却各有"绝活"，赵勇在微博方面拔得头筹，而金元浦的微信公众号的影响力则是远远超出了文学理论界的其他学者。在微博方面，陶东风、赵勇和肖鹰都开有新浪微博，王岳川没有开微博。其中陶东风的关注为 98，粉丝 2 万，微博 1198；赵勇的关注为 319，粉丝 3 万，微博6819；肖鹰的关注为 1，粉丝 3 万，微博 252。显然，赵勇的微博影响力最大。不过他对网络媒介的深度介入不仅体现在其认真经营其微博和博客上，更重要的是他也研究大众文化，尤其是媒介文化，其专著《大众媒介与文化变迁：中国当代媒介文化的散点透视》采用了文化研究的方式，主要从审美批判和意识形态阐释两个维度对中国近三十年来大众文化/媒介文化进行了宏观结合微观的散点式审视，是文学理论界研究媒介文化的一本力作。而其发表的一系列学术论文也以大众文化/媒介文化为中心，

---

① 王岳川：《中国学者的身份和立场》，新浪博客（ http://blog.sina.com.cn/s/blog_5a963ebc0102uy2j.html）。

成为当前文学理论界媒介文化研究的代表学者之一。①

　　同其他四人不同，金元浦与互联网的深度结合主要是由于其对文化创意产业的研究和倡导，众所周知，自从文学理论界高呼"文艺学转型、文学泛化、文艺学边界移动"以来，从事文学理论研究的学者也逐渐产生分野，大体上分为三类，一类继续从事传统的印刷文学研究，一类开始转向宽泛的文化研究，影视、网络都进入研究领域中来，但是他们的研究立足点还是文学，赵勇、陶东风、肖鹰都可以归为此类；还有一类则转向了文化产业，金元浦便是代表之一。② 金元浦是文学理论界较早介入文化产业的学者，其"元浦说文"的微信公众号基本上以文化产业为主，文艺学出道转而从事文化产业研究，在某些人看来有些"不务正业"，但是这种情形在文艺学界越来越普遍，尤其是 70 年代以后出生的年轻学者，很多高校的文化产业管理专业也放在文学院招生。③ 从客观上讲是国际国内发展的形势所致，文化产业在 20 世纪的中国都还是个比较陌生的词，

---

　　① 赵勇关于媒介文化的论文主要有：《媒介文化语境中的文学阅读》，《中国社会科学》2008 年第 5 期；《影视的收编与小说的没落——兼论视觉文化时代的文学生产》，《文艺理论研究》2011 年第 1 期；《从知识分子文化到知道分子文化——大众媒介在文化转型中的作用》，《当代文坛》2009 年第 2 期；《视觉文化时代文学理论何为》，《文艺研究》2010 年第 9 期；《视觉文化时代的文学状况——2008 年文化研究学术前沿报告》，《贵州社会科学》2009 年第 3 期；《BBS、博客、粉丝与书商——〈明朝那些事儿〉的生产元素》，《文艺争鸣》2010 年第 13 期；《媒介文化源流探析》，《河南社会科学》2009 年第 1 期；《博客写作与展示价值——以名人博客为例》，《天津社会科学》2009 年第 4 期；《新媒介的冲击与文学阅读的式微》，《扬子江评论》2007 年第 4 期；《信息崇拜与通胀写作——论网络对人文研究的负面影响》，《学术月刊》2008 年第 12 期；《电子书写与文学的变迁》，《文艺争鸣》2008 年第 7 期；《平等与民主的神话——论大众传播与大众文化》，《文艺理论与批评》2003 年第 2 期等。

　　② 文艺学界倡导文化产业并身体力行参与的领军人物主要有叶朗、金元浦。叶朗是北京大学文化产业研究院院长、国家文化产业创新与发展研究基地主任，金元浦与文化产业相关的兼职是：中国人民大学文化创意产业研究所所长，中国人民大学人文奥运研究中心执行主任，北京人文奥运研究基地首席专家，中宣部《文化体制改革总体方案》和《中国文化发展纲要》起草工作小组专家组成员，北京市政府、深圳市政府等 8 省区文化创意产业发展顾问。

　　③ 2004 年 3 月，教育部下发《关于公布 2003 年度经教育部备案或批准设置的高等学校本专科专业名单的通知》，正式批准在山东大学、中国传媒大学（时为北京广播学院）、中国海洋大学和云南大学四所高校中首先开设文化产业管理专业，授管理学学士学位。这标志着文化产业管理专业的正式设立。目前招收文化产业管理专业的高校已经超过一百所，主要依托历史、文学、传媒、管理、艺术等优势学科发展文化产业管理专业。百度百科（http：//baike. baidu. com/item/文化产业管理？fr=aladdin#7_ 1）。

但是欧美等发达国家的文化产业早已经在国民经济中占据重要地位,① 中国是文化积淀深厚的文明古国,具有发展文化产业的巨大潜能,随着国家对文化产业的重视度日益提高,② 越来越多的有识之士开始进入这个被誉为"朝阳产业"的领域中来,人文学者介入文化产业与经济学家关注"产业"不同,更多的是关注"文化",如何提升文化产品的象征意义和审美价值,如何将文化产品个性化、人性化、审美化,如何使中华文化通过文化产品被世界了解和热爱,这正是人文学者大有可为的领域。

---

① 在国家统计局科研所于 2014 年 10 月发布的《世界主要经济体文化产业发展状况及特点》报告中说,世界知识产权组织的最新数据显示,2013 年,全球文化产业增加值占 GDP 的比重平均为 5.26%,约 3/4 的经济体在 4.0%—6.5%。其中,美国最高,达 11.3%,韩国、巴西、澳大利亚、中国、新加坡和俄罗斯均超过 6%,加拿大、英国、中国香港、南非和中国台湾则分别达到 5.4%、5.2%、4.9%、4.1% 和 2.9%。受经济发展水平、科技实力,以及居民收入水平和政策不力等因素的影响,发展中国家文化产业占 GDP 的比重偏低,整体文化产业实力不高,甚至部分发展中国家文化产业发展处于边缘地位。以文化产品出口占全球市场份额为例,2012 年,北美自由贸易区的美国、加拿大和墨西哥 3 国出口份额为 13.72%,而东盟 10 国仅为 4.56%,南方共同市场的阿根廷、巴西、巴拉圭和乌拉圭 4 国仅为 1.87%,非盟仅为 0.65%,中国和印度分别为 31.9% 和 5.5%。中国和印度可以说是文化产业大国,但核心竞争力不强,因此还称不上是文化产业强国。中华人民共和国国家统计局官网(http://www.stats.gov.cn/tjzs/tjsj/tjcb/dysj/201412/t20141209_649990.html)。

② 1996 年,国务院发布《关于进一步完善文化经济政策的若干规定》,全面地提出一整套文化经济政策。1998 年,文化部设立了文化产业司,标志着我国政府正式将文化产业纳入政府工作体系。2002 年 11 月,"十六大"召开,"十六大"报告明确了文化产业发展方向,明确提出了"积极发展文化事业和文化产业","完善文化产业政策,支持文化产业发展,增强我国文化产业的整体实力和竞争力"的正确决策,把文化产业发展定性为"繁荣社会主义文化、满足人民群众精神文化需求的重要途径"。2003 年 10 月,十六届三中全会通过了《中共中央关于完善社会主义市场经济体制若干问题的决定》,进一步确认了文化产业的战略地位,国家开始将文化产业列入国民经济的重要产业,纳入国民经济发展总体规划。2006 年中共中央办公厅、国务院办公厅印发了《国家"十一五"时期文化发展规划纲要》,认为文化在综合国力竞争中的地位和作用日益突出,已成为衡量一个国家综合实力强弱的重要尺度之一。2007 年 10 月,党的十七大报告更加明确地指出:"大力发展文化产业,实施重大文化产业项目带动战略,加快文化产业基地和区域性特色文化产业群建设,培育文化产业骨干企业和战略投资者,繁荣文化市场,增强国际竞争力。运用高新技术创新文化生产方式,培育新的文化业态,加快构建传输快捷、覆盖广泛的文化传播体系。"2011 年 11 月 21 日,党的十七届六中全会审议通过的《中共中央关于深化文化体制改革 推动社会主义文化大发展大繁荣若干重大问题的决定》,将"文化产业成为国民经济支柱性产业,整体实力和国际竞争力显著增强,公有制为主体、多种所有制共同发展的文化产业格局全面形成"作为文化改革发展奋斗的重要目标之一。中华人民共和国中央人民政府网(http://www.gov.cn/)。

　　从传播学的角度来看，由于博客可以比较完整、系统地表达思想，所以成了人文学者的首选，他们的博客大多是学术论文、读书笔记和生活随笔，另外还有一些演讲和访谈记录，陶东风、肖鹰、王岳川、赵勇和金元浦的博客都是如此。和博客相比，微博比较碎片化，但是传播时效性强，能够深度互动，转发迅速，易于爆发式大量传播，所以受到了紧跟社会热点和焦点的学者的青睐，他们针砭时政、批评现实，通过微博的病毒式传播能够迅速引发社会关注和讨论，从而达到警醒大众的效果，当然也有人认为这样做有虚张声势、哗众取宠之嫌，笔者认为不管怎样，只要能够实事求是地说话、客观理性地批判、不怀私心的"炒作"，人文知识分子依靠真正的人格魅力成为粉丝拥趸的对象又有何不好呢？微信是伴随着移动互联网的迅猛发展而快速成长的社会化媒体，它以移动互联网为支撑，方便、快捷，既能够如博客一般进行深度阅读，也能即时互动，信息更加精准到达用户，传播效果更强。"元浦说文"的微信公众号侧重文化产业方面的内容，主要以转发为主，原创性不强。

　　从以上的分析可以看出，一方面文学理论工作者介入互联网仍然秉持了传统"士人"关注社会、心系国家的优良传统，以"士不可不弘毅、任重而道远"为己任，力争在网络时代与时俱进，利用先进的传播工具宣传思想、改良社会、造福民众，启蒙者的身份意识自觉而明显；另一方面也面临网络带来的身份认同难题，主要体现网络时代人文知识分子立法者和启蒙者的传统身份认同已经难以为继。首先，新媒体传播尤其是社会化媒体传播越来越走向深度互动传播，而且是用户生产内容（UGC）为主，无论是国内的QQ、人人、微信、微博，还是国外的Twitter、Facebook、Linke-din、Youtube，都是越来越注重用户的体验、参与和创造，中国人文知识分子虽然有"士人"的优良传统，但是挥之不去的启蒙精英情结也时常会妨碍他们真正愿意如网民一样平等参与到网络传播中来，而且也不太适应平民化、平面化、节点式的网络传播方式，所以很多人文学者选择互动性不是很强的博客来进行写作，对于微博、微信公众号等用户参与为主的媒体就有些望而却步、鲜有参与。其次，人文知识分子的身份认同是社会现实和历史传统共同决定的，现代社会注重分工，职业化、专业化、体制化是每个人文知识分子都避免不了的客观现实，而互联网又将社会结构扁平化、人际关系媒介化、新闻生产大众化，本来是"术业有专攻"，但是一旦深入网络，学者们通常变成了社会批评家和时政评论员，从知识分子变成了"知道分子"，但是社会和民众的认可度却远不如从前。儒家知识分子通常面临的是"出仕"与"归隐"的矛盾，所谓"居庙堂之高则忧其民，处江湖之远则忧其民"，这种困惑和苦恼在中国现当代社会也一直存在，但是在网络时代却出现了一些新的变化，互联网是一个虚拟的社会，又是现实社会的映象，在网络上你可以出名，也可以归隐，但对人文知识分子来说，凭借自己的专业知识在网络上赢得用户很难，因为他们所知道的专业知识用户都可以通过网络轻而易举地获得，他们所谈的思想和观点用户也能够各抒己见而且说不定比他们还更接地气，更实事求是，如果在网络隐身呢？又难以成为意见领袖，不能将自己的思想更好地传播出去。同时网络上有无数双潜在的眼睛和嘴巴，一个不注意惹恼了网民，还可能遭遇"网络暴力"，这些都是知识分子们从未遇到过的情况，所以肖鹰才会关闭自己的微博评论功能，大多数体制内知识分子只是在互联网江湖的旁观者而非真正的冲浪者，因为这一片江湖和他们熟悉的世界有着太多的不同。

互联网正在改变我们的世界和我们的生活，文学研究者们既然身处网络时代就必须适应这一环境，学会在互联网的大潮中冲浪搏击，通晓互联网的游戏规则并利用它来传道济世，新媒体时代的传播具有互动性、用户生产内容个性化、移动性、实时传播、交融性等特点，文学理论工作者其实遇到了一展身手的大好时机，相比原来异常艰难的出版发表机会，互联网可以说给每一个真正有才华、有抱负、有积淀的学者提供了展现的平台，你可以写博文、开微博、设立微信公众号，人文知识分子可以指点江山、激扬文字，通过网络更快更广地传播思想，报国惠民，实现自己的理想和抱负。

综合篇

第五章 裂变与危机：消费文化与当代中国文论话语重构

　　消费文化的真正兴盛在晚期资本主义社会，但是消费在资本主义社会发展初期就已经得到了相当的重视。马克思曾经这样阐述生产和消费之间的关系，"生产直接是消费，消费直接是生产，每一方直接是对方。可是同时在两者之间存在着一种中介运动。生产中介着消费，它创造出消费的材料，没有生产，消费就没有对象。但是消费也中介着生产，因为正是消费替产品创造了主体，产品对这个主体才是产品。产品在消费中才得到最后完成"①。可见没有消费就没有生产，生产与消费在商品生产中的地位同等重要。不过在后工业消费时代，文化精神产品也成为商品，传统社会里文化的主要创造者——知识分子逐渐丧失了文化话语权，大众文化取代精英文化成为社会的主导文化，这些都深刻影响了知识分子的言说立场和身份认同。

一　后现代主义与消费文化

　　消费文化真正兴盛是在后现代社会，也有的说是后工业社会、信息社会、晚期资本主义社会等，说法不同，但是总体特征相似，都是消费决定生产，物质极端丰盛，人们通过消费来获得身体、心理和精神上的满足。费瑟斯通认为消费文化有双重含义，"首先，就经济文化的维度而言，符

---

① ［德］马克思：《〈政治经济学批判〉导言》，载《马克思恩格斯选集》第2卷，中共中央翻译局译，人民出版社1995年版，第8—9页。

号化过程与物质产品的使用，体现的不仅是实用价值，而且还扮演着'沟通者'的角色；其次，在文化产品的经济方面，文化产品与商品的供给、需求资本积累、竞争及垄断等市场原则一起，运作于生活方式领域之中"①。

1. 何谓后现代主义

后现代主义是一个歧义纷繁的概念，在它的兴起时间上，理论家们就众说不一。贝尔认为后现代主义是随后工业社会的来临而兴起的，后工业社会是贝尔创造的名词，他在《后工业化社会的来临》中用它来描述 20 世纪后半期工业化社会中所产生的新社会结构，他认为这种结构将导致美国、日本、苏联以及西欧在 21 世纪出现一种新的社会形式。费瑟斯通认为，根据科勒（1977）和哈桑（1985）的考证，"后现代主义"一词最早出现于 20 世纪 30 年代，流行于 60 年代的纽约，用于表示对"枯竭"的、因在博物馆和学院中被制度化而遭人拒斥的高级现代主义的超越运动。②而詹明信认为后现代主义是资本主义的新的动向，在美国始于 40 年代后期和 50 年代初期的战后繁荣年代，在法国则始自 1958 年第五共和国的建立。60 年代在很多方面都是个重要的过渡时期，使一个新的国际秩序（新殖民主义、绿色革命、电脑化和电子资讯）同时确定下来，并且遭到内在矛盾和外来反抗冲击和震荡的时期。③

仅从后现代主义的兴起时间上，我们就可以发现这是一个如万花筒般的复杂概念，对它的解读可以从哲学、社会学、美学、艺术、文学、文化甚至政治学、经济学、传播学等各个学科角度进行，从后现代主义与消费文化关联的视点出发，我们可以大致归纳出后现代主义的几个特质。

第一，后现代主义的反主体、反理性、反本质、反中心的哲学理念，这也是消费文化的哲学基础。后现代的母体是现代，但是诞生于现代母体

---

① ［英］迈克·费瑟斯通：《消费文化与后现代主义》，刘精明译，译林出版社 2000 年版，第 123 页。

② 同上书，第 10—11 页。

③ ［美］詹明信：《晚期资本主义的文化逻辑：詹明信批评理论文选》，陈清侨等译，生活·读书·新知三联书店 1997 年版，第 399 页。

中的后现代充满了对现代的"反叛"。哈贝马斯曾经在《现代性的哲学话语》中，对从尼采、霍克海默、阿多诺直到海德格尔、德里达、福柯等这一条对现代性进行攻击批判的线路历程进行了详细的描述和清晰的勾勒，指出后现代主义用反主体、反理性、反形而上学、反本质主义、反中心等来代替现代主义的主体性、理性、总体性、本质主义和形而上学。

第二，后现代主义文化属于消费文化，具有娱乐性和感官性，拒绝深度和历史感，崇尚消费至上、娱乐至上。詹明信曾对后现代主义文化进行了总结，认为它"无深度感"，"给人一种愈趋浅薄微弱的历史感"，具有"精神分裂"式的文化语言，并"带给我们一种全新的情感状态"①，同时，他也认为后现代文化跟新科技和经济全球化的发展息息相关。

第三，后现代主义与消费文化的发展都离不开大众媒介尤其是电子媒介，在某种程度上讲，没有大众媒介，就没有后现代主义及其消费文化。

2. 西方消费文化理论考量

自 20 世纪 60 年代伊始，欧美等发达资本主义国家先后进入消费社会，也称为后工业社会、信息社会、后现代社会等，由原来的以生产为市场经济主导变为以消费刺激为拉动经济增长的主要模式，物质商品极度丰富并相对过剩，人们被商品所包围，并以大规模消费为生活的核心。这种大规模商品的消费，不仅改变了人们的日常生活，而且改变了人们的社会关系和生活方式，西方的消费文化研究也逐渐从学术研究的边缘进入中心，受到来自不同学科、属于不同理论派别的学者的广泛关注。在西方对消费文化的众多研究中，马克思主义、法兰克福学派、符号学、社会学构成了四种最重要的路径。

马克思主义路径的研究主要从消费与人的异化的角度出发，对消费社会的拜物教及其对人的异化进行批判。马克思是一位对西方现代社会具有深刻认知，并具有前瞻性的思想家，也是开启了对以资本主义社会为代表的西方现代文明进行全面反思和批判的理论先锋。他对消费社会的批判主要包含两个方面：对拜物教和异化的批判。他认为，资本主义社会中人与

---

① ［美］詹明信：《晚期资本主义的文化逻辑：詹明信批评理论文选》，陈清侨等译，生活·读书·新知三联书店 1997 年版，第 433 页。

人的关系被物与物的关系所替代，拜物教有商品拜物教、货币拜物教和资本拜物教三种形式，资本拜物教是驱动资本主义社会发展的真正原动力，马克思曾经引用英国评论家邓宁格的话对资本的逐利性进行了入木三分的揭示："资本惧怕没有利润或利润过于微小的情况。一有适当的利润，资本就会非常胆壮起来。只要有 10% 的利润，它就会到处被人使用；有20%，就会活泼起来；有 50%，就会引起积极的冒险；有 100%，就会使人不顾一切法律；有 300%，就会使人不怕犯罪，甚至不怕绞首的危险。如果动乱和纷争会带来利润，它就会鼓励它们。走私和奴隶贸易就是证据。"①

马克思对异化的批判主要针对资本主义的劳动产品异化，自由自觉的劳动本来是人的本质，但是在资本主义条件下，工人的劳动是被迫的、受剥削的，而且他创造出来的物还成为反对自己的力量，他生产的财富越多，他就越穷，工人同自己的劳动产品是相异化的。

马克思从拜物教和生存异化的角度对消费社会的批判对后来的法兰克福学派和鲍德里亚的消费文化研究都有很大影响，即使在今天也具有很大的现实意义。

符号学路径的研究以鲍德里亚为代表，他在马克思提出的历史变化的三个阶段，即前商品化阶段、商品阶段和商品化阶段的基础上提出了第四个阶段，那就是消费社会阶段。同时他进一步发展了马克思的商品交换价值理论，提出了符号价值的观念。认为物的消费是一种符号消费，它是身份和等级的象征。鲍德里亚的消费文化理论可以分为两个阶段，在早期他还没有形成比较完整的符号消费批判体系，但是也已经初露端倪，在《消费社会》这部早期代表作的最后结论部分，鲍德里亚用一部电影《布拉格的大学生》来隐喻现代消费社会里作为镜像的商品客体对主体的控制，这种主客体颠倒的现象正是"被商品逻辑支配着的工业和社会生活的普遍化模式"②。并且进一步指出了符号消费的特质，"在消费的特定模式中，再没有先验性、甚至没有商品崇拜的先验性，有的只是对符号秩序

① ［德］马克思：《资本论》第一卷，人民出版社 1958 年版，第 839 页。
② ［法］让·波德里亚：《消费社会》，刘成富、全志钢译，南京大学出版社 2001 年版，第224 页。

的内在。就像没有本体论的纵横四等分，而只有能指与所指之间的逻辑关系一样，再也没有存在与其神圣或魔鬼的复制品（其影子、灵魂、理想）之间的本体论纵横四等分，而只有符号的逻辑计算和符号系统中的吸收"①。

波德里亚符号消费理论比较完整地体现在其代表作《象征交换与死亡》一书中，道格拉斯·凯尔纳认为这本书"是波德里亚最重要的著作，也标志着他本人的后现代转向"②，波德里亚认为，当代社会是一种由符码和模型所构建的"超现实"或"超真实"的仿真社会。仿真的目的是以形象的真实代替本来的真实，形成"仿象"，仿象有三个等级，"仿造"是从文艺复兴到工业革命的"古典"时期的主要模式，遵循的是价值的自然规律；"生产"是工业时代的主要模式，遵循价值的商品规律；"仿真"是当代受代码符号支配阶段的主要模式，遵循的是价值的结构规律。③"仿真"的世界是用虚幻代替真实的世界，也是一个由符号控制的超真实的世界，世界的意义只是在媒体的符码复制中获得，并以时尚和广告的形式呈现出来。"超真实代表的是一个远远更为先进的阶段，甚至真实与想象的矛盾也在这里消失了。非现实不再是梦想或幻觉的非现实，不再是彼岸或此岸的非现实，而是真实与自身的奇妙相似性的非现实。为了走出再现危机，必须把真实禁锢在纯粹的重复中。"④

波德里亚的符号消费理论对于中国学者的影响很大，尤其是在解读消费社会的负面影响时，波德里亚的理论更是绕不过去的思想资源，不过我们要注意，波德里亚的符号消费理论虽然对晚期资本主义社会由消费和符码控制的情状有着独到、深刻的揭露和批判，但中西方社会发展进程不同，语境不同，所以在"理论的旅行"途中，要一切从实际出发，具体问题具体分析，防止南橘北枳的现象发生。

法兰克福学派的消费文化研究路径直接承续马克思的异化理论，同时

---

① ［法］让·波德里亚：《消费社会》，刘成富、全志钢译，南京大学出版社2001年版，第226页。

② 对道格拉斯·凯尔纳对波德里亚《象征交换与死亡》一书的评价，载［法］让·波德里亚《象征交换与死亡》，车槿山译，译林出版社2012年版，封底页。

③ ［法］让·波德里亚：《象征交换与死亡》，车槿山译，译林出版社2012年版，第62页。

④ 同上书，第96页。

与大众文化批判结合起来，具有鲜明的意识形态批判性。阿多诺对大众消费文化的批判是彻底的，他揭示出了大众文化产品的复制性、同质性、批量性，是缺少个性和深度的商品，大众长期被这种文化产品所包围，逐渐失去了想象力和创造力，失去了自由思想的能力和空间，成为麻木和沉默的被动接受者。所以大众消费文化也是统治者进行国家意识形态控制的工具，它使大众变得麻木、精神懈怠、丧失想象力和反抗意志，"异化"成没有思想，受大众文化操控的木偶。他认为："今天，文化消费者的想象力和自发性之所以逐渐萎缩，这不能归罪于心理机制。文化产品本身，其中最有代表性的有声电影，抑制观众的主观创造能力。……工业社会的力量对人们发生的影响，是一劳永逸的。……社会上所有的人都接受文化工业品的影响。文化工业的每一个运动，都不可避免地把人们再现为整个社会所需要塑造出来的那个样子。"①

与阿多诺主要从大众消费文化的遏制人的想象力和反抗精神来谈"异化"不同，马尔库塞主要从虚假欲望和满足的角度来揭示大众消费文化的欺骗性，马尔库塞认为，在发达工业社会里，社会通过各种方式尤其是文化工业来制造种种虚假的需求，引诱人们消费产品，使人们在消费过程中，不断得到一种虚假的满足，从而忘却和失去了自己的灵魂，放弃了对"诗意世界"的向往与追求，个人并不一定是他们自身真实需要的主宰者，因为他们身处在一个被商品控制的、并不自由的社会中。"发达工业社会的显著特征是它有效地窒息那些要求自由的需要，即要求从尚可忍受的、有好处的和舒适的情况中摆脱出来的需要，同时它容忍和宽恕富裕社会的破坏力量和抑制功能。在这里，社会控制所强求的正是对于过度的生产和消费的压倒一切的需要；对于实际上已不再必要的使人麻木的工作的需要；对于抚慰和延长这一麻木不仁状态的缓和方式的需要；对于维持欺骗性自由的需要，这些自由是垄断价格中的自由竞争，审查制度下的自由出版，以及商标和圈套之间的自由选择。"②

① ［德］霍克海默、阿多尔诺：《启蒙辩证法》，洪佩郁、蔺月峰译，重庆出版社 1990 年版，第 117—118 页。
② ［美］赫伯特·马尔库塞：《单向度的人——发达工业社会意识形态研究》，刘继译，上海译文出版社 1989 年版，第 8 页。

　　马尔库塞还分析了发达工业社会以消费方式的平等来掩盖实际上的阶级差异，从而维护现有的社会制度："如果工人和他的老板享受同样的电视节目和游览同一个娱乐场所，如果打字员打扮得像他的雇主的女儿一样漂亮，如果黑人有一辆卡德拉牌汽车，如果他们全都阅读同一份报纸，那么这种同化并不指出了阶级的消失，而是表明现存制度下各种人在多大程度上分享着用以维持这种制度的需要和满足。"① 这种表面上的平等也是通过大众传媒来宣传的，大众传媒通过广告、电影、电视等现代科技产物，将统治阶层所倡导的单一思维模式和消费模式灌输到人们的头脑中去，人们在这个无区别的模式中生活，不再感到有阶级的差异和不平等，从而失去了反抗现状的想法和能力。

　　法兰克福学派大多是秉持精英理念的知识分子，他们通常站在精英文化的立场对大众文化进行批判，② 他们看到了大众消费文化具有的感性化、同质化、复制化、批量化、商品化等特点，认为大众文化是意识形态国家机器，对大众有欺骗和麻木的作用，不过，他们的看法具有一定的片面性和浓厚的精英意识，后来的学者如霍尔、洪美恩等的研究表明，大众并非铁板一块没有区别，也不会完全无动于衷地全盘被动接受文化产品所灌输的意识形态，特别是霍尔的编码/解码理论，颠覆了受众被动接受的传统模式，开启了新的研究路径。

　　社会学路径的研究在某种程度上与波德里亚早期的观点一致，都将消费文化与人的社会地位和身份结合起来进行分析。凡勃伦在《有闲阶级论》一书中考察了从古代的消费分化到现代消费分层的历程，认为"在经济发展的初期，毫无节制的消费，尤其是高档用品的消费，通常属于有闲阶级的专利"③。随着社会生产力的发展，财富积累越多，"有闲阶级在

---

　　① ［美］赫伯特·马尔库塞：《单向度的人——发达工业社会意识形态研究》，刘继译，上海译文出版社 1989 年版，第 9 页。

　　② 与阿多诺和马尔库塞相比，本雅明的机械复制理论显得不那么偏激和悲观，他吸收了马克思的经济基础决定上层建筑理论并加以利用和发展，认为生产技术的变革会对艺术发展产生重大影响，他尤其对于新兴的大众媒介——电影，保有十分推崇和乐观的态度，认为它是艺术生产力发展的表现。

　　③ ［美］索尔斯坦·维布伦：《夸示性消费》，萧莎译，载罗钢、王中忱《消费文化读本》，中国社会科学出版社 2003 年版，第 6 页。

职能和结构上有了进一步的发展，于是阶级内部出现了分化，一个由社会地位和等级构成的复杂系统产生了"①。而进入工业社会后，身份和地位依然需要通过不同的消费方式来体现，因为"声望最终都取决于经济实力。而现实经济实力以赢得荣誉、保全声望的办法，就是有闲以及进行夸示性消费"②。

如果说作为一个经济学家的凡勃伦从物质生产发展的角度来考察消费的历史，那么社会学家布尔迪厄则从社会文化的视点来阐释消费所富有的复杂含义，他认为人们在日常消费中的不同鉴赏趣味，表现和证明了行动者在社会中所处的位置和等级，因为出身良好家庭，有着雄厚经济实力家庭的了女才有可能受到精英式的教育，培养高雅的兴趣和爱好，敏锐细腻的审美感知和鉴赏能力，"一切文化实践（参观博物馆、听音乐会、阅读等等）和对文学、绘画或音乐的偏爱，都与受教育的程度（由学历或受教育年限来衡量）以及社会出身密切相关"③。所以布尔迪厄把消费称作"交流过程的一个阶段，即一种破译、解码活动"④。其实，布尔迪厄对消费的看法与他的"文化资本"理论紧密相连，布尔迪厄认为，资本有三种最基本的形式：经济资本、社会资本和文化资本。在这三种形式中，经济资本是资本的最有效形式，它是以财产权的形式被制度化的，可以立即并且直接转换成金钱或其他物质利益。资本之间可以相互转换，文化资本能够以最隐蔽的形式转换为经济和社会资本，巩固行动者掌握的社会稀缺资源。⑤

文化资本主要存在于知识与文化生产的领域，它是以教育资格的形式被制度化的，是构成社会符号力的基本条件。文化资本有三种存在形式："（1）具体的状态，以精神和身体的持久'性情'的形式；（2）客观的

---

① [美]索尔斯坦·维布伦：《夸示性消费》，萧莎译，载罗钢、王中忱《消费文化读本》，中国社会科学出版社 2003 年版，第 8 页。

② 同上书，第 14 页。

③ [法]皮埃尔·布尔迪厄：《〈区分〉导言》，黄伟等译，载罗钢、王中忱《消费文化读本》，中国社会科学出版社 2003 年版，第 42 页。

④ [美]索尔斯坦·维布伦：《夸示性消费》，萧莎译，载罗钢、王中忱《消费文化读本》，中国社会科学出版社 2003 年版，第 14 页。

⑤ 汪民安：《文化研究关键词》，江苏人民出版社 2007 年版，第 362 页。

状态，以文化商品的形式（图片、书籍、词典、工具、机器等等），这些商品是理论留下的痕迹和理论的具体显现，或是对这些理论、问题的批判，等等；（3）体制的状态，以一种客观化的形式，这一形式必须被区别对待（就像我们在教育资格中观察到的那样），因为这种形式赋予文化资本一种完全是原始性的财产，而文化资本正是受到了这笔财产的庇护。"①显然，布尔迪厄之所以将人们消费中的不同趣味视作区别身份地位的符码，是因为这种消费趣味或鉴赏品味是"精神和身体的持久性情"的外在形式表现。

严格来说，布尔迪厄并没有比较完整系统的消费文化理论，其对消费文化的社会学解读只是其文化权力理论中的一个论据而已，但即便如此，它也具有重要的理论意义和价值，因为布尔迪厄的解读将消费纳入一个大的社会实践中，而这个社会实践又与文化、资本、习性等息息相关，从而拓宽了消费文化的研究路径，也为其他学者的研究提供了重要的参考和借鉴。

3. 中国的消费文化研究

消费研究最早出现在经济学领域，经济学家一般认为一个完整的经济过程包括"生产、分配、交换、消费"四个环节，其中"生产"是这个过程的起点，"消费"是终点同时又是下一个过程的起点。在计划经济时代，中国没有消费经济研究，改革开放后，中国进入社会主义市场经济阶段，消费越来越引起人们的重视，1978 年，在经济学家尹世杰教授倡导下，消费经济学科在中国设立，随着中国市场经济的快速发展，自 20 世纪 90 年代起，消费文化日益受到中国学术界的关注，成为各个学科研究的新增长点。

概括来讲，中国的消费文化研究主要集中在五个领域，即经济领域、社会学领域、哲学领域、传媒领域和文学领域。经济领域的消费文化研究主要分为两大类，一类是从宏观和理论上对消费文化进行研究。代表人物有尹世杰和赵吉林等，尹世杰教授将研究从消费经济扩展到消费文化，倡

---

① ［法］布尔迪厄：《文化资本与社会炼金术：布尔迪厄访谈录》，包亚明译，上海人民出版社 1997 年版，第 192—193 页。

导建立消费文化学并于 2002 年出版了《消费文化学》专著，主要包括消费文化的研究对象与方法，政治制度、经济体制、经济发展水平、价值观念、消费者素质等诸要素对消费文化的影响，消费文化的三大形态及其主要特点和发展趋势，建立有中国特色的消费文化体系等内容，① 从宏观上对消费文化进行了比较完整系统的解析。赵吉林的《中国消费文化变迁研究》主要从历时的角度对中国社会从传统消费文化到当代消费文化变迁的演变历程及其不同特征进行了较为全面的阐释，提出以传统文化为主体，构建新消费文化主流，扩大文化消费，倡导"可持续消费文化"。② 另一类是从统计学、市场学角度对具体的消费文化现象和文化消费领域进行研究。较有代表性的是由零点研究咨询集团编著的《中国消费文化调查报告》，通过一系列第一手的翔实具体的数据对中国社会文化与社会群体消费文化现状与变迁进行了细致的分析，主要包括：世界消费文化潮流与趋势、中国人眼中的世界、科学与信仰、北京市流动人口生活现况与消费文化、从购物形态中把握商机、个人生活中的品牌文化、城市居民生日消费文化、众口含金——关于口碑传播的意义、中国城乡消费模式对比、SOHO 生活魅力——新 SOHO 群体扫描、产品工艺设计元素与色彩流行特点、中国：新男性与新时代、中高层收入群体生活形态与消费文化、城市居民假日旅游消费调查等诸多内容，③ 可谓是对中国当今社会消费状况的一本统计资料。同时随着我国文化产业的迅猛发展，近年来出版了一批对各地区文化消费情况进行统计分析的研究报告，如《中国文化消费需求景气评价报告（2013）》《中国乡村文化消费需求景气评价报告（2013版）》《中国城镇文化消费需求景气评价报告（2013 版）》《中国城市文化消费报告（总卷）》以及北京、上海、广州、长沙、郑州、沈阳、西安等城市文化消费报告分卷等，都是对具体的消费领域进行调查分析，为文化产业发展提供有益的参考。

从理论建构上来讲，社会学领域的消费文化研究取得的成就最为明显。彭华民的《消费社会学》是我国第一本从社会学角度研究消费行为

① 尹世杰：《消费文化学》，湖北人民出版社 2002 年版。
② 赵吉林：《中国消费文化变迁研究》，经济科学出版社 2009 年版。
③ 零点研究咨询集团：《中国消费文化调查报告》，光明日报出版社 2006 年版。

的专著，提出了建构中国消费社会学体系的设想，王宁近年来出版了三本关于消费社会学的专著：《消费社会学：一个分析的视角》《从苦行者社会到消费者社会》《消费社会学的探索：中法美学者的实证研究》，融合了中西方的消费文化理论，从社会学角度对消费进行了多方面的探析，另外还有部分学者运用社会学对具体的消费文化现象进行解读，如王宁的《消费的欲望：中国城市消费文化的社会学解读》，林晓珊的《汽车梦的社会建构——中国城市家庭汽车消费研究》等，其实很多其他学科领域的学者在研究消费文化和消费社会时，都会运用社会学知识来进行分析，因为消费文化本身就是一个跨学科的领域。

对西方消费文化理论进行解读和阐释主要在哲学领域，其实国内的消费文化研究首先起于对国外消费文化理论的引入，鲍德里亚的《消费社会》、费瑟斯通的《消费文化与后现代主义》、凡勃伦的《有闲阶级论》等理论名著相继被译介到国内，罗钢的《消费文化读本》选取了西方消费文化研究的主要代表作，可谓是最早的一部比较全面译介西方消费文化理论的读本。随着消费文化研究在国内越来越受到重视，单纯的翻译逐渐被系统的考量分析所替代，这方面的著作主要有杨魁、董雅丽的《消费文化：从现代到后现代》和《消费文化理论研究：基于全球化的视野和历史的维度》，周笑冰的《消费文化及其当代重构》，李辉的《幻象的饕餮盛宴：西方马克思主义文化消费理论研究》，高亚春、衣俊卿的《符号与象征：波德里亚消费社会批判理论研究》，朱晓慧的《新马克思主义消费文化批判理论》，王敏的《文化视阈中的消费经济史：迈克·费瑟斯通的日常生活消费理论研究》，邢崇的《后现代视域下本雅明消费文化理论研究》，张筱薏的《消费背后的隐匿力量——消费文化权力研究》等。值得一提的是傅守祥的《审美化生存：消费时代大众文化的审美想象与哲学批判》，此著立足于中国现实，从具体问题出发，对消费主义影响下中国文化场域的范式转型、审美流变进行了剖析和解读，对中国当代文化场域中的一些明显分歧、悖论和隐忧进行哲学批判，但是这种从中国目前存在问题出发的研究还是太少，总体来说，哲学领域的消费文化研究主要从文化哲学、社会学的角度进行阐释分析，批判和反思西方消费理论的多，较少根植于中国本土问题和文化传统的系统理论建构。

由于消费文化与现代传媒密不可分的关系，传媒领域的消费文化研究近年来发展迅猛，而且直接针对具体社会现象，有较强的问题意识。从宏观上考察消费文化与媒介关系的主要有徐小立的《传媒消费文化景观》、蒋原伦的《媒体文化与消费时代》、董天策的《消费时代与中国传媒文化的嬗变》、蒋建国的《消费文化传播与媒体社会责任》等，主要利用西方消费文化理论对媒介消费主义现象进行深度解读，一般有详尽的个案分析，蒋建还探讨了在消费社会背景下，媒体社会责任的缺失现象。① 此外，在具体的影视、广告等领域对消费文化的研究专著也不少，主要有赵津晶的《我国商业广告中的消费主义文化研究》、吴菁的《消费文化时代的性别想象》、李简瑷的《后现代电影：后现代消费社会的文化奇观》、徐瑞青的《电视文化形态论：兼议消费社会的文化逻辑》等。

消费文化是近年来文学研究领域的热点和重点之一，国内较早一批从事消费文化研究的也多是出自文学界，例如罗钢、包亚明、管宁等，总体来说，文学界的消费文化研究主要在三个方面进行：首先是对消费文化语境下文学叙事呈现出的新变及其特征进行总结、分析和解读，较有代表性的有管宁的博士论文《消费文化语境下的文学叙事》、郑崇选的《镜中之舞：消费文化语境中的文学叙事》等，其次是从美学和话语转型的角度对消费文化下的文学进行剖析，如范玉刚的《消费文化语境下的文艺学美学话语重构》、李艳丰的《历史"祛魅"与文化反思：大众消费主义时代文化与文学话语转型研究》等；最后是将消费文化与具体文学现象结合起来进行阐释，如王文霞的《文化消费主义背景下当代作家研究：以河南作家为例》、邱江宁的《明清江南消费文化与文体演变研究》、程箐的《消费镜像：20世纪90年代女性都市小说与消费主义文化研究》、焦雨虹的《消费文化与都市表达：当代都市小说研究》等。

随着中国经济的迅猛发展，消费在中国社会中的地位和作用日益突出，消费文化也越来越受到学界的重视。与西方进入后现代消费文化不同，中国的消费文化呈现出前现代、现代、后现代杂糅的复杂景象。既有尚在贫困线上挣扎的老少边穷地区，也有高楼耸立、车流滚滚、日夜喧嚣

---

① 蒋建国：《消费文化传播与媒体社会责任》，中国社会科学出版社2011年版。

的现代化大都市，甚至出现了讲究生活艺术化、消费符号化的后现代现象——从追求生活品位的都市中产阶层到喜欢奢华"小时代"的郭敬明粉丝，从节节攀升的奢侈品消费记录到不断刷新的中国人海外"狂购"，我们都不难寻觅到后现代消费文化浸淫其中的气息。如何从实际出发，发现和提出自己的问题，对中国社会的消费文化进行富有成效的研究，将是摆在中国学者面前的一项重要而紧迫的任务。

二　消费文化语境下西方文论话语的转变

在消费文化背景下，西方文学理论发生了一系列明显的转变，主要体现在以下五个方面。

1. 哲学基础转向后现代反本质主义

所谓本质主义，简单地说就是认为在千变万化的现象背后有不变的规律和本质。本质主义在西方古典哲学史上一直都占有举足轻重的地位，从米利都学派开始，古希腊哲学家就致力于探索组成万物的最基本元素——"本原"（希腊文 arche，旧译为"始基"），泰勒斯认为水是万物的本原，阿那克西美尼认为本原是无限的"气"，而赫拉克利特则认为宇宙是一团永不熄灭的火。柏拉图认为具体的事物只是表象，在表象背后一定存在着普遍的规律和不变的真理，即"理念"。真正确立西方形而上学本质主义思维方式的是亚里士多德，亚里士多德认为哲学研究的主要对象是实体，而实体或本体的问题是关于本质、共相和个体事物的问题，也就是寻找丰富多样、变幻多姿的"多"背后那个永恒不变的"一"。[①]亚里士多德的形而上学本质主义经过笛卡尔、斯宾诺莎、康德和谢林的发展而在黑格尔那里达到了巅峰状态。黑格尔将"绝对精神"看作宇宙万物的共同本质和基础，它按照正—反—合的辩证发展规律不断地变迁，不断地生长，不断地演绎出万事万物。

反本质主义是伴随着对现代性的反思和批判进行的，西方反本质主义

---

① ［古希腊］亚里士多德：《亚里士多德全集》第 1 卷，苗力田编译，中国人民大学出版社 1990 年版，第 356 页。

哲学思潮并没有一套统一的理论体系和范式，根据当代西方哲学大体上分为人本主义和科学主义两大主潮，反本质主义思潮也可以大致分成两大类：一类侧重从人本主义角度上批判本质主义，其根本特征是反理性、反本质、反主体、反中心，主要有以尼采、海德格尔等人为代表的存在主义，以福柯、德里达、利奥塔等人为代表的解构主义和后现代主义；一类着重从科学主义立场颠覆本质主义，根本特征是从逻辑实证上证明寻求普遍不变的本质规律是无法实现的，主要有以维特根斯坦为代表的后期分析哲学，以罗蒂为代表的新实用主义。反本质主义虽然没有统一的理论体系和知识范式，但是其根本指向都是否定整体性、统一性、普遍性而肯定多元性、差异性、复杂性，否认现象背后有不变的本质，否认理性的至高地位和作用，应该说，反本质主义的反权威、反中心、反理性对于自古希腊以来日益把理性和本质抬到至高无上地位、日趋僵化的西方经院哲学是一个反拨和变革，但是反本质主义思潮在许多方面都存在问题，例如反对真理、反对理性、推崇游戏、抬高语言，彻底的反本质主义便走向了相对主义和虚无主义，而这也正是形而上的本质主义。

2. 文学经典权力建构论

传统的文学观念认为经典具有超越历史的不朽意义和价值，它们经受住了时间考验，通过一个去粗取精的自然淘汰过程被筛选出来，所以是被一代又一代的大多数人所喜爱的优秀作品，可以说文学经典的诞生是客观公正的。但是这一看法在后现代消费时代遭到众多学者强烈的质疑和挑战，认为文学经典是统治或精英阶层通过权力和制度建构起来的。他们纷纷拿起福柯的权力理论、德里达的解构理论以及女权主义、新历史主义、后现代主义等众多理论"武器"对"正统"的文学经典理论进行口诛笔伐。佛克马直言不讳地说："所有的经典都由一组知名的文本构成——一些在一个机构或者一群有影响的个人支持下而选出的文本。这些文本的选择是建立在由特定的世界观、哲学观和社会政治实践而产生的未必言明的评价标准的基础上的。"① 西方社会对文学经典的质疑与 20 世纪六七十年

---

① ［荷］杜卫·佛克马：《所有的经典都是平等的，但有一些比其他更平等》，李会芳译，载童庆炳、陶东风《文学经典的建构、解构和重构》，北京大学出版社 2007 年版，第 18 页。

代以来一系列激进的社会运动有着千丝万缕的联系，尤其是美国自 80 年代以降展开了一场围绕着文化传统、文学经典、教学大纲修订等话题为中心的激烈争论，出现了"斯坦福大学通识教育改革事件"①、"全国学者协会"与左翼激进派的论争②以及"为民主文化斗争的教师"运动③等众多事件。我们从美国对于西方文学经典的论争不难发现文化价值观在后现代社会的日趋多元化趋势，中国人文学界也受到了一定的影响，"文化研究"的盛行就是重要表现。从世界日益全球化的发展趋势来看，恪守西方文化中心论的文学经典观应该是逆势而动的，但是文化的发展有自己特殊的规律，文化多元化并非等于要弱化本土文化，尤其是本民族的传统文化，经典文学是构建民族文化传统的重要组成部分，也是形成统一文化认同的宝贵精神财富，其实，西方对文学经典永恒价值的质疑和挑战总体上可谓是部分主张文化多元主义，对现实持批判态度的左翼学院知识分子的"纸上谈兵"之举，西方已经形成了非常强大统一的西方文化中心论和西方价值观核心论，他们的"反经典"行为不过是一种反思性批判，并非是真的要推翻重来。反观中国，当代中国尚未建立成熟的、具有世界影响

① 原先美国的通识教育都是以西方文明为核心的，叫作 western civilization，缩写为 CIV。1987 年斯坦福大学的改革改变了课程名称，但是缩写没有变化，仍然叫作 CIV，代表的是 Cultures, Ideas and Values，也就是各种文化、各种观念和各种价值，这被认为是颠覆了以往以西方文明为中心的惯例，挑起全美头号政治风波。其实斯坦福大学的改革，不过是在每一门课程后面加上一到两本非西方的经典，比如《论语》《可兰经》《源氏物语》等，而这么少量的非西方经典的阅读就引起如此大的紧张，可见他们对自己经典的看重。选自甘阳在复旦大学的演讲《通识教育在中国大学是否可能》。中国网（http：//www.china.com.cn/book/txt/2006-09/18/content_7169455.htm）。

② 1987 年，部分学院的右翼保守主义分子建立了名为"全国学者协会"的组织，目的是与文化左翼分子进行对抗。协会总部设在普林斯顿大学，主席是斯蒂文·巴尔奇，分会遍布全美 20 多个州，成员数千人。他们创办了自己的杂志《学术问题》作为与"反文化"的左翼分子斗争的阵地。参见阎景娟《文学经典论争在美国》，社会科学文献出版社 2010 年版，第 124—125 页。

③ 1991 年，美国高校的部分左翼活动家组成了"为民主文化斗争的教师"（Teachers for a Democratic Culture, TDC）的团体，基地在费城的坦布尔大学。该组织以提倡高等教育的民主化，维护文化多元主义和支持经典课程内容改革为宗旨，发表了一系列回击右翼指控的文章。主要领导人是斯坦利·费什、杰拉尔德·格拉夫和格雷戈里·杰伊等人。参见阎景娟《文学经典论争在美国》，社会科学文献出版社 2010 年版，第 125 页。

力的文化价值观，对自己经典文学的重视也远远不够，虽然文学经典并非一成不变，原来由于政治、体制或者在文化权力处于边缘沉默状态的作品也慢慢浮出水面，为众人所知甚至成为经典，如沈从文、张爱玲、萧红等，但是经典文学自有其独特的审美价值和精神底蕴，这一点想必真正热爱文学热爱阅读的人都会有切身的体会，文学经典可以发展变化，但是不可能就此否定经典的客观存在。

3. 打破文本界限，走向宽泛的文化研究

米勒认为自 1979 年以后，文学研究的中心已经从"对文学作修辞学式的'内部'研究，转为研究文学的'外部'联系，确定它在心理学、历史或社会学背景中的位置"①。此言不虚，20 世纪初期，西方文学理论经历了"语言论"转向，从作者论转向作品/文本论，注重分析作品/文本的语言、结构、形式、修辞等内部元素，俄国形式主义、布拉格学派、语义学、新批评派，甚至结构主义、符号学、叙事学、解构主义等都是从语言、结构入手来分析文本和作品，这个阶段延续的时间很长，至今尚未完全结束，但是随着文化研究的兴起，文学研究逐渐从注重文本和作品的内在结构、形式、语言和修辞等转向了侧重阶级、种族、性别、文化身份等外部元素的分析。西方文论的"文化转向"，并非是简单地向阶级/制度社会学分析回归，而是以"旧瓶装新酒"的方式对当下西方社会进行直接的介入、反思和批判。以阶级分析为例，传统的阶级分析法以政治经济学为中心，强调经济基础对上层建筑的决定作用，阶级属性决定作品风格和审美特性，但是文化研究的阶级分析法将文化的地位抬高，更加关注阶级意识和阶级文化，分析的中心也由经济生产转向文化意识。文化研究学者认为，随着西方社会由工业社会向后工业信息社会转变，以流通业、服务业和文化产业为主的第三产业逐渐取代工业成为经济的主体，与此相适应，以财产和工种来划分阶级的方法被知识和技术所取代。

文化研究通常没有固定的学科归属，其身份显得有些模糊不定甚至窘迫尴尬。通常来讲，每门学科都有其相对固定的研究对象、研究范围、研

---

① ［美］J. 希利斯·米勒：《文学理论在今天的功能》，载［美］拉尔夫·科恩《文学理论的未来》，程锡麟等译，中国社会科学出版社 1993 年版，第 121 页。

究方法等，但是文化研究则不然，社会学、哲学、政治学、文学、历史学等都在文化研究的探讨领域之内，跨界多学科研究已经成为文化研究的家常便饭，所以在西方很多大学里，从事文化研究的学者大都有着其他的学科背景，① 较少招收文化研究的本科生，以招收硕士生和博士生为主，专门的文化研究系较少，大多以研究中心的方式存在。② 所以就进入学科体制而言，文化研究还将会有一段较长的路要走，但是就文学研究领域而言，文化研究已经形成一股潮流，当代西方文论界盛行的性别研究、视觉文化、后殖民文化理论、全球化、媒介帝国主义等理论思潮，都是文化研究的中心和热点。中国文论界也受到这种热潮的影响，学术界对此也有广泛的争议，这个在后文中将会具体论述，在此不展开。其实，文化研究最值得我们学习的是其强烈的社会和现实关怀意识，真正从实际出发得出理论观点，中国的文学研究也要从自己的现实出发，发现自己的问题，总结出自己的经验和理论。

4. 消解宏大叙事，走向多元化

后现代主义一个重要的特征是对抽象的整体性、同一性、总体性的否定，转而强调非同一性、个体性和差异性。按照阿多诺的否定辩证法，黑格尔所推崇的同一性和整体性是为了维护资本主义制度的合法性，资本主义社会已经被机器大工业同一化，人的个体性和差异性受到压制从而导致人的异化，要想打破资本主义整齐划一的"囚笼"，就需要调动人的个体差异性来对抗整体同一性。利奥塔也认为后现代知识反对元叙事和基础主义，是对形而上哲学、历史哲学以及任何形式的总体化思想——不管是黑格尔主义、自由主义、马克思主义还是实证主义——的拒斥。③ 受

---

① 英国的文化研究学者大多具有社会学和新闻学的背景，美国则主要集中在文学、人类学和新闻传播学领域。参见陆扬主编《文化研究概论》，复旦大学出版社 2013 年版，第 43 页。

② 美国批评理论家文森特·里奇认为在美国没有一家大学开设文化研究系，有与此相关的课程、协会和中心，但是没有实质意义上的文化研究系，而且有许多拿到文化研究方向博士学位的毕业生找不到工作，因为在美国这样的工作并不多见。参见 [美] 文森特·里奇《理论、文学及当今的文学研究——文森特·里奇访谈录》，《当代外国文学》2006 年第 2 期。

③ [美] 道格拉斯·凯尔纳、斯蒂文·贝斯特：《后现代理论：批判性的质疑》，张志斌译，中央编译出版社 2001 年版，第 191 页。

后现代思潮影响，文学理论不以建构宏大的理论体系为目的，往往只从一个特殊的角度来阐发一种观点，更加走向多元化、差异化和个性化。

美国理论家文森特·里奇（Vincent Leitch）指出，学界一般认为70年代可以称为"宏大理论"（grand theory）时期，之后的一段时期则为"后理论"（post-theory）时期。① 其实，60年代以来，随着西方社会发生一系列的重大社会政治事件，各种运动思潮风起云涌，后结构主义、后现代主义、女性主义、后殖民主义等理论纷纷"你方唱罢我登场"，甚至"同台演出"，形成了七八十年代的理论热，阿尔都塞、福柯、拉康、德里达、鲍德里亚、利奥塔、克里斯蒂娃、斯皮瓦克、巴尔特、西苏、詹姆逊等一大批熠熠生辉的名字主宰了20世纪七八十年代的思想。② 从这些名单中我们可以发现，虽然他们都曾在文学理论界"独领风骚"，但是他们从事的领域却不限于文论界，哲学、心理学、语言学、符号学、政治学等可能才是他们真正的兴趣所在。其实，正如卡勒所言，"如今当人们抱怨文学研究的理论太多了的时候，他们可不是说关于文学本质方面的系统思考和评论太多了，也不是说关于文学语言与众不同的特点的争辩太多了"，而是指"非文学的讨论太多了，关于综合性的争辩太多了（而这些问题与文学几乎没有任何关系），还要读太多的很难懂的心理分析、政治和哲学方面的书籍"③。其实，这也正是这些人的思想被称为"理论"而非"文学理论"的重要原因。80年代之后，这股热潮逐渐式微，所谓的"后理论"时代来临，《理论之后的读解》《文学理论的未来》《理论之后》《后理论：批评的新方向》等一系列著作纷纷对理论之后的方向进行了阐释或预测，"版本目录学""发生学研究""新审美主义"等各种观点纷纷登场。④ 有的认为文学理论应该远离无所不包的文化研究，回归文

---

① ［美］文森特·里奇：《理论、文学及当今的文学研究——文森特·里奇访谈录》，郝桂莲、赵丽华译，《当代外国文学》2006年第2期。

② ［英］拉曼·塞尔登、彼得·威德森、彼得·布鲁克：《当代文学理论导读》，刘向愚译，北京大学出版社2006年版，第356页。

③ ［美］乔纳森·卡勒：《文学理论入门》，李平译，译林出版社2013年版，第1—2页。

④ ［英］拉曼·塞尔登、彼得·威德森、彼得·布鲁克：《当代文学理论导读》，刘向愚译，北京大学出版社2006年版，第365页。

学，回归审美，因为"文化研究的理论成分与文学理论在很大程度上不是一回事……它们要研究的资料是完全不同的"①。也有的认为"文化研究还有很长的路可走"，并且"会以前所未有的方式制度化"。②伊格尔顿特别提出了文学应该走向政治，作为坚定的马克思主义支持者，他批评文化理论热衷于脱离真实社会政治的文化研究，"最具破坏作用的，至少是在抵抗资本主义运动出现之前，就是集体有效的政治行动记忆的缺失。正是这一点，歪曲了众多的当代文化观点，使它们走了样"。而这也正是导致文化理论黄金时代消失的主要原因。③ 伊格尔顿指出，强调身份政治研究的后殖民主义理论把目光从阶级和民族转向了种族，而"因为种族主要的是文化事务，注意力也就从政治挪到了文化"。这正是西方社会后革命时代对于"政治解放"的摒弃和遗忘。④ 对于后现代主义的多元主义和怀疑主义立场，伊格尔顿认为意味着"它已经丧失了深度与雄心"。所以，后现代文化理论其实与晚期资本主义是一种合谋关系，"在这个社会制度里，你就不再有反抗世俗成规、放荡不羁的叛乱者或革命先锋派，因为不再有任何东西可以破坏……现在的规范就是钱，不过钱绝对没有自己的原则和身份，它也就根本不是哪一种规范"⑤。为此，伊格尔顿给出了"政治批评"的解决方案。所谓的"政治批评"并非是一种侧重从政治角度进行文学研究的系统批评理论，而是研究文学的一种策略和姿态。通过对 20 世纪西方文学理论的考察和解读，从现象学、诠释学、接受理论，到结构主义与符号学，从后结构主义到精神分析，伊格尔顿告诉我们："现代文学理论的历史乃是我们时代的政治和意识形态的历史的一部分"，"政治批评"并非意味着"一个政治的替代"，而是表明"结论是我们已

---

① ［美］J. 希利斯·米勒：《文学理论的未来》，刘蓓、刘华文译，《东方丛刊》2006 年第 1 期。

② ［美］文森特·里奇：《理论、文学及当今的文学研究——文森特·里奇》，郝桂莲、赵丽华译，《当代外国文学》2006 年第 2 期。

③ ［英］特里·伊格尔顿：《理论之后》，商正译，欣展校，商务印书馆 2009 年版，第 11 页。

④ 同上书，第 15 页。

⑤ 同上书，第 19—20 页。

经考察的文学理论是具有政治性的"。① 对于伊格尔顿的"政治批评",塞尔登认为它缺少了"艺术"之维,"在他的手里,'文化理论'似乎从文学或审美领域游离开去了"。②

5. 走向非中心的"游牧"状态

美国学者拉尔夫·科恩在《文学理论的未来》一书中勾勒了当代西方文学理论变革的四个方面:政治运动与文学理论的修正;解构实践的相互融合、解构目标的废弃;非文学学科与文学理论的扩展;新型理论的寻求、原有理论的重新界定、理论写作的愉悦。③ 从这些概括性的小标题中,我们就能发现文学理论已经不再是局限在书斋中的理论演绎,单一宏大的"现代"话语已经让位于"碎片"化的"后现代"话语,文学理论与实践尤其是政治、社会实践的联系更加紧密。在这本拉尔夫精心选编的论文集中,与种族、性别这两个当代西方社会最为热门话题直接相关的文学理论与批评就占了28%,面对文学的"边缘化",文艺理论家们对于文学理论的未来也没有持悲观和失望的态度,海登·怀特认为当代文学理论对于理解历史写作既有直接的,也有间接的关系,通过对当代文学理论与历史写作之间千丝万缕关系的细致梳理,怀特最后以不容置疑的口吻指出:"现代文学理论一定不可避免的也是一种关于历史、历史意识、历史话语和历史写作的理论。"④

希利斯·米勒曾经对媒介时代的文学发展表现出怀疑和担忧,但是他对文学的未来并未完全丧失信心,他认为在新的社会形势下,人文学科也会发生明显变革,原来认为人文学科主要与审美和价值有关的传统看法已经崩溃,但是与海登·怀特不同,他认为人文科学的重要任务,便是

① [英]特雷·伊格尔顿:《二十世纪西方文学理论》,伍晓明译,北京大学出版社2007年版,第170—171页。
② [英]拉曼·塞尔登、彼得·威德森、彼得·布鲁克:《当代文学理论导读》,刘向愚译,北京大学出版社2006年版,第365页。
③ [美]拉尔夫·科恩:《文学理论的未来》,程锡麟等译,中国社会科学出版社1993年版,第2页。
④ [美]海登·怀特:《"描绘逝去时代的性质":文学理论与历史写作》,载[美]拉尔夫·科恩《文学理论的未来》,程锡麟等译,中国社会科学出版社1993年版,第46、78页。

"贮存、交谈、档案保存，整个记忆的工作"。① 与此相一致，新型文学理论的重要作用之一，"便是重新界定究竟什么是值得记忆的东西；重新明确，我们应该采取些什么复原和新解释的步骤，以确保我们能记住自己想记的东西"②。此外，米勒认为人文学科的另一任务是解读文本，而文学系的各种课程就"应变成训练解读与写作能力为主"③。由此他反对将文学与意识形态"混淆"在一起。显而易见，米勒对文学的看法越来越趋于回归文学自律的一面。

与希利斯·米勒退回文学小天地不同，伊塞尔高屋建瓴式地将文学人类学视为文学理论的未来可行之路。在他看来，原来的文学理论主要是为众多阐释方法提供框架，模式建构成为文学理论的主要关注对象，但是随着新批评、结构主义、解构主义等一个又一个阐释模式走向衰败甚至销声匿迹，我们应该把目光更多地投向文学理论本身的意义和价值上来。文学理论"不仅不能成为阐释建构的源泉，相反它应探索这一媒介的符号功能"④，我们应该用文学"这一媒介的特殊性去开拓人类才智的悟性"，"使文学成为探索的工具"⑤。在他看来，文学作为一种媒介从有记录的时代开始就伴随着我们，它的存在肯定有人类学的价值需求，那么，"这些需求是些什么，对于我们本身的人类学的构成，这一媒介又将向我们揭示出什么？这些将导致一种文学人类学的产生"⑥。同时伊塞尔也赞成文学文本应该扩大到大众媒介，但是当前文学理论对大众媒介的探索是远远不够的。

总之，无论是对文学的未来满怀希望还是充满担忧疑虑，当代西方文学理论已经没有真正的中心和主流，原来的作者中心论、文本中心论、读者中心论等一枝独秀式的理论范式，已经被杂然纷呈式的各种新见解、新

---

①　[美] J. 希利斯·米勒：《文学理论在今天的功能》，载 [美] 拉尔夫·科恩《文学理论的未来》，程锡麟等译，中国社会科学出版社 1993 年版，第 131 页。

②　同上书，第 132 页。

③　同上。

④　[德] 沃尔夫冈·伊塞尔：《走向文学人类学》，载 [美] 拉尔夫·科恩《文学理论的未来》，程锡麟等译，中国社会科学出版社 1993 年版，第 275 页。

⑤　同上书，第 278 页。

⑥　同上书，第 277 页。

观点所替代。

三 消费文化语境下的当代文论话语重构

在古希腊神话中有一位人面鸟身的海妖名叫塞壬，她有着天籁般的歌喉，常用歌声诱惑过路的航海者而使航船触礁沉没，船员则成为塞壬的腹中餐。古希腊英雄奥德修斯在返乡途中，为了既听到美妙的歌声，又不会葬身于此，就把船员的耳朵用蜡封住，但是他想听这无与伦比的歌声又不想丧命，于是就让水手把自己的手脚捆住，用铁索将自己紧紧绑在桅杆上。在《启蒙辩证法》中，阿多诺曾用塞壬的歌声来说明资本主义社会对艺术的巨大影响，其实，塞壬的歌声更像炫人耳目、具有诱惑力的消费文化——充满诱惑又潜藏危机。美酒华服、豪车别墅、品质生活、优雅格调……消费文化的"魔力"就是把人的一切需求都转化为消费的满足，将消费打上文化品位的标签，它无限挖掘人的欲望，以符号消费代替商品消费，"表面上以物品和享受为轴心和导向的消费行为实际上指向的是其他完全不同的目标：即对欲望进行曲折隐喻式表达的目标、通过区别符号来生产价值社会编码的目标。因此具有决定意义的，并不是透过物品法则的利益等个体功能，而是这种透过符号法则的交换、沟通、价值分配等即时社会性功能"①。的确，消费社会的商品具有符号价值，开奔驰和宝马比奔奔和捷达更能彰显成功者的尊贵身份和地位，符号的"魔力"犹如塞壬的歌声，它洞悉人性，具有穿透人心的力量，在"乱花渐欲迷人眼"的消费文化面前，曾经高居象牙塔中的文学也禁不住诱惑降临凡尘，但随之而来的除了兴奋、惊喜，更多的是困惑和危机。

1. 消费文化语境下当代中国文学发展的四个主要矛盾

首先面临的是文学自律性与文学商品化之间的悖论。文学自律性是指文学本身具有的独立性和自足性，这种说法来源于艺术自律的观点，在康德的《判断力批判》中，康德认为审美判断具有"无目的的合目的性"，

---

① ［法］波德里亚：《消费社会》，刘成富、全志钢译，南京大学出版社 2000 年版，第 69 页。

所谓"无目的性"是指"没有实质性的主客观目的"，例如饥饿的人饱餐一顿，守财奴发了财，都能感到兴奋和愉悦，但这些是有主客观目的的活动，不具有审美性，但是如果人们只是纯粹欣赏盛开的鲜花、优美的音乐，就是不具有外在目的性的审美活动。"合目的性"指"表象中合目的性的单纯形式，这个单纯形式具有形式方面的主观合目的性，即无利害、无概念的纯粹形式产生了契合了主体的心意的状态，使得主体的想象力和知性等认识能力激动起来，彼此间自由地互相协调，并由此而产生出审美愉快"。①

康德把审美从实际的现实关怀中分离出来，赋予美学独立于理性和道德领域的自足自立的功能，开启了艺术自律论的先河，从此艺术自律论在西方美学史上一直占有重要的地位，尤其是唯美主义强调"为艺术而艺术"的原则，更是艺术自律论的集中表现。与自律论相对的是他律论，韦勒克和沃伦在《文学理论》中说："在某种意义上，整个美学上的问题可以说是两种观点的争论：一种观点断定有独立的、不可再分解的'审美经验'（一个艺术自律领域）的存在，而另一种观点则把艺术认作科学和社会的工具，否认'审美价值'这样的'中间物'（tertium quid）的存在，即否认它是'知识'与'行动'之间，科学、哲学与道德、政治之间的中介物。"② 前者可以说是艺术自律论，后者便是艺术他律论。

文学作为一种语言艺术，其自律性一直是众多文学理论家所推崇和坚守之道。俄国形式主义文论的代表人物什克洛夫斯基在其代表作《散文理论·前言》中旗帜鲜明地提出："在文学理论中我从事的是其内部规律的研究。如以工厂生产来类比的话，则我关心的不是世界棉布市场的形势，不是各托拉斯的政策，而是棉纱的标号及其纺织方法。所以，本书全部都是研究文学形式的变化问题。"③ 不仅是形式主义文论对文学自律性情有独钟，象征主义、表现主义、英美新批评、结构主义、符号学、叙事学等都对文学自律性给予了高度的重视，有的文论如新批评就完全建立在

---

① ［德］康德：《判断力批判》，彭笑远编译，北京出版社 2008 年版，第 42—43 页。

② ［美］韦勒克、沃伦：《文学理论》，刘象愚等译，生活·读书·新知三联书店 1984 年版，第 236 页。

③ ［俄］什克洛夫斯基：《散文理论》，刘宗次译，百花洲文艺出版社 1994 年版，第 3 页。

文学自律性这一核心原则之上。中国新时期文论在 80 年代也曾极力倡导文学自律性原则，文学主体性、审美反映论、审美意识形态论都打上了文学自律论的深刻烙印，文学自律论对于刚刚摆脱文学政治工具论枷锁的新时期文艺理论是一剂解毒剂和催化剂，在一定程度上可以说，80 年代文学的无限风光图上有着文学自律论的功劳。但是自 90 年代开始，尤其随着消费意识越来越深地浸淫到中国社会的每个角落，文学自律性受到商品化的严峻挑战，如果说文学成为政治宣传和意识形态斗争的工具是出于被迫和无奈，具有强迫性，那么商品化和消费化的大潮则犹如塞壬迷人的歌喉，使文学欲罢不能，自愿聆听她，亲近她，甚至沉醉于她。作家触电、网络小说改编热、畅销书排行榜、作家富豪排行榜……文学界越来越多的热点、焦点或正面或侧面，或明目张胆，或半遮半掩与商品和消费紧密联系在一起。文学自律性强调文学能够摆脱对政治、经济、社会等所谓外在因素的依附性而成为独立自主的存在，按照布尔迪厄的场域理论来说，就是文学具有独特的文学场域，在这个场域里遵循的是文学界通行的惯例和规则，有着与经济、政治、社会不同的评价标准和准入资格。但是在消费时代，一切都是商品，文学也不例外，文学场域在很大程度上已经被媒介、商品、消费所操控，虽然还有部分作家悲壮地坚守着纯文学的阵地，但大多是形单影只，应者寥寥无几。第九届华语文学传媒大奖一场题为"我们的时代需要什么样的文学"的沙龙，最后竟引发出"文学已死"的感叹，一直坚守纯文学创作的张炜发出感叹："现在整个环境都变了，不仅呼吸的空气也不一样了，连吃的油也不一样，是地沟油，所以今天的文学绝对没法达到过去黄金时代的水准。"① 张炜的话虽然有些偏激，但文学正在发生巨变，与 80 年代的文学相比，90 年代以后的文学商品化和消费化的倾向已然是大势所趋，不可阻挡。

消费时代文学还面临着另一个难题：文学个体性与受众大众化之间的矛盾。文学创作需要灵感和天赋，文学作品拒绝平庸和普通，个性、风格是优秀文学作品的必备特质。曹丕《典论·论文》有言："文以气为主，气之清浊有体，不可力强而致。譬诸音乐，曲度虽均，节奏同检，至于引

---

① 《"文学已死"成作家心结 张炜：文学回不到黄金年代》，2011 年 5 月，文化中国—中国网（http://cul.china.com.cn/book/2011-05/08/content_4183329.htm）。

气不齐，巧拙有素，虽在父兄，不能以移子弟。"① 歌德也明确指出："艺术真正的生命，也正在于把握和表现个别特殊的事物。"② 但是在消费时代，一切产品无时无刻不受到市场/消费逻辑的影响，即便是特别强调个性、独特性的文学创作也会被市场这只无形的手将其特立独行的棱角磨平，纳入商品运行的逻辑之中。文学讲究个性，但是文学成为产品就要考虑销售，就要根据大众的口味来制定产品的性状和功能。所以我们发现，越来越多的作家"口味重起来"。获得茅盾文学奖的《白鹿原》开篇便是白嘉轩娶七个女人的房事，而"武戏上房，文戏上床"也成为畅销书的重要秘籍。不仅如此，消费社会还有一个"绝招"——让不臣服于它的人不知不觉落入它的罗网之中。譬如张炜，本是少有的坚守精英文学的理想主义作家，其作品对商业主义、消费文化进行坚决的抵制和批判，但是具有嘲讽意义的是，他的孤独的坚守和反抗也成为可以消费的符号，所以在其长篇小说《能不忆蜀葵》的封页上，出版社的简短语言具有强烈的可消费性："张炜最新金长篇"，"七年苦修，四载磨砺"。所以，坚守艺术至上的理想主义者在消费社会本身就成为稀缺的消费品，具有很高的符号消费价值，消费社会不断挖掘人类内心深处的欲望，把一切都变成可以消费之物，哪怕是所谓的"个性""自我""理想""超越"，同时不断创造新的欲望，让人在永不满足的消费欲望中沉沦。

消费时代也是大众媒介进入生活每一个角落的时代，文学是语言的艺术，但是在大众媒介时代，文学的语言属性与文学电子媒介化之间也产生了难以调和的矛盾。首先是文学影视化对传统文学的挤压。现在作家"触电"已经成为成名的"必备条件"。我们通过电影《手机》《一九四二》知道刘震云，通过《大红灯笼高高挂》《红粉》知道苏童，通过《活着》知道余华，通过《贫嘴张大民的幸福生活》《菊豆》知道刘恒，通过《金陵十三钗》《归来》《一个女人的史诗》知道严歌苓……这份名单还可以无限延长，对于文学与影视的亲密接触，刘震云曾经有一段"辩解"，他说："很多人都觉得文学改成影视，文本的价值就降低了，这

---

① 曹丕：《典论·论文》，载郭绍虞《历代文论选》一卷本，上海古籍出版社 2001 年版，第 60 页。

② ［德］爱克曼辑录：《歌德谈话录》，杨武能译，光明日报出版社 2008 年版，第 18 页。

是特别糊涂的。唐诗在唐代是不被人看重的，看重的是六朝的骈文，元朝的元剧也不被重视，明清小说在当时更不是高贵的，大家都视为下九流。我们就别再争什么高下了。这就像家里有个萝卜，一直是生拌吃，突然有人说可以炸丸子，就这样做了。这跟我的创作没关系，跟生活有关系。萝卜多卖一道，让人去炸丸子，可多得一点散碎银两，补贴家用。"① 刘震云的"辩解"确实有一定道理，但是已经"触电"的作家和千方百计想"触电"的作家越来越多也是不争的事实。曾经以《射天狼》成名的军旅作家朱苏进自从涉足影视成为编剧之后，再也没有写小说了，他曾自道内情与苦衷：做完《鸦片战争》他发现：一部电影得到的钱，比他所有小说的稿费都要高，而且高出很多。"我觉得这个影视剧毫无价值。但这个价格，是我以前做的很多自认为很有价值的事情所得不到的。这个咋办呢，兄弟?"② 显然，影视和小说是不同的，但是为了生活、为了自我价值被社会认可，抑或为了别的原因，作家纷纷"触电"，文学影视化的未来将会怎样？在我看来，纸质文学作品仍然会一直存在，但是无论是社会影响力、受众人数都难以同影视抗衡，其中一个最重要的原因便是80后、90后读书越来越少，"读图"成为习惯，待到50后、60后、70后渐渐离开社会舞台，影视将以绝对优势战胜纸质文学作品。

电子媒介对传统文学的第二个挑战是网络文学已经从异军突起变成滚滚潮流。③ 网络文学的兴盛与文学网站的蓬勃发展密不可分，在百度以"文学"为关键词进行网页搜索，找到相关结果约100000000个，以"网

---

① 《访刘震云：我知道我笨，这是我聪明的地方》，2007年11月11日《南方都市报》。

② 《朱苏进：只要精彩，怎么骂我都行》，2010年7月9日《人民日报》（海外版）。

③ 对于何为网络文学，目前众说不一，原创文学网站"椿树下"主编朱威廉说："什么是网络文学？这是个一直在持续的争议。我觉得网络文学就是新时代的大众文学，Internet的无限延伸创造了肥沃的土壤，大众化的自出创作空间使天地更为广阔。没有印刷、纸张的繁琐，跳过了出版社、书商的层层限制，无数人执起了笔，一篇源自于平凡人手下的文章可以瞬间走进千家万户。"有的学者从不同层面去定义网络文学："通过网络传播的文学"（广义）、"首发于网络的原创性文学"（本义）、"通过网络链接与多媒融合而依赖网络存在的文学"（狭义）。欧阳友权给网络文学下过一个比较宽泛的定义，认为网络文学是指网民在电脑上创作，通过互联网发表，供网络用户欣赏或参与的新型文学样式，它是伴随现代计算机特别是数字化网络技术发展而来的一种新的文学形态。参见欧阳友权主编《网络文学概论》，北京大学出版社2001年版，第2—4页。

络文学"为关键词进行网页搜索，找到相关结果约 36300000 个。据统计，
"以'文学'命名的综合性文学网站约 300 个，以'网络文学'命名的文
学网站 241 个，发表网络原创文学作品的文学网站 268 个"①。文学网站
有多火呢？iResearch 艾瑞咨询推出的网民连续用户行为研究系统 iUser-
Tracker 最新数据显示，2014 年 1 月，垂直文学网站日均覆盖人数 1284.5
万人。其中，起点中文网日均覆盖人数达 174 万人，网民到达率达 0.8%，
位居第一。垂直文学网站月度有效浏览时间达 2.5 亿小时。其中，潇湘书
院有效浏览时间达 1543 万小时，占总有效浏览时间的 6.1%，位居第
一。② 数字是枯燥的，但也是最能直截了当说明问题的。网络文学如火如
荼的发展使传统文学也由原来的或抗拒或鄙视或冷眼旁观或避而远之变为
主动靠拢、积极参与。2008 年 10 月 29 日—2009 年 6 月 25 日，在中国作
家协会的指导下，中文在线旗下的 17K 网站与《长篇小说选刊》联手承
办了"网络文学十年盘点活动"，《人民文学》《中国作家》《收获》《当
代》《十月》等二十余家传统文学期刊加入活动中来，成为活动的核心支
持单位，参加活动的原创网站超过二十家：幻剑书盟、起点中文网、
17K、天涯论坛、晋江文学城、龙空、西祠胡同、翠微居、逐浪、潇湘、
四月天……纷纷积极参与，几乎囊括了"网络文学"领域内所有知名原
创网站，雷达、李敬泽、胡平、贺绍俊、白烨、格非等为文坛熟知的传统
文学作家和评论家成为专家评委。③ 同时众多的网络文学爱好者和跃跃欲
试者进入网络文学大学学习，这是中国首家培养网络文学原创作者的公益
性大学，莫言担任名誉校长。在笔者看来，网络文学的有着广阔发展的良
好前景，因为它具备了天时、地利、人和，当然互联网时代传统文学也不
会消失，很多网络文学作品和作者在成名之后都向传统文学靠拢，出版纸
质小说，加入作协，其实，网络文学和传统文学固然有着极为不同的特
质，但二者之间并不存在不可逾越的鸿沟，笔者倒认为应该有更多的文艺

---

① 詹新慧、许丹丹：《2004 年网络文学状况及未来发展分析》，《出版发行研究》2005 年
第 7 期。

② 《艾瑞 iUserTracker：2014 年 1 月垂直文学网站行业数据》，2014 年 3 月，艾瑞咨询（ht-
tp：//www. iresearch. com. cn/View/227930. html）。

③ 《网络文学十年盘点》，百度百科（http：//baike. baidu. com/view/10765752. htm）。

理论批评家介入网络文学研究中来，因为这是一片大有可为的处女地。

消费时代的文学生存还必然面临文学审美超越性与消费世俗化、欲望化之间的矛盾。优秀的文学作品以震撼心灵、提升精神境界为旨归，追求超越世俗功名利禄的真善美。但是在消费社会，文学的审美超越性却日益被商品和市场逻辑所绑架，鲍德里亚认为消费社会其实是符号的消费，商品、品牌构成不同的生活方式从而成为身份地位的符码，物质主义、享乐主义在文学作品中大肆出现，美女豪车、别墅酒吧、环游冒险、游艇盛筵等众多消费社会标明身份价值的符号在文学和影视作品中便成为必备点缀。布尔迪厄对消费社会的审美逻辑进行了文化社会学式的分析，他认为消费文化"将审美消费置于日常生活消费领域的不规范的重新整合，取消了自康德以来一直是高深美学基础的对立：即感官鉴赏（taste of sense）与反思鉴赏（taste of reflection）的对立，以及轻易获得的愉悦——化约为感官愉悦的愉悦，与纯粹的愉悦——被净化了快乐的愉悦（pleasure purified of pleasure）的对立：纯粹的愉悦天生容易成为道德完善的象征和衡量升华能力的标准，这一标准界定正合乎人性的人"①。的确，自康德把美作为与功利无关的精神愉悦开始，美学一直强调高级的精神享受，排斥肉体的感官快乐，黑格尔在《美学》中也一直强调艺术美的绝对心灵性，认为艺术作品"只有通过心灵而且由心灵的创造活动产生出来"②"美就是理念的感性显现"③"美的艺术的领域就是绝对心灵的领域"④。但是后现代消费社会的审美逻辑是平面复制、深度消失、注重快感，艺术与生活之间的鸿沟已经消失，审美泛化、日常生活化，本雅明曾经用"灵晕"（aura）的消失来阐释机械复制时代的艺术品与古典原创艺术品之间的差别，后现代消费文化浸淫下的艺术不仅失去了具有神秘感的"灵晕"，而且成为欲望的奴隶。黑格尔曾经指出，人对外在事物的最低级的感性关系是欲望的关系，在这种关系中，人"不是以思考着的身份，

---

① ［法］布尔迪厄：《〈区分〉导言》，黄伟等译，载罗钢《消费文化读本》，中国社会科学出版社 2003 年版，第 49 页。

② ［德］黑格尔：《美学》第一卷，朱光潜译，商务印书馆 1979 年版，第 49 页。

③ 同上书，第 142 页。

④ 同上书，第 120 页。

用普遍观念来对待这些外在事物，而是按照自己的个别的冲动和兴趣去对待本身也是个别的对象"①，人在这种欲望的关系中是无法获得自由的，"但是人对艺术作品的关系却不是这种欲望的关系，他让艺术作品作为对象而自由独立存在，对它不起欲望，把它只作为心灵的认识方面的对象"。②不过这种自由的关系在消费时代难以存在，因为消费社会挖掘人的欲望已经不仅仅停留在表层的感性方面，例如衣食住行、感官的享乐和满足，而是深入人性的高层次需要满足层面，如果按照马斯洛的需求层次理论，人的需求由低到高依次是：生理需求、安全需求、情感和归属需求、社会需求、尊重需求、自我实现需求。消费社会的"魔力"就是把这一切需求都转化为消费的满足。以最高层次的"自我实现的需求"来说，很多优秀的文学家可能不会向金钱低头，但是他很难超越被读者被社会被时代冷落摒弃这道标杆，为了实现自我，他不得不向社会低头、向时代低头。

在《启蒙辩证法》中，阿多诺对塞壬的结局作了预测："当战船逐渐消失以后，塞壬究竟落了个怎样的下场。然而，这正是她们的最终时刻，在这场悲剧里，塞壬也同样会像斯芬克斯一样，当俄狄浦斯破解了谜语以后，他不仅完成了自己的指令，而且还祛除了罩在这一指令之上的巫魅。"③把物的消费变为符号消费，这是消费文化的"巫魅"，从目前看来，这一"巫魅"还很难去除，文学艺术在消费时代面临的困境似乎是时代赋予的难题，但是正如奥德修斯也最终通过了考验一样，自远古时代就萌芽的中国文学虽然在消费时代遭遇到危机，但也一定可以冲破困境，获得新的发展和生机。

2. 消费文化语境下当代中国文论话语危机

20世纪90年代以来，中国社会经历了一个重要的转型期，其突出的特征之一是逐渐从生产主导型社会向消费主导型社会过渡。消费社会是指20世纪60年代以来，西方发达资本主义国家由生产主导型进入了商品极

---

① ［德］黑格尔：《美学》第一卷，朱光潜译，商务印书馆1979年版，第44—45页。

② 同上书，第45页。

③ ［德］霍克海默、阿多诺：《启蒙辩证法：哲学片段》，渠敬东、曹卫东译，上海人民出版社2003年版，第59—60页。

端丰富的消费主导型的时代，虽然从总体而言，当代中国尚处于生产社会，由于地区经济发展的不平衡，一些地方特别是农村和老少边穷地区还处于温饱甚至贫困状态，但是在北京、上海、广州、西安、成都等大中城市和沿海经济发达地区不仅实现了小康，而且已经进入消费主导型社会，伴随消费社会而兴起的消费文化也开始在中国大中城市蔓延，而且由于全球化和现代传媒的迅猛发展，商品原则和消费文化逐渐成为影响中国社会文化的重要因子，人们的生活方式、价值观念都受到消费主义意识形态的极大影响，文学和文学理论也不例外，秉持后现代商品逻辑的消费文化对文学理论造成了巨大的冲击。

第一，在消费社会中，商品化的逻辑无孔不入地渗透到社会生活的各个领域中，文化也不例外，杰姆逊曾经对后现代消费文化的扩张有深刻的论述，他写道："在十九世纪，文化还被理解为只是听高雅的音乐，欣赏绘画或是看歌剧，文化仍然是逃避现实的一种方法。而到了后现代主义阶段，文化已经完全大众化了，高雅文化与通俗文化，纯文学与通俗文学的距离正在消失。商品化进入文化，意味着艺术作品正成为商品，甚至理论也成了商品；当然这并不是说那些理论家们用自己的理论来发财，而是说商品化的逻辑已经影响到人们的思维。"① 商品化的逻辑对文学艺术的审美属性予以消解，以利润为最终旨归的大众文化越来越兴旺，无论在古典时期还是在现代时期，文学理论要么侧重文学艺术的自律性，要么侧重文学艺术的他律性，但是在后现代消费社会，市场逻辑对文学艺术的自律性和他律性都予以了消解，市场原则和追求利润最大化成为凌驾一切文化艺术规律之上的最终法则。

第二，从思想资源而言，消费社会所倡导的消费文化与后现代主义一脉相承，后现代理论主张消解中心，反本质主义、解构"元叙事""元话语"，后现代思想资源对中国当代文学理论的直接影响便是文论界的反本质主义话语蔓延。持反本质主义观点的学人认为，本质主义思维方式是造成文艺学学科危机的根本原因。文论界反本质主义话语的蔓延表面上看与消费文化无关，其实有很深的渊源，就学理背景而言，21 世纪以来国内

---

① ［美］杰姆逊：《后现代主义与文化理论》，唐小兵译，陕西师范大学出版社 1987 年版，第 147—148 页。

文论界兴起的反本质主义思潮主要是对西方后现代主义的一种理论回应，在某种程度上正是文学理论话语危机的表征。90 年代以来，随着商品经济的飞速发展和人们物质生活水平的日益提高，精神文化消费也成为人们的迫切需要，以美国为中心的西方消费主义生活方式和价值理念通过大众媒介传播到世界每个角落，消费主义意识形态也伴随着西方的生活方式、价值观念在中国生根、发芽，社会文化语境的变化也悄然改变着文学的生存环境、生产方式、传播手段和评价尺度，文学现实的改变呼吁文学理论和批评对此作出令人信服的阐释和解读，并且正确而有力地引导文学发展的方向，然而文论界的表现却不是很尽如人意，一些学者感到焦虑、担忧，希望用后现代理论的思想资源来为日渐陷入困境的文学理论注入生机和活力，但是，重解构轻建构的反本质主义是否就是一副灵丹妙药，失却"本质""中心""规律"的文论话语如何能够建构一个系统的文学理论体系，如何能形成一套完整的文学理论话语？这些问题值得我们审慎地思考和认真地考量。

第三，与消费文化共生的大众媒介对文学理论产生了巨大冲击，消费文化的传播和发展离不开大众媒介尤其是影视、网络、手机等电子媒介，随着电子媒介的迅速普及，文学话语的图像化趋势日益明显，大量的文学作品通过改编被搬上荧幕，影视作品代替文学作品成为人们文学精神文化消费的主体，作家创作也向影视话语靠拢，文学话语的图像化转向给文学带来的冲击可谓巨大，就当代中国文艺理论而言，从"日常生活审美化"到"文学终结论""文学消失论"等，都与这一转向有直接关系。尤其是在 2000 年北京举行的"文学理论的未来：中国与世界"国际学术研讨会上，米勒的"文学终结论"更是把这一敏感问题公开化，在中国的文艺理论界掀起了不小的波澜。当然，媒介时代文学不会终结，但是在大众媒介无处不在无时不在的今天，传统的文学生产方式、表达方式、接受和体验方式都发生了可谓翻天覆地的变化，文学理论要想不被"终结"，就必须紧密联系实际，注重从媒介出发来研究文学问题，加强对大众媒介语境下文学经验和文学现象的研究。不过需要指出的是，媒介话语在现代社会中已经成为强势话语并构成了"话语霸权"，文学研究向媒介倾斜，不是要将文学研究化解在媒介研究之中，而是要研究媒介发展和变化对文学造成的影响和后果，以便更好地为发展文学、繁荣文学服务。

　　第四，后现代消费文化对中国当代文论话语的文化身份问题产生巨大影响。众所周知，后现代消费文化以美国文化为代表，在某种程度上可以说，消费文化就是美国文化，在全球化时代，电影、电视、网络、报刊、广告等无处不在的大众传媒将美国消费文化传遍全球几乎每个角落，也将美国人的价值观念、生活方式、文化信仰等输入中国，中国的文化身份认同遭受危机，文学理论也不例外，典型的事件便是"失语症"。"失语症"观点的主要理由是，我们所使用的文艺理论话语都是来自西方。"当今文艺理论研究，最严峻的问题是什么？我的回答是：文论失语症！！长期以来，中国现当代文艺理论基本上是借用西方的一整套话语，长期处于文论表达、沟通和解读的'失语'状态。"① 中国现当代文艺理论话语的"西化"现象确实存在，但是在全球化时代，指望返回某种"纯正"的中国文学理论话语，可能是一种天方夜谭。马克思主义理论原本也是产自西方，但是马克思主义的一些基本原理通过与中国的具体实践相结合，已经被"中国化"了，其结果就是中国的马克思主义理论家从中国的具体实践出发，反过来又丰富了马克思主义理论。所以，借鉴西方文论的理论话语并不一定就会导致中国文论的"失语症"，重要的是能够从中国的具体实践出发，提出"中国问题"，而不是一遍又一遍地演练和套用西方话语，因为只有扎根自己的土地，提出植根于自己独特现实才能提出真实独特的理论问题，有了属于自己的真问题才可以创造解决这种问题的独特概念、范畴和观念体系，从而形成具有中国特色的文论话语。

　　第五，消费文化抹杀了高雅艺术与通俗艺术之间的界限，大众文化以强势姿态占领了文化领域，影响并改变着人们的文化生活，精英文化却是每况愈下，步步后退，秉承精英理念的文学理论也慢慢蛰居学院一隅，在体制内做着几乎是自话自说似的坚守，这种状态并不少见。另外，现代社会是一个高度分化的社会，知识的生产和传播进入专业化、学科化的体制之中，文学研究也不例外，晚近以来，文学研究逐渐摆脱文史哲不分家的混杂状态，将文学研究学科化、专业化，按照教育部的学科分类归属，中

---

　　① 曹顺庆：《文论失语症与文化病态》，《文艺争鸣》1996年第2期。

国语言文学是一级学科，文艺学是二级学科，文学理论则是文艺学的一个分支，专业的细化一方面使文学理论的自律性加强，另一方面也使文学理论陷入狭隘的专业主义窠臼中，文学研究日渐成为专家学者们自话自说的"文字游戏"，普通民众不屑看也看不懂，这也是文学理论陷入危机的重要原因之一。

3. 消费文化语境下当代中国文论话语的"三足鼎立"

在消费文化背景下，中国当代文论话语虽然产生了危机，正如"危机"是危险和机遇的组合，中国当代文论发展也面临着前所未有的机遇和挑战，呈现出"三足鼎立"的特点，即当代形态的马克思主义文论话语、泛文化研究文论话语和侧重审美的文化诗学话语。

传统马克思主义文论话语受到西方马克思主义文论（以下简称西马文论）的影响和冲击，当代马克思主义文论话语形态正处于积极建构时期。新中国成立迄今，马克思主义文论话语一直在中国文论界占有重要地位，特别是 80 年代改革开放之前，传统的马列文论在中国文艺理论界更是具有绝对的话语权。80 年代以来西方文化和思想大量涌入中国，西方马克思主义思潮也被引入中国，西方马克思主义文论开始引起中国文论界的关注，尤其是 90 年代以来，随着中国社会全面向社会主义市场经济转型，大众文化兴起，消费文化在经济发达地区蔓延，对大众文化、消费文化有过深入批判的西方马克思主义理论对中国当代文论产生了一定的影响。

西马文论是一个比较宽泛的概念，它主要是指在西欧和北美发达资本主义国家和地区产生、传播和流行的，基本上以马克思主义或某种马克思主义为旗号的文论体系，在西方马克思主义被引进中国的过程中，学界曾经就西方马克思主义是不是马克思主义，即"西马非马"展开了激烈的争论，目前学界基本上走出了"西马非马"的误区，用发展的眼光来对待西方马克思主义，尤其是 21 世纪以来，随着中国现代化进程的加快和消费文化的迅猛发展，特别注重对现代和后现代资本主义社会进行文化研究和文化批判的西马文论与中国本土语境具有某种程度的同构性，有学者指出在当下中国的社会思想文化语境中，以及在 21 世纪中国文论的转型过程中，拓展马克思主义文论研究的文化维度，应该成为 21 世纪中国马克思主义文论学科建设，乃至整个中国文论学科建设中的一个重要主题。①但是也有学者认为 90 年代中期以来，我国的文艺理论研究存在"西马化"的模式，并对此表示担忧，同时指出我国的文学理论界对西马文论的研究存在"三多三少"的现象：其一，马克思主义文论直接引进、静态介绍得多，而对它进行深入透析、价值判断、去伪存真、去粗取精得少；其二，对西方马克思主义文论家的个别人物和单个问题研究得多，而对西方马克思主义文论作为一个普遍现象和理论系统从宏观视角加以批判分析得少；其三，对西方马克思主义文论同现当代西方文艺学、美学衔接和融会得多，而与经典马克思主义文艺学、美学衔接和融会则比较少。②

总体而言，西马文论对建构当代形态的马克思主义文论话语具有很强的启迪意义和借鉴价值，虽然在根本的哲学基础上，西马文论有着明显的人本主义和科学主义倾向，注重在精神和文化层面对资本主义进行批判，较少触及资本主义社会的根本制度，他们把文学艺术作为批判资本主义社会及其制度、拯救现实、解放异化的人性的主要途径，因而不可避免地陷入审美乌托邦的空想。他们基本上是书斋里的马克思主义，缺少无产阶级的政党斗争实践，但是他们能够从 20 世纪资本主义社会现实出发，提出具体问题来建构自己的理论，具有很强的时代感、现实感和问题意识。实事求是地讲，在市场大潮和消费文化的影响下，马克思主义文论日渐凋敝，愈益不占主导地位，马克思主义文论要兴旺、发展和壮大，就要以发展的眼光、理性的态度、批判的思想、反思的立场来对待西马文论，中国当代形态的马克思主义文论话语的建设要有"海纳百川，有容乃大"的气度，紧紧扎根中国的现实，走理论联系实践之路，学习和借鉴古今中外一切优秀的文化理论和思想资源，这或许才是中国文艺理论的未来发展方向。

泛文化研究的文论话语兴起于 90 年代，1992 年邓小平南行讲话后，中国加快了由计划经济向市场经济转型的步伐，大众文化蓬勃发展，文学场域各种新现象、新问题层出不穷：高雅文学期刊发行量锐减，遭遇生存

---

① 参见党圣元《拓宽马克思主义文论研究的文化维度》，《文学评论》2010 年第 5 期。
② 参见董学文《文学理论研究"西马化"模式的反思》，《天津社会科学》2011 年第 3 期。

危机，通俗小说、流行文学期刊却畅销不衰；电影、电视、网络甚至手机成为文艺消费的主流，作家纷纷"触电""下海"，与商业携手，与影视联姻；青春文学、女性文学盛行，所谓的"纯文学"或"高雅文学"却显露颓败之势。面对这些新情况和新问题，文学理论在某种程度上开始被动地向"文化研究"转向，对于文学理论的"文化转向"，学界众说不一，议论纷纷，大体上有三种观点：第一种观点以陶东风、金元浦等为代表，他们认为随着大众文化/消费文化带来的审美泛化，文学的边界已经移动，文学理论若要生存发展和壮大，就必须与时俱进，将影视、网络、广告、杂志等当代社会的各种文化现象纳入文学研究中来；第二种观点以童庆炳、朱立元等为代表，认为文化研究的对象太过宽泛，文学研究有被广大无边的文化研究"湮没"的危险，文学理论需要向文化研究借鉴一些有用的东西，例如文化研究强烈的现实关怀意识，对大众文化、民间文化的关注，对边缘群体、少数民族群体、弱势群体的重视，对阶级、权力、启蒙等政治性话语的青睐等，但是文学的边界不能无限地扩大，不能丧失其审美的维度，这个是文学研究的基本前提；第三种观点以盖生、邢建昌等为代表，认为文化研究缺少成为学科的学理性，甚至是一种理论虚构，中国的文化研究基本上是对西方理论的挪用和引进，既不适用于中国的现实，又缺少结合中国现实的文化研究理论构建，另外对过度泛滥的消费主义、大众文化只停留在追新逐潮、浮光掠影式的表层分析上，缺少真正切中要害又具有人文关怀的深度剖析，同时文化研究正在被纳入大学学科体制中，这与其原有的跨学科和反体制的品格背道而驰。

虽然文化研究面临各种困境和尴尬，但是其历史性的出场也正是中国现实刺激的产物。从理论层面上看，陷入体制窠臼，日益与现实疏离而显得活力匮乏的文学理论迫切需要新鲜血液的输入，而具有鲜明当下性、现实性、反体制性、跨学科性，又是西方显学的文化研究自然成为中国学者的首选之物；从现实层面上看，80年代末90年代初，中国社会正面临着转型期，尤其是90年代加快市场经济建设以来，各种新现象、新思潮、新问题不断涌现，文学领域也不例外，传统的文学研究已经明显不能对网络文学、影视文学、手机文学、零度写作、身体写作等新问题和新现象作出令人信服的阐释和解读，学术界迫切需要一种新的解释框架、新的知识表述体系、新的话语形态对此作出积极的反应，而文化研究在相当程度上正好契合了这种要求和需要，所以文化研究在中国的出场在某种程度上是"时势造英雄"的必然选择。但是，我们也要注意文化是一个大得无边的概念，文学理论如果把文化研究作为自己的出路，就会丧失自己的根，成为无源之水无本之木，文学理论的根是"文学"，我们要分清主次，就文学理论而言，文化研究应该为文学研究"打工"，文化要为文学"服务"，当然文学的边界是处于变动之中的，乔纳森·卡勒就认为文学是随时代文化观念变迁而不断建构的各种文本："文学就是一个特定的社会认为是文学的任何作品，也就是由文化权威们认定可以算作文学作品的任何文本。"① 这个界定当然过于宽泛，但是也指出了文学不能只局限在印刷文本，就当代社会而言，网络文学、影视文学、手机文学等都应该纳入文学范畴中来，成为文学研究的对象，文学本来就具有海纳百川般的博大胸怀，面临失去自我的文化研究正可以从文学研究中汲取养料，获得发展。

三足鼎立的另一足是侧重审美的文化诗学，这一文论话语的主导者是童庆炳先生，但是"文化诗学"这一概念并非产自中国，而是美国新历史主义学派代表人物之一格林布拉特在新历史主义诗学基础上提出的一个概念。文化诗学不是简单地从文学文本出发，将文学作为历史文化的产物来进行分析，而是把文学视为历史的一个重要组成部分，一种在历史语境中塑造人性最精妙部分的文化力量，历史是一个延伸的文本，文本是一段压缩的历史，文学与政治、经济、文化一起相互斗争、相互作用并参与到历史建构中来。② 与格林布拉特针对"历史主义"和"形式主义"批评的双重扬弃而提出的"文化诗学"不同，童庆炳主要是针对当前中国日益泛滥的文化研究而提出的具有中国特色的"文化诗学"。与文化研究过于关注权力、意识形态等政治问题不同，中国文化诗学更侧重审美品格和人文关怀，童庆炳将其倡导的文化诗学概括为三个维度：语言之维、审美之维和文化之维；三种品格：现实品格、跨学科品格和诗意品格；一种追

① ［美］乔纳森·卡勒：《文学理论入门》，李平译，译林出版社2013年版，第23页。
② 王岳川：《新历史主义的文化诗学》，《北京大学学报》（哲学社会科学版）1997年第3期。

求：人性的完善与复归。①

　　客观地说，相比日渐脱离文学研究的文化研究而言，文化诗学确实更切近文学理论的学科品格，也更具有中国特色，以北京师范大学文艺学研究中心为基地，童庆炳率领他的团队利用文化诗学的方法来阐释经典文学文本，取得了一系列令人瞩目的成果。② 但是童庆炳倡导的中国文化诗学也存在一定的不足和缺陷，首先是缺少严谨的体系构建，更多的是一种文化批评式的实践，而且就目前的文化诗学实践成果而言，主要是集中在对经典文学文本的文化阐释上，虽然理论上提倡关注现实，但是在文化批评的实践上，却缺少对大众文化/消费文化/媒介文化等具有鲜明时代感和现实感的文化现象提出有洞见性的问题并作出令学界和社会信服的阐释，在一定程度上存在"知多行少"的问题；另外，中国文化诗学倡导人文关怀和审美批判，这是完全正确和必要的，但是不能因此忽视文学的政治维度，中国的文学理论确实长期以来笼罩在政治的阴影之下，特别是"文革"时期更是沦为政治斗争的工具，给文学理论的发展造成了巨大的摧毁和破坏，或许是出于长期受束缚一旦挣脱枷锁而形成的心理本能，或许是对政治的不屑、不愿和不能，一些学者有意或无意地回避当代文学理论话语的政治属性，其实，这是无法回避也躲避不了的，文学与政治犹如形影不可分离，中国文化诗学要发展壮大，不能缺少或轻视对政治的关注。

　　总体而言，受消费文化影响，正处于转型期的中国社会文化出现了许多新现象和新问题，也给文学理论带来巨大的冲击和挑战，中国当代文论话语正处于积极建构阶段，呈现出三足鼎立的特点，当代形态的马克思主

---

① 童庆炳：《"文化诗学"作为文学理论的新构想》，《陕西师范大学学报》（哲学社会科学版）2006 年第 1 期。

② 近年来，童庆炳及其学术团队实践"文化诗学"的主要成果有：自 2001 年起，北京师范大学出版社陆续出版了《文化与诗学》丛书共十本。李春青也发表了一系列的论著，主要有专著《乌托邦与诗》《诗与意识形态》等；论文《"文人"身份的历史生成及其对文论观念之影响》（《文学评论》2012 年第 3 期），《中国文论中"文统"观念的文化渊源》（《文学评论》2011 年第 2 期等）。童庆炳对文化诗学作出理论阐释的文章主要有：《植根于现实土壤的"文化诗学"》（《文学评论》2001 年第 6 期），《"文化诗学"作为文学理论的新构想》（《陕西师范大学学报》2006 年第 1 期），《文化诗学结构：中心、基本点、呼吁》（《福州大学学报》2012 年第 2 期等）。

义文论话语和文化诗学文论话语都具有深厚的根基和悠久的传统，一个以马克思主义为基础，一个立足于中国传统文化，它们面临的问题主要是如何更切入现实，与正处于转型期的中国社会一起更新、发展、前进，而来自西方的泛文化研究文论话语则主要是如何"接地气"，与尚处于前现代、现代、后现代混杂期的中国实践相结合，同时不能丢掉自己的文学之"根"，当然，这三种话语形态也并非水火不相容，它们都是文艺理论工作者对转型期中国社会思考的产物，都有着强烈的现实意识和社会责任感，它们之间可以相互借鉴、融合和发展，随着中国社会越来越重视文化的复兴和发展，我们有理由相信当代中国的文艺理论建设会迎来一个更美好的春天。

四　文化话语权变迁与主体身份转变

1. 精英文化衰落与大众文化崛起

消费时代是物欲膨胀的时代，人们以"我买故我在"来体现个人价值的存在，所以品牌被用来判断一个人的品位和价值，而名牌则象征成功和尊严。鲍德里亚在《消费社会》的开篇写道："今天，在我们的周围，存在着一种由不断增长的物、服务和物质财富所构成的惊人的消费和丰富现象，它构成了人类自然环境中的一种根本变化。恰当地说，富裕的人们不再像过去那样受到人的包围，而是受到物的包围。"① 在这种物质极大丰富、消费成为主流的社会氛围下，以知识分子为代表的精英文化难以抵抗流行通俗的大众文化，无可避免地走向衰落。

精英文化的衰落首先与其缺乏消费性有关。在消费时代一切都可以成为商品，包括文化。詹明信说："在现代主义的高峰时期，高等文化跟大众文化（或称商业文化）分别属于两种截然不同的美感经验范畴。今天，后现代主义把两者之间的界限取消了。后现代主义为我们今天的文化带来

---

① ［德］鲍德里亚：《消费社会》，刘成富、全志钢译，南京大学出版社2001年版，第1页。

一种全新的文本——其内容形式及经验范畴，皆与昔日的文化产品大相径庭。"① 这种文化产品就是文化产业生产出来的文化商品，显然，詹明信是带着批判和否定的色彩来看待文化产业的，虽然文化产业并非一无是处，但是精英文化的衰落确实与其有莫大的关联，因为文化产业归根结底是把文化作为商品销售出去，所以重要的是了解并迎合大众消费者的审美趣味和消费倾向，赢得消费者的喜爱和接受，从而让其愿意掏钱购买文化商品。而精英文化为了保持自身的独立意识和批判精神，不会随波逐流、迎合普通大众的一般趣味，所以与大众文化相比，严肃、高雅的精英文化总是与大众的接受趣味保持了一定的距离。但是精英文化毕竟是富有才学的知识分子创造的文化，饱含了人类的智慧和知识的精华，即便是普通大众也想从中得到教益和熏陶。具有敏锐商业嗅觉的大众文化不会放弃这个好机会，于是对精英文化进行"收编"，用各种戏说、图说、改编来除去精英文化中的严肃色彩和深刻内涵，降低精英文化的水准，使之流行化、娱乐化、浅显化而赢得大众的喜爱，而"在这个过程中，严肃文化失去了原有的语境，在大众文化新的语境中演变成失去某种固有特征的模拟之物，在一定程度上也就失去了它原有的文化品格（诸如先锋性、批判性和反思特征等等）。大众文化的这种改造，在另一方面也使原来局限于少数人的文化产品，变成大众可以消费的对象。"② 所以精英文化"大众化"在某种程度上导致了精英文化整体质量的下降和精神特质的消解。

其次，精英文化自身的疲软也导致其走向衰落。中国有着悠久的精英文化传统，文学经典是其中的代表，80 年代大众文化刚刚崛起之时，大多数精英知识分子以批判、否定的姿态贬低大众文化，学界一般用法兰克福学派的文化批判理论来批评大众文化的商业化、标准化、娱乐化、浅俗化。但是随着大众文化如火如荼的发展，整个社会都被大众文化的身影所占据。精英文化则是江河日下，举步维艰，这时知识分子意识到大众文化的力量所在和形势的改变，于是回过头来重新打量这个原来根本登不上大雅之堂的俗物，以较为理性平等的眼光来看审视大众文化。实事求是地

① ［美］詹明信：《晚期资本主义的文化逻辑：詹明信批评理论文选》，张旭东编，陈清侨等译，生活·读书·新知三联书店 1997 年版，第 424 页。
② 周宪：《中国当代审美文化研究》，北京大学出版社 1997 年版，第 84—85 页。

讲，大众文化确实没有精英文化具有深度、广度和内涵，那么受众为何如此厚此薄彼，对大众文化情有独钟而对精英文化置之不理呢？也许有人会说大众趣味低下，难以欣赏有深度的精英文化，但是现在的大众已经不是昔日目不识丁的文盲或者难有机会受到高等教育的贩夫走卒之辈，中国高等教育已经进入大众化阶段，夸张一点可以说满街都是大学生，所以大众对精英文化的冷落其根本原因不在大众而在精英文化的创造者本身。自从90年代中国社会全面转型以来，曾经在中国文化场域中一直占有重要地位的精英文化风光不再，90年代的那场"人文精神"大讨论是知识分子自身一次难得的自我反省和自我批判，也是对精英文化失落原因的一次寻找和挖掘。其实，中国知识分子一直和政治紧紧地捆绑在一起，基本处于社会的中心，即便是"文革"对知识分子的打击和摧残也是从反面证明了其重要的社会影响力和社会地位，所以知识分子的自我优越感一直挥之不去。但是随着中国社会的重心从政治转向经济，知识分子尤其是从事人文学科的知识分子真切地感到了被忽视、被冷落的滋味。所以陈平原感慨道："对他们来说，或许从来没像今天这样感觉到金钱的巨大压力，也从来没像今天这样意识到自身的无足轻重。此前那种先知先觉的导师心态，真理在手的优越感，以及因遭受政治迫害而产生的悲壮情怀，在商品流通中变得一文不值。于是，现代中国的唐·吉诃德们，最可悲的结局可能不只是因其离经叛道而遭受政治权威的处罚，而且因其'道德''理想'与'激情'而被市场所遗弃。"① 作为同道中人，陈平原看得很清楚，说得也很实在。的确，精英文化的衰落与知识分子的身份定位有关，知识分子大都是以精英和启蒙者的身份自居，又因为与政治的密切关系而处于社会的中心，但是现在社会关注的不是启蒙和意识形态，而是消费和经济，知识分子自然受到冷遇。

不过，经过几十年的市场经济发展，知识分子面对精英文化的疲软和大众文化的繁荣已经不再会义愤填膺或者置之不理，而是更加理性客观地来看待精英文化本身的缺陷与发展希望，一个社会的健康发展离不开严肃思考的精英文化，越来越多受到良好教育的"80后""90后"青睐精英

① 陈平原：《近百年中国精英文化的失落》，载陈平原《当代中国人文观察》，北京大学出版社2010年版，第1页。

文化，富裕起来之后的消费者渴望精英文化，现在精英文化面临的主要问题不是没有人欣赏，而是有没有货真价实的精品奉献给消费者。其实很多富有内涵和思想的精英文化都是畅销商品，例如黄仁宇的明史专著《万历十五年》是一本非常严谨的学术著作，但同时也是一部畅销书，所以消费时代精英文化并非没有生存和发展的空间，而且社会需要精英文化引领和提高大众文化，知识分子任重道远，大有可为。

2. 文化话语权的变迁

长期以来，知识分子是意识形态的建构者，是文化的主要创造者和传播者，社会的文化话语权通常都掌握在他们手上，知识分子拥有葛兰西所说的"文化领导权"。但是改革开放以来，随着市场经济的全面展开和消费时代的到来，知识分子日渐丧失了文化话语权。

首先是市场和消费对知识分子文化话语权的蚕食。中国古代知识分子以道自任，有很深厚的精英情结，立法者和启蒙者的身份认同常伴左右，他们可以为了心目中的理想舍生取义，为了高洁的人格不向权势低头，因为他们心中知道自己是为了维护道统大义，它远远高于权势和富贵，即便他们为之清贫一生甚至牺牲生命，自有同道中人和后人景仰赞叹，所以孔子说："饭疏食饮水，曲肱而枕之，乐亦在其中矣。不义而富且贵，于我如浮云。"（《论语》）这种精神和思想影响了一代又一代知识分子，同时也为中国普通百姓所接受，社会的文化话语权牢牢掌握在知识分子手中。无论是秦始皇的焚书坑儒还是康熙的文字狱，权势对知识分子的打压通常只会令统治者留下恶名和骂名，中国历朝历代的统治者大多轻易不敢得罪读书人，因为历史是由他们书写的，文化话语权掌握在他们手中，得罪了知识分子就等于将自己从明君的行列中开除，沾上了永远洗不掉的污点。所以古代所谓士、农、工、商的四民中，"士"排名第一。但是时移世易，知识分子精英地位和社会优越感开始遭到挑战，尤其是改革开放以来，伴随着市场经济和消费大潮的汹涌而至，物质匮乏太久的中国人似乎一夜之间发现了人生的意义和价值就是赚钱和消费，所谓"十亿人民九亿商，还有一亿在观望"，这话虽然有些夸张，但是从中可以看出经济和消费已经成为社会生活的中心和重心，知识分子走向边缘，他们的文化话语权被经济和消费所替代。

　　大众媒介对知识分子文化话语权的剥夺也是重要原因。市场和媒介犹如消费社会的两条腿，离开了大众媒介铺天盖地、无孔不入、永无止境的摇旗呐喊，消费社会将举步维艰、寸步难行，大众媒介获得文化话语权主要是因为媒介在消费时代已经成为行政、立法、司法并存的"第四种权力"，它在向人们提供讯息和娱乐的同时，也形塑和控制了他们的价值理念、情感模式、生活方式甚至思维方式，这种操纵不是用暴力也不是用制度，而是以一种潜移默化的方式慢慢影响受众，进而影响整个社会和世界。所以麦奎尔说："大众传媒是一种权力资源，是可以有力地影响、操纵并变革社会的手段；是形塑社会生活意象形态的主要方式；是获取声望与地位，并对现实生活拥有重要影响力的关键途径；它提供经验性、评价性的标准来帮助构建规范性的公共意义体系，并对偏离此体系的行为进行揭示、修正，等等。"① 如果说知识分子能够获得文化话语权是因为他们能够通过著书立说的方式代表普通大众说话，维护人类公认的价值理念，代表"社会的良心"，那么大众媒介则是依靠先进的技术获得文化话语权。以互联网为代表的信息技术飞速发展，人们置身于信息的海洋，完全可以做到"秀才不出门，全知天下事"。同时大众对媒介的依赖也与日俱增，麦克卢汉有一句名言，"媒介是人体的延伸"，的确如此，离开了网络、电话和电视，人们所看所听所感都要大打折扣，缩减许多。媒介凭借先进的技术将外面的世界展现在我们面前，可这毕竟是经过媒介加工过的"第二真实"，表面客观真实的媒介讯息实际上受到各种政治、经济利益的影响和操纵，即便受众不会完全相信媒介的一面之词，但是离开了大众媒介，人们怎么了解外面飞速变化的世界，如何便捷地与他人进行沟通和交流呢？所以现在不是媒介离不开大众，而是大众离开媒介就几乎无法在现实社会立足甚至生存。而且大众媒介以图像化和视觉化的方式传播，比精英知识分子擅长的文字传播更快更广，影响力也更大。

　　另外，一种费舍斯通称为"文化媒介人"的兴起，也加快了知识分子文化话语权的丧失。新型的文化媒介人不再以独立之人格和批判之精神

---

① Denis Mcquail, *Mass communication theory*, Sage Publications, 1994, p. 1.

为追求目标，也不再时刻以自由、平等、正义等人类的基本价值作为标尺来批判和衡量现实世界，他们主要的责任是为消费者提供符号商品和服务，自己本身也追求一种精致、浪漫、富有艺术韵味的审美化生活方式。"在这样的生活中，他们的身体、他们的家、他们的汽车都当作了自己人格的延伸，他们必须使这些东西具有一定的风格，以表达承载者的个性特征。"① 他们不鄙视大众文化，也不会自命清高，"他们对大众流行从未表现出半点厌恶之情，实际上他们总是热情的对待每一位普通人。这些文化媒介人为消除横亘在大众文化和高雅文化之间旧的差异与符号等级，提供了有效的帮助"②。所以，文化媒介人欣赏并且传播知识分子精致高雅的审美趣味，将其纳入生活方式中形成潮流，被普通大众追随和模仿，从而得以"日常生活审美化"。③ 这种新型知识分子与传统知识分子的重要区别就是他们关心的对象已经从超越性的价值理念回归到了世俗化的生活方式，只不过力图用艺术和审美来显示这种生活方式的高雅和卓尔不群，显然，放弃了自由之人格、批评之精神和价值之追求，知识分子的发言如何能够触动人的思想直达灵魂深处？丧失文化话语权也就不足为奇了。

3. 从立法者到阐释者

面对如火如荼的大众文化和知识分子文化话语权的丧失，文艺理论家

---

① ［英］迈克·费瑟斯通：《消费文化与后现代主义》，刘精明译，译林出版社 2000 年版，第 87 页。

② 同上书，第 67 页。

③ 对于这个命题，文论界曾经展开过激烈的争论，主要集中在文艺学要不要研究这个现象。对"日常生活审美化"能否只做"事实判断"，不做"价值判断"？一部分学者认为热衷于"日常生活审美化"研究是忽视了中国广大的弱势群体，中国并没有真正的"日常生活审美化"，那只是金钱营造的假象。也有部分学者认为虽然中国没有完全进入后现代社会，但是不能否认已经出现了生活的审美化和审美的生活化，文艺学和美学的边界需要扩展，而且"美学、文艺学对象与方法的调整绝对不意味着对于日常生活审美化现象在价值上的认同。关注一个对象不意味着赋予它合法性，而批判性地反思一个对象的前提是把它纳入自己的研究视野"。参见陶东风《日常生活的审美化与文艺学的学科反思》，《天津社会科学》2004 年第 4 期；《日常生活的审美化与文化研究的兴起》，《浙江社会科学》2002 年第 1 期；《日常生活审美化：一个讨论——兼及当前文艺学的变革与出路》，《文艺争鸣》2003 年第 6 期；赵勇《谁的"日常生活审美化"？怎样做"文化研究"？——与陶东风教授商榷》，《河北学刊》2004 年第 5 期。

该以何种立场发言？又该如何重建自我身份认同？

　　一方面，文艺理论家应该面对现实，把眼光放宽放远，拓展和革新文学研究的范围。中国虽然没有完全进入一个后现代消费社会，但是文化成为消费品已经是文化发展的趋势，成为不可避免的事实。不管是东亚的中、日、韩，还是西方的美、英、法、德等众多国家，都已经把文化产业作为支撑国家经济的重要力量予以高度重视，文化产业的发展速度也普遍高于经济发展速度。① 大众文化、消费文化已经成为主流文化，文学的消费化、时尚化、媒介化也成为主导，对文学进行研究如果不与时俱进、拓宽视野，仍然局限在传统美学和文艺学的范畴不肯越雷池半步，那么很多新的文学现象、文学问题都得不到深刻合理的解读和阐释。以网络文学为例，如果说在十年前还有作家和文论家对网络文学弃之不理或者一味贬斥，那么今天哪怕你不喜欢网络文学也不能否认它已经远远超过传统文学成为当今文学作品的主导力量，甚至独占文学消费半壁江山。陈寅恪曾有言：“一时代之学术，必有其新材料与新问题。取用此材料，以研求问题，则为此时代学术之新潮流。治学之士，得预于此潮流者，谓之预流（借用佛教初果之名）。其未得预者，谓之未入流。此古今学术史之通义，非彼闭门造车之徒，所能同喻者也。”② 文学理论要发展，就需要从时代发展中获得新材料和新问题，因循守旧和墨守成规只能原地踏步甚至走向衰亡。

　　另一方面，文艺理论家需要改变立法者和启蒙精英的身份认同，以阐释者和公民主体的身份发言。在大众文化和消费文化兴起之前，社会文化的主导是知识分子创造的精英文化，知识分子牢牢掌握了文化话语权并且

---

　　① 据国家统计局科研所 2014 年统计，2009—2012 年，美国文化产业增加值年均增长 5.0%，高于同期 GDP 年均增速 2.9 个百分点；2008—2012 年，英国文化产业增加值年均增长 3.9%，比同期 GDP 年均增速高出 2.5 个百分点；1986—2010 年，新加坡文化产业增加值年均增长 8.9%，比同期 GDP 年均增速高出 1.3 个百分点；1995—2012 年，中国香港文化产业增加值年均增长 9.4%，比同期 GDP 年均增速高出 4.0 个百分点。参见《2014.10：世界主要经济体文化产业发展状况及特点》，国家统计局科研所（http://www.stats.gov.cn/tjzs/tjsj/tjcb/dysj/201412/t20141209_ 649990.html）。

　　② 陈寅恪：《陈垣敦煌劫余录序》，载陈寅恪《金明馆丛稿二编》，生活·读书·新知三联书店 2001 年版，第 266 页。

在文化艺术场域中设定了一套规则使之与众不同。布尔迪厄曾经这样描述资本主义发展初期的文学和艺术场域："只有在一个达到高度自主的文学和艺术场中，一心想在艺术界不同凡俗的人，特别是企图占据统治地位的人，才执意要显示出他们相对外部的、政治的或经济的权力的独立性，法国19世纪下半叶（特别是在左拉与德雷福斯案件之后）的情况就是如此。于是，只有对权力和荣誉，甚至表面看来最权威的法兰西学士院以至诺贝尔文学奖采取漠然态度，与当权者及其价值观保持距离，才能立刻得到理解，甚至尊敬，并因此得到回报。"① 19世纪的法国知识分子通过构建艺术自律的文学艺术场域来维持自己的精英地位和尊严，中国传统知识分子则主要是依靠建立并维护自己的文化话语权来确立自己立法者和启蒙者的主导地位。但是在消费时代，市场和媒介联手已经剥夺了知识分子的文化话语权，大众文化和媒介文化成为社会文化的主导，作为知识分子的文艺理论家要想面对公众和社会发言，就必须降低姿态，改变立法者的身份认同，将大众文化视作与精英文化一样的研究对象进行理性分析，但是这绝不意味着只对大众文化进行"事实判断"而不作"价值判断"。其实，知识分子在消费时代更应该坚守道德理想，继承中国古代知识分子"士不可不弘毅，任重而道远"的精神品格。当代中国正处于从前现代社会向现代社会、从生产型社会向消费型社会的转型期，也处于史无前例的中华民族大复兴、大崛起的历史时期，而中华民族的真正复兴离不开文化的繁荣和发展，作为知识分子的文艺理论家有幸赶上了这个大好时代，理应脚踏实地、与时俱进，为当代中国的文化建设奉献自己的智慧和力量。

① ［法］皮埃尔·布尔迪厄：《艺术的法则——文学场的生成和结构》，刘晖译，中央编译出版社2001年版，第76页。

第六章 自我与他者：全球化语境下当代中国文论话语的文化认同

全球化时代是不同文化激烈碰撞和冲突的时代，人们迫切需要文化认同从而获得一种归属感，在传统中国社会，中国人没有文化认同问题，因为那时候中国人并不认为还有其他可与中华文化相提并论的其他文化。文化认同只有在与他者相遇时才会产生危机和困惑，因为文化他者犹如与中华文化不同的另一个文化镜像，两个迥然不同的文化镜像同时摆在人们面前，人们自然会问：我是谁？谁是真正的自我？在全球化时代，作为知识分子的文艺理论家更需要对这个问题作全面深入的思考和慎重理性的选择。

一 全球化语境下的中华文化认同

从 1840 年鸦片战争尤其是 1894 年的甲午中日战争以来，中国人对自己文化的自信心和自豪感受到沉重打击，西方文化这个他者不断对中华文化认同产生冲击和挑战，中国人一直在自我/他者、东方/西方、民族性/现代性之间辗转，而在全球化时代，各种不同文化之间的同化、交融乃至冲突、碰撞日益频繁，中华文化认同也成为当代中国面临的重要现实问题。

1. 全球化与文化认同

全球化（globalization）在当今世界是一个高频使用词，也是一个难以界定的概念，90年代初，来自西欧、北美、日本的近20名专家组成了"里斯本小组"，专门研究全球化问题，他们认为"经济与社会的全球化是一种新的现象，它可以采取各种不同的形式与表现方式。其中一些形式与表现方式在今后十至十五年内也许会消失，或者失去意义。民族的因素，还有国民经济与社会的变化都不断受到全球化的影响。目前还没有一个行之有效的全球化模式，所以今天人们很难找到一个普遍承认的定义"①。虽然如此，里斯本小组仍然给全球化下了一个宽泛的定义："全球化涉及了国家与社会之间多种多样的纵向与横向联系，从这些联系中产生了今天的世界体系。全球化由两种不同的现象组成：作用范围（或者横向扩展）与作用强度（或者纵向深化）。这个概念一方面解释了一系列发展进程。这些进程或者席卷了这个星球的大部分地区，或者在世界范围内产生影响。所以这个概念具有一种空间内容。另一方面，它还意味着在组成世界共同体的国家与社会之间相互作用、横向联系、相互依赖关系的强化。横向的扩大与纵向的深化同时进行，因此全球化远远不是一个抽象概念，它说出了现代生活的众所周知的典型待征——当然，全球化并不意味着这个世界已经从政治上实现统一，经济上已经完全一体化，文化上已经同文同质。全球化在很大程度上是一个十分矛盾的过程，它的影响范围十分广大，它的结果又是多种多样的。"② 同时将全球化分为七个方面：金融业的全球化；市场与市场战略的全球化，特别是竞争的全球化；技术和与它相联系的科学知识的全球化，科学研究与发展的全球化；生活方式、消费行为以及文化生活的全球化；调节与控制能力的全球化；作为世界在政治上紧密联结的全球化；观察思考与意识的全球化。③

　　显然，里斯本小组侧重从经济和政治方面研究全球化，而且他们对全球化对文化带来的影响更多看到的是同质化和一体化，本书将更多地从文化方面来探究全球化带来的复杂后果，全球化带来的不仅是文化的趋同，也加剧了文化的异质化，经济全球化更多地与金融、资本、市场、贸易紧

---

　　① ［葡］里斯本小组：《竞争的极限——经济全球化与人类的未来》，张世鹏译，中央编译出版社2000年版，第38页。

　　② 同上书，第39—40页。

　　③ 同上书，第38—39页。

密相连，而文化全球化则与民族、文化、认同息息相关。当然，没有经济全球化就没有文化全球化，马克思其实很早就发现了全球化问题，而且对经济全球化与文化全球化之间的关系有一番精辟的论述，他说："不断扩大产品销路的需要，驱使资产阶级奔走于全球各地。它必须到处落户，到处开发，到处建立联系。资产阶级，由于开拓了世界市场，使一切国家的生产和消费都成为世界性的了。使反动派大为惋惜的是，资产阶级挖掉了工业脚下的民族基础。古老的民族工业被消灭了，并且每天都还在被消灭。它们被新的工业排挤掉了，新的工业的建立已经成为一切文明民族的生命攸关的问题；这些工业所加工的，已经不是本地的原料，而是来自极其遥远的地区的原料；它们的产品不仅供本国消费，而且同时供世界各地消费。旧的、靠本国产品来满足的需要，被新的、要靠极其遥远的国家和地带的产品来满足的需要所代替了。过去那种地方的和民族的自给自足和闭关自守状态，被各民族的各方面的互相往来和各方面的互相依赖所代替了。物质的生产是如此，精神的生产也是如此。各民族的精神产品成了公共的财产。民族的片面性和局限性日益成为不可能，于是由许多种民族的和地方的文学形成了一种世界的文学。"①

这段话虽然讲的是在资本主义发展初期的自由扩张阶段，资本和经济如何将世界连为一体，从而又使文化和文学等精神产品逐渐世界化，但是也指出了全球化离不开世界市场的拓展和资本贸易的扩张。

不过今天所讲的全球化与资本主义发展初期的靠船坚炮利开道大相径庭，现在所说的全球化更多的是指第二次世界大战后，伴随着通信技术的发展，尤其是互联网数字信息技术的突飞猛进，整个世界越来越像一个"地球村"，阿尔君·阿帕杜莱认为电子媒介和大规模迁移是全球化的两个最重要的特征，也是造成现代社会断裂的重要因素，在《消散的现代性：全球化的文化维度》一书的开篇就写道："电子媒介正在无可置疑地改变广泛的大众媒介和其他传统媒介，这并非对电子媒介的盲目崇拜而认为它能解释一切。电子媒介能够改变大众媒介，是因为它们提供了新的资

---

① 《马克思恩格斯选集》第1卷，中共中央翻译局译，人民出版社1995年版，第276页。

源和规则来建构想象中的自我和世界。"① 与里斯本小组不同，阿帕杜莱主要从文化维度来考察全球化，他认为目前全球化的中心问题是文化同质化与文化异质化之间的紧张关系。而以往的研究模式已经不再能准确恰当地阐释全球化的复杂性，为此，他借鉴本尼迪克特·安德森"想象的共同体"这一概念，构建了一个"想象的世界"，这个世界从五个维度来考察全球化，这五个维度是：（a）人种图景（ethnoscapes）；（b）媒体图景（mediascapes）；（c）科技图景（technoscapes）；（d）金融图景（finanscApes）；（e）意识形态图景（ideoscapes）。② 阿帕杜莱之所以能够这样深刻而不同寻常地来审视全球化，得益于其人类学的视野和其自身对全球化的深刻体悟。

无独有偶，与阿帕杜莱一样，美国政治学家亨廷顿也提出，不同文明/文化间的冲突将会成为形塑世界新秩序的最重要因素，他站在发达国家的立场上忧心忡忡地发出了警告："在后冷战时期的世界里，人们之间最重要的差别不是意识形态、政治或者经济，而是文化。所有的民族和国家都力图回答人类可能面临的最基本问题：我们是谁？他们正在用人类已经回答过这个问题的传统方式来回答它，即提到对于他们来说最有意义的事物。人们依据祖先、宗教、语言、历史、价值、习俗和体制来界定自己的身份认同。他们根据这些方面来认同自己所属的文化群体：部落、种族群体、宗教社团、民族，在最广泛的层面上就是文明的认同。人们不仅使用政治来促进他们的利益，而且还用它来界定自己的身份。"③ 亨廷顿认为在后冷战时期有七个到八个分属不同文明的世界构成世界的总格局，而文明和文化之间的冲突也将成为世界冲突的最重要因素。虽然亨廷顿明显对中国戒心重重，但是他的话的确具有一定的前瞻性，"9·11"事件就是最好的佐证。

正如每个人都需要知道自己从哪里来一样，每个国家和民族也需要拥有自己的传统并以此界定自己的身份，但是想要回答"我是谁？"和"我

---

① Arjun Appadurai, *Modernity At Large*：*Cultural Dimensions of Globalization*, The University of Minnesota Press，1996，p. 3.

② Ibid.，p. 33.

③ Samuel P. Huntington, *The Clash of Civilizations and the Remaking of World Order*, published by Penguin Books，1997，p. 21.

们是谁?" 这两个问题都不能依靠自我和我们完成,而是需要"他者",其实,人们认识自己和了解自己更多的是通过他人的眼光而非自视。所以文化认同问题只有在与"他者"相遇时才会产生。亨廷顿说:"我们只有在知道我们不是谁,并常常只有在知道我们反对谁的时候才知道我们是谁。"①与自我认同和社会认同相比,文化认同更加持久、深远、复杂,因为某种文化对一个人和一个国家或民族的潜在影响不是几年或者几十年形成的,它经历了历史的沧桑,岁月的积淀,以一种集体无意识的方式深入我们的血液和骨髓中,不知不觉将"我们"与"他们"区别开来。例如笔者在美国访学一年,发现大多数中国学生都难以和美国同学真正打成一片,虽然很多年轻人崇尚美国文化,但是一旦在心理上摒弃中华文化而认同美国文化,不仅自己会找不到文化上的归属感,而且也不会被美国人真正接受和欣赏,因为一个连自己的文化之根都可以抛弃的人怎么可能得到别人的认可和尊重?

当然,文化认同并非是凝固的、静止的、一成不变的,这一点在全球化时代尤其明显。霍尔曾经区分了身份认同的三种概念,即启蒙主体、社会主体、后现代主体。"启蒙主体的身份认同概念建立在居于中心的、统一的个体基础之上,个体被赋予了理性、意识和行动的能力","自我的本质核心就是一个人的自我身份认同"。② 与启蒙主体的身份认同的内倾性不同,社会主体的身份认同构建更多的是受到外在社会因素如文化、政治、权力等因素的影响,"身份认同是由自我与社会之间的互动形成的。主体仍然有一个内核和本质即'真正的我',但是这个'真我'是通过和外在文化世界的不断对话以及这个世界所提供的身份来形成和改变的"③。所以,社会身份认同是沟通自我和外在世界的桥梁,"事实是我们在计划把自己归属于这些文化身份的同时,也在内化它们的意义和价值,使其成为'我们中的一部分',帮助调整我们在社会和文化世界中所占据的客观

① Samuel P. Huntington, *The Clash of Civilizations and the Remaking of World Order*, published by Penguin Books, 1997, p. 21.

② Stuart Hall, *The Question of Cultural Identity*, Edited by David Held, Don Hubert, Kenneth Thompson, *Modernity: An Introduction to Modern Societies*, Published by Blackwell, 1996, p. 597.

③ Ibid.

位置而产生的主观感受。因此社会身份认同将主体嵌缝到文化结构之中，它使主体和他们居住的文化世界变得稳固，也使二者更统一和具有可预测性"①。从霍尔的论述来看，显然他认为启蒙主体意义上的身份认同和社会学意义上的身份认同具有一定的统一性和稳定性，启蒙主体的身份认同其实与自我身份认同类似，外在的社会和文化世界影响内在的自我身份认同，通过不断的内化和嵌入过程，将自我归属于某种文化结构之中。但是在后现代社会，连续、稳定、统一的身份认同被打破，"主体先前经历的统一、稳固的身份认同正在变得破碎，不再是单一的而是多种的，有时是矛盾的、无法理清的身份认同"。后现代主体身份认同概念的出现是晚近以来的事情，与启蒙身份认同和社会身份认同相比，具有明显的不确定性、流动性、含混性和多元性。后现代主体的身份认同变成了一场"流动的盛宴"，因为它"不断的被形成和改变，而这又是通过我们居于其中的、具有代表性的文化系统的方式展现的，它从历史学角度而非生物学来界定"。② 不仅如此，霍尔进一步认为连续统一的身份认同不过是"一个令人舒服的故事或者关于我们的'自我叙述'，完全统一、完整、安全、连贯的身份认同不过是一个幻影。与之相反，由于系统呈现出意义和文化的多元化，我们在可能具有的身份认同时，面临着一种令人困惑的、稍纵即逝的多样性，而这些身份中的任何一个我们至少暂时是认同的"③。

　　霍尔对身份认同概念的三种解读表明了其建构主义的文化认同观，在中西方学术界都有很大的影响，也是当前阐释文化认同的主流观点。毋庸置疑，霍尔抓住了身份认同的核心——主体，从高扬自我意识的理性主体到破碎不堪的后现代主体，从尼采所说的"上帝已死"到福柯所说的"人之死"，由笛卡尔强调自我意识的"我思故我在"到康德"人为自然立法"的主体性原则的确立，理性的主体就是大写的人，世界通过人的努力、探寻、研究是可以被认识、掌握甚至控制的，但是进入 20 世纪，主体越来越受到质疑、解构甚至否定，弗洛伊德毫不留情地揭开了无意识

---

① Stuart Hall, *The Question of Cultural Identity*, Edited by David Held, Don Hubert, Kenneth Thompson, *Modernity: An Introduction to Modern Societies*, Published by Blackwell, 1996, p. 598.

② Ibid.

③ Ibid.

动物本能对人的理性的僭越，福柯用"知识考古学"的方法来考察主体是如何被建构出来的，"我把主体化称为一种程序，通过这种程序，我们获得了一个主体的构成，或者说主体性的构成，这当然只是一种自我意识的组织的既定的可能性之一"①。还有海德格尔、维特根斯坦、列维-斯特劳斯、阿多诺、杰姆逊、利奥塔、鲍德里亚、哈贝马斯等众多哲学家都对主体性原则进行了批判，正如霍尔特别提出了后现代身份认同一样，对主体的质疑和否定其实也是西方现代社会发展到一定时期的必然结果，主体性原则建立在主客二分的思维模式上，以人为中心和主体对客体具有绝对的征服和支配关系，在早期资本主义发展阶段，这种肯定人的理性、肯定人的主观能动性的主体中心论确实促进了社会的进步和发展，但是随着时间的推移，其潜在的不合理性日益暴露出来，对现代性和主体性的批判之声也与日俱增，霍尔的建构性文化认同观正是西方现实社会的产物。但是对处全球化时代的中国社会来讲，中华文化认同并不能简单地套用霍尔的认同理论。

2. 现代性与中华文化认同

在中国被动卷入现代化进程之前，中华文化认同并不成其为问题，因为在中国人眼中，国家、天下、文化是三位一体的，中国是华夏，其他的是蛮夷，所谓"夷夏之辨"，以儒家文化为核心的中华文化就是华夏子民共同的文化认同，但是鸦片战争的炮声惊醒了天朝子民，八国联军的铁蹄踏碎了大清朝的天朝梦，甲午战争更是让中国人感到无比的耻辱和愤慨，喜欢思考的知识分子开始寻找中国被列强欺凌的原因，对传统文化的反思和批判由此开始。在20世纪的中国历史上曾经有过三次对中华文化的否定和批判，其实也是中华文化认同产生危机的集中体现。第一次是五四新文化运动，目前学界普遍开始反思五四新文化运动对中国传统文化的过激批判和否定；第二次是"文革"，这一次比五四还要彻底和严重，许多中华文化的珍贵遗产就是被这次浩劫所摧毁，更严重的是对传统文化的敬畏之心遭到了毁灭性的打击；第三次是90年代唯经济主义造成的文化边缘

---

① ［法］福柯：《权力的眼睛——福柯访谈录》，严锋译，上海人民出版社1997年版，第119页。

化，这三次打击对中国传统文化的伤害是深入骨髓、危及脏腑的，万幸的是国人已经意识到了这种情形的危害性，保护传统文化、复兴中华文化已经成为国策。其实，如果仔细剖析这三次大的文化危机，就可以发现它们都与中国社会的现代转型息息相关，与现代性和现代化密不可分。

从晚清开始，中国就开始了现代化的转型，但是与西方国家源自自身的内源性现代性不同，中国现代化的动力是外在被迫的，所以一开始就面临着要现代化就不要传统文化的文化认同危机，认为西方现代性是现代国家追求的普世价值，是现代化的目标和结果。在中国迈向现代化国家的征途上，发生了三次具有历史意义的巨变，即辛亥革命、新中国建立和改革开放，辛亥革命基本上还是完全模仿西方现代化国家，希望建立一个以西方现代性为标准的现代中国，辛亥革命虽然失败了，但是它给处于前现代社会的中国引入了先进的现代化思想和理念，中国人开始意识到以"他者"的眼光审视自己的文化和传统，原来一直引以为豪的中华文化开始面临质疑和批判。新中国的成立结束了中国半殖民地半封建社会的局面，毛泽东以一种"前无古人、后无来者"的大无畏气概开拓了新中国的现代化历程，虽然"文化大革命"对中华传统文化的破坏和摧残伤及血脉，传统文化在五四新文化运动后再次遭受严重认同危机，但是我们不能否认毛泽东对中国特色的现代化道路做出了巨大贡献。80年代以来，中国走向了全面的改革开放，现代化建设的步伐日益加快，但是由现代性产生的矛盾和由此带来的文化认同焦虑也更加突出和急迫。

何谓现代性，前面第一章中笔者已经有比较全面的阐释，那么何谓现代化？罗荣渠曾经对有关的现代化理论进行整理，归纳出有关现代化含义的四类界说，它们分别是：首先，现代化指在近代资本主义兴起后的特定国际关系格局下，经济上落后的国家通过大搞技术革命，在经济和技术上赶上世界先进水平的历史过程。其次，把现代化视为工业化，是经济落后国家实现工业化的进程。再次，现代化是自然科学革命以来人类急剧变动的过程的统称。最后，现代化主要是一种心理态度、价值观和生活方式的改变过程。^① 从上述解读来看就可以发现，现代化是过程，而现代性则是结果和根本特征。那么是不是只有一种现代性呢？当然不是，目前学界普遍认为现代性具有多元性和复杂性，2000 年，美国人文科学院杂志 Daedalus 在冬季号上第一期出版了"多元现代性"（mutiple modernities）专号，第一篇就是"多元现代性"理论的倡导者艾森斯塔特的力作"多元现代性"。艾森斯塔特认为，"'多元现代性'概念指的是一种看待现代世界历史和特征的特定观念，它反对学术界长期流行的观点和普遍话语，它反对经典现代化理论和 20 世纪 50 年代的工业社会趋同理论，反对马克思、杜尔海姆，甚至韦伯的经典社会学对现代社会的分析"^②。显然，艾森斯塔特反对的这些现代性理论具有浓厚的西方中心论特征，由于现代性首先是西方社会发展的产物，所以很多 20 世纪上半期西方众多顶尖的社会学家和思想家虽然对现代性有所批判，但仍然认为西方现代性是唯一的现代性方案并且将会在全世界流行开来，鲍曼曾经将现代性划分为三个阶段：第一个阶段大致是从 16 世纪初至 18 世纪末，在这个阶段中，人们刚刚开始体验现代生活；第二个阶段始于 18 世纪 90 年代的大革命浪潮；在 20 世纪，亦即在第三个也是最后的阶段中，现代化的过程实质上扩展到了全世界，同时，鲍曼也是站在西方现代性为中心的立场对全球化时代现代性的多元化、复杂化进行了批判，他认为"现代性这一观念一旦用许许多多碎裂的方式来构想，便丧失了它大部分的生动性、广度与深度，丧失了它组织人的生活的能力和赋予生活以意义的能力。结果，我们便发现自己今天处于这样一个现代时期，这个现代时期失去了与它自己的现代性的根源的联系"^③。但是艾森斯塔特并不这样认为，他指出，"现代性与西方化并非同一个概念，现代性的西方模式不是唯一'本真的'现代性模式，虽然它享有历史的优先性，并继续成为其它现代性的参照物"^④。

现代性不是只有西方现代性一种，由于近代中国长期受到西方列强的

---

① 罗荣渠：《现代化新论——世界与中国的现代化进程》，商务印书馆 2004 年版，第 15 页。

② S. N. Eisenstadt, *Multiple Modernities*, Daedalus, Vol. 129, No. 1, Winter 2000, p. 1.

③ ［美］马歇尔·伯曼：《一切坚固的东西都烟消云散了——现代性体验》，徐大建、张辑译，商务印书馆 2003 年版，第 17 页。

④ S. N. Eisenstadt, *Multiple Modernities*, Daedalus, Vol. 129, No. 1, Winter 2000, p. 2-3.

侵略和凌辱，在追求民族独立和解放的斗争中自然把西方现代性作为眼中唯一的目标，所以五四新文化运动中的知识分子会用激进的态度来反对传统，反对儒家思想，陈独秀认为中西文化之间的选择只能非此即彼，而且中国文化是"旧"，西方文化是"新"。他在《答佩剑青年》中说："记者非谓孔教一无所取，惟以其根本的伦理道德，适与欧化背道而驰，势难并行不悖。吾人倘以新输入之欧化为是，则不得不以新输入之欧化为非。新旧之间，绝无调和两存之余地，吾人只得任取其一。记者倘以孔教为是，当然非难欧化，而以顽固守旧者自居，决不忸怩作'伪'欺人，里旧表新，自相矛盾也。"① 孔教是儒家文化的象征和代表，"要拥护那德先生，便不得不反对孔教、礼法、贞节、旧伦理、旧政治。要拥护那赛先生，便不得不反对旧艺术，旧宗教。要拥护德先生又要拥护赛先生，便不得不反对国粹和旧文学"②。不仅陈独秀，新文化运动的启蒙思想家基本上都是反对中国传统文化，提倡学习西方现代化。胡适对东方文明和西洋文明在物质、精神、道德、宗教等几方面进行对比，全盘肯定西方文明，否定东方文明，他说："我们如果还要把这个国家整顿起来，如果还希望这个民族在世界上占一个地位，——只有一条生路，就是我们自己要认错。我们必须承认我们自己百事不如人，不但物质机械上不如人，不但政治制度不如人，并且道德不如人，知识不如人，文学不如人，音乐不如人，艺术不如人，身体不如人。肯认错了，方才肯死心塌地的去学人家。不要怕模仿，因为模仿是创造的必要预备工夫。不要怕丧失我们自己的民族文化，因为绝大多数人的惰性已尽够保守那旧文化了，用不着你们少年人去担心。你们的职务在进取，不在保守。"③胡适的全盘西化论也是植根于他对西方现代文明的肯定和向往。"中国之所以未能在这个现代化世界中实现自我调整，主要是因为她的领袖们未能对现代文明采取唯一可行的态度，即一心一意接受的态度。"所以他主张的全盘西化实际上是西方现

① 陈独秀：《答佩剑青年》，《陈独秀文章选编》，生活·读书·新知三联书店 1984 年版，第 186 页。

② 陈独秀：《本志罪案之答辩书》，《陈独秀文章选编》，生活·读书·新知三联书店 1984 年版，第 317 页。

③ 胡适：《介绍我自己的思想》，《胡适文选》自序，台湾远东图书公司 2000 年版。

代化，而且认为这是无法阻挡的世界潮流，具有普适性，有选择性的现代化其实行不通。他在《中国今日的文化冲突》一文中提出："抵抗西洋文化在今日已成过去，没有人主张了。但是'选择折衷'的议论看去非常有理，其实骨子里只是一种变相的保守论，所以我主张全盘西化，一心一意地走上世界化的路。"①

五四思想家对中国传统文化的彻底否定有其特殊的历史原因，历史已经进入 21 世纪，现在很多有识之士都认识到现代化的道路不止一条，但是我们不能否认西方发达国家已经经历了漫长的现代化路程，积累了宝贵的经验和财富，中国现代化的道路具有自己的特色也会吸收西方现代化的优点和经验，在建设具有中国特色的现代化国家的道路上，中华文化认同应该具有自己的特殊性，但是正如西方现代性是其他现代性的参考一样，中华文化认同也不可能脱离全球化的大背景，其核心价值理念也要符合人类共同的希望和愿景。

3. 全球化语境下的中华文化认同

在全球化语境下建构中华文化认同，我们既要传承自己的传统文化，这是我们的根，也要有广阔的胸怀，吸纳一切优秀文化的精华，任何事物都是在不断的发展变化中获得生机和成长，中华文化认同也不是静止不变恒定如一的，具体来说，在这个日新月异的全球化时代，构建中华文化认同需要重视以下几方面的宝贵资源。

第一，中华民族优秀的传统文化。中国有悠久的历史和灿烂的文化，传统文化包罗万象，到底以何种为主何种为辅呢？众所周知，儒家文化是中华传统文化中根基最深、影响最大的传统文化，但是也历经磨难，虽然至今余脉尚存但也是势单力薄。新儒家的代表人物之一余英时认为，儒学在辛亥革命之前就曾经遭遇过三次困境。"儒学在中国史上遭遇困境不自现代始。孔子之后有杨、墨，特别是墨子的挑战，这是第一次困境。汉晋之际有新道家反周孔名教的运动，这是第二次困境。这一次困境的时间特别长，因为继反名教之后便是佛教长期支配中国的思想和民间信仰。第三

---

① 余英时：《胡适与中西文化》，台北水牛图书出版事业有限公司 1984 年版，第 139 页。

次困境发生在晚明。"但是这三次都没有对儒学造成毁灭性的打击，因为"如果从历史背景着眼，我们不难看出，这三次反儒学的思想运动都爆发在中国社会解体的时代。解体的幅度有大有小，深度也颇不相同，因此对儒学的冲击也有或强或弱之异。但以现代眼光看，上述三次社会解体都没有突破中国文化传统的大格局。儒学在经过一番自我调整之后，仍能脱出困境，恢复活力"①。真正对儒学造成毁灭性打击的是中国近现代社会发生了"数千年未有之巨变"，曾经"上自朝廷礼乐、国家典章制度，中至学校与一般社会礼俗，下及家庭和个人的行为规范，无不或多或少地体现了儒家的价值"。②但是，西方列强的枪炮改变了一切，"无论儒家建制在传统时代具有多大的合理性，自辛亥革命以来，这个建制开始全面地解体了。儒家思想被迫从各层次的建制中撤退，包括国家组织、教育系统以至家族制度等"③。所以，他认为："我们首先必须认清儒家思想自二十世纪初以来已成为'游魂'这一无可争辩的事实，然后才能进一步讨论儒者的价值意识怎样在现代社会中求体现的问题。认清了这一事实，我们便不得不承认：儒者通过建制化而全面支配中国人的生活秩序的时代已一去不复返。有志为儒家'招魂'的人不必再在这一方面枉抛心力。但是由于儒者在中国有两千多年的历史，凭藉深厚，取精用宏，它的游魂在短期内是不会散尽的。只要一部分知识分子肯认真致力于儒家的现代诠译，并获得民间社会的支持与合作，则在民主社会向公民社会转化的过程中儒家仍能开创新的精神资源。"④表面上看余英时似乎对儒家的兴旺发达抱有悲观的态度，而且这种看法在很多知识分子中间也极为普遍，实际上他指出了儒家文化将获得新生的可能路径，即"知识分子努力+民间社会支持"，而且实际情况比他预料的还要好。90 年代尤其是进入 21 世纪以来，中国开始了持续不断的弘扬文化的热潮，也称为"国学热"。在政府层面上，近几届"人代会"和"党代会"都提到了要继承和发扬传统文化，十七

---

① 余英时：《现代儒学的困境》，载余英时《现代儒学的回顾与展望》，生活·读书·新知三联书店 2012 年版，第 53 页。

② 同上书，第 253 页。

③ 余英时：《儒家思想与日常人生》，载余英时《现代儒学的回顾与展望》，生活·读书·新知三联书店 2012 年版，第 254 页。

④ 同上书，第 255 页。

大报告明确把"弘扬中华传统文化,建设中华民族共有精神家园"作为国家的方针政策。十八大报告则确定了社会主义核心价值观,即富强、民主、文明、和谐,自由、平等、公正、法治,爱国、敬业、诚信、友善,这二十四个字实际上凝聚着中华民族优秀传统文化的精髓,报告还提出了"建设优秀传统文化传承体系,弘扬中华优秀传统文化","弘扬中华传统美德,弘扬时代新风"。① 2014 年,习近平亲自出席纪念孔子诞辰 2565 周年国际学术研讨会暨国际儒学联合会第五届会员大会开幕会并发表重要讲话,明确指出:"文明特别是思想文化是一个国家、一个民族的灵魂。无论哪一个国家、哪一个民族,如果不珍惜自己的思想文化,丢掉了思想文化这个灵魂,这个国家、这个民族是立不起来的。"②

在国家方针政策的指引下,在有识之士身体力行的实践推动下,中国从上至下开始了轰轰烈烈的"国学热",国家和政府层面的主要有:孔子学院蓬勃发展,各大名校纷纷成立国学院,各种与国学相关的科研项目获得国家资助并展开,各类国学教材进驻中小学课堂。社会和民间层面的"国学热"更是"火爆"非凡——各类民间的国学馆、国学传播机构简直是"多如牛毛",以央视《百家讲坛》为代表的媒体传播更加激发了国人对传统文化的热情,各种读经活动如火如荼地展开。虽然这一次的"国学热"良莠不齐,也有很多纯粹以敛财为目的,但是中华传统文化得到了大力弘扬,人们对中华文化认同的根基有了一定的共识。当然,除了儒家文化,还有道家、墨家、禅宗等,只要是中华传统文化中的精华就应该一并继承发展,成为构建中华文化认同的宝贵思想资源。

第二,西方文化中的精华。西方文化其实是一个笼统的说法,在这里大体是指建立在希腊文明和希伯来文明基础上的西方文明/文化。西方文化也有悠久的历史和传统,并且是外在于中华文化的"他者"。从晚清开始,中华文化开始面临西方文化尤其是近现代西方文化的挑战。众所周

① 胡锦涛:《坚定不移沿着中国特色社会主义道路前进 为全面建成小康社会而奋斗——在中国共产党第十八次全国代表大会上的报告》,新华网 (http://www.xj.xinhuanet.com/2012-11/19/c_ 113722546.htm)。

② 《习近平在纪念孔子诞辰 2565 周年国际学术研讨会暨国际儒学联合会第五届会员大会开幕会上的讲话》,中国共产党新闻网 (http://cpc.people.com.cn/n/2014/0925/c64094-25729647-3.html)。

知，在前现代社会或农业文明时代，中国无论是经济还是政治、文化等各个方面都在世界居于一流水平而几乎可以成为世界的榜样，所以马可·波罗在他的游记中不厌其烦地对富庶、繁华的京师（杭州）进行描述，称之为"人间天堂"，也引起了欧洲对东方的向往。但是曾经居于世界领先地位的中国一直沉醉在"天朝"迷梦中，没有与时俱进，跟上现代工业文明发展的大潮，一系列丧权辱国的条约如《中英南京条约》，中英、中法、中俄《北京条约》，《中日马关条约》《二十一条》等被迫签订，中国逐渐沦为半殖民地半封建社会。为什么曾经的天朝大国会沦为它一直看不起的西方"蛮夷"之邦的阶下囚，中国的有识之士无不痛彻心骨，辗转难眠，他们寻找挨打的根源、治国的良方，"中学为体、西学为用"就是其中最重要的一剂药方，在中国积弱积贫、病入膏肓的情况下，这个药方并非一剂猛药，所以也无法改变满清王朝最终覆灭的结局。到了五四时期，一大批知识分子对中国传统文化进行猛烈抨击，引进西方的价值观，余英时曾说："在中国现代史上，五四是价值观念转变的关键时代。这是由于知识分子自动自发并且有意识、有系统地进行了'重新估定一切价值'的巨大努力。五四的知识分子不但彻底冲击了传统的价值系统，而且也引进了许多新的价值，如民主、科学、自由、人权之类。"[1]现在学术界对五四反传统的批评之声不绝于耳，以我之愚见，五四时期的知识分子这样做实在是不得已而为之，当时的中国犹如一个病入膏肓的病人，不下猛药真是难以见到疗效，其实他们何尝不知道文化传统犹如中华民族的灵魂和血脉，鲁迅虽然写了"我翻开历史一查，这历史没有年代，歪歪斜斜的每页上都写着'仁义道德'四个字。我横竖睡不着，仔细看了半夜，才从字缝里看出字来，满本都写着两个字'吃人'！"[2]但是他也并非完全否定传统，他认为："盖今所成就，无一不绳前时之遗迹，则文明必日有其迁流，又或抗往代之大潮，则文明亦不能无偏至。诚若为今立计，所当稽求既往，相度方来，掊物质而张灵明，任个人而排众数。人既发扬踔厉

---

① 余英时：《中国现代价值观念的变迁》，载余英时《现代儒学的回顾与展望》，生活·读书·新知三联书店 2012 年版，第 122 页。

② 鲁迅：《呐喊·狂人日记》，载《鲁迅全集》第 1 卷，人民文学出版社 1973 年版，第 281 页。

矣，则邦国亦以兴起。"①显然，鲁迅意识到了凡是有所成就的民族，传统其实是不可能被彻底割断的，不仅如此，鲁迅在对待中西文化的取舍和继承问题上，也有着超出同时代人的广阔的视野、锐利的眼光和深远的见识。他选择的是审时度势，古为今用，洋为中用，他指出："此所为明哲之士，必洞达世界之大势，权衡较量，去其偏颇，得其神明，施之国中，翕合无间。外之既不后于世界之思潮，内之仍弗失固有之血脉，取今复古，别立新宗，人生意义，致之深邃，则国人之自觉至，个性张，沙聚之邦，由是转为人国。"②对于西方文化，他不是一味地肯定，鲁迅其实较早就意识到了西方现代性潜藏的物质与精神之间的内在矛盾，他说："递夫十九世纪后叶，而其弊果益昭，诸凡事物，无不质化，灵明日以亏蚀，旨趣流于平庸，人惟客观之物质世界是趋，而主观之内面精神，乃舍置不之一省。重其外，放其内，取其质，遗其神，林林众生，物欲来蔽，社会憔悴，进步以停，于是一切诈伪罪恶，蔑弗乘之而萌，使性灵之光，愈益就于黯淡：十九世纪文明一面之通弊，盖如此矣。"③这正是马克斯·韦伯所批判的工具理性对价值理性的绝对支配，只重视物质效益而忽视精神价值。丹尼尔·贝尔也指出："资本主义是这样一个社会经济系统：它同建立在成本核算基础上的商品生产挂钩，依靠资本的持续积累来扩大再投资。"④而且在资本主义社会的经济领域，"为了获取效益，尽量把工作分解成按成本核算的最小单位。这种围绕专业和科层组织建立的轴心结构本身是一个官僚合作体系。其中的个人也必然被当作'物'，而不是'人'来对待"。其实也就是马克思所说的人被异化。

尽管如此，西方文化尤其是近现代文化是西方发达国家得以雄踞世界前列的精神助力器，其不同于农业文明时代所倡导的价值理念如平等、自由、民主、人权等都是值得我们学习和借鉴的宝贵思想财富，我们不能因为西方现代文明已经产生了很多不良后果就"把孩子和洗澡水一起倒

---

① 鲁迅：《坟·文化偏至论》，选自《鲁迅全集》第1卷，人民文学出版社1973年版，第41页。

② 同上书，第53页。

③ 同上书，第49页。

④ ［美］丹尼尔·贝尔：《资本主义文化矛盾》，赵一凡等译，生活·读书·新知三联书店1989年版，第25页。

掉"，中国正在进行现代化建设，这是中华民族伟大复兴的必经之路，这条路没有现成的模式可以套用，我们也不可能全盘照搬其他国家的成功之路，鲁迅说得好，我们应该"取今复古，别立新宗"，这个"别立"也并非完全另起炉灶新开一派，其实任何所谓的"新"都是在"旧"的基础上建立起来的，对于西方文化，我们一样要取其精华，剔除糟粕，中华文化才更具有世界性和时代性，才能对世界文明的发展做出更多的贡献。

除此之外，中国一百多年来不断探索现代民族国家所创造的思想文化，也可说是近现代思想文化可以借鉴的宝贵资源。大致从 1840 年鸦片战争开始，中国人传统的文化认同开始产生危机，由于以儒家思想为核心的中华传统文化在很多方面与西方现代性大相径庭，尤其与追求工具理性的政治—经济现代性格格不入，这造成了中国建设现代民族国家时面临如何对待自己传统的两难选择：要摆脱受欺辱受压迫的状况就要学习西方现代文化，不再以儒家文化为典范和标准，但是这样就会失去自我，丧失族群上的归属感。在漫长的中国近现代史上，无数有中华情结的仁人志士都在探索中华民族富强之路，也不断地从思想根源上为处于失衡失序状态下的中华文化开出各种药方，从"中学为体、西学为用"到五四新文化运动的启蒙思想，从毛泽东的新民主主义文化理论到"三个代表"中的先进文化思想，我们可以发现建构新时代的中国文化认同，不仅离不开中国传统文化，也离不开中国近现代以来创造的优秀思想文化。如果我们以发展、开放、包容的眼光来看待全球化时代的中华文化认同，意识到文化身份的建构并非一成不变，具有"前见"的规定性，就能够吸取一切文化的精华，创造出具有中国特色，亦有世界性、先进性的思想文化，实现中华民族真正的伟大复兴。

二 全球化语境下当代中国文论话语危机的表征

从 20 世纪 80 年代开始，当代文论的"西化"趋势有增无减，无论是文学主体论、文学本体论，还是后殖民、后现代、文化研究，都离不开西方理论话语，所以有学者喊出了中国文学理论患了"失语症"的沉痛呼声，在全球化时代，当代文论话语危机确实存在并且不容小觑。

1. 当代中国文论"失语症"及其反思

当代中国文论"失语症"话题较早是由曹顺庆提出的，虽然这之前有人提过，① 但是没有在学术界引起强烈的反响，1995 年，曹顺庆在《21世纪中国文化发展战略与重建中国文论话语》一文中提出这个话题，② 并在《文论失语症与文化病态》一文中比较全面、系统地阐述了自己的观点。他认为："当今文艺理论研究，最严峻的问题是什么？我的回答是：文论失语症!! 长期以来，中国现当代文艺理论基本上是借用西方的一整套话语，长期处于文论表达、沟通和解读的'失语'状态。中国现当代文坛，为什么没有自己的理论，没有自己的声音？其最基本原因在于我们根本没有一整套自己的文论话语，一套自己特有的表达、沟通、解读的学术规则。我们一旦离开了西方文论话语，就几乎没有办法说话，活生生一个学术'哑巴'。"③ 那么这个学术规则是什么呢？曹先生认为是由中国传统文化生成的一套话语规则，"在我看来，中国传统学术规则主要体现在两个方面：一是以'道'为核心的意义生成和话语言说方式；二是儒家'依经立义'的意义建构方式和'解经'话语模式"④。他认为："中国现当代文论的失语症，其病根在于文化大破坏，在于对传统文化的彻底否定，在于与传统文化的巨大断裂，在于长期而持久的文化偏激心态和民族文化的虚无主义。因为一个民族文化话语系统，不可能从虚空中诞生，割断了传统，必然导致失语，这就是我们的结论。因而，要重建中国文论话语，首先要接上传统文化的血脉，然后结合当代文学实践，融汇汲收西方文论以及东方各民族文论之精华，才可能重新铸造出一套有自己血脉气

---

① 1990 年，黄浩用"文学失语症"来批判 80 年代中后期新小说创作中的"语言革命"，随后，唐跃和谭学纯发表了《文学尚未失语》一文，表达了不同看法。参见黄浩《文学失语症——新小说"语言革命"批判》，《文学评论》1990 年第 2 期；唐跃、谭学纯《文学尚未失语——关于黄浩同志〈文学失语症〉一文的不同意见》，《文学评论》1991 年第 1 期。1994 年，夏中义曾经写了一篇《假说与失语》的文章来探讨文艺理论界"失语"问题。参见夏中义《假说与失语》，《文艺理论研究》1994 年第 5 期。

② 曹顺庆：《21 世纪中国文化发展战略与重建中国文论话语》，《东方丛刊》1995 年第3 辑。

③ 曹顺庆：《文论失语症与文化病态》，《文艺争鸣》1996 年第 2 期。

④ 曹顺庆、罗俊容：《中国文论话语》，《世界文学评论》2007 年第 1 期。

韵，而又富有当代气息的有效的话语系统。"①

曹顺庆的文章在文艺理论界引起了很大的反响，有赞同者也有持不同看法者，对他的观点进行质疑的归纳起来主要有这三个方面：第一种看法是认为中国当代文论的失语不是由于古代文化和文论的缺失，也不是西方学术话语统治了我们的学术界，而是单一僵化的思维模式造成了文学经验和文学理论与现实的隔膜。蒋寅说："我很同意汪正龙《本质追寻和根基失落——从知识背景看我国当代文学理论存在的一个主要问题》（《文艺理论研究》1999—2）一文对中国当代文学理论体系的判断：'它是从一个统一的形而上的预设前提——列宁的意识形态—反映论出发推演出关于文学的全面的理论体系。'"所以蒋寅认为："可见文论话语不是个得失的问题，而是有无的问题；更不是理论建构的问题，而是文学经验积累和总结的问题。当文学在现实中不拥有话语权力，不能直面一种生存状态和它最深刻的本质，加上感觉方式和书写风格的盲目模仿（如寻根文学和魔幻现实主义），从而不能构成一种真实的同时也是独特的文学形态时，当理论和批评的话语指涉偏离生存真相和命运重心，丧失了对生存方式和价值的自我解释能力时，真正的文学经验和相应的文学理论也就无从谈起了。这不是失语，干脆就是无语。"② 高小康也认为："严格地讲，如果说我们的文艺学研究中存在着理论话语不能表达文学经验的'失语症'，那么它是出现在新观念到来之前而不是之后。恰恰是在接受了许许多多的新观念后，我们才发现了表达自己真实经验的更多可能性，也由此而产生了对不能充分表达经验的焦虑。"③

第二种看法认为中国文论"失语"与引进西学无关，因为我们既没有学到西方文化和文学的精髓，也没有真正理解西方文化和文学，所以"失语"就是"失学"，失文学，失中国文学，失所有的文学。蒋寅质问道："像罗兰·巴特式的本文解读，加斯东·巴什拉式的语言分析，斯蒂芬·欧文式的诗史研究，弗朗索瓦·朱利安式的修辞研究，似乎还没看到。坦率地说，20 年来文学理论、批评知识体系虽有很大程度的更新，

---

① 曹顺庆：《文论失语症与文化病态》，《文艺争鸣》1996 年第 2 期。
② 蒋寅：《对"失语症"的一点反思》，《文学评论》2005 年第 2 期。
③ 高小康：《"失语症"与文化研究中的问题》，《文艺争鸣》2002 年第 4 期。

但一些基础性的问题尚未解决，一些似是而非、经不起推敲的概念至今还支撑着文学概论的骨架，要说已借来一整套西方话语，恐怕是个幻觉。"①高小康也指出："回过头来看看近年来中国文学与文化批评的话语，很容易发现所使用的理论、观念和概念中其实没有多少是西方的主流话语。"②

第三种看法认为中国现当代文论虽然深受西方话语影响，但并未"失语"，因为在接受西方话语的过程中已经"中国化"了。董学文指出："五四以来的中国文论并没有'抛弃传统'，西方文论和马克思主义文论，恰恰是在与传统文论结合的过程中才得以生根。从总体上说，现代中国文论并没有'跟着西方人的脚步走'，并没有成为某种学说的'附庸'。"③高楠也认为，20 世纪中国文艺学虽然经历了三次转换，但并未丧失其"根"，此"根"便是中国文化的人伦特质，表现为人伦本体的价值观、知行统一的实践理性以及整体性思维方式。在 20 世纪的文艺学转换中，思想总是被及时地组织为话语，话语也总是被及时地转化为思想。中国文艺学始终在说着历史与时代要求它说的话，它说出了自己的思想理论，它并未"失语"。④

总体而言，中国文论"失语症"的提出和热议是中国社会特定发展时期的必然产物，陶东风用民族性与现代性之间的紧张来概括这个问题的实质，并且认为这是一个"苦恼了中国知识分子一个世纪之久的文化问题"⑤，周宪则引进了社会学中韦伯的"合法性"概念，认为文论"失语症"的提出实际上是对中国现代文化和文学的合法性提出了质疑，表露出一种对现代文化认同的深切焦虑。这种焦虑近代以来一再出现，它反映了中国社会文化现代化转型过程中无法回避的文化认同问题。⑥

---

① 蒋寅：《对"失语症"的一点反思》，《文学评论》2005 年第 2 期。

② 高小康：《"失语症"与文化研究中的问题》，《文艺争鸣》2002 年第 4 期。

③ 董学文：《中国现代文学理论进程思考》，《北京大学学报》（哲学社会版）1998 年第 2 期。

④ 高楠：《中国文艺学的转换之根及其话语现实》，《社会科学辑刊》1999 年第 1 期。

⑤ 陶东风：《关于中国文论"失语"与"重建"问题的再思考》，《云南大学学报》2004 年第 5 期。

⑥ 周宪：《"合法化"论争与认同焦虑——以文论"失语症"和新诗"西化"说为个案》，《南京大学学报》2006 年第 5 期。

　　诚然，在前现代社会，中国传统文化是一个圆融的整体，建立在其基础上的学术话语一直是思想文化和哲学艺术的典范，中国文化的精髓也蕴含在这套话语之中，但是随着晚清以来中国社会被迫走上现代化的救亡之路，建立在儒家思想上的整个文化价值体系日渐崩塌，一方面知识分子不断引进西方的思想文化，另一方面不断批判和否定中国的传统文化，例如五四和"文革"对儒家思想文化的激烈否定和批判，但是中国传统文化具有深厚的根基，尤其是在民间社会已经形成了一整套的建立在传统文化尤其是儒家思想上的生活模式和风俗习惯，所以虽然自上而下的反传统运动轰轰烈烈地进行，但是中国传统文化的血脉尚未断绝。即便如此，中国知识界的传统学术话语确实已经发生翻天覆地的改变，所以从五四倡导白话文开始，中国现当代文论就已经走向了"脱古入今"之路，也可以说是"现代化"之路，中国文学和文化遭遇身份焦虑自此连绵不断，最突出的两次就是五四时期和中国 80 年代以后面临全球化挑战的新时期。那么我们应该如何面对中国文论的文化身份焦虑，以什么为根基来建设中国当代文论话语呢？很多学者都给出了自己的答案，概括起来有两条路径，一条以中国古代文论为主，一条以中国现当代文论为主，这一条被认为最终依托的还是西方文论，"到底是以中国当今的现实为基础还是以中国的传统文论为基础来判断中国文论是否失语以及如何重建，这是一个最为关键的问题。也是我与曹先生的最大分歧所在"①。曹顺庆和陶东风分别是这两种重建之路的代表，都给出了作出选择的充足理由，陶东风认为："我们既不能照搬古代文论，也不能照搬西方文论来替代阐释中国现、当代的文论，这是因为它们都与中国的现、当代文化与文学现实存在隔阂。西方的文论产生于西方的现、当代文化与文学语境，这个语境与中国现代当代文化与文学的语境是不完全一样的。但是同样不必讳言的是：相比于中国古代文论，西方现代当代文论在解释中国的现、当代文学时要相对合适一些。"②曹顺庆则认为："陶东风先生走的路，是对西方文论的继续迎合，没有注意到现当代的现实处于'失语'状态，如果继续以西方文论

---

　　① 陶东风：《关于中国文论"失语"与"重建"问题的再思考》，《云南大学学报》(社会科学版) 2004 年第 5 期。

　　② 同上。

为主来建设中国文论,只能在'失语'的路途上越行越远。"他认为:"重建中国文论话语,同样需要西方文论的积极参与,但不再是以西方文论为主,而是要在'以我为主'的学术规则下,将西方文论融汇到中国文论建设中来,亦即西方文论中国化。"①

其实,无论是以中国古代文论为主还是以现当代文论为主来重建中国文论,我们不难发现都潜藏着一种构建宏大体系、本质文论的冲动,当然对于任何一门发育完全的学科来说,有一套严谨、完整、科学的体系是必不可少的,但是这并非唯一的选择,无论是中国古代文论还是西方文论都没有说只有一套体系,一套话语,中国古代文论就有政教道统文论、缘情审美文论、品评感悟文论等,西方文论更是庞杂不一,理论体系层出不穷,象征主义、表现主义、俄国形式主义、新批评、精神分析、结构主义、后解构主义、西方马克思主义等,哪一个都没有成为只此一家别无分店的唯一文论体系,梦想构建一个涵盖中西、融汇古今的文学理论体系,既不现实也没有必要,思想文化繁荣昌盛的表现是"百花齐放、百家争鸣",所以窃以为重建中国文论重要的是要有开阔的胸怀、开放的眼光、沉潜的精神和实践的品格,如果有的学者以古代文论为主构建出可以阐释现、当代文学现实的文论思想,有的学者以中国文化为底蕴将西方文论"中国化",有的学者则面向当下的文学现象构建出具有阐释力的创新文论,各种具有独特个性和原创力的文论纷纷登场、连绵不断,那么我们的文学理论百花园才会真正迎来万紫千红的春天。

在建设中国当代文论的过程中,产生文化身份的焦虑是一种正常的现象,任何一个对中国传统文化有深厚感情的知识分子在面对传统与现代的紧张关系时,都难免产生文化认同危机,如果我们用辩证发展的眼光来看待传统与现代之间的关系,或许可以一种乐观积极的态度面对这种危机,获得更大的发展。

2. "中国古代文论的现代转换"及其反思

如果从1996年10月在西安召开"中国古代文论的现代转换"学术

---

① 曹顺庆、邱明丰:《重建中国文论话语的三条路径》,《思想战线》2009年第6期。

研讨会算起,① 时间已经过去将近 20 年了, 其间各种观点和争论纷纷出场, 曾经有学者将这场大讨论分为三个阶段。第一阶段大致从 1996 年 "转换" 论出现开始, "转换" 的思路得到呼应, 但问题主要集中在如何进行转换, 以何种方式进行转换的不同意见上。第二阶段是论争深化的阶段, 主要从 1998 年下半年起, 以又一批古典文论研究学者开始介入讨论为标志, 大致到 2000 年年底。讨论进一步集中到对古文论研究应不应该注重 "用"、如何实现古文论之 "用"、古文论究竟有无体系、如何理解 "现代转换" 等核心问题上。第三阶段从 2001 年论争过程中出现怀疑、反思、剖析和诊断开始至今, 论域进一步扩展, 逐渐开始认定古文论作为传统遗产, 强调研究主体的现代视野和阐释, 并且上升为对古文论研究学科与总体文论关系的思考。②

在这场关于 "中国古代文论的现代转换" 的大讨论中, 比较有代表性的看法有两种, 一种基本上是对此命题持肯定态度, 曹顺庆以为: "一味言洋人之言固然不好, 一味言古人之言也同样不可取, 传统话语需要在进入现代的言说中完成现代化转型, 这就是我们特别重视对话研究的原因。对话研究的基本特点是注重异质文化间的相互沟通, 不是以一种理论模式切割另一种理论, 而是不同理论之间的平等交流; 不是以一种话语来解读另一种话语, 消融另一种话语, 最终造成某一种话语的独白, 而是不同话语之间的 '复调式' 对白。"③ 王先霈指出: "所谓古代文论的现代转换, 我以为, 它有两方面的理论指向, 一个是在经济全球化背景下如何对待不同民族文学理论之间的关系, 特别是如何对待中国文学理论与西方文学理论的关系; 一是在现代化过程中如何处理继承传统和开创一代新风

---

① 1996 年 10 月, 由中国中外文艺理论学会、中国社科院文学所和陕西师范大学中文系在西安联合召开 "中国古代文论的现代转换" 学术研讨会, 自此开始, 关于 "转换" 的话题逐渐成为文论界讨论的热点之一。1997 年年初, 《文学评论》开设 "古代文论的现代转化" 专栏集中发表一批讨论文章, 更将此讨论推向高潮。

② 陈雪虎: 《1996 年以来 "古文论的现代转换" 讨论综述》, 《文学评论》2003 年第 2 期。

③ 曹顺庆、李思屈: 《重建中国文论话语的基本路径及其方法》, 《文艺研究》1996 年第 2 期。

貌的关系。"① 童庆炳总结了"转换"的三条原则,一是历史优先原则,即"把中国文论资料放回到产生它的文化、历史的语境中去考量,力图揭示它原有的本真面目";二是对话原则,"以现代的学术视野与古人的文论思想进行交流、沟通、碰撞……引发出新的思想和结论,使文艺理论新形态的建设能在古今交汇中逐步完成";三是自洽原则,即使古今对话"达到逻辑的自圆其说的标准"。②

但是也有不少学者质疑这个命题,认为中国古代文论是特定时代和语境的产物,现代社会已经发生了翻天覆地的变化,用以阐释古代文学经验的古代文论显然已经难以用在现代社会之中。蒋寅直言不讳地说:"在我看来,所谓转换,与'失语'说一样,也属于对理论前提未加反思就率尔提出的一个虚假命题。"因为"根据现有的文学史知识,每个时代的各种文学理论都是在特定的文学经验上产生的,是对既有文学经验的解释和抽象概括(鼓吹和呼唤新文学的文本,都是宣言而不是理论)。当新的文学类型和文学经验产生,现有文学理论丧失解释能力时,它的变革时期就到来了。概念、术语、命题的发生、演化、淘汰过程都是顺应着文学创作的。"所以,"古代文论的概念、命题及其中包含的理论内容,活着的自然活着,像'意象''传神''气势'等,不存在转换的问题;而死了的就死了,诸如'比兴''温柔敦厚'之类,转换也转换不了"③。朱立元则提出了在中国古代文论传统之外的"新传统","谈到承续传统,人们往往只想到 19 世纪以前的古代文化、文论旧传统,而忽视了这一个多世纪以来不断生成、事实上已经成为我们新鲜血液和营养的现当代文化、文论新传统。从上古到晚清,中国古代文化(包括文论)历经数千年的变革、起伏、动荡、筛选、积淀和演进,趋于成熟,但是作为文化传统的一个大的发展阶段,其生命力也在走向衰竭。当然,所谓'衰竭'并不是说古代传统真的已经死亡,已成为木乃伊式的古董了,而是说,其中一部分不合时代发展的旧质已被现当代新传统所扬弃,一部分则以隐性渗透的

① 王先霈:《三十年来文艺学家的中国古代文论研究》,《华中师范大学学报》2007 年第 5 期。

② 童庆炳:《中国古代文论的现代意义》,北京师范大学出版社 2001 年版,第 2—3 页。

③ 蒋寅:《如何面对古典诗学的遗产》,《粤海风》2002 年第 1 期。

方式潜移默化注入新传统的构建过程中，继续发挥着某些潜在的功能。同时，古代传统的衰竭本身也标志一个现当代新传统的开启。自晚清、民初起，我国现当代文论始终处于剧烈变化和动态生成的状态，经过内外诸因素的交织作用和不断变革、创新，已逐步形成一个不同于古代文论传统的、具有新'质'的传统"①。所以他建议在 20 世纪中国现当代文论传统的基础上重建中国文论。

细究起来，"转换说"的提出和成为文学理论界的焦点话题与时代大背景密切相关，表面上看起来是古今、中西之争，实际上还是深层的文化认同问题。大约从晚清开始，中国人就一直在古今中西、传统现代之间纠结、斗争，五四时期也讨论过这个热门话题，由于中国实力远远落后于西方发达国家甚至陷入割地赔款的屈辱境地，强调中华文化优势的政治经济等方面的支撑不复存在，严复、陈独秀、李大钊、鲁迅、胡适等众多启蒙思想家引进西方文化思想，批判中国传统文化，虽然也有过中学西学之争，整个社会的总体风向是"偏西"的，中国现代文学理论体系也是这一时期开始建立起来的，这是当时社会发展的必然选择。20 世纪 80 年代开始，中国进入全面现代化建设的改革开放时期，各种西方思想如潮水般涌进中国，经受了长期思想钳制和禁锢的知识分子如饥似渴地大量引进和吸收西方的思想文化，中国文学理论界的文学反映论、文学主体论、文学本体论、文化研究等，都深深地打上了西方学术话语的烙印，进入 21 世纪尤其是全球化时代，中国的综合国力不断增强，已经成为仅次于美国的世界第二大经济体，全球化给中国的发展带来千载难逢的机遇和挑战，跨国公司、国际金融体系、数字信息技术等似乎将整个世界变成了麦克卢汉所讲的"地球村"，但是中国仍然是发展中国家，全球化将世界连成一体，在全球同质化的背后其实隐藏着深刻的矛盾和不平等，"我们的时代似乎又是一个充满反论的时代。地方化与全球化结伴同行，文化的同一化受到文化多样化坚持不退的挑战，民族独立资格的丧失与种族集团的聚集彼此抗衡"②。如果说经济全球化体现了更多的标准化、统一化和同质化，

---

① 朱立元：《关于中国古代文论现代转换的再思考》，《中国社会科学》2015 年第 4 期。

② ［美］阿里夫·德里克：《后革命氛围》，王宁等译，中国社会科学出版社 1999 年版，第 153 页。

那么文化全球化可能更多地给民族国家带来了文化认同的危机和挑战。Larrain 说："在文化碰撞的过程中，权力常发挥作用，其中一个文化有着更强大的经济和军事基础时尤其如此。无论侵略、殖民还是其他派生的交往形式，只要不同文化的碰撞中存在着冲突和不对称，文化身份的问题就会出现。在相对孤立、繁荣和稳定的环境里，通常不会产生文化身份的问题。身份要成为问题，需要有个动荡和危机的时期，既有的方式受到威胁。这种动荡和危机的产生源于其他文化的形成，或与其他文化有关时，更加如此。"① 正是在这样的时代大背景之下，中国文论界对中西、古今之争的认识与以往有了明显不同，而"中国古代文论的现代转换"就是文论家们在全球化时代中华民族走在伟大复兴之路上作出的自己的思考，这个思考不再仅仅是文学文论的问题，而是文化认同的问题。

重建中国文论首先不能失去自己的文化血脉，要"以我为主"，文学说到底是文化的重要体现，而且中国有文史哲不分家的传统，很多优秀的文学著作同时也是哲学著作、历史著作，例如《庄子》《战国策》《史记》《吕氏春秋》等，文艺理论也是诗文评一体，表面上看似乎缺少科学性、体系性和完整性，实际上这正是中西思维方式的差异所在，正如文化没有优劣之分一样，我们不能说侧重整体感悟的中国思维方式落后于西方的理性逻辑思维，因为各有其优缺点，西方现代性的理性原则就一直遭到众多思想家的批判，尼采、叔本华、弗洛伊德、萨特、海德格尔、阿多诺、杰姆逊、利奥塔、福柯、哈贝马斯等都曾经激烈地质疑理性至上原则。

另外，"以我为主"绝不意味着"以我为尊""孤芳自赏"，曹顺庆质疑"转换"一词有以西方为标准的倾向，个人认为这个词确实不妥，改为"阐释"似更好，中国古代文论犹如一块内蕴美玉的石头，需要我们精心打磨和雕琢，才能成就其绝美风姿并呈现于现代人面前。王国维、鲁迅、周作人、胡适、宗白华、闻一多、朱光潜、钱钟书等前辈学者已经给我们做出了榜样，他们的文论思想贯通古今，融汇中西，不再是与现代世界隔膜的子曰诗云，而是富有穿透力的现代文论。譬如，王国维的

---

① ［英］乔治·拉伦（Jorge Larrain）：《意识形态与文化身份：现代性和第三世界的在场》，戴从容译，上海教育出版社 2005 年版，第 194—195 页。

《人间词话》以中国传统词话形式为根本，吸收了叔本华的美学思想又有进一步的突破，创造性地提出了具有明显中国特色的"境界说"，至今仍然广泛用于文艺批评实践之中；鲁迅的《中国小说史略》爬梳钩沉中国历代小说史料，考证源流、辨别真伪、纲目严整、脉络清晰，既不失其传统语境根本，又在其中贯注了现代性内涵；宗白华精通西方哲学美学，尤其对以叔本华、尼采的生命哲学情有独钟，但是他最终选择的是"纯粹"的中国艺术，以独特的"散步美学"方式给我们留下了一份宝贵的美学财富；钱锺书的《管锥篇》继承中国传统的"依经立义"的话语言说方式，凭借渊博的学识、深刻的感悟、丰富的联想，"以现代西方文化的映发，而使中国传统典籍中那些往往不为人注意的思想智慧，焕发出一种'当代性'，在当代思想中找到自己的位置并推动这一发展"①。

王国维曾说："异日发明光大我国之学术者，必在兼通世界学术之人，而不在一孔之陋儒。"在全球化迅猛发展的时代，我们更需要以开阔的视野和胸怀来对待中国的文学和文化建设，同时切不可丢了自己的文化根脉，故步自封会停滞不前，邯郸学步将一无所成，东施效颦只会贻笑大方，唯有脚踏实地、立足根本、放眼世界、顽强拼搏才能真正不辜负时代赋予我们这一代学者的光荣使命和责任，让中华智慧和中华文化重新焕发动人的光彩。

3. 后殖民理论在中国的"误读"及其反思

要考察后殖民理论在中国的"误读"，首先要弄清楚后殖民理论的原初内涵，那么何谓后殖民？张京媛认为有两种含义：一是时间上的完结，即从前的殖民统治已经结束；二是意义的取代，即殖民主义已经被取代，不再存在。但是第二个含义是有争议的。如果说殖民主义是维持不平等的政治和经济权力的话，那么我们所处的时代仍然没有超越殖民主义。"殖民化"表现为帝国主义对第三世界国家在经济上进行资本垄断、在社会和文化上进行"西化"的渗透，移植西方的生活模式和文化习俗，从而弱化和瓦解当地居民的民族意识。②

① 胡范铸：《钱钟书学术思想研究》，华东师范大学出版社 1993 年版，第 290 页。
② 张京媛：《后殖民理论与文学批评》，北京大学出版社 1999 年版，前言 1—2 页。

　　美国学者大卫·斯普尔认为后殖民有两层含义，首先，后殖民是指传统殖民制度解体后出现的历史情境，是可以通过经验感知的现象，如新国旗的飘扬、新政体的出现。其次，后殖民是指取代殖民时代话语的努力，这既是理论运动，也是各种文化交错的新格局，这种新格局带来了新机遇，也带来一些认同和表述危机。①

　　有学者认为"后殖民"的前缀"后"与后现代主义、后结构主义、后马克思主义、后女权主义、后解构主义等的含义一样，都含有越界运动（a movement beyond）的意味，也有学者认为，"后殖民"的前缀"后"与"后冷战""后革命"的意义相仿，强调某一正式日期下，旧的历史事件或时代结束了，新时期开始了。德里克指出，这两种看法第一种指思想上的学科进展，第二种指历史本身的严格纪年，"后殖民"概念中未曾揭示的哲学与历史目的论之间的张力部分地解释了这一术语固有的歧义。②有中国学者把后殖民划分为三个层次，第一个层次是指那些与殖民地经验有关的写作和阅读。这些经验和实践虽然发生在第三世界国家内，但却至今受到西方殖民主义以及第一世界对它的"非我"世界的扩充控制所形成的复杂而深刻的影响。第二个层次是指西方对第三世界的"殖民化主体"的构成，对第三世界本土历史的消声，即一种以西方为中心的世界结构范畴。第三个层次是指第三世界对殖民主义和新殖民主义的思想批判，以及对抗形态和策略。③后殖民确实是一个难以三言两语就界定清晰的概念，总体来讲，它大致包括以下几个主要方面。

　　首先指一种时间概念，从历史发展的历程来看，第二次世界大战之后，跨越种族歧视的民主、平等、博爱思想成为世界主流，那些原来附属于宗主国的殖民地国家纷纷独立，后殖民就发生在殖民地解体之后。其次指一种心理或心态，被殖民地国家虽然获得了独立，但是长期的殖民统治不仅在被殖民地的政治制度、经济生产、文化形态、社会结构等方面打下难以磨灭的烙印，而且已经深刻影响到殖民地居民的价值观念、思维方式

---

　　① 许宝强、罗永生等：《解殖与民族主义》，中央编译出版社 2004 年版，第 238—239 页。

　　② ［美］阿里夫·德里克：《后革命氛围》，王宁等译，中国社会科学出版社 1999 年版，第 85—86 页。

　　③ 徐贲：《走向后现代与后殖民》，中国社会科学出版社 1996 年版，第 166—167 页。

和精神心态。最后指对后殖民现象的研究，这个方面涵盖得很广，既包括政治学、民族学、经济学、社会学、语言学、教育学、文学等各种学科对后殖民现象的研究，也包括对后殖民的思想批判及其相应的对抗形态和策略。

与后殖民有着千丝万缕关系的后殖民文化理论是综合了诸多理论话语的一种文化批评理论，它侧重研究西方发达帝国主义国家与第三世界国家之间的文化话语权力关系，是一种具有鲜明意识形态特征和文化政治批判色彩的理论话语，它综合了符号学、结构主义、解构主义、西方马克思主义、女权主义、后现代主义等多种理论话语，尤其受到葛兰西的"文化霸权"理论、福柯的"话语—权力"理论、后现代思想的深刻影响。后殖民理论关注的焦点是文化，代表性的三个人物是赛义德、斯皮瓦克和霍米·巴巴，他们三位被罗伯特·扬称为后殖民文化理论的"神圣三剑客"。

出生于耶路撒冷的赛义德是后殖民文化理论的奠基者和代表性人物，他1978年出版的《东方学》（Orientalism），也译作《东方主义》，通常被认为是后殖民文化理论成熟和自觉的标志。赛义德深受福柯的权力理论和话语理论影响，认为东方主义是西方人为了自己的政治、经济、文化等方面的利益而重构的一套话语结构，"如果不把东方主义作为一种话语来探讨，那就不可能理解欧洲文化庞大的规章制度，正是借助这个庞大的规章制度，欧洲才能在政治上、社会上、军事上、意识形态上、科学上、想象上于后启蒙时代对东方施加管理——甚至生产"①。赛义德的东方主义批判理论具有鲜明的文化和政治批判意识，他反对将东方与西方对立，把东方视作欧洲沉默的他者，也反对狭隘自大的民族主义，他以一种第三者的眼光审视东方与西方，并发出了警告："人们是如何表述其他文化的？什么是另一种文化？文化差异这一概念是否行之有效？它是否总是与沾沾自喜（当谈到自己的文化时）或敌视和侵犯（当谈到其他文化时）难解难分？……观念是如何获得权威、规范甚至自然真理的地位的？知识分子扮演的是什么样的角色？他是否只是为他所属的文化和国家提供合法证明？

① ［美］爱德华·赛义德：《东方主义》导言，载《赛义德自选集》，谢少波等译，中国社会科学出版社1999年版，第3页。

他必须给予独立的批评意识，一种唱反调的批评意识，多大的重要性？"①
他认为，真正的东方学研究应该寄希望于这样的学者："他们的忠诚乃贡
献于从学术的角度界定的某个学科，而不是像东方学这样从经典的、帝国
主义的或地域的角度界定的某个'领域'。"② 赛义德将文化与知识/权力/
话语联系在一起的批判路径对后来的后殖民文化理论产生了深远的影响。

　　赛义德之后，最著名的后殖民理论家是美籍印度裔学者盖娅特丽·
C.斯皮瓦克，她是一个女性主义者、马克思主义者和解构主义者。她特
别关注两个问题，一个是文化身份，一个是后殖民女权主义批评，这两个
问题都与她自己的切身体验有密切关系，作为印度裔的美国女性学者，她
自身就面临着文化身份认同的窘境，对第三世界的印度来说她是第一世界
的学者，是"他者"，对美国来说，她又是印度人，而且还是女性，又是
"他者"，那么她又如何面对这一切呢？斯皮瓦克首先拿起解构理论的利
器，对康德的三个批判中暗含的欧洲中心论思想予以揭露和批判，她认为
康德在《纯粹理性批判》《实践理性批判》和《判断力批判》中确立起
来的主体并非普遍意义上的人类，而是指那些受过启蒙和教育的所谓文化
人，而那些落后地区的穷人尤其是女性根本没有条件和机会接受教育，也
就被排除在主体之外，由此她指出："在此，我们发现作为自然论点的帝
国主义公理显示了文化人的认知的局限性。"③ 除了从哲学上对后殖民欧
洲中心论话语进行解构和批判，斯皮瓦克也拿起批判的武器，对庶民身
份，尤其是庶民女性进行研究，这也是她极富影响力的研究论域之一，作
为第三世界的女性学者，她既反对帝国主义的殖民话语，也反对男权中心
话语，在《属下能说话吗？》中她对西方主体暗含的知识欺骗和歧视倾向
进行了揭露和批判，在《三个女性文本和一个帝国主义批评》一文中，
斯皮瓦克通过对夏洛蒂·勃朗特的《简·爱》、简·里斯的《藻海无边》
和玛丽·雪莱的《弗兰肯斯坦》三部小说进行后殖民解读，得出了不同

---

　　① ［美］爱德华·赛义德：《东方学》，王宇根译，生活·读书·新知三联书店 1999 年版，
第 418 页。

　　② 同上书，第 419 页。

　　③ Spivak, GC. *A critique of postcolonial Reason Toward a History of the Vanishing Present.* Cam-
bridge, Mass: Harvard University Press, 1999, p. 26.

于一般女权主义批评式的结论。她认为"新兴的女权主义批评开始复制帝国主义的公理"，所谓帝国主义的公理，即以欧洲为中心和主体，其他的国家和民族为"他者"，并且褒扬前者贬低后者的话语系统，她对《简·爱》的解读特别具有反叛性和后殖民女权主义批评色彩。以往对《简·爱》的女权主义解读，要么突出简·爱的独立和自我意识，追求超越容貌、金钱和权力的平等的两性之爱，要么将疯女人梅森视作简·爱的另一面，是对男权社会对女性创造力压抑进行的反抗，但是斯皮瓦克认为作者将梅森塑造成一个半人半兽的形象，是白种女人对殖民地女性歧视的表现，因为梅森来自牙买加，是大英帝国的"他者"，勃朗特对梅森的描写正是白人女性不自觉地对殖民地女性充满种族歧视和偏见的表露。

总体来说，斯皮瓦克的后殖民主义理论并没有一个贯穿始终、严密统一的整体性思想，而是根据具体情况的需要采取不同的理论策略，而马克思主义、女性主义、解构主义就是她的"批判的武器"，值得注意的是，斯皮瓦克对自己的身份有着清醒的自省，作为美国哥伦比亚大学的印度裔教授，她认为自己实际上与西方学术话语是一种"协商"关系，所以试图以自己第三世界的背景并以"第三者"的旁观者眼光来批判西方话语是不现实的。

如果说赛义德凭借"东方主义"闻名，斯皮瓦克的后殖民女权主义批评为人津津乐道，那么霍米·巴巴则是由于对全球化时代的后殖民批评而为人所知。与萨义德和斯皮瓦克不同，霍米·巴巴坦然承认："我的理论工作没有政治议程（political program），也没有什么社会目的，没有对生活产生直接的影响。但是我的理论在学生、大学教授、政治家、作家和思想家之中有很大的影响力。当他们读我的作品时，他们就会明白在全球化的背景下，应该怎样去理解文化和文化差异，如何思考平等、自由或是公平的问题。"① 不过这也许是他的自谦之词，因为他对于全球化时代的诸多问题，尤其是民族性与现代性、文化定位和身份认同、少数族裔等问题都有深入思考和精辟阐释，在当今西方学术界影响深远并赢得世界声

---

① 陈菁霞：《霍米巴巴：殖民主义是全球化的早期形式》，《中华读书报》2010 年 6 月 16 日。

誉。霍米·巴巴着重考察的是全球化时代西方与非西方之间的复杂关联和互动关系，他创造的一系列概念如混杂、模拟、第三空间等极大丰富和拓展了后殖民主义批评理论，他认为在全球化时代，后殖民地国家的人们既受到殖民统治的深刻影响，同时又不是完全被动全盘地接受了前宗主国的文化殖民，而是巧妙地利用各种手段对殖民统治的帝国神话和意识形态进行消解和对抗，对全球化/本土化、第一世界/第三世界、现代性/后现代性这类二元对立模式话语进行消解，力图采取灵活而有效的话语策略让处于"他者"边缘地位的第三世界批评在世界舞台上发出自己的声音。

总体而言，后殖民主义理论是一种站在边缘立场对西方主流学术话语进行批判的理论话语，它借鉴多种理论资源，主要是福柯的知识/权力/话语理论、葛兰西的"文化霸权"理论、马克思主义、后结构主义、解构主义、后现代理论等对西方知识话语进行批判。西方知识话语通过二元对立的方式建构一系列对立项，如主体/他者、东方/西方、边缘/中心、野蛮/文明/、传统/现代、先进/落后等来贬抑前者而褒扬后者，后殖民理论认为处于边缘并非意味着落后和野蛮，这更多是西方知识界以主体的身份对"他者"的审视，是一种受到权力/知识影响制约的话语建构。后殖民理论所持的是反本质主义思维方式，既反对西方对东方的话语统治，也反对将东方扭转为中心凌驾于西方之上，所以当很多人认为赛义德是为维护东方说话，强调东方的价值和文化之时，他明确指出："它是一种话语，这一话语与粗俗的政治权力决没有直接的对应关系，而是在与不同形式的权力进行不均衡交换的过程中被创造出来并且存在于这一交换过程之中，其发展与演变在某种程度上也受制于其与政治权力（比如殖民机构或帝国政府机构）、学术权力（比如比较语言学、比较解剖学或任何形式的现代政治学这类起支配作用的学科）、文化权力（比如处于正统和经典地位的趣味、文本和价值）、道德权力（比如'我们'做什么和'他们'不能做什么或不能像'我们'一样地理解这类观念）之间的交换。"①

但是后殖民理论到了中国，却被"误读"而发生了转义。后殖民批评于90年代初传入中国，迄今已经二十余年，张京媛的《彼与此——评

---

① ［美］爱德华·赛义德：《东方学》，王宇根译，生活·读书·新知三联书店1999年版，序言第11页。

介爱德华·赛义德的〈东方主义〉》、刘禾的《黑色的雅典——最近关于西方文明起源的论争》是较早介绍后殖民批评的文章，① 随后《读书》杂志发表了三篇旅居海外学者介绍评价后殖民主义的文章——张宽的《欧美人眼中的"非我族类"》、钱俊的《谈萨伊德谈文化》和潘少梅的《一种新的批评倾向》。② 值得注意的是，这三篇文章前的"编辑室日志"以《他们文明吗?》为题，借美国作者的口说，"西方人自诩文明，动辄斥东方人'野蛮'，这本身就已不文明"③，显然已经打上了民族主义的烙印，所以有学者说"这本身就是在将后殖民理论往民族义愤的轨道上引导"④。1994 年，《读书》编辑部又组织王一川、张法、陶东风、张荣翼、孙津等学者座谈，话题则是"边缘·中心·东方·西方"⑤，可见当时学界已经有意或者无意地在东方/西方、边缘/中心这样的二元对立框架内解读后殖民理论，并且赋予其反西方主义的色彩。文学理论界对后殖民主义批评的"误读"主要体现在把一种立足边缘批评主流的理论批判话语置换为提倡民族主义、反对西方的意识形态批判。例如"中华性"命题的提出，论者认为从鸦片战争以来，中国受到西方列强频频欺辱而逐渐丧失了民族自信力转而信奉西方的"现代性"，本来中国人都认为自己是世界的中心、是主体，但是西方这个"他者"让国人发现了自我并非主体而是边缘，由此开始现代化也即是以西方"他者"的眼光来改造自己，"中国的'他者化'竟成为中国的现代性的基本特色所在，也就是说，中国现代变革的过程往往同时又显现为一种'他者化'的过程"。但是当代世界已经由两级走向多元共生，"现代性知识型在中国文化中的权威地位不可逆转地衰落了，面对文化思想上的权力真空，各种新的思想在萌动、在产生"。现在是到了用"中华性"来取代"现代性"的时候了。"中华性

---

① 张京媛：《彼与此——评介爱德华·赛义德的〈东方主义〉》，《文学评论》1990 年第 1 期。刘禾：《黑色的雅典——最近关于西方文明起源的论争》，《读书》1992 年第 10 期。

② 张宽：《欧美人眼中的"非我族类"》，钱俊：《谈萨伊德谈文化》，潘少梅：《一种新的批评倾向》，《读书》1993 年第 9 期。

③ 《读书》编辑室：《他们文明吗?》，《读书》1993 年第 9 期。

④ 赵稀方：《一种主义，三种命运——后殖民主义在两岸三地的理论旅行》，《江苏社会科学》2004 年第 4 期。

⑤ 《读书》编辑室：《边缘·中心·东方·西方》，《读书》1994 年第 1 期。

意味着多角度的审视，其中特别是要用中国的眼光看世界"，论者提出构建一个以中国大陆为中心、以中国文化为半径的文化圈，"在我们看来，中华圈的基本构成是：核心层：中国大陆，第二层：台湾、香港和澳门，第三层：世界各地的海外华人，第四层：受中国文化影响的东亚和东南亚国家"。①

　　对张艺谋电影的后殖民批评也是一件典型事件。众所周知，张艺谋的电影具有东方特色而又得到西方的青睐，频频在国际上获得大奖，与大众的一片叫好声不同，文艺批评界普遍拿起了后殖民理论武器对他进行了毫不留情的批判，认为张的电影是迎合了西方人对东方的想象，张艺谋不惜以丑化中国人和中国文化的所谓"异国情调"方式来满足西方人的猎奇心理。"在这种寓言性文本中，'中国'被呈现为无时间的、高度浓缩的、零散的、朦胧的或奇异的异国情调。这种异国情调由于从中国历史连续体抽离出来，就能在中西绝对差异中体现某种普遍而相对的同一性，从而能为西方观众理解和欣赏。"② 此外，第三世界文学理论和中国当代文论"失语症"都受到后殖民理论的影响并且都突出了要以我为中心、为主体来建构中国文学理论，这本无可厚非，但是与后殖民理论原本消解二元对立思维方式不同，中国文论界对后殖民理论的"误读"使之成了提倡民族本位主义的宣言，受到杰姆逊后现代理论影响的第三世界文学理论突出第一世界/第三世界的二元对立，认为"第一世界对第三世界的文化控制、压抑和吸引以及第三世界的认同、拒斥、逆反成了一种文化的主题"③。在这种语境之下，第三世界文学理论要站在第三世界文化的立场上考察当代中国纷繁复杂的文化现象。而"失语症"更是强烈表达了对中国文化"西方化"的不满和重建中国文论的愿望和决心。

　　从中国学界对后殖民理论的挪用、改造中我们不难感受到中国知识分子复杂、矛盾而微妙的心理。一方面，后殖民理论在 90 年代初进入中国

---

　　① 张法、张颐武、王一川：《从"现代性"到"中华性"——新知识型的探寻》，《文艺争鸣》1994 年第 2 期。

　　② 王一川：《张艺谋神话的终结》，河南人民出版社 1998 年版，第 166 页。

　　③ 张颐武：《在边缘处追索——第三世界文化与当代中国文学》，时代文艺出版社 1993 年版，第 147 页。

知识界，"新启蒙"已经偃旗息鼓，后现代无所附着，而后殖民理论正好弥补了这个空当，为了塑造出与中国对立的西方，后殖民理论"被抽掉了它在原先社会环境中所具有的政治伦理价值、社会改革理想以及涉及敏感的压迫关系和文化暴力形式的具体抗争内容，变成了一种纯粹为了标榜'差异'或者'特殊性'而与某个'它者'对抗的话语作秀姿态"①。从而"一方面回避权威，一方面沟通大众，致力于构造民族国家共同体的想象性的和谐图景，并把当代中国文化面临的敌对指向西方他者"②。所以有学者批评："没有一位中国的后殖民主义批评家要取边缘立场对中国文化的内部格局进行分析，而按照后殖民主义的理论逻辑这倒是应有之义。"③

　　另一方面，中国经济的崛起增强并大大提高了中国人的自信心和民族自豪感，久违的"大国心态"又开始萌动，鸦片战争以来，无数仁人志士、先贤豪杰不断探索中国的繁荣富强之路，知识分子更是在中西之间、古今之间、现代与传统之间徘徊、踟蹰、纠结、反复。随着全球化浪潮的突飞猛进，如何塑造中国在当代国际舞台上的形象与中国人的价值理念和文化选择息息相关，在前现代、现代、后现代错综交织的复杂国情下，在全球化、信息化、高科技化的时代大潮冲击下，如何处理本土化与民族化、传统与现代、东方与西方之间的复杂关系是知识分子必须要面对的现实问题，中国学界对西方后殖民理论的"误读"凸显了知识分子在这种复杂时代背景之下言说的困境，也是自身文化身份焦虑的表现，我们认为当代中国正处于现代化的进程之中，中国一百多年的近现代史告诉我们中国有着自己的现代化之路，同时中国的发展已经深受西方现代性的影响，摆在当代中国知识分子面前的后殖民问题不是如何摆脱西方话语并对之进行一种意识形态批判，"在中国，后殖民批评要为不同群体的利益诉求从而为社会公正的实现提供思想武器，当前应继续后殖民理论对文化控制、文化权力以及文化优劣论和文化等级制的批评，发扬其文化解构的策略，

---

① 徐贲：《从本土主义身份政治到知识公民政治——论第三世界知识分子及其文化批评》，爱思想网（http://www.aisixiang.com/data/33208.html）。

② 章辉：《论中国后殖民批评问题》，《学术研究》2010 年第 1 期。

③ 汪晖：《当代中国的思想状况与现代性问题》，《天涯》1997 年第 5 期。

从而夺回文化的自我阐释权并给拥有不同身份政治的异质文化群体反抗集权话语提供思想方法"①。也就是汲取后殖民理论的文化批判精髓，坚守知识分子的独立意志和批判精神，保持对人类、对世界的人文关怀，以边缘的立场对中国当代复杂的文化场域进行剖析和批判，从而促进社会的进步和发展。

三 全球化语境下重建当代中国文论话语的文化认同

在全球化时代，中国文学面临各种新问题和新挑战，而文化认同则是其中最重要的问题之一，从鸦片战争开始，文化认同危机就悄然来到中国人面前，作为文化重要创造者和传承者的知识分子更是有切肤之痛，世易时移，中国已经不再是原来落后挨打的东亚病夫，但是在这个全球化的时代，文化认同问题仍然困扰着知识分子，当代文论言说者也不例外。

1. 中西交汇下的文化身份焦虑

全球化给中国文学理论的发展带来机遇和挑战，一方面，中国经济迅速崛起，已经成为世界第二大经济体，伴随着经济的飞速发展，中华民族的伟大复兴不再是可望而不可即的镜花水月、海市蜃楼，而中华民族的真正复兴是文化的复兴和繁荣昌盛，整个国家自上而下都越来越重视文化建设和发展，除了国家层面的大力支持，日新月异的现代信息传播技术让整个世界成为一个地球村，中华文化与其他国家和民族文化之间的交流日益频繁、广泛和深入，中国文学开始慢慢被世界所知，莫言获得诺贝尔文学奖便是一个很好的例子。中国有着非常悠久和良好的文学传统，文学经典灿若星辰，美不胜收，当前中国从事文学创作和文学研究的人数也一直居高不下。不仅如此，全球化使整个世界的政治、经济、社会、文化发生了巨变，激荡变化的世界，深刻转型中的中国，全球一体化的地球村，各种文学现象、文学问题不断涌现和生发出来，时势造英雄，我们曾经有过博大精深的古典文学理论，也有着除旧布新的五四新文学传统，还有 80 年

---

① 章辉：《论中国后殖民批评问题》，《学术研究》2010 年第 1 期。

代的文学热，21 世纪是全球化的时代也是新旧交替的时代，有志于文学研究的学者正碰上了千载难逢的好时机，只要把握机遇，脚踏实地，放眼世界，一定能够有所作为，为中华文化的繁荣昌盛添砖加瓦。

另一方面，我们也看到了全球化给中国文学理论带来的危机和挑战。全球化本身就会带来强势文化对弱势文化的统治和蚕食，"越过经济和技术层面，我们会看到'全球化'背后所隐藏的特殊的价值论述。这种假'普遍'之名的特殊价值观决定了全球化过程内在的文化单一性和压抑性。因此，当代中国知识分子不得不考虑的是，如何在'全球化'的背景下保持文化的自主性？如何让价值的、伦理的、日常生活世界的连续性按照自身的逻辑展开，而不是又一次被强行纳入一种'世界文明主流'话语和价值系统中去"①。从"失语症"到"中国古代文论的现代转换"，从一个又一个的文艺学转向到西方文艺理论在中国的"旅行"，我们不难感受到文艺理论家的文化身份焦虑，探讨其中的深层原因可能有三个方面的问题需要我们进行深入思考。

首先，这种焦虑根本的原因是文艺理论家仍然在中国/西方、传统/现代之间徘徊、踟蹰，如何处理二者之间的矛盾关系成了长期以来困扰中国文学理论发展的阴影，具体到文学理论话语层面则是文论话语规则的"西方化"。文论话语规则不同于理论，它是潜藏在理论背后支配我们如何思考、阐释、建构理论的一整套话语法则，"所谓话语，是指说话人和受话人借助文本或其他语言媒介进行沟通的行为。而话语规则是沟通得以实现的基础，是指在一定的文化传统、历史背景、社会语境中约定俗成的语言和意义建构的法则"②。可见文论话语规则最终是由文化决定的，中国几千年的文化传统已经构建了一整套文论话语规则，有学者将其概括成"以'道'为核心的意义生成和话语言说方式、儒家'依经立义'的意义建构方式和'解经'话语模式"③，当然这个概括不一定就穷尽了中国文论的全部特征，但是当代中国文论确实在很大程度上失去了中国特色，操

---

① 张旭东：《全球化时代的文化认同：西方普遍主义话语的历史批判》，北京大学出版社 2005 年版，第 1—2 页。

② 曹顺庆、王庆：《中国文学理论的话语重建》，《文史哲》2008 年第 5 期。

③ 同上。

着西方的一套话语规则说话，当代文论常用的术语诸如主体、本体、文本、结构、范式等都出自西方。尴尬的是，在骨子里我们仍然是中国人，中华文化传统已经通过语言习惯、生活方式、思维方式等深入我们的血脉之中，即便我们用英语说话，将西方文学理论不断地引进介绍到中国，但是只要在根本的文化认同上我们还是以中华文化传统为归属，就难免产生强烈的文化身份焦虑，这也是中国当代文论"失语症"引起众多共鸣的原因所在。

其次，我们也要注意到全球化时代中国文艺理论家难以克服的身份认同困境。全球化在一定程度上就是西方化，也就是发达国家制定比赛规则和准则让全世界参与全球竞争，"从根本上说，全球化是资本主义生产体系在新的历史条件和技术条件下所作的新一轮合理化调配。这个进程必然带有很强的选择性，势必引起区域性差异和发展不均衡性等问题。它也会在民族国家内部，按国际分工的需要制造出新的社会秩序和观念形态"①。全球化并非完全平等的竞争和参与，甚至在我们加入 WTO 之时就已经为之付出了一定的代价。中国学者尤其是人文学者要介入全球化浪潮中，在世界学术讲台上发出自己的声音，就难免自觉或不自觉地以西方的眼光来看中国或者将中国的问题纳入西方话语之中。杨念群在评论汪晖的跨学科学生研究时就指出了汪晖面临的身份困境，"我觉得他的苦恼就是其身份的不确定性。当他自己在不断寻求'跨'越学科界线，跨越中西学术讨论藩篱的时候，他自己的位置如何准确地加以定位呢？这就是他自己曾在《汪晖自选集》序言里谈到的近代中国人的身份认同问题，这个问题在现当代还存在，而且越来越严重"。而且虽然汪晖成功地以研究中国问题引起了西方学术界的关注，但是也面临着很大的危险，"危险在于他可能下意识地围绕着全球化浪潮给中国设定的很多议题，有意无意充当全球化过程中中国跟西方之间沟通对话的角色，不自觉地又可能成为西方话语在中国转化的代言人"②。所以，中国文艺理论家既要遵循西方话语规则以便

———————

① 张旭东：《全球化时代的文化认同：西方普遍主义话语的历史批判》，北京大学出版社2005 年版，第 1 页。

② 罗岗、杨念群、戴锦华等：《二十年来中国学术思想之变迁与现实关注》，《天涯》2010年第 5 期。

在世界学术舞台上能够发声，同时又要真正面对中国问题保持中国人的身份定位，确实是一个很难把握的问题。

此外语言方面的劣势也使我们在世界学术舞台上非常被动，这也在一定程度上更加剧了文艺理论家的文化身份焦虑。大多数从事文学理论研究的中国学者不能熟练地掌握英语，而英语已经是世界学术讲台上的公共语言。戴锦华曾经说过这样一件事情，有一次她参加一个国际学术会议，在这个会议上有七位来自欧美的学者，第一天是他们的演讲，所以大会安排的工作语言是英文，但是没有安排翻译，第二天发言的主要是与会的几十位中国学者，工作语言是中文，大会安排了同声传译，但是七位欧美学者都没有到场。① 戴锦华说这件事情多少带有一些愤愤不平之气，的确有些不公平，但是没有办法，现实就是如此——因为大会假设每个人都应该懂英语，虽然实际上很多中国学者是不能够用英文来进行顺畅的学术对话的。以我之陋见，一方面中国文论要走向世界，需要有更多像王国维、胡适、鲁迅、陈寅恪、朱光潜、宗白华、钱钟书等这样学贯中西的大家，能够直接在世界学术讲台上发出自己的声音，即便成不了大家，也尽量提高自己的英语水平，多参与到国际学术对话中。另一方面要从根本上抓起来，也就是中国高校的文学理论教育需要面向世界、面向未来。我非常赞成曹顺庆双语教学培养比较文学博士生的办法，本科高校的文学概论课也可以适当地用一些英文原版教材如伊格尔顿的《文学理论导论》② 作为补充教材拿到课堂上解读，同时要求学生课外必读一些经典的英文原版文学理论著作，从本科开始就提高他们的专业英语水平，这样逐渐到硕士、博士层层提高，就能够慢慢培养出一批能够用英语与国外学者进行对话的青年学者。文论界一直在讲要进行中西对话，在全球化时代，对话更是彼此之间增进了解、促进沟通的必备前提，如果不能够使用彼此都熟悉的语言进行交流，那么进行中西对话无疑是一个空想。随着中国经济的崛起和综合国力的不断提高，越来越多的人想了解中国，越来越多的人愿意学习汉语，我相信不久的将来中国会有一大批精通英语的文学研究者能够畅通无

---

① 戴锦华：《全球化下的中国电影文化自觉》，爱思想网（http：//www.aisixiang.com/data/81212.html）。

② Eagleton T. *Literary theory*：*an introduction*. Blackwell Publishing Ltd.，1983.

阻地同其他国家的学者进行学术交流和对话，也会有更多的外国学者愿意倾听中国的声音，也许那时文论界才能真正地与西方对话。

2. 传统与现代碰撞下的文化身份选择

在建设中国当代文论的过程中，产生文化身份的焦虑是一种正常的现象，任何一个对中国传统文化有深厚感情的知识分子在面对传统与现代的紧张关系时，都难免产生文化认同危机，其实，如果我们用辩证发展的眼光来看待传统与现代之间的关系，或许可以一种乐观积极的态度面对这种危机，获得更大的发展。

首先，传统并非一成不变，即便是中华传统文化之根脉的儒家思想也是在不断的发展变化当中，我们坚持传统尚须继承并发展传统。希尔斯在《论传统》中说："传统是不可或缺的；同时他们也很少是完美的。传统的存在本身就决定了人们要改变它们"，不过，"传统并不是自己改变的。它内含着接受变化的潜力；并促发人们去改变它。某些传统变迁是内在的，就是说，这些变迁起源于传统内部，并且是由接受它的人所加以改变的"。① 传统也会由于外部因素发生变迁，"传统可以通过其载体对传统本身的特性所作出的反应而发生变迁，这些反应是按照载体藉以判断传统的那些标准而做出的。这些判断标准可以来自于新出现的传统，也可以来自于在本社会中前所未闻，然而在异族社会中已相当发达的传统"②。对当代文论言说者来说，继承并发展传统是义不容辞的责任和义务，在具体的文化身份选择上，我们既不能抛弃优秀的中华传统文化，因为这是我们的立足根本，同时也不能故步自封，停滞不前，全球化时代是急剧变化、飞速发展的时代，各种问题也层出不穷，"穷则变，变则通，通则久"，唯有与时俱进，才不会被时代淘汰。

其次，我们不妨把从传统到现代的转型理解为一个双向作用的过程：一方面它是"去传统化"的过程，另一方面又是"重新传统化"的过程。换言之，这个双向过程其实是辩证的，是一枚硬币的两面。正是因为发生

---

① ［美］E. 希尔斯：《论传统》，傅铿、吕乐译，上海人民出版社 1991 年版，第 285—286 页。

② 同上书，第 321 页。

了"去传统化"，所以才有相反的"重新传统化"，后者是对前者刺激的回应。① 任何现代化、任何创新都不可能完全离开传统生成。"将传统视作敌人恰恰是虚假原创性的特征之一。它更多的是一种对传统的敌视，而不是更多地去奋力获得一种对现实更深刻的洞悟，去创造以前所未有的外观和深度而出现的有价值的事物。"② 全球化时代是传统与现代激烈碰撞的时代，也是将传统更新发展的好时机。以中国儒家思想为例，儒家思想所强调的仁义礼智信等核心价值能够为 21 世纪人类文明的进步和发展提供有力的思想资源，儒家思想可以作为现代性的他者对现代社会进行批判并提供有利的补充，未来世界既需要西方启蒙现代性所推崇的核心价值如自由、民主、法治、理性、人权等，也需要儒家思想所提倡的公正、同情、集体、责任、天道等，现代性带来了注重效率的市场经济、有法可依的法治社会、公开民主的社会管理，这些都极大促进了社会的进步和发展，但是现代性潜藏的弊端也不少，如工具理性压倒价值理性、极端个人主义、人类中心主义、商品拜物教等，所以我们可以看到现代社会危机四伏、矛盾重重——贫富差距不断扩大、自然环境恶化、极端个人主义膨胀、狭隘民族主义伴随恐怖主义盛行、局部战争此起彼伏、核武器潜藏着毁灭人类的危机、物欲横流导致伦理道德败坏等，人与人之间、人与社会之间、人与自然之间、人自身内部的关系都失去平衡、日趋紧张，而儒家思想可以为解决这些问题提供重要的启示。习近平在纪念孔子诞辰 2565 周年国际学术研讨会上的讲话中也指出，"世界上一些有识之士认为，包括儒家思想在内的中国优秀传统文化中蕴藏着解决当代人类面临的难题的重要启示，比如，关于道法自然、天人合一的思想，关于天下为公、大同世界的思想，关于自强不息、厚德载物的思想，关于以民为本、安民富民乐民的思想，关于为政以德、政者正也的思想，关于苟日新日日新又日新、革故鼎新、与时俱进的思想，关于脚踏实地、实事求是的思想，关于经世致用、知行合一、躬行实践的思想，关于集思广益、博施众利、群策群力的思想，关于仁者爱人、以德立人的思想，关于以诚待人、讲信修睦

---

① 周宪：《"合法化"论争与认同焦虑——以文论"失语症"和新诗"西化"说为个案》，《南京大学学报》2006 年第 5 期。

② ［美］E. 希尔斯：《论传统》，傅铿、吕乐译，上海人民出版社 1991 年版，第 816 页。

的思想，关于清廉从政、勤勉奉公的思想，关于俭约自守、力戒奢华的思想，关于中和、泰和、求同存异、和而不同、和谐相处的思想，关于安不忘危、存不忘亡、治不忘乱、居安思危的思想，等等"①。当然，传统在现代的运用需要有所转化、有所发展，新生事物来自传统但绝不是简单地照搬传统，例如彭丽媛穿的"例外"和"无用"品牌服饰，具有浓厚的中华民族传统文化特色，同时又糅合了环保、生态、简约、责任等前瞻理念，现代与传统完美地统一在一起，传递了中华文化独有的精神价值。

再次，一个民族的文化身份并非一成不变的，斯图亚特·霍尔认为，"至少有两种思考'文化身份'的方式。第一种将'文化身份'视为共享的文化，一种集体的'真正的自我'，隐藏在许多其他的、更加肤浅的或被人为强加的'自我'之中，共享一种历史和祖先的人们也共享这种'自我'。这种界定方式，是认为我们的文化身份反映共同的历史经验，提供共享的文化符号，它给作为'一个民族'的我们提供了在变动不居的真实历史之下的一个稳定、不变和连续的指涉和意义框架"②。第二种观点认为，文化身份"不仅有许多共同点，而且有一些深刻和重要的差异点，它们构成了'真正的现在的我们'，或者说——由于历史的介入——构成了'真正的过去的我们'。我们不可能长期地、精确地谈论有关'一种经验，一种身份'，而不承认它的另一面——即恰恰构成了加勒比人'独特性'的那些断裂和非连续性。在第二种对文化身份理解中，文化身份既是'变成'，也是'是'，既属于未来也属于过去。它不是某个超越地域、时间、历史和文化的既定事物。文化身份来自某个地区，有自己的历史。但是像一切历史性事物一样，它们经历着不断的变迁。远非永远固定于某个本质化了的过去，它们服从于历史、文化、和权力的不断'游戏'。远非建立在对过去的单纯'恢复'上，认为过去就在那里等着被发现，而且如果发现了，就能确保我们的自我感觉永远不变，相反，身

①　习近平:《在纪念孔子诞辰 2565 周年国际学术研讨会暨国际儒学联合会第五届会员大会开幕会上的讲话》，中国共产党新闻网（http://cpc.people.com.cn/n/2014/0925/c64094-25729647.html）。

②　Stuart Hall, *Cultural Identity and Diaspora*, Edited by Jonathan Rutherford, *Identity: Community, Culture and Difference*, Published by Lawrence & Wishart, London, United Kingdom, 1990, p. 223.

份是我们对我们被定位的不同方式的称呼，我们通过对过去的叙述来定位自己"①。

显然，斯图亚特·霍尔是用一种建构主义的观点来看待文化身份，强调文化身份的差异性、变迁性和历史性。过去的一切孕育着现在，现在的一切蕴含着未来，当我们在谈论建设中华文化认同时，必定包含着过去、现在和未来，这三者在时间上既有连续性但远非直线型的一成不变，中间沉浮起伏变幻莫测，中华文化的历史演进一直处于不断的发展和变化之中，也不断地吸收外来文化，例如印度的佛教传入中国之后形成了具有中国特色的本土佛教——禅宗，单是在晚清之前中华民族就有过三次文化大融合，即春秋战国时期的各民族之间的碰撞、融合，最终秦建立了中国历史上第一个统一的多民族国家，形成中华民族的主体——汉族；三国两晋南北朝时期"五族内迁黄河流域，接受汉族文化；宋、辽、金、元时期，不仅少数民族融合于汉族，汉族也融合于少数民族。曾经有学者认为中华文明有一种构造和重构自身连续性的倾向。虽遭多次打断，但这种内在倾向一次次令其不绝如缕"②。所以中华文化具有极大的包容性、延展性和再生性，在全球化时代，当代中华文化认同的建构既要有历史延续性，也要有时代精神和面向未来的前瞻性。

最后，文化认同的核心是价值认同，虽然中华文化一直处于不断的发展变化过程中，但是有一点不变，那就是中华民族一直源远流长的精神血脉。张岱年将中国文化基本精神概括为天人合一、以人为本、刚健自强、以和为贵；③ 陈来认为中华文化的核心价值观就是以人为本、以德为本、以民为本、以合为本。④ 江泽民在党的十六大报告中指出："在五千多年的发展中，中华民族形成了以爱国主义为核心的团结统一、爱好和平、勤

---

① Stuart Hall, *Cultural Identity and Diaspora*, Edited by Jonathan Rutherford, *Identity: Community, Culture and Difference*, Published by Lawrence & Wishart, London, United Kingdom, 1990, p. 225.

② 《汪晖对话施密特：中国应该找到自己的方式》，观察者网（http://www.guancha.cn/wang-hui/2014_03_26_214412_s.shtml）。

③ 张岱年：《论中华文化的基本精神》，本文为张岱年先生为傅永聚、韩钟文总编的《20世纪儒学研究大系》所作的代序言，中华书局 2005 年版。

④ 陈来：《中华传统文化与核心价值观》，《光明日报》2014 年 8 月 11 日第 16 版。

劳勇敢、自强不息的伟大民族精神。"① 尤其在 2012 年 11 月,党的十八大报告首次以 12 个词概括了社会主义核心价值观:"倡导富强、民主、文明、和谐,倡导自由、平等、公正、法治,倡导爱国、敬业、诚信、友善,积极培育社会主义核心价值观。"②这些核心价值正是建立在中华民族的优秀文化传统之上,同时又与时俱进,吸纳了西方现代文化的优秀价值理念,立足根本、海纳百川,去粗取精、去伪存真,不断发展、不断前进,这正是建构当代中华文化认同的可行路径和方向。

3. 构建自觉开放发展的文化认同

全球化一方面使全世界人的社会生活方式日益趋同,例如穿牛仔裤和 T 恤衫、吃快餐喝可乐、看美国大片、乘坐现代交通工具出行等;另一方面也给各个民族和国家的本土文化带来冲击,人们不禁要直面这些问题:"我是谁? 我们是谁? 我们和他们有什么不同?"其实也就是文化认同的问题。中国人也不例外,在全球化时代,作为人文知识分子的文艺理论家更需要对这个问题作深入全面的思考和慎重理性的选择。

首先,需要有一种文化的自觉意识,以一种健康理性的态度对待中华文化。"文化自觉"这一观点是费孝通先生于 1997 年在北京大学社会学人类学研究所开办的第二届社会文化人类学高级研讨班上首次提出的,他认为,"这是当今时代的要求,并不是哪一个人的主观空想,'文化自觉'指的是生活在一定文化中的人对其文化有'自知之明',明白它的来历、形成的过程,所具有的特色和它发展的趋向,自知之明是为了加强文化转型的自主能力,取得决定适应新环境、新时代文化选择的自主地位"③。费孝通将文化自觉的过程概括为:"各美其美,美人之美,美美与共,天

---

① 《全面建设小康社会,开创中国特色社会主义事业新局面——在中国共产党第十六次全国代表大会上的报告》,新华网 (http://news. xinhuanet. com/newscenter/2002 - 11/17/content_632285. htm)。

② 胡锦涛:《坚定不移沿着中国特色社会主义道路前进 为全面建成小康社会而奋斗——在中国共产党第十八次全国代表大会上的报告》,新华网 (http://www. xj. xinhuanet. com/2012-11/19/c_ 113722546. htm)。

③ 费孝通:《关于"文化自觉"的一些自白》,载《费孝通九十新语》,重庆出版社 2005 年版,第 210—211 页。

下大同。"文化认同其实也是如何对待文化他者的问题，就当前世界文化的情况而言，美国文化无疑是强势文化。英国学者戴维·莫利和凯文·罗宾斯就直言不讳地说道："如果说全球化激起了人们的恐惧和不满情绪的话，那么这些情绪绝大部分往往会和人们已经觉察到的来自美国文化和'美国化'的威胁有关联。长久以来，美国大众文化被看作是一股侵蚀、瓦解欧洲文化传统的势力。好莱坞的文化统治似乎危及到欧洲文化的根本生存大计。"① 对于西方文化或者美国文化来说，中华文化显然是他者，中国人对自己文化的自觉和自信是随着鸦片战争的枪炮声而逐渐减弱甚至消失的，陈独秀在《新青年》的发刊词中猛烈抨击传统文化，"固有之伦理、法律、学术、礼俗，无一非封建制度之遗，持较皙种之所为，以并世之人，而思想差迟，几及千载；尊重廿四朝之历史性，而不作改进之图，则驱吾民于二十世纪之世界以外，纳之奴隶牛马黑暗沟中而已，复何说哉！于此而言保守，诚不知为何项制度文物，可以适用生存于今世。吾宁忍过去国粹之消亡，而不忍现在及将来之民族，不适世界之生存而归削灭也"②。因为屡次受到英法美日俄等列强的侵略和践踏，中国爱国的精英知识分子在反思失败的深层原因之时逐渐把目标对准了中国传统文化，吴稚晖对当时"整理国故"的运动不以为然，毫不客气地指出："这国故的臭东西，他本同小老婆、吸鸦片相依为命。小老婆、吸鸦片，又同升官发财相依为命。国学大盛，政治无不腐败。因为孔、孟、老、墨便是春秋战国乱世的产物，非再把他丢在茅厕里三十年。现今鼓吹成一个干燥无味的物质文明，人家用机关枪打来，我也用机关枪对打。把中国站住了，再整理什么国故，毫不嫌迟。"③ 从"打倒孔家店"到"破四旧"，从"新文化运动"到"文革"，整个20世纪中华文化历经磨难，不断遭到批判和打击，幸而根基深厚尚得以保存余脉。但是确实有不少人已经对中华文化失去了自信，唯西方马首是瞻，认为西方尤其是美国的月亮比中国圆，不能以健康、理性、平和的心态对待自我和他者，中国目前在经济上已经取

---

① ［英］戴维·莫利、凯文·罗宾斯：《认同的空间：全球媒介、电子世界景观和文化边界》，司艳译，南京大学出版社2001年版，第24—25页。
② 陈独秀：《敬告青年》，载林文光《陈独秀文选》，四川文艺出版社2008年版，第17页。
③ 吴稚晖：《吴稚晖学术论著》，上海书店1991年版，第124页。

得巨大进步和发展，但是要真正实现中华民族的伟大复兴，就一定要实现文化的繁荣昌盛，知识分子首先要对自己的文化有自信，同时对"他者"的文化有同情的了解，其实文化认同最重要的就是如何处理好不同文化之间的差异，"和而不同"是我们的原则，而文化自觉则是构建文化身份的首要前提。

其次，是要有开放的世界性的眼光来建构文化认同。有了文化自觉便有了文化自信和对他者的关注，但这还只是静态的文化建构，全球化时代是一个真正开放的时代，任何国家和地区的政治、经济、文化、社会等方面的发展都不单单是单一国家和民族内部的事情，数字媒介尤其是互联网已经将整个世界变成一个信息高速公路，一个"地球村"，德国著名社会学家乌尔利希·贝克教授认为："全球性指的是，在封闭空间的设想全是虚幻的意义上的，我们长期生活在一个世界社会中，没有一个国家，没有一个集团能够与外界相互隔绝，所以各种不同形式的经济、文化、政治相互碰撞，这是理所当然的，就是西方模式也必须为自己重新辩护。在这里，世界社会指的是各种社会关系的总和，它不会被整合在某一民族国家政治中，也不会被某一民族国家所支配。"① 开放的心态和眼光意味着文艺理论家的文化认同需要摆脱狭隘的民族主义和文化"狂热症"。

植根于文化自觉基础上的民族主义是历史的、具体的和发展的，而狭隘的民族主义则是一种打着民族主义幌子的文化原教旨主义，这种思想很容易演变为狂热的畸形的排他主义，认为一切东西都是中国的好，以敌视甚至仇视的态度对待文化"他者"，从转变为暴力行为的反日游行、以《中国可以说不》为代表的"说不"系列书籍、网络上各种极端的反日、反美言论等，我们都可以从中嗅到狭隘民族主义的气息。其实中华之所以能够源远流长而历久弥新，就是因为有开放包容的胸怀和精神，所谓"海纳百川，有容乃大"，赵汀阳将中国古代的天下观念发展为天下理论，这一理论也许可以为我们提供认识文化冲突的有利视角。赵汀阳认为："中国的传统社会没有一统心灵的宗教，因此没有宗教性的边界，也不具有国家的那种主权边界。社会是一个可以无限延伸扩大而连续展开的文

---

① 张世鹏：《什么是全球化》，载陈定家《全球化与身份危机》，河南大学出版社 2004 年版，第 5—6 页。

化—生活空间，不同社会之间的过渡是模糊的混合交融，就像两条河流的汇合，因此中国政治思想中没有不可兼容的他者，没有不共戴天的异教徒，没有不可化解的绝对敌人。"而"如果一种政治完美到万民归心，就将成为整个世界社会的政治。这个'世界性社会'被称做'天下'"①。而中国的和谐策略是孔子所说的"己欲立而立人，己欲达而达人"。（《论语·雍也》）也就是"共存先于存在""兼容才能共荣"。每一种文化都有其存在的价值和意义，文化认同只有在处理与其他文化的关系问题时才会发生，老子说："故以身观身，以家观家，以乡观乡，以邦观邦，以天下观天下。"（《道德经·五十四章》）如果我们有这样的共存、兼容意识，就不会以狭隘的眼光看待其他国家和民族的文化。

最后，文艺理论家的文化认同应该是发展变化的。身份认同的建构是一个长期和复杂的动态发展过程，它涉及自我认同、社会认同、文化认同，回答的是"我是谁？"和"我们是谁？"这样复杂的问题。如果引进时间维度，我们就会发现，这些问题的答案显然是不断发展变化的，例如"我是谁？"这个问题，相信每个人都有过去的我、现在的我和将来的我，这三个我显然大不相同，本质主义论者和出生决定论者倾向于用固定不变的本质来决定个人的自我身份，但是随着时代的发展，这种身份认同本质论已经逐渐被变化、发展、流动的建构论所取代，文化认同也是如此。霍尔具有代表性的文化认同建构论已经被学界熟知，在全球化时代，文艺理论家的文化认同必然不会是非此即彼的二元对立式模式，不会仅仅在东方/西方、传统/现代、我们/他们、世界/本土之间选择。"我们是谁？"一方面是由不断发展变化的政治、经济、文化、社会等各种因素所建构的，安德森在《想象的共同体》中就给民族下了一个著名的定义："它是一种想象的政治共同体——并且是被想象为本质上有限的，同时也享有主权的共同体。"② 中华民族本身就是一个多民族的国家，各民族之间在长期的历史发展过程中不断地碰撞、交融、同化，逐渐形成了中华民族共同体，但是另一方面我们需要注意的是，这一共同体并非是"想象的"，而

---

① 赵汀阳：《天下体系的一个简要表述》，《世界经济与政治》2008 年第 10 期。

② Benedict Anderson, *Imagined Communities*: *Reflections on the Origin and Spread of Nationalism*, Published by Verso, London, United Kingdom, 2006, p. 6.

是历史的、具体的、有据可依的，费孝通指出："中华民族作为一个自觉的民族实体，是近百年来中国和西方列强对抗中出现的，但作为一个自在的民族实体，则是在几千年的历史过程中形成的。"① 所以安德森的"想象的共同体"并不完全适用于中国的具体情况，中华民族并非是一个"想象的共同体"，它有着悠久连续的历史传统和以儒家文化为核心的中华传统文化，所以文艺理论家在建构文化身份时，其根本的文化自觉和文化自信、文化自强意识不可欠缺，同时也要用世界的、发展的眼光来看待文化认同，坚守中国传统知识分子的优良品格和精神追求，同时超越传统，超越自我。中华民族正处于伟大的历史复兴时代，文化建设的重任落在每一个知识分子身上，文学理论工作者也要承担起应有的责任和义务，为中华文化走向世界、繁荣昌盛作出努力和贡献。

---

① 费孝通：《中华民族的多元一体格局》，费孝通在香港中文大学的 Tanner 演讲，中国社会科学在线（http：//www.csstoday.net/shekedajiangtang/19106.html）。

参考文献

一 中文著作类

[1] （宋）朱熹：《四书章句集注》，中华书局 1983 年版。

[2] 郭绍虞主编：《中国历代文论选》一卷本，上海古籍出版社 1979 年版。

[3] 张世英：《康德的〈纯粹理性批判〉》，北京大学出版社 1987 年版。

[4] 倪梁康：《自识与反思》，商务印书馆 2002 年版。

[5] 段德智：《主体生成论——对"主体死亡论"之超越》，人民出版社 2009 年版。

[6] 李幼蒸：《结构与意义——人文科学跨学科认识论研究》，中国社会科学出版社 1996 年版。

[7] 余虹：《艺术与归家——尼采、海德格尔、福柯》，中国人民大学出版社 2005 年版。

[8] 王增进：《后现代与知识分子社会位置》，中国社会科学出版社 2003 年版。

[9] 余英时：《士与中国文化》，上海人民出版社 2003 年版。

[10] 梁漱溟：《东西文化及其哲学》，商务印书馆 1997 年版。

[11] 陈来：《孔夫子与现代世界》，北京大学出版社 2011 年版。

[12] 冯友兰：《冯友兰选集》，吉林人民出版社 2005 年版。

[13] 葛兆光：《中国思想史》第一卷，复旦大学出版社 2013 年版。

[14] 周宪：《审美现代性批判》，商务印书馆 2005 年版。

[15] 王国维：《宋元戏曲史》，商务印书馆 1915 年版。

[16] 陶东风、和磊：《当代中国文艺学研究（1949—2009）》，中国社会科学出版社 2011 年版。

[17] 高建平：《当代中国文艺理论研究（1949—2009）》，中国社会科学出版社 2011 年版。

[18] 徐贲：《走向后现代与后殖民》，中国社会科学出版社 1996 年版。

[19] 朱光潜：《朱光潜全集》第五卷，安徽教育出版社 1989 年版。

[20] 胡治洪：《现代思想衡虑下的启蒙理念》，武汉大学出版社 2011 年版。

[21] 许纪霖：《启蒙如何起死回生：现代中国知识分子的思想困境》，北京大学出版社 2011 年版。

[22] 许纪霖主编：《公共空间中的知识分子》，江苏人民出版社 2007 年版，第 58 页。

[23] 汪晖、陈燕谷主编：《文化与公共性》，生活·读书·新知三联书店 1998 年版。

[24] 资中筠：《启蒙与中国社会转型》，社会科学文献出版社 2011 年版。

[25] 李欧梵：《未完成的现代性》，北京大学出版社 2005 年版。

[26] 甘阳主编：《八十年代文化意识》，上海世纪出版集团、上海人民出版社 2006 年版。

[27] 陈力丹、易正林编著：《传播学关键词》，北京师范大学出版社 2009 年版。

[28] 欧阳友权主编：《网络文学发展史——汉语网络文学调查纪实》，中国广播电视出版社 2008 年版。

[29] 何坦野：《超文本写作论》，中国戏剧出版社 2013 年版。

[30] 周蔚华等：《数字传播与出版转型》，北京大学出版社 2011 年版。

[31] 汪民安主编：《文化研究关键词》，江苏人民出版社 2007 年版。

[32] 蒋建国：《消费文化传播与媒体社会责任》，中国社会科学出版社 2011 年版。

[33] 罗钢、王中忱主编：《消费文化读本》，中国社会科学出版社 2003 年版。

［34］ 陈平原：《当代中国人文观察》，北京大学出版社 2010 年版。

［35］ 陈独秀：《陈独秀文章选编》，生活·读书·新知三联书店 1984 年版。

［36］ 余英时：《现代儒学的回顾与展望》，生活·读书·新知三联书店 2012 年版。

［37］ 童庆炳：《中国古代文论的现代意义》，北京师范大学出版社 2001 年版。

［38］ 张京媛：《后殖民理论与文学批评》，北京大学出版社 1999 年版。

［39］ 张旭东：《全球化时代的文化认同——西方普遍主义话语的历史批判》，北京大学出版社 2005 年版。

［40］ 周宪主编：《文化现代性精粹读本》，中国人民大学出版社 2010 年版。

［41］ 李泽厚：《中国现代思想史论》，天津社会科学院出版社 2003 年版。

［42］ 李泽厚：《李泽厚哲学美学文选》，湖南人民出版社 1985 年版。

［43］ 王增进：《后现代与知识分子社会位置》，中国社会科学出版社 2003 年版。

［44］ 费孝通：《费孝通九十新语》，重庆出版社 2005 年版。

［45］ 中国新闻出版研究院、全国国民阅读调查课题组编著：《全国国民阅读调查报告 2011》，中国书籍出版社 2013 年版。

［46］ 孙绍谊、郑涵主编：《新媒体与文化转型》，生活·读书·新知三联书店 2013 年版。

［47］ 阎景娟：《文学经典论争在美国》，社会科学文献出版社 2010 年版。

［48］ 中国人民大学书报资料社编：《人道主义、人性论异化问题研究专辑（1978.12—1983.4）》，中国人民大学书报资料社 1983 年版。

［49］ 辽宁省历史唯物主义研究会编：《异化与人：国内哲学界五年来关于异化、人性、人道主义问题的论争》，辽宁省历史唯物主义研究会 1982 年版。

［50］ 赵林、赵守成主编：《启蒙与世俗化：东西方现代化历程》，武汉大学出版社 2008 年版。

［51］ 许纪霖：《启蒙如何起死回生：现代中国知识分子的思想困境》，北

京大学出版社 2011 年版。

[52] 尹世杰:《消费文化学》,湖北人民出版社 2002 年版。

[53] 赵吉林:《中国消费文化变迁研究》,经济科学出版社 2009 年版。

[54] 零点研究咨询集团:《中国消费文化调查报告》,光明日报出版社 2006 年版。

[55] 童庆炳、陶东风主编:《文学经典的建构、解构和重构》,北京大学 出版社 2007 年版。

[56] 欧阳友权主编:《网络文学概论》,北京大学出版社 2001 年版。

[57] 陈寅恪集:《金明馆丛稿二编》,生活·读书·新知三联书店 2001 年版。

[58] 鲁迅:《鲁迅全集》第 1 卷,人民文学出版社 1973 年版。

二 中文译著类

[1] [德] 伽达默尔:《真理与方法———哲学诠释学的基本特征》上 卷,洪汉鼎译,上海译文出版社 1992 年版。

[2] [加拿大] 查尔斯·泰勒:《自我的根源——现代认同的形成》,韩 震译,译林出版社 2001 年版。

[3] [古希腊] 亚里士多德:《范畴篇 解释篇》,方书春译,商务印书 馆 1959 年版。

[4] [德] 爱克曼辑录:《歌德谈话录》,杨武能译,光明日报出版社 2008 年版。

[5] [德] 马克思、恩格斯:《马克思恩格斯选集》第 4 卷,人民出版社 1995 年版。

[6] [瑞士] 雅各布·布克哈特:《意大利文艺复兴时期的文化》,商务 印书馆 1979 年版。

[7] [德] 黑格尔:《哲学史讲演录》第 2 卷,商务印书馆 1960 年版。

[8] [法] 笛卡尔:《哲学原理》,关文运译,商务印书馆 1958 年版。

[9] [德] 康德:《纯粹理性批判》,韦卓民译,华中师范大学出版社 2000 年版。

[10] 杨祖陶、邓晓芒编译:《康德三大批判精粹》,人民出版社 2001

年版。

[11] ［德］费希特：《全部知识学的基础》，王玖兴翻译，商务印书馆 1986 年版。

[12] ［美］弗莱德·R. 多尔迈：《主体性的黄昏》，万俊人、朱国钧、吴海针译，上海人民出版社 1992 年版。

[13] ［德］海德格尔：《存在与时间》，陈嘉映、王庆节翻译，熊伟校，生活·读书·新知三联书店 1987 年版。

[14] ［奥地利］弗洛伊德：《梦的解析》，赖其万、符传孝译，作家出版社 1986 年版。

[15] ［法］列维-斯特劳斯：《野性的思维》，李幼蒸译，商务印书馆 1987 年版。

[16] ［法］福柯：《权力的眼睛——福柯访谈录》，严峰译，上海人民出版社 1997 年版。

[17] ［法］米歇尔·福柯：《主体解释学》，佘碧平译，上海人民出版社 2005 年版。

[18] 杜小真编译：《福柯集》，上海远东出版社 2003 年版。

[19] ［德］黑格尔：《精神现象学》，贺麟、王玖兴译，商务印书馆 1997 年版。

[20] ［法］米歇尔·福柯：《规训与惩罚：监狱的诞生》，刘北成、杨远樱译，生活·读书·新知三联书店 1999 年版。

[21] ［德］胡塞尔：《现象学的观念》，倪梁康译，上海译文出版社 1986 年版。

[22] ［英］Jorge Larrain：《意识形态与文化身份：现代性和第三世界的在场》，戴从容译，上海教育出版社 2005 年版。

[23] ［法］波德莱尔：《波德莱尔美学论文选》，郭宏安译，人民文学出版社 1987 年版。

[24] ［英］安东尼·吉登斯：《现代性的后果》，田禾译，译林出版社 2000 年版。

[25] ［美］马歇尔·伯曼：《一切坚固的东西都烟消云散了——现代性体验》，徐大建、张辑译，商务印书馆 2003 年版。

［26］［德］哈贝马斯：《现代性的哲学话语》，曹卫东等译，译林出版社2004年版。

［27］［德］哈贝马斯：《后民族结构》，曹卫东译，上海世纪出版集团、上海人民出版社2002年版。

［28］［英］保罗·约翰逊：《知识分子》，杨正润等译，江苏人民出版社1999年版。

［29］［美］刘易斯·科塞：《理念人：一项社会学的考察》，郭方译，中央编译出版社2001年版。

［30］［美］爱德华·萨义德：《知识分子论》，单德兴译，陆建德校，生活·读书·新知三联书店2002年版。

［31］［美］卡尔·博格斯：《知识分子与现代性的危机》，李俊、蔡海榕译，江苏人民出版社2006年版。

［32］［美］拉塞尔·雅各比：《最后的知识分子》，洪洁译，江苏人民出版社2002年版。

［33］［英］Saiah Berlin：《自由四论》，陈晓林译，台北联经出版实业公司1986年版。

［34］［德］卡尔·曼海姆：《意识形态与乌托邦》，黎鸣、李书崇译，周纪荣、周琪校，商务印书馆2000年版。

［35］［英］戴维·莫利、凯文·罗宾斯：《认同的空间：全球媒介、电子世界景观和文化边界》，司艳译，南京大学出版社2001年版。

［36］［德］马克斯·韦伯：《伦理之业：马克斯·韦伯的两篇哲学演讲》，王蓉芬译，广西师范大学出版社2008年版。

［37］［德］卡尔·曼海姆：《卡尔·曼海姆精粹》，徐彬译，南京大学出版社2002年版。

［38］［英］齐格蒙·鲍曼：《立法者与阐释者——论现代性、后现代性与知识分子》，洪涛译，上海人民出版社2000年版。

［39］［意］葛兰西：《实践哲学》，徐崇温译，重庆出版社1990年版。

［40］［美］艾尔文·古德纳：《知识分子的未来和新阶级的兴起》，顾晓辉、蔡嵘译，江苏人民出版社2006年版。

［41］［法］布尔迪厄：《文化资本与社会炼金术——布尔迪厄访谈录》，

包亚明译，上海人民出版社 1997 年版。

[42] [古希腊] 亚里士多德：《政治学》，颜一、秦典华译，中国人民大学出版社 2003 年版。

[43] [英] 安德鲁·海伍德：《政治学核心概念》，吴勇译，天津人民出版社 2008 年版。

[44] [英] 霍布斯：《利维坦》，黎思复等译，商务印书馆 1985 年版。

[45] [德] 马克斯·韦伯：《经济与社会》上卷，林荣远译，商务印书馆 1998 年版。

[46] [德] 尤尔根·哈贝马斯：《交往与社会进化》，张博树译，重庆出版社 1993 年版。

[47] [美] 加里布埃尔·A. 阿尔蒙德、小 G. 宾厄姆·鲍威尔：《比较政治学：体系、过程和政治》，曹沛霖、郑世平、公婷、陈峰译，上海译文出版社 1987 年版。

[48] [英] 特雷·伊格尔顿：《二十世纪西方文学理论》，伍晓明译，北京大学出版社 2007 年版。

[49] [德] 康德：《历史理性批判文集》，何兆武译，商务印书馆 1991 年版。

[50] [德] 马克斯·韦伯：《新教伦理与资本主义精神》，阎克文译，上海人民出版社 2010 年版。

[51] [美] 威尔伯·施拉姆、威廉·波特：《传播学概论》，何道宽译，中国人民大学出版社 2010 年第 2 版。

[52] [加拿大] 罗伯特·洛根：《理解新媒介——延伸麦克卢汉》，何道宽译，复旦大学出版社 2012 年版。

[53] [美] 本尼迪克特·安德森：《想象的共同体：民族主义的起源与散布》，吴睿人译，上海人民出版社 2005 年版。

[54] [英] 安东尼·吉登斯：《现代性与自我认同》，赵旭东、方文译，生活·读书·新知三联书店 1998 年版。

[55] [美] 丹尼尔·贝尔：《资本主义文化矛盾》，赵一凡等译，生活·读书·新知三联书店 1989 年版。

[56] [加拿大] 罗伯特·洛根：《理解新媒介——延伸麦克卢汉》，何道

宽译，复旦大学出版社 2012 年版。

[57] ［美］约瑟夫·奈：《权力大未来》，王吉美译，中信出版社 2012
年版。

[58] ［加拿大］埃里克·麦克卢汉、弗兰克·秦格龙编：《麦克卢汉精
粹》，何道宽译，南京大学出版社 2000 年版。

[59] ［德］霍克海默、阿道尔诺：《启蒙辩证法：哲学断片》，渠敬东、
曹卫东译，上海人民出版社 2003 年版。

[60] ［美］尼葛洛庞帝：《数字化生存》，胡泳、范海燕译，海南出版社
1996 年版。

[61] ［加拿大］哈罗德·伊尼斯：《传播的偏向》，何道宽译，中国人民
大学出版社 2003 年版。

[62] ［法］阿芒·马特拉、米歇尔·马特拉：《传播学简史》，孙五三
译，中国人民大学出版社 2008 年版。

[63] ［法］皮埃尔·布尔迪厄：《艺术的法则——文学场的生成和结
构》，刘晖译，中央编译出版社 2001 年版。

[64] ［法］勒内·于格：《图像的威力》，钱凤根译，四川美术出版社
1988 年版。

[65] ［英］斯图尔特·霍尔：《表征——文化表象与意指实践》，徐亮、
陆兴华译，商务印书馆 2003 年版。

[66] ［法］米歇尔·福柯：《知识考古学》，生活·读书·新知三联书店
2007 年版。

[67] ［美］马克·波斯特：《第二媒介时代》，范静哗译，南京大学出版
社 2005 年版。

[68] ［美］保罗·莱文森：《思想无羁》，何道宽译，南京大学出版社
2003 年版。

[69] ［法］皮埃尔·布尔迪厄：《关于电视》，许钧译，辽宁教育出版社
2000 年版。

[70] ［法］皮埃尔·布尔迪厄、［美］汉斯·哈克：《自由交流》，桂裕
芳译，生活·读书·新知三联书店 1996 年版。

[71] ［美］马克·波斯特：《信息方式——后结构主义与社会语境》，范

静哗译，商务印书馆 2000 年版。

[72] ［美］阿尔文·托夫勒：《第三次浪潮》，朱志炎、张焱、潘琪译，新华出版社 1996 年版。

[73] ［美］约翰·奈斯比特：《大趋势——改变我们生活的十个方向》，梅艳译，中国社会科学出版社 1984 年版。

[74] ［美］曼纽尔·卡斯特：《网络社会的崛起》，夏铸九等译，社会科学文献出版社 2003 年版。

[75] ［美］曼纽尔·卡斯特主编：《网络社会：跨文化的视角》，社会科学文献出版社 2009 年版。

[76] ［美］克莱·舍基：《未来是湿的》，胡泳、沈满琳译，中国人民大学出版社 2012 年版。

[77] ［加拿大］麦克卢汉：《人的延伸：媒介通论》，何道宽译，四川人民出版社 1992 年版。

[78] ［美］保罗·莱文森：《莱文森精粹》，何道宽编译，中国人民大学出版社 2007 年版。

[79] ［英］丹尼斯·麦奎尔：《受众分析》，刘燕南、李颖、杨振荣译，中国人民大学出版社 2006 年版。

[80] ［美］Thomas E. Wartenberg 编著：《什么是艺术》，李奉栖、张云、胥全文、吴瑜译，重庆大学出版社 2011 年版。

[81] ［德］瓦尔特·本雅明：《机械复制时代的艺术作品》，李伟、郭东译，重庆出版社 2006 年版。

[83] ［德］齐美尔：《时尚的哲学》，文化艺术出版社 2001 年版。

[84] ［美］汉娜·阿伦特：《人的境况》，王寅丽译，上海世纪出版集团、上海人民出版社 2009 年版。

[85] ［德］哈贝马斯：《公共领域的结构转型》，曹卫东等译，学林出版社 1999 年版。

[86] ［法］古斯塔夫·勒庞：《乌合之众：大众心理研究》，吴松林译，中国文史出版社 2013 年版。

[87] ［英］斯各特·拉什：《信息批判》，杨德睿译，北京大学出版社 2009 年版。

[88] ［美］拉塞尔·雅各比：《最后的知识分子》，洪洁译，江苏人民出版社 2002 年版。

[89] ［美］理查德·A. 波斯纳：《公共知识分子：衰落之研究》，许昕译，中国政法大学出版社 2002 年版。

[90] ［美］尼尔·波兹曼：《娱乐至死》，章艳译，广西师范大学出版社 2004 年版。

[91] ［英］迈克·费瑟斯通：《消费文化与后现代主义》，刘精明译，译林出版杜 2000 年版。

[92] ［美］詹明信：《晚期资本主义的文化逻辑：詹明信批评理论文选》，张旭东编，陈清侨等译，生活·读书·新知三联书店 1997 年版。

[93] ［法］让·波德里亚：《消费社会》，刘成富、全志钢译，南京大学出版社 2001 年版。

[94] ［法］让·波德里亚：《象征交换与死亡》，车槿山译，译林出版社 2012 年版。

[95] ［美］赫伯特·马尔库塞：《单向度的人——发达工业社会意识形态研究》，刘继译，上海译文出版社 1989 年版。

[96] ［美］拉尔夫·科恩：《文学理论的未来》，程锡麟等译，万千校，中国社会科学出版社 1993 年版。

[97] ［美］道格拉斯·凯尔纳、斯蒂文·贝斯特：《后现代理论：批判性的质疑》，张志斌译，中央编译出版社 2001 年版。

[98] ［英］拉曼·塞尔登、彼得·威德森、彼得·布鲁克：《当代文学理论导读》，刘向愚译，北京大学出版社 2006 年版。

[99] ［美］乔纳森·卡勒：《文学理论入门》，李平译，译林出版社 2013 年版。

[100] ［英］特里·伊格尔顿：《理论之后》，商正译，欣展校，商务印书馆 2009 年版。

[101] ［美］韦勒克、沃沦：《文学理论》，刘象愚等译，生活·读书·新知三联书店 1984 年版。

[102] ［俄］什克洛夫斯基：《散文理论》，刘宗次译，百花洲文艺出版

社 1994 年版。

[103] ［德］黑格尔：《美学》第一卷，朱光潜译，商务印书馆 1979
年版。

[104] ［美］杰姆逊：《后现代主义与文化理论》，唐小兵译，陕西师范
大学出版社 1987 年版。

[105] ［美］阿里夫·德里克：《后革命氛围》，中国社会科学出版社
1999 年版。

[106] ［美］爱德华·赛义德：《东方学》，王宇根译，生活·读书·新
知三联书店 1999 年版。

[107] ［美］E. 希尔斯：《论传统》，傅铿、吕乐译，上海人民出版社
1991 年版。

[108] ［德］马克斯·韦伯：《社会科学方法论》，韩水法、莫茜译，中
央编译出版社 1999 年版。

三　英文著作及文章

[1] Richard Jenkins, *Social Identity*, London：Routledge, 1996.

[2] Tajfel H. , *Differentiation Between Social Groups*：*Studies in the Social Psychology of intergroup Relations*, chapters1 – 3, London：Academic Press, 1978.

[3] Reviewed Work（s）：*Questions of Cultural Identity* by Stuart Hall；Paul Du Gay, by Jessica Jacobson , *The British Journal of Sociology*, Vol. 48, No. 1. （Mar. , 1997）.

[4] Stuart Hall, *The Question of Cultural Identity*, Edited by David Held, Don Hubert, Kenneth Thompson, *Modernity*：*An Introduction to Modern Societies*, Published by Blackwell, 1996.

[5] Joseph E. Davis（edited）：*Identity and Social Change*, Transactions Publishers, New Jersey, 2000.

[6] Lawrence Grossberg, Cary Nelson, Paula A. Treichler, *Cultural Studies*, London：Routledge, 1992.

[7] In Carl Bybee, Can democracy survive in the post-factual age? A return

to the Lippmann−Dewey debate about the politics of news, *Journalism and Communication Monographs*, Spring 1999, Vol. 1.

[8] Nelson, Ted H. *Literary Mechines*. Sworthmore, Pa.: Self−published, 1981. *Quoted from hypertext* 2.0: *the Convergence of Contemporary Critical Theory and Technology* by George P. Landow. Baltimore (Md.): Johns Hopkins University Press, 1997.

[9] Simpson, John, and Edmund Weiner, eds. *Oxford English Dictionary Additional Series* (Volume 2). Clarendon Press, 1993.

[10] Taylor, Charles, *Modern Social Imaginaries*. Durham and London: Duke University Press, 2004.

[11] Denis Mcquail, *Mass communication theory*, Sage Publications, 1994.

[12] Arjun Appadurai, *Modernity At Large*: *Cultural Dimensions of Globalization*, The University of Minnesota Press, 1996.

[13] Samuel P. Huntington, *The Clash of Civilizations and the Remaking of World Order*, published by Penguin Books, 1997.

[14] S. N. Eisenstadt, *Multiple Modernities*, Daedalus, Vol. 129, No. 1, Winter 2000.

[15] Spivak, GC. *A critique of postcolonial Reason Toward a History of the Vanishing Present*. Cambridge, Mass: Harvard University Press, 1999.

[16] Eagleton T. *Literary theory*: *an introduction*. Blackwell Publishing Ltd., 1983.

[17] Stuart Hall, *Cultural Identity and Diaspora*, Edited by Jonathan Rutherford, *Identity*: *Community*, *Culture and Difference*, Published by Lawrence & Wishart, London, United Kingdom, 1990.

[18] Benedict Anderson, *Imagined Communities*: *Reflections on the Origin and Spread of Nationalism*, London: Verso, 2006.

四　主要论文

[1] 莫伟民:《主体的真相——福柯与主体哲学》, 《中国社会科学》 2010 年第 3 期。

[2] 杨大春:《别一种主体——论福柯晚期思想的旨意》,《浙江社会科学》2002 年第 3 期。

[3] 童庆炳:《关于文学特征问题的思考》,《北京师范大学学报》1981 年第 6 期。

[4] 童庆炳:《新时期文学审美特征论及其意义》,《文学评论》2006 年第 1 期。

[5] 钱中文:《最具体的和最主观的是最丰富的——审美反映的创造性本质》,《文艺理论研究》1986 年第 4 期。

[6] 钱中文:《论文学观念的系统性特征》,《文艺研究》1987 年第 6 期。

[7] 王元骧:《审美反映与艺术创造》,《文艺理论与批评》1989 年第 4 期。

[8] 王元骧:《艺术的认识性与审美性》,《文艺理论研究》1990 年第 3 期。

[9] 单晓曦:《"文学的审美意识形态论质疑"——与童庆炳先生商榷》,《文艺争鸣》2003 年第 1 期。

[10] 董学文、李志宏:《文学是可以具有意识形态性的审美意识形式——兼析所谓"文艺学的第一原理"》,《广西师范大学学报》2006 年第 3 期。

[11] 董学文:《文学本质界说考论——以"审美"与"意识形态"关系为中心》,《北京大学学报》2005 年第 5 期。

[12] 董学文、马建辉:《文学"审美意识形态论"质疑》,《文艺理论与批评》2006 年第 1 期。

[13] 马驰:《论文学的本质与审美意识形态》,《学术月刊》2006 年第 7 期。

[14] 王杰:《当代中国语境中的审美意识形态理论》,《文艺研究》2006 年第 8 期。

[15] 刘再复:《文学研究思维空间的拓展》,《读书》1995 年第 2—3 期连载。

[16] 刘再复、黄平:《回望八十年代——刘再复教授访谈录》,《现代中文学刊》2010 年第 5 期。

［17］刘再复：《论文学的主体性》，《文学评论》1985 年第 6 期。

［18］刘再复：《论文学的主体性 续》，《文学评论》1986 年第 1 期。

［19］孙绍振：《论实践主体性、精神主体性和审美主体性》，《文学评论》1957 年第 1 期。

［20］何西来：《对于当前我国文艺理论发展态势的几点认识》，《文艺争鸣》1986 年第 4 期。

［21］王若水：《现实主义和反映论问题》，《文艺理论研究》1988 年第 5 期。

［22］陈涌：《文艺学方法论问题》，《红旗》1986 年第 8 期。

［23］程代熙：《对一种文学主体性理论的评述》，《文艺理论与批评》1986 年创刊号。

［24］陆贵山：《"文学主体性"理论与审美乌托邦》，《文艺理论与批评》1991 年第 2 期。

［25］陆贵山：《对"文学主体性"理论的综合分析》，《文艺理论与批评》1992 年第 4 期。

［26］陆贵山：《文学·审美·意识形态》，《马克思主义美学研究》2006 年第 2 辑。

［27］冯宪光：《艺术反映论的主体观念》，《四川大学学报》1991 年第 4 期。

［28］朱立元：《对反映论艺术观的历史反思》，《马克思主义美学研究》第 2 辑。

［29］汪晖：《当代中国的思想状况与现代性问题》，《文艺争鸣》1998 年第 6 期。

［30］张法、张颐武、王一川：《从"现代性"到"中华性"——新知识型的探寻》，《文艺争鸣》1994 年第 2 期。

［31］杜维明：《超越启蒙心态》，《国外社会科学》2001 年第 2 期。

［32］李明伟、陈力丹：《教授走进直播间的学理追问》，《当代传播》2004 年第 2 期。

［33］陈平原：《大众传媒与现代学术》，《社会科学论坛》2002 年第 5 期。

［34］陈丹青：《也谈学者上电视》，《南方人物周刊》2006 年第 19 期。

［35］郑也夫：《学者与电视》，《南方周末》1997 年 1 月 24 日。

［36］周怡：《社会结构：由"形构"到"解构"——结构功能主义、结构主义和后结构主义理论之走向》，《社会学研究》2000 年第 3 期。

［37］［法］罗兰·巴特：《从作品到文本》，杨扬译，《文艺理论研究》1988 年第 5 期。

［38］［美］马克·利维：《新闻与传播：走向网络空间的时代》，木雨摘译，《新闻与传播研究》1997 年第 1 期。

［39］许纪霖：《近代中国的公共领域：形态、功能与自我理解——以上海为例》，《史林》2003 年第 2 期。

［40］易雯：《网络传播公共领域的建构——新浪和搜狐 TOP50 博客内容分析》，《青年记者》2009 年第 35 期。

［41］袁靖华：《微博的现实与理想——兼论社交媒体建构公共空间的三大困扰因素》，《浙江师范大学学报》（社会科学版）2010 年第 6 期。

［42］朱苏力：《中国当代公共知识分子的社会建构》，《社会学研究》2003 年第 2 期。

［43］［美］道格拉斯·凯尔纳：《公共领域与批判性知识分子》，李卉译，张春美校，《上海行政学院学报》2007 年第 2 期。

［44］［美］文森特·里奇：《理论、文学及当今的文学研究——文森特·里奇访谈录》，郝桂莲、赵丽华译，程锡麟校，《当代外国文学》2006 年第 2 期。

［45］［美］J. 希利斯·米勒：《文学理论的未来》，刘蓓、刘华文译，《东方丛刊》2006 年第 1 期。

［46］党圣元：《拓宽马克思主义文论研究的文化维度》，《文学评论》2010 年第 5 期。

［47］董学文：《文学理论研究"西马化"模式的反思》，《天津社会科学》2011 年第 3 期。

［48］董学文：《中国现代文学理论进程思考》，《北京大学学报》（哲学社会科学版）1998 年第 2 期。

［49］王岳川：《新历史主义的文化诗学》，《北京大学学报》（哲学社会
　　　科学版）1997 年第 3 期。

［50］童庆炳：《"文化诗学"作为文学理论的新构想》，《陕西师范大学
　　　学报》（哲学社会科学版）2006 年第 1 期。

［51］陶东风：《日常生活的审美化与文艺学的学科反思》，《天津社会科
　　　学》2004 年第 4 期。

［52］陶东风：《日常生活的审美化与文化研究的兴起》，《浙江社会科
　　　学》2002 年第 1 期。

［53］陶东风：《日常生活审美化：一个讨论——兼及当前文艺学的变革
　　　与出路》，《文艺争鸣》2003 年第 6 期。

［54］赵勇：《谁的"日常生活审美化"？怎样做"文化研究"？——与陶
　　　东风教授商榷》，《河北学刊》2004 年第 5 期。

［55］曹顺庆：《21 世纪中国文化发展战略与重建中国文论话语》，《东方
　　　丛刊》1995 年第 3 辑。

［56］曹顺庆：《文论失语症与文化病态》，《文艺争鸣》1996 年第 2 期。

［57］曹顺庆、罗俊容：《中国文论话语》，《世界文学评论》2007 年第
　　　1 期。

［58］曹顺庆、邱明丰：《重建中国文论话语的三条路径》，《思想战线》
　　　2009 年第 6 期。

［59］曹顺庆、王庆：《中国文学理论的话语重建》，《文史哲》2008 年第
　　　5 期。

［60］曹顺庆：《文论失语症与文化病态》，《文艺争鸣》1996 年第 2 期。

［61］蒋寅：《对"失语症"的一点反思》，《文学评论》2005 年第 2 期。

［62］高小康：《"失语症"与文化研究中的问题》，《文艺争鸣》2002 年
　　　第 4 期。

［63］高楠：《中国文艺学的转换之根及其话语现实》，《社会科学辑刊》
　　　1999 年第 1 期。

［64］陶东风：《关于中国文论"失语"与"重建"问题的再思考》，《云
　　　南大学学报》2004 年第 5 期。

［65］周宪：《"合法化"论争与认同焦虑——以文论"失语症"和新诗

"西化"说为个案》，《南京大学学报》2006 年第 5 期。

［66］陈雪虎：《1996 年以来"古文论的现代转换"讨论综述》，《文学评论》2003 年第 2 期。

［67］曹顺庆、李思屈：《重建中国文论话语的基本路径及其方法》，《文艺研究》1996 年第 2 期。

［68］王先霈：《三十年来文艺学家的中国古代文论研究》，《华中师范大学学报》2007 年第 5 期。

［69］杨义：《现代中国学术方法综论》，《中国社会科学》2005 年第 3 期。

［70］蒋寅：《如何面对古典诗学的遗产》，《粤海风》2002 年第 1 期。

［71］朱立元：《关于中国古代文论现代转换的再思考》，《中国社会科学》2015 年第 4 期。

［72］赵稀方：《一种主义，三种命运——后殖民主义在两岸三地的理论旅行》，《江苏社会科学》2004 年第 4 期。

［73］张京媛：《彼与此——评介爱德华·赛义德的〈东方主义〉》，《文学评论》1990 年第 1 期。

［74］刘禾：《黑色的雅典——最近关于西方文明起源的论争》，《读书》1992 年第 10 期。

［75］《读书》编辑室：《边缘·中心·东方·西方》，《读书》1994 年第 1 期。

［76］章辉：《论中国后殖民批评问题》，《学术研究》2010 年第 1 期。

［77］罗岗、杨念群、戴锦华等：《二十年来中国学术思想之变迁与现实关注》，《天涯》2010 年第 5 期。

［78］陈来：《中华传统文化与核心价值观》，《光明日报》2014 年 8 月 11 日第 16 版。

［79］赵汀阳：《天下体系的一个简要表述》，《世界经济与政治》2008 年第 10 期。

［80］杨义：《从文化原我到文化通观》，《文学评论》2003 年第 4 期。

［81］杨义：《文学研究走进二十一世纪》，《文学评论》2000 年第 1 期。

五　主要网站

［1］http：//epub. cnki. net

［2］http：//news. ifeng. com

［3］http：//blog. sina. com. cn

［4］http：//www. stats. gov. cn

［5］http：//www. douban. com

［6］http：//www. guancha. cn

［7］http：//www. isc. org. cn

［8］http：//baike. baidu. com

［9］http：//www. sootoo. com

［10］http：//news. sina. com. cn

［11］http：//www. zhihu. com

［12］http：//www. china. com. cn

［13］http：//cul. china. com. cn

［14］http：//media. iresearch. cn

［15］http：//www. xj. xinhuanet. com

［16］http：//cpc. people. com. cn

［17］http：//www. aisixiang. com

［18］http：//www. hypergene. net

后 记

豆蔻年华多情欢，转瞬白首两鬓斑。
俯仰天地求归途，寻道却在柴米间。

—— 自题

踏上求学问道之路，看似偶然，实则冥冥之中自有天意，在即将迈入"知天命"之年著书为记，也算是对自己人生轨迹的一次小结。

从戴勒菲斯的神谕"认识你自己"到笛卡尔的"我思故我在"，从尼采的"上帝之死"到福柯的"人之死"，人类一直没有停止对自己的认识和反思，"我是谁?""我从哪里来，我往哪里去?"这是人类永恒探索的谜，人文学者更喜欢对理想、价值、意义等带有形而上意味的问题进行追问和探寻。以此为基点，怀着一点点"野心"，我力图在自己有限的能力和条件下对当代中国文论话语进行一次比较全面的清理和反思，最终成就了这一研究成果。

吾本天资愚钝，从读硕期间对审美意识的研究伊始，虽已在文艺学领域耕耘数十载，然所成甚少，所悟甚微，幸而得遇恩师，加之自己一直读书不倦，不断问学，故以文为业，乐在其中。

在这个喧嚣浮躁的时代，虽然"著书都为稻粱谋"，但我相信"文章千古事，得失寸心知"，以人文学科为业其实是一生的修行，从热爱文艺的青春少女到两鬓斑白的老妪，因为有了文艺的陪伴，漫长的烦恼人生也变得摇曳多姿、趣味盎然。

感谢我的家人，尤其是我的先生王国华和女儿王毓澍，没有他们的关心和支持，我难以安心学问，完成繁重的写作任务。

除获国家社会科学基金的资助外，本书的出版还得到了"江西财经大学出版资助"和江西财经大学人文学院"丹井文丛"的经费支持，在此一并致以诚挚的谢意！

最后谨以此书献给我逝去的母亲，母亲勤劳善良，劳苦一生，我还未能尽孝便离我而去，愿母亲的灵魂能够永远安息！